Lydia Pointvogl

Falscher Schatten

AF188595

Das Buch

Marco sieht immer öfter einen seltsamen Schatten direkt vor sich, was ihn anfangs sehr beunruhigt. Sind es Halluzinationen? Wird er psychotisch? Während seine Ehe langsam zerbröckelt, und er auf der Suche nach seiner Traumfrau ist, tritt diese Erscheinung immer mehr in sein Leben. Bald macht auch sein bester Freund Achim ungewöhnliche Erfahrungen, durchaus zu seinem Vorteil. Das Unerklärliche verliert seinen Schrecken, wird fast normal. Doch dann stirbt eine gemeinsame Freundin unter mysteriösen Umständen.
Schließlich wird es für Marco schwierig, denn das, was hinter der Erscheinung steckt, ist so unglaublich, dass man es sich nur schwer vorstellen kann – und uns eines Tages alle betreffen könnte.

Die Autorin

Lydia Pointvogl war im Bereich Kommunikation in einem großen Unternehmen tätig und leitete zuletzt eine Kleinkunstbühne. Nun widmet sie sich dem Schreiben. Sie hat einen Sohn und lebt in München.

Lydia Pointvogl

Falscher Schatten

Roman

Bibliografische Information
der Deutschen Nationalbibliothek:
Die Deutsche Nationalbibliothek verzeichnet diese
Publikation in der Deutschen Nationalbibliografie;
detaillierte bibliografische Daten sind im Internet über
www.dnb.de abrufbar.

© 2019 Lydia Pointvogl
Umschlaggestaltung: Lydia Pointvogl
unter Verwendung einer Zeichnung von Helga Pointvogl
Herstellung und Verlag:
BoD – Books on Demand, Norderstedt

ISBN 9783749470709

www.lydia-pointvogl.de

Du weißt, was du denkst. Doch ist das, was du denkst, das, was du weißt?

Erstes Kapitel

1

Verdammt noch mal, was ist das? Was ist das für ein Schatten?, fragte sich Marco. Er ging die Zenettistraße entlang nach Hause. Es war ein trüber Tag, so dass es eigentlich keine Schatten geben konnte. Eigentlich. Aber da war was. Ein undurchsichtiger, nebeliger Fleck direkt vor ihm schränkte sein Blickfeld ein. Oder war der Fleck im Auge? Er blinzelte immer wieder, rieb sich die Augen, schloss sie für ein paar Sekunden und öffnete sie dann ganz langsam, in der Hoffnung, dass er wieder klar sehen konnte. Nein. Der Schatten, die Trübung, der Fleck – was es auch war, es ging nicht weg. Er hatte den Eindruck, dass es etwa drei Meter vor ihm war, mindestens ein Meter zwanzig groß und grau wie Rauch.

Er lehnte sich mit der Schulter an eine Hauswand und schloss die Augen. Ihm war schwindelig und er hatte Angst. Sehstörungen sind kein Spaß, dachte er, während er die Hände auf die geschlossenen Augen legte und wartete. Er atmete mehrmals langsam und tief, um sich zu beruhigen.

„Brauchen Sie Hilfe?", fragte eine Passantin und berührte ihn am Oberarm.

Marco erschrak und drehte sich ruckartig zu der Frau. „Nein. Nein danke, es ist alles gut." Sie sah ihn zweifelnd an, während er durch ihr Gesicht hindurchstarrte. Er war einen Moment lang völlig verwirrt. Dann blickte er bewusst an ihr vorbei, um zu kontrollieren, ob der Schatten noch da war. Er war weg. Erst nachdem er mehrmals stark blinzelte, glaubte er es wirklich. Nichts mehr. Kein Fleck, klare Sicht, alles okay.

„Danke", sagte er zu der Frau. „Meine Augen ... irgendwas war gerade mit meinen Augen."

Daheim suchte er die Telefonnummer seines Augenarztes. Er hätte seine Augen schon längst untersuchen lassen sollen. Vielleicht brauchte er auch nur eine Brille. Oder es ist der Beginn einer Erblindung.

„In den nächsten sechs Wochen kann ich Ihnen keinen Termin geben, außer es handelt sich um einen Notfall", leierte die Sprechstundenhilfe ihren Text ins Telefon, „dann könnten Sie auch früher kommen. Oder Sie gehen in die Notaufnahme am Goetheplatz."

„Alles klar." Er legte auf.

Was soll das?, fragte er sich. In sechs Wochen könnte ich schon blind sein, wenn es wieder auftritt – stärker, länger, dauerhaft. Erst ein grauer Schatten, dann ein schwarzer Fleck. Und dann? Die totale Dunkelheit.

Am Freitagabend saß Marco mit Achim in der griechischen Taverne Anesis und erzählte ihm von seiner Sehstörung.

„Es dauerte lange, gefühlte drei Minuten. Vielleicht waren es auch nur zwanzig Sekunden, aber man kommt ganz schnell in Panik, wenn man nicht mehr richtig sehen kann."

Achim war Marcos bester Freund, sein einzig richtiger Freund, auf den er sich verlassen konnte. Immer. Achim half ihm, wenn er konnte. Immer. Und umgekehrt war es genauso.

„Haben die Augen gejuckt?" Achim besah sich Marcos Augen genau, konnte aber nichts Auffälliges entdecken.

„Es hat nichts gejuckt, nichts gebrannt. Ich habe nur den Schatten vor mir gesehen. Es war, als würde er vor mir stehen."

„Vielleicht war in der Straße Rauch, der gerade vor dir vorbeizog", überlegte Achim. „Vielleicht hat jemand etwas angezündet."

„Mitten auf dem Gehsteig? Von einer Sekunde auf die andere? So schnell kann doch kein Rauch oder ein sonstiges schattenartiges Gebilde entstehen. Nein, da war nichts. Sonst hätte ja auch die Frau darauf reagiert, denke ich. Vielleicht ist im Inneren meiner Augen oder in meinem Kopf etwas kaputt – das Sehzentrum, der Sehnerv ... was weiß ich?"

„Du gehst morgen in die Notfallambulanz. Damit darf man in der Tat nicht spaßen."

Marco wartete fast drei Stunden, bis er endlich an der Reihe war. Die Untersuchung selbst war eher kurz, der Arzt sprach wenig und schien etwas gestresst zu sein.

„Ich kann nichts finden", sagte er und lehnte sich zurück. „Ihre Augen sind in Ordnung, ein wenig gereizt, aber deshalb sieht man keine Schatten. Weniger Computer würde ich Ihnen raten. Am besten konsultieren Sie einen Neurologen."

Mit diesem Ergebnis gab sich Marco nicht zufrieden. Er hatte den Eindruck, dass die Untersuchung viel zu oberflächlich war. Obwohl er zu seinem Augenarzt eigentlich nicht mehr gehen wollte, stand er am Montag um acht Uhr in seiner Praxis. Er erzählte sein Anliegen der Sprechstundenhilfe ziemlich dramatisch und dringlich und drohte ihr, dass er sich keinen Zentimeter von der Theke wegbewegen würde, bis er nicht die Zusage hätte, noch heute untersucht zu werden. Und siehe da: Er wurde vorgezogen, obwohl bereits drei andere Patienten im Warteraum saßen. Er bekam wieder Flüssigkeit ins Auge geträufelt, musste die Wirkung abwarten, dann ging die Untersuchung los – und sein Doktor schaute angestrengt.

„Ihre Augen sind okay. Ich kann nichts finden", sagte er schließlich.

„Wirklich?" Marco konnte es kaum glauben, obwohl er natürlich froh war.

„Ich denke, es ist eher ein nervliches Problem. Lassen Sie sich mal gründlich durchchecken oder sprechen Sie mal mit einem Psychologen, falls der Schatten wieder auftaucht."

„Ich hoffe, dass er nicht mehr auftaucht, sondern absäuft!" Marcos Kommentare waren, wenn er schwierige Situationen mit Humor überspielen wollte, selten lustig – und auch sein Arzt brachte nur ein schiefes Lächeln hervor.

Marco und Achim trafen sich regelmäßig am Freitagabend, um bei Anesis zu essen und Weißbier zu trinken, ins Kino zu gehen, zum Schach- oder Kartenspielen, aber vor allem, um zu diskutieren. Ihre Themen waren die aktuelle Politik, das Geschehen in der Stadt – was für schreckliche Häuser gebaut würden, wie voll es in der U-Bahn sei, wie die alternative Kultur kaputtgemacht würde ... solche Sachen. Und dann gab es auch noch das Thema Frauen – vielmehr: es war Marcos Thema. Sein Dauerthema. Achim konnte es im Grunde schon gar nicht mehr hören, aber Marco war sein Freund – und so litt er mit ihm, zumindest intellektuell. Emotional konnte er Marcos Leid nicht so recht nachvollziehen, denn Marco war mit Natalie verheiratet. Achim hatte den Eindruck, dass die Ehe ganz gut war, bis auf die letzten Jahre, in denen Marco unzufrieden wurde. Diese Unzufriedenheit steigerte sich zunehmend. Bei jedem Treffen jammerte Achim über seine freudloses Eheleben und dass er sich endlich mal wieder leidenschaftlich verlieben möchte.

Marco und Natalie lernten sich vor dreißig Jahren auf einer Studentenparty kennen. Sie waren beide zwanzig Jahre alt, verstanden sich gut, trafen sich oft und heirateten bald. Kinder wollten sie keine, und Natalie wurde auch nie schwanger. Alles passte. Marco gefiel Natalies freundliches Lächeln, ihre Art zu leben: unkompliziert, tolerant, offen für Neues. Doch im Laufe der Ehe verlor ihre Beziehung an Spannung, was Marco lange Zeit gar nicht so besonders auffiel, bis auch sexuell nicht mehr viel passierte. Seit Jahren schliefen sie nur noch an ihren Geburtstagen miteinander, vielleicht an Silvester. Und im Urlaub – aber auch nur ein- oder zweimal. Es war gerade so, als gehörte Sex zum Pflichtprogramm, das abgehakt werden musste. Richtige Lust war etwas anderes.

Natalie reizte ihn nicht mehr. Sie war nicht mehr die, in die er sich einst verliebt hatte, behauptete er. Doch so ganz stimmte das nicht. So richtig verliebt war er in Natalie nie. Sie war damals schlichtweg einfach da, ohne dass er sich groß um sie bemühen musste. Sie stellte keine allzu großen Ansprüche an ihn und an das Leben mit ihm. Er fühlte sich mit Natalie wohl und er konnte sich gut mit ihr unterhalten. Optisch war sie jedoch von Anfang an nicht wirklich sein Typ. Er liebte langbeinige, schlanke Frauen mit dunklen Haaren und einem wippenden, dynamischen Gang. Natalie war blond, rundlich und bewegte sich plump. Oft sagte er zu ihr, „geh doch mal ein bisschen lockerer ", aber sie tat es nicht. Sie versuchte es nicht mal. Im Gegenteil. Marco hatte den Eindruck, dass sie immer behäbiger wurde, auch geistig. Mit der Zeit interessierte sie sich für immer weniger und ausgehen wollte sie quasi gar nicht mehr. Wenn sie von der Arbeit nach Hause kam, widmete sie sich dem Haushalt, kochte – später schlief sie vor dem Fernseher ein.

Marco wollte endlich wieder etwas erleben, sich

verlieben, Sex – Sex mit einer Frau, die ihn erotisiert, Sex mit einer Traumfrau, seiner Traumfrau. Schon lange suchte er sie. Das sagte er sich und Achim. Achim war jedoch der Meinung, dass Suchen anders ginge, als Marco es tat. Er unternahm nämlich so gut wie nichts. Im Café zu sitzen und zu warten, bis die Traumfrau erscheinen und ihn ansprechen würde, war aus Achims Sicht nicht zielführend, genauso wenig, wie in der Sauna Frauen zu begutachten, in der Hoffnung, dass die Schönste ihn anlächeln und mit ihm ins Bett steigen würde.

„Du musst jetzt endlich aktiv werden", sagte Achim, als sie bei Anesis, der Wirt der gleichnamigen Taverne, das zweite Weißbier bestellten. „Geh doch mal zum Tanzen. Oder besser ins Museum. Da rempelst du eine gutaussehende Frau an, entschuldigst dich und fragst, ob ihr das Kunstwerk gefällt. Oder so ähnlich. Und schon seid ihr im Gespräch."

„Von wegen. Dann sagt sie ‚ja' oder ‚geht so' und dreht sich weg. Ende des Gesprächs."

„Natürlich musst du dich ein bisschen ins Zeug legen. Sei kreativ! Sag zum Beispiel, dass du von dem Bild oder der Skulptur so beeindruckt warst, dass du sie, also die Frau, ganz übersehen hast, wo sie doch so ein schönes Kleid tragen würde, was selbst schon ein Kunstwerk darstellte ... oder so ähnlich."

„So eine plumpe Anmache funktioniert doch nie. Und wer weiß, wie lange ich überhaupt noch was sehe. Ich habe dir doch erzählt, dass ich einen Schatten gesehen habe. Die Ärzte finden nichts."

Marco erzählte, dass die Augenärzte meinten, er sollte zum Neurologen oder Psychologen gehen. „Hey! Die denken, ich habe mir das nur eingebildet!"

„Ich kann dazu nichts sagen. Aber bei den Augen wäre ich vorsichtig. Wenn es wieder kommt, musst du dir einen richtig guten Augenarzt suchen. Das ist wichtig."

„Ich weiß. Mein Opa wurde blind. Es fing mit Seh-störungen an. Wahrscheinlich bin ich familiär vorbe-lastet."

„Wie ist es momentan?"

„Alles gut."

„Immerhin. Wahrscheinlich war es nur eine einmalige Sache. Stressbedingt oder Augenmigräne oder etwas in der Art." Achim hätte Marco gerne Ratschlä-ge gegeben, aber mit Augenkrankheiten kannte er sich nicht aus. „Aber unabhängig davon", ergänzte er, „ein wenig lockerer könntest du trotzdem werden – auch was Frauen betrifft."

„Du hast ja recht. Wahrscheinlich bin ich zu ver-klemmt. Ich drehe noch durch, wenn sich nicht bald was tut."

„Es!" Achim wurde ernst. „Das *Es* tut eben gerade nichts. *Du* musst was tun." Er packte Marco bei den Schultern und schüttelte ihn. Marco wehrte sich hef-tig, so dass ein Stuhl umkippte, und Anesis kritisch die Augenbrauen hochzog und kurz überlegte, ob er eingreifen musste. Das brauchte er aber nicht, denn für die beiden Freunde war die Auseinandersetzung nur Spaß. Sie setzten sich wieder ordentlich an den Tisch und konnten plötzlich herzhaft lachen – über ihr Leben und über das Leben an sich, das selten so lief, wie man es sich wünschte.

Anesis spendierte zwei Ouzos. Schließlich wurden es sechs, und Marco fühlte sich wesentlich besser, als sie über die zunehmende Vermüllung der Städte spra-chen, was lange nicht so schlimm sein würde, wie man oft behauptete, gerade in München. Der echte Münchner würde an ganz anderen Sachen leiden, aber, sagte Achim zu Anesis, der hin und wieder gerne kurz mitdiskutierte, darüber dürfe man nicht reden. Das wäre zu gefährlich. Und wieder mussten Marco und Achim lachen, und auch Anesis lachte mit, obwohl er nicht so genau wusste, warum.

Achims Aufforderung, er müsse endlich mal aktiv werden, ging Marco nicht mehr aus dem Kopf. Als er am Sonntagabend Natalie in einem Bademantel eingewickelt aus dem Badezimmer kommen sah, kam ihm spontan die Idee, einen Urlaub in einem Sport- und Wellnesshotel zu buchen – alleine, ohne Natalie. In so einem Hotel wären bestimmt alleinreisende Frauen anzutreffen. Er suchte im Internet nach einem guten Hotel im Berchtesgadener Land, denn die Gegend wollte er schon immer mal kennenlernen. Er fand ein passendes Haus in schöner Lage, nicht gerade günstig, aber das war ihm dann egal. Er buchte für nächsten Sonntag und sagte Natalie vorerst nichts. Erst am Tag vor seiner Abreise, länger konnte er nicht mehr warten, informierte er Natalie.

„Ich fahre morgen für eine Woche in ein Sport- und Wellness-Hotel", verkündete Marco, als er mit Natalie am Frühstückstisch saß.

„Wie, was? Wellness? Du willst in ein Wellness-Hotel?", stammelte Natalie.

„Ja, du hast schon richtig gehört."

„Das ist nicht dein Ernst." Sie schmunzelte, denn sie dachte, Marco machte einen Witz.

„Doch, das ist mein Ernst. Ich mache Urlaub in einem Hotel mit Wellnessangeboten. Es ist gebucht und ich sage nicht ab."

Natalie war einen Moment sprachlos, bis sie realisierte, dass Marco keinen Witz machte.

„Ohne mich und ohne mit mir vorab darüber zu reden?"

„Ja. Das ist ein Spontanentschluss."

„Was heißt Spontanentschluss? Du kannst doch nicht einfach von der Arbeit wegbleiben."

14

„Doch. Ich habe mit einem Kollegen den Urlaub getauscht."

„Warum? Warum machst du das?", zischte Natalie. Sie konnte es nicht fassen. „Fährt Achim mit? War das seine Idee?"

„Nein. Das ist meine Idee. Und ich fahre alleine."

„Warum?" Natalie schüttelte verständnislos den Kopf. „Du hast doch noch nie alleine Urlaub gemacht. Was soll das?"

Marco sah sie an und verstummte. Er konnte ihr doch nicht die Wahrheit sagen: ich suche Sex mit einer tollen Frau. Stattdessen zuckte er mit den Achseln, und Natalie fragte noch einmal: „Warum?"

„Ich muss mal was für mich alleine machen."

„Aber Wellness? Das passt doch gar nicht zu dir."

„Was passt denn deiner Meinung nach zu mir?"

„Eine Studienreise nach Ägypten, zum Beispiel."

Sie wusste, dass er Probleme mit der Hitze hatte. Nie würde er im April nach Ägypten fahren.

„Du weißt, dass ich in keine heißen Länder fahre."

„Ja, stimmt. Das war auch nur ein Beispiel. Wo ist denn dieses Hotel?"

„In den kühlen Berchtesgadener Alpen."

Nach einer kurzen Schweigepause stand Natalie auf, räumte den Tisch ab und sagte in einem beleidigten Ton: „Okay, mach deinen blöden Wellness-Urlaub."

„Schön. Dann ist ja alles gut, so wie es ist."

Das war es keineswegs. Er wusste, nur zu sagen, dass er mal was alleine machen möchte, war zu wenig. Er müsste sich erklären: ... dass er eine Auszeit bräuchte, dass er gestresst sei, und dass er mal raus müsste. Das alles stimmte zwar auch, aber er hatte überhaupt keine Lust, sich zu rechtfertigen sowie weitere Fragen zu beantworten. Und so tat Marco das, was viele Männer tun, um vor Auseinandersetzungen zu flüchten: Er nahm seine Jacke und verließ die Wohnung.

Das Wetter war sehr schön. Er fuhr mit der U3 bis nach Thalkirchen und lief die Isar entlang stadtauswärts. Viele Leute waren unterwegs, kein Wunder bei diesem sonnigen Wetter. Bis jetzt, Mitte April, war es viel zu kalt. Die Menschen sehnten sich nach dem Frühling, nach Wärme und Licht.

Marco stieg über das Gebüsch hinab zu einem kleinen Weg, der zwischen den Bäumen direkt an der Isar entlangführte. Beinahe wäre er ausgerutscht, denn der Boden war glitschig. Er hielt sich an einem Ast fest und ging dann vorsichtig weiter. Der Weg wurde bald wieder etwas breiter und der Untergrund stabiler. Gerade wollte er eine schnellere Gangart einlegen, da geschah es: Der Schatten war wieder da. Urplötzlich von einer Sekunde auf die andere, direkt vor ihm. Grau, wie das letzte Mal, aber größer, etwa menschengroß. Er verdeckte einige Baumstämme.

Marco zuckte zusammen. Unwillkürlich rieb er sich die Augen, hielt sie mehrere Sekunden fest geschlossen, dann öffnete er sie und hoffte, dass der Schatten weg war. Dem war aber nicht so. Er ging langsam und vorsichtig einige Schritte vorwärts, der Schatten gleichsam mit ihm. Er hatte das Gefühl, dass seine Augen brannten, aber es konnte natürlich auch vom Reiben gekommen sein. Wieder schloss er die Augen, diesmal ganz sanft. Dann öffnete er das rechte Auge, das linke hielt er mit der Hand zu. Der Schatten war immer noch sichtbar. Auch allein mit dem linken Auge konnte er ihn sehen. Was war das nur? Er versuchte trotzdem seinen Weg fortzusetzen, was ihm allerdings nicht möglich war. Der Schatten irritierte ihn zu sehr. Wieder schloss er die Augen und zählte bis dreißig. Und als er sie wieder öffnete, war der Schatten weg. Komplett. Nichts mehr war zu sehen.

Er konnte es gar nicht glauben, drehte sich um sich selbst, sah in alle Richtungen. Nichts. Die Welt war klar, die Sonne schien, die Leute lachten. Alles war wieder normal.

Normal? Normal war das nicht. Erst ganz langsam und dann mit einer ziemlichen Wucht merkte er, wie sehr ihn dieser Schatten beunruhige. Seine Knie fingen an zu zittern. Er musste sich an einem Ast festhalten. Um sich stabiler zu fühlen, drückte er seine Füße fest in die Erde. Dann ließ er langsam seine Augen kreisen, schaute in alle Richtungen und beobachtete sehr genau, ob er wirklich alles sehen konnte. Erst als er sich sicher war, dass auch kein winziger Fetzen eines Schattens seinen Blick trübte, stieg er langsam hoch zum breiten Fußweg und setzte sich auf die nächste Bank. Seine Gedanken kreisten um die Frage, was mit seinen Augen los war: Habe ich eine seltene oder gar unbekannte Augenkrankheit? Sollte ich noch einmal zu einem anderen Augenarzt gehen oder tatsächlich zu einem Neurologen oder Psychologen? Bin ich mehr gestresst, als es mir bewusst ist? Hätte ich mit Natalie reden sollen, ehrlich und ohne Umschweife? Sind diese Schatten Symptome eines verdrängten Problems?

Als er wieder zu Hause ankam, war Natalie nicht da. Er war erleichtert. Er hätte, Augen hin oder her, mit ihr nicht reden wollen, und schon gar nicht jetzt, wo er noch ganz durcheinander war. Er wollte wegfahren – sofort. Er rief im Hotel an, fragte, ob er schon heute kommen könnte. Es klappte. Eilig packte er den großen Koffer, nahm viel zu viele Sachen mit und hoffte, nichts Wichtiges vergessen zu haben. Für Natalie hinterließ er eine Nachricht auf einem Zettel. „Bin schon los. Komme nächsten Samstag wieder. Bitte ruf nicht an. Gruß, Marco."

2

Das Hotel lag an einem Hang mit einem phantastischen Blick in die Berge. Mit den nur etwa sechzig Betten machte es einen behaglichen und idyllischen Eindruck. Sein Zimmer war neu, dezent modern, mit Vollholzmöbeln, was Marco liebte. Er war zufrieden.

Er packte aus, besichtigte das Hotel und machte in der näheren Umgebung einen Spaziergang. Am späten Nachmittag setzte er sich auf die Hotelterrasse und beobachtete, wie nach und nach die Wanderer – und was ihn besonders interessierte: die Wanderinnen! – von ihren Touren zurückkamen. Es waren, so wie er sich das vorgestellt hatte, viele Frauen hier – ohne Männer. Zwei Freundinnen, sie hakten sich ineinander, gingen an ihm vorbei und schauten ihn offensiv an. Das freute ihn. Sehr sogar.

Im Restaurant sah er die beiden wieder. Sie hatten sich hübsch gemacht – nein, sie waren hübsch. Am Buffet reihte er sich hinter ihnen ein. Die mit den dunklen, halblangen Locken sprach ihn auch prompt an, als er etwas unschlüssig vor der Salattheke stand.

„Sie müssen unbedingt den Spinatsalat probieren. Er ist sehr raffiniert zubereitet, wirklich fein."

„Aha. Dann mache ich das. Sie kennen sich mit dem Essensangebot hier anscheinend schon gut aus?"

„Wir sind bereits ein paar Tage da. Sind sie alleine hier?"

„Ja. Ich bin heute Nachmittag angekommen."

Sie plauderten ganz ungezwungen, während sie ihre Teller belegten. Ihre blonde Freundin sagte, er solle sich doch zu ihnen setzen. Was er dann auch tat.

Sie unterhielten sich über die Wandermöglichkeiten in der Gegend, über Yoga und die anderen Ange-

bote des Hotels inklusive der biologischen Kosmetik-
behandlungen und Massagen. Marco fühlte sich in der
Wellness-Welt angekommen, die ihm bislang absolut
fremd war und über die er auch etwas schmunzeln
musste. Aber er genoss es, sich so unbeschwert unterhalten zu können. Und besonders genoss er die Anwe-
senheit der dunkelhaarigen Ina. Nelly, ihre blonde
Freundin, fand er auch nett, aber Ina war genau sein
Typ. Sie hatte schlanke, lange Beine und diesen be-
schwingten Gang, den er bei Frauen so liebte.

Er schlief gut die erste Nacht. Und als er am Morgen aus dem Fenster sah und die großartigen Berge
betrachtete, freute er sich auf den Tag. Seine Augen-
probleme hatte er fast vergessen. Und er wollte sie
auch vergessen, nicht darüber nachdenken, sondern
nur entspannen.

Im Frühstücksraum hielt er Ausschau nach den
beiden Frauen. Leider waren sie nicht da. Es war neun
Uhr. Er fragte an der Rezeption, ob die zwei schon
unterwegs waren, aber das konnte man ihm nicht sagen. Er machte sich wanderfertig und ging dann los.
Da er nicht oft in den Bergen war und nicht allzu viel
Wandererfahrung hatte, ließ er es langsam angehen.
Ein Stück vom Hotel entfernt gab es einen Weg zu
einer Alm – zwei Stunden Gehzeit stand auf dem gel-
ben Wegweiser. Das war optimal. Er hoffte, obwohl
er nicht daran glaubte, Ina und Nelly zu treffen.

Bereits nach zwanzig Minuten schwitzte er. Er zog
die Sportjacke aus und trank die halbe Wasserflasche
leer. Ihm war klar, er hatte viel zu wenig zum Trinken
mitgenommen. Der anfangs gemütliche Weg wurde
steiler, die Sonne heißer. Seine Kondition war eher
schlecht. Gut war, dass er nun eine Woche lang trai-
nieren konnte – er hatte es bitter nötig. Endlich kam er
an der Hütte an. Einige Wanderer saßen auf den Bänken vor der Hütte und genossen bereits ein kühles

Bier. Er hielt Ausschau nach Ina und Nelly, doch sie waren nicht da. Ein klein wenig enttäuscht trank er, aber mit Genuss, ein alkoholfreies Weißbier und aß dazu einen Wurstsalat. Mit seinen Tischnachbarn wechselte er ein paar Worte und freute sich, dass er hier war, weg von Natalie und auch weg von der Arbeit. Er war Jurist in einer Sachversicherung, bearbeitete Kundenbeschwerden und schrieb Gutachten. Die Tätigkeit forderte ihn nicht allzu sehr heraus, obwohl er stets viel zu tun hatte, nicht selten zu viel, aber die Kollegen waren nett und die Bezahlung gut.

So saß er nun unter einem Sonnenschirm und entspannte. Er bestellte schließlich ein „richtiges" Weißbier und fühle sich nach einem kräftigen Schluck gleich noch entspannter. Da es erst Mittag war, und der Tag so herrlich, peilte er ein weiteres Ziel an. Zum nächsten Berg waren es weitere zwei Stunden. Das sollte er doch locker schaffen. Und in der Tat, festen Schrittes marschierte er dahin, trotz des Weißbiers und seiner mäßigen Kondition. Ein kühler Wind wehte um seinen Kopf, was er als angenehm empfand. Was für ein schöner Urlaubstag, dachte er und fotografierte mit dem Handy – seine Systemkamera hatte er leider vergessen – den Watzmann, der sich plötzlich vor ihm auftat. Aber da tat sich noch was anderes auf und das gefiel ihm ganz und gar nicht.

Nein, nicht schon wieder! Der Schatten. Bitte nicht! Marco blinzelte, rieb sich die Augen, presste die Lider ganz fest zusammen und öffnete dann vorsichtig die Augen. Es nützte nichts, er war da. Das Gebilde hatte sich verändert, es hatte eine menschliche Form angenommen. Eindeutig. Er sah einen Kopf, einen Rumpf, ein paar Beine mit Füßen, wenn auch sehr plumpe, wie Holzscheite. Nur Arme fehlten. Gebannt blickte er auf den Schatten. Sein Atem stockte. Sein Herz fing an zu klopfen. Dieses Gebilde sah aus wie ... ja, wie ein Geist! Verdammt, ich sehe einen Geist, dachte er. Das darf doch nicht wahr sein!

„Verschwinde", fauchte er, obwohl er wusste, dass es dämlich und sinnlos war.

Dann nahm er das Handy und fotografierte die Erscheinung, die, so kam es ihm vor, einige Meter vor ihm stand. Auch das war sinnlos. Auf den Fotos war nichts zu sehen.

„Lass mich in Ruhe, hau ab!"

Marco hatte den Eindruck, dass der neue Schatten – dieser Geist! – auf ihn reagierte, zumindest wackelte er ein wenig hin und her, als er ihn anschrie. Aus purer Verzweiflung nahm er einen Stein und warf ihn nach dem Schatten, um ihn zu vertreiben, aber er blieb natürlich. Marco drehte sich um, doch er war wieder vor ihm. Egal, in welche Richtung er blickte, der Schatten – er sah tatsächlich wie ein Geist aus – ging mit seinem Blick mit, nicht ganz synchron, sondern ruckelig. Manchmal stand er mehr rechts, dann wieder mehr links. Es war auch egal, ob Marco den Boden vor seinen Füßen oder die Berge in weiter Ferne fixierte, das Gebilde war immer in seinem Gesichtsfeld.

Jetzt nur nicht durchdrehen, sagte er sich. Ganz ruhig bleiben, Augen schließen und durchatmen. Es wirkte, er wurde langsam ruhiger. Doch dann hörte er plötzlich Stimmen. Andere Wanderer, zwei Männer und eine Frau, näherten sich ihm und sein Herz klopfte erneut heftig. Er wusste, er musste die Augen öffnen und so tun, als wäre nichts. Aber vielleicht, ja vielleicht trat nun der zwar unwahrscheinliche, aber doch nicht ganz auszuschließende Fall ein, dass die Wanderer diesen Schattengeist auch sehen konnten. Dann wäre dies nicht sein Problem, sondern eine objektive Erscheinung. Er öffnete die Augen. Der Geist war noch da. Die Wanderer kamen näher, redeten miteinander, lachten.

„Servus. Na, schon ein bisschen müde?", fragte ihn einer der Männer.

„Ja, ein wenig. Ich bin die Berge nicht gewöhnt, da kommt man schon außer Atem", antwortete Marco und sah zum Geist, der zwar etwas abseits der Wanderer, aber noch in deren Blickfeld stand. Sie müssten ihn sehen, dachte er sich, falls sie ihn sehen können. Sie konnten es nicht.

„Pausen sind wichtig", sagte der andere Wanderer. „Viele rennen wie die Irren durch die Berge und nehmen überhaupt nichts wahr. Dabei ist es so schön hier."

„Da haben Sie recht", bestätigte Marco. „Eine wunderbare Gegend."

Sie wünschten sich gegenseitig noch einen schönen Tag und die Wanderer gingen direkt am Schatten vorbei weiter den Weg nach oben.

Marco wollte keinen Schritt mehr gehen, solang *er* noch da war, zumindest nicht nach oben. Um sich abzulenken, holte er seine halbleere Wasserflasche aus dem Rucksack und trank einen Schluck. Was sollte er jetzt machen? Wieder die Augen schließen und warten und hoffen? Oder einfach ins Tal zurückgehen – mit *ihm*? Er war kurz davor in Panik zu geraten. Er setzte sich auf einen Holzstumpf, klopfte sich auf den Kopf und rieb seine Augen. Er schloss sie, er öffnete sie, er blinzelte bis er nur noch Blitze sah, wie man es vom Stroboskop kannte und schüttelte dabei seinen Kopf hin und her. Er schloss wieder die Augen und wollte bis hundert zählen, jede Zahl ganz bewusst und langsam.

Er war bei siebzig. Irgendwas knallte in seiner Nähe. Er kannte das Geräusch nicht, war sich aber sicher, dass es nichts mit ihm zu tun hatte und hielt die Augen geschlossen. Er zählte weiter. Bei zweiundneunzig spürte er etwas am linken Unterarm. Unwillkürlich blickte er dort hin. Es war Vogelkacke. Er musste fast lachen und genau in diesem Moment vergaß er für einen Bruchteil einer Sekunde den Schatten. Er sah hoch. Und tatsächlich war das ersehnte Wunder geschehen: der Schatten war weg. Er wischte sich den Arm ab und dankte dem Vogel, den er noch wegfliegen sah, wie einem Gott im Himmel, dass er den Schatten vertrieben hatte. Da Marco nicht religiös war, blieb es beim Dank an den Vogel.

Endlich im Hotel angekommen – der Rückweg kam ihm unendlich weit und beschwerlich vor – duschte er lange und setzte sich dann wieder auf die Hotelterrasse. Er musste Menschen um sich haben. Er konnte nicht mehr mit sich allein sein, denn er hatte das Gefühl, dass er ein ernstes Problem hatte. Er sah etwas, was andere Menschen nicht sahen. Etwas, das sich verändert hatte. Und sich weiter verändert? Und wieder auftaucht? Plötzlich irgendwo? Mittlerweile glaubte auch er, so wie die Augenärzte, um eine Augenkrankheit handelte es sich bei diesem Phänomen wohl nicht.

Das Handy klingelte – es war Natalie. Er fühlte einen leichten Stich im Bauch. Ausgerechnet jetzt. Er fühlte sich noch ziemlich mitgenommen. Was wollte sie? Er hatte sie doch gebeten, nicht anzurufen. Nach mehrmaligem Klingeln nahm er das Gespräch an, obwohl er absolut keine Lust hatte, mit ihr zu reden. Aber sein schlechtes Gewissen war größer, schließlich hatte er sich nicht mal verabschiedet.

„Hallo Natalie. Was gibt's?"

„Hallo Marco Ich wollte nur wissen, ob du gut angekommen bist."

„Das bin ich."

„Ist das Hotel okay?"

„Ja, es ist okay. Warum rufst du an?"

„Da du schon gestern abgereist bist, haben wir uns

nicht mehr gesehen, nicht mehr gesprochen. Du bist einfach abgehauen, hast nur einen Zettel hinterlassen. Ich weiß überhaupt nicht, was eigentlich los ist."

„Nichts ist los. Ich will mich einfach nur erholen."

„Das glaube ich nicht. So überarbeitet warst du doch gar nicht. Bist du wirklich in Berchtesgaden?"

„Ja, so ungefähr. Ich bin nicht direkt in der Stadt, sondern ... das ist doch wirklich nicht wichtig!", entgegnete Marco vehement und musste aufpassen, dass er nicht laut wurde. Seine Nerven waren gerade nicht besonders stabil. „Ich will ein paar Tage was anderes erleben. Das ist alles."

„Ohne mich, ist schon klar." Natalie fühlte sich übergangen und vernachlässigt. „Du hättest mich doch wenigstens fragen können, ob ich mitfahren will."

„Ja, das hätte ich."

„Warum hast du es dann nicht getan?"

„Mein Gott, Natalie. Bitte ..."

„Was heißt hier ‚bitte'? Ich finde dein Verhalten nicht okay. Du behandelst mich total abweisend."

„Lassen wir das jetzt. Ich möchte nicht mehr weiterreden, das macht keinen Sinn, schon gar nicht am Telefon."

„Gut. Jetzt macht das wirklich keinen Sinn. Wann kommst du zurück?"

„Am Samstag. Das habe ich doch geschrieben."

„Dann müssen wir reden", sagte Natalie in einem sehr ernsten Ton.

Allerdings, dachte sich Marco und spürte zugleich, dass er vor diesem Gespräch Angst hatte. Er wusste nicht, ob er sich von Natalie trennen wollte. Er wusste auch nicht, ob er der Beziehung noch eine Chance geben konnte oder ob er innerlich schon abgeschlossen hatte. Das, was er jetzt wusste, war, dass er das Telefonat sofort beenden musste.

„Also dann bis Samstag. Tschüss."

Er hörte noch das „Tschüss" von Natalie, legte sofort auf und schaltete das Handy aus. Er atmete mehrmals kräftig durch und blickte vor sich hin – auf die Fließen der Hotelterrasse. Sein Herz klopfte. Das Gespräch hatte ihn aufgeregt.

Er bestellte ein Glas Wein, trank es zügig, dann ging es ihm etwas besser. Die Sonne stand schon tief und die dunklen Berge wirkten mächtig und majestätisch. Er hörte, wie sich am Tisch nebenan ein Pärchen über die beeindruckende Kulisse unterhielt. Er betrachtete die Bergkette und musste dem Pärchen rechtgeben: es war schön hier, viel zu schön, um sich aufzuregen. Er zwang sich, wieder das Hier und Jetzt wahrzunehmen und den Schatten und Natalie ab sofort zu vergessen. Nach einem weiteren Glas Wein konnte er sich endlich einigermaßen entspannen.

Ina kam auf ihn zu. Alleine. Marco freute sich, winkte ihr, und sie setzte sich zu ihm.

„Wie war dein erster Tag? Bist du gewandert?", frage Ina.

„Ja, klar. Und in einer Almhütte eingekehrt. Wann seid ihr denn los? Ich dachte, wir würden uns vielleicht beim Frühstück sehen."

„Wir sind heute schon um acht Uhr mit den Mountainbikes aufgebrochen und waren am Königssee. War schön, aber anstrengend."

„Wo ist Nelly?", fragte Marco und hoffte, dass sie sagte, Nelly hätte noch etwas vor, sodass er mit Ina allein sein konnte.

„Sie besucht in Bad Reichenhall eine Bekannte und kommt erst spät zurück, sodass ich heute Abend alleine bin. Wir könnten zusammen essen, wenn du willst."

„Gerne, sehr gerne. Soll ich dich abholen?"

„Ich hole dich ab", sagte Ina. „Deine Zimmernummer?"

„Neunundzwanzig.

Ina sah Marco mit einem ernsten Gesichtsausdruck an. „Das ist keine gute Zahl."

„Wieso das denn?"

„Das darf ich dir jetzt eigentlich gar nicht sagen, denn es klingt verrückt. Bist du abergläubisch?"

„Nein, bin ich nicht. Sag schon, was hat es mit der Zahl auf sich?"

„Meine Großmutter und meine Mutter sind an einem Neunundzwanzigsten gestorben. An einem Neunundzwanzigsten habe ich mir mal den Arm verbrannt. Siehst du die Narbe? Das war nicht lustig."

Ina hatte eine etwa sechs Zentimeter lange Brandnarbe unterhalb des Ellenbogens, was Marco noch gar nicht aufgefallen war.

„Und eine Kollegin von mir", fuhr sie fort, „wurde an einem Neunundzwanzigsten am Geldautomaten zusammengeschlagen und am selben Tag starb ihre Mutter an einem Herzinfarkt. Verrückt oder?"

„Schon. Hm. Aber was mir auffällt, es waren nur Frauen betroffen. Mir wird schon nichts passieren, da ich doch ein Mann bin." Er schmunzelte und dachte: Hoffentlich. Wer weiß, was noch auf mich zukommt.

„Glaubst du an Geister?" Marco musste diese Frage jetzt einfach stellen.

Ina lachte. „An Geister? Du meinst Tote, die irgendwo ihr Unwesen treiben? Bestimmt nicht. Ich bin zwar, logischerweise bei meinen Erfahrungen, skeptisch, wenn es um sogenannte Zufälle geht, aber an Geister glaube ich nicht. Aber wer weiß, vielleicht gibt es sie ja. Ich habe jedenfalls noch keinen gesehen. Du vielleicht?"

„Ja, heute am Berg."

„Und du hattest ganz große Angst. Simsalabim! Er hätte dich womöglich in einen Frosch verzaubern können." Sie stand auf, um zu gehen. „Wir sehen uns heute Abend – aber nicht erst zur Geisterstunde. Ist neunzehn Uhr okay?"

„Ist okay", sagte Marco und sah Ina hinterher, als sie beschwingt die Terrasse verließ.

Er trank den letzten Schluck Wein und dachte über die Neunundzwanzig nach. War da mal was? Es fiel ihm nichts Besonderes ein. Zum Glück.

Das Abendessen lief perfekt. Marco und Ina unterhielten sich prächtig, sie waren auf derselben Wellenlänge. Er berührte mehrmals vorsichtig und zart ihre Hand, sie die seine. Es knisterte. Marco fand Ina sehr erotisch, sehr sexy.

Nach dem Essen wankten sie leicht beschwipst zu Zimmer neunundzwanzig. Er konnte es nicht fassen: Sie kam einfach mit in sein Zimmer, ohne zu zögern, ohne Fragen, ohne Spielchen. Im Zimmer küssten sie sich. Aber der Kuss war für beide nicht gut. Sie waren irritiert, küssten sich noch mal, aber das änderte nichts. Im Gegenteil: Zunge, Lippen, Geschmack – es passte nicht, ganz und gar nicht. Der Nachgeschmack löste bei beiden sogar leichten Ekel aus.

Ina sagte: „Es tut mir leid, aber du schmeckst nicht gut."

„Du auch nicht." Marco wischte sich dezent den Mund ab.

Sie standen sich peinlich berührt gegenüber.

„Und nun?", fragte Ina.

„Wir müssen uns nicht küssen", sagte Marco. „Ich finde dich trotzdem sexy."

„Kann sein, aber Sex ohne Küssen? Das funktioniert nicht. Und ich merke, dass ... dass es mit uns nichts wird. Vielleicht sind es unsere Körpergerüche, die nicht zusammenpassen."

Auch Marco spürte, dass ihre gegenseitige Anziehungskraft für Sex nicht reichte, ob nun mit oder ohne küssen. „Du hast recht", sagte er. „Das wird wohl nichts zwischen uns, dabei hätte ich es mir so gut vorstellen können, denn ..."

„Ist schon gut", unterbracht ihn Ina. „Lass dich noch mal umarmen, aber ich denke, mehr geht nicht."

Als sie ihre Arme um ihn schlug, ihr Gesicht seines streifte und ihr Atem an ihm vorbeizog, merkte er, dass ihr Atem scharf roch, wie Kümmel oder Putzmittel. Das war ihm beim Küssen gar nicht aufgefallen.

„Gute Nacht", sagte Marco und drückte Ina sanft von sich. Das konnte wirklich nichts werden.

Marco war enttäuscht. Er legte sich aufs Bett und starrte zur Decke. Nach einiger Zeit bemerkte er, wie eintönig weiß sie war, ohne Flecken, ohne Risse, ohne irgendwas. Genauso fühlte er sich: leer und farblos – frustriert. Er dachte sich: Wenn jetzt wieder der Schatten – ich sollte ihn wohl mittlerweile nur noch als Geist bezeichnen – erscheinen würde, wäre es mir auch schon egal. Das stimmte natürlich nicht. Er hatte Angst, einfach nur pure Angst, dass mit ihm etwas geschah, dem er ausgeliefert war. Um sich abzulenken, zappte er durchs Fernsehprogramm, blieb bei einer Diskussion über Immobiliengeschäfte hängen, war jedoch zu müde, um dem Inhalt zu folgen. Er ging schlafen und träumte von neunundzwanzig Vögeln, die über ihm kreisten.

Als er am nächsten Tag den Frühstücksraum betrat, sah er Ina und Nelly schon am Tisch sitzen. Am liebsten wäre er an einen anderen Tisch gegangen, doch das kam ihm kindisch vor. Also steuerte er auf die beiden zu. Ina kam ihm entgegen und sagte das einzig Richtige: „Ich denke, es ist besser, wenn wir heute nicht zusammen frühstücken. Schließlich haben wir alle Urlaub und sind frei, in dem was wir tun."

„Danke Ina. So sehe ich das auch." Marco lächelte sie verständnisvoll an und setzte sich alleine an einen kleinen Tisch. Er schrieb eine WhatsApp:

„Hallo Achim, Zwischenbericht: Der Urlaub ist schön, die Berge sind hoch und einige Frauen ganz nett. Hatte noch keinen Sex. Wird wohl auch nichts. LG Marco."

„Mein lieber Marco, genieße deinen Urlaub und bleibe locker. Sex ist nicht alles. Schöne Grüße", schrieb Achim zurück.

Marco sah das anders. Er ging davon aus, dass Achim und Anne ein befriedigendes Sexualleben hatten, zumindest so einigermaßen. Achim hatte Marco zwar schon oft gesagt, Sex wäre ihm nicht so wichtig, in seinem Leben ginge es vorrangig um seine Band, die Rabencools, und um seine künstlerische Verwirklichung. Aber Marco glaubte das nicht. Er nahm an, Achim würde das nur sagen, um ihn abzulenken. Vermutlich hätte er sich an seiner Stelle längst von Natalie getrennt. Marco hingegen träumte von seiner Traumfrau. Irgendwann würde er sie finden und dann hätte er auch die Kraft, sich von Natalie zu trennen. Zumindest glaubte er das.

Er dehnte das Frühstück in die Länge. Er hatte keinen Plan, wie er den Urlaubstag gestalten sollte. Schon wieder wandern? Das gestrige Erlebnis hatte er noch nicht verdaut. Was, wenn dieser Geist, oder was auch immer das war, wieder kommen würde? Was sollte er dann tun? Er wusste, er konnte nichts tun. Oder hatte er sich das alles nur eingebildet? Gab es nur eine vorübergehende Fehlschaltung in seinem Gehirn? Oder hatte er einen Tumor? Krebs? Nein, das konnte nicht sein. Nicht er. Nicht jetzt.

Nach der dritten Tasse Kaffee entschied er sich, zum Königssee zu fahren und eine Bootstour zu unternehmen – eine ganz normale touristische Aktivität, da momentan schon sonst nichts normal war.

Der Ausflug hatte ihm besser gefallen, als er dachte. Der dunkelgrüne Königssee hatte ihn beeindruckt, die Bootsfahrt war lustig. Er hatte das Salzbergwerk besucht und noch kurz Berchtesgaden besichtigt. Alles lief unspektakulär – kein Schatten, kein Geist. Und doch: So sehr er den Tag genoss, richtig entspannt war er nicht. Eine Frage begleitete ihn auf Schritt und Tritt: Was war das? Da er keine Antwort fand, fasste er den Entschluss, das Ereignis als Halluzination zu bezeichnen. Halluzinationen können bei Belastungen oder Stress – und das langweilige Leben mit Natalie stresste ihn durchaus – schon mal vorkommen, haben aber keine tiefergehende Bedeutung und müssen auch nicht wiederkommen.

Am späten Nachmittag fuhr er ins Hotel zurück und freute sich auf das Abendessen. Als er gerade eingeparkt hatte, kamen auch Ina und Nelly an. Er war froh, bekannte Gesichter zu treffen und fragte spontan, mit einem fragenden Blick Richtung Ina, ob sie auf ein gemeinsames Abendessen Lust hätten. Sie hatten. Er freute sich, dass er am Abend Gesellschaft haben würde und dass der misslungene Sexversuch mit Ina kein Hindernis für ein gemütliches Zusammensein darstellte.

„Hattest du einen schönen Tag?", fragte Ina, nachdem sie das Essen bestellt hatten. „Warst du in den Bergen unterwegs?"

„Nein, ich war am Königssee und im Berchtesgadener Salzbergwerk."

„Da waren wir auch schon", sagte Nelly. „Hast du schon gehört, was passiert ist?"

„Nein. Was ist denn passiert?"

„Auf dem *Toten Mann* hinter der Bezoldhütte ist ein toter Mann gefunden worden", sagte Ina. „Wir waren heute dort."

„Ein toter Mann lag auf einem toten Mann?" fragte Marco irritiert. „Was geht denn hier ab?"

„*Toter Mann* ist ein Berg. Der heißt so. Oben steht die Bezoldhütte, eine unbewirtschaftete Schutzhütte", erklärte Nelly. „Mir ist noch ganz schlecht. Wir waren kurz vor der Hütte, da hörten wir plötzlich eine Frau schreien. Wir dachten, sie wäre hinter der Hütte – gesehen haben wir niemanden – und hätte sich verletzt. Wir sind sofort hingelaufen. Ja, und dann lag da der Tote hinter der Hütte zwischen den Brennnesseln. Seine Augen waren weit aufgerissen. Er sah gruselig aus, panisch, angstvoll ... ich weiß nicht. Es war unheimlich."

„Ein Mann um die Vierzig, schätze ich", ergänzte Ina. „Er lag auf dem Rücken. Er sah nicht verletzt aus, nur der Gesichtsausdruck war entsetzlich, vielleicht ein Herzinfarkt. Die Frau rief die Polizei. Wir haben dann noch zwei andere Wanderer kommen sehen und haben uns schlagartig aus dem Staub gemacht. Hätten wir vielleicht nicht tun sollen. Aber wir hatten einfach keine Lust, in so eine Sache hineingezogen zu werden."

„Das kann ich verstehen", sagte Marco. „Was hättet ihr der Polizei auch sagen sollen? Außerdem hat die Frau den Mann gefunden, nicht ihr."

„Ja schon", sagte Ina zerknirscht, „aber wenn uns die Polizei als Zeugen gebraucht hätte und uns jetzt vielleicht sogar sucht? Vielleicht haben wir uns strafbar gemacht."

„Quatsch. Ihr habt doch keine Fahrerflucht begangen", meinte Marco.

„Mir sind die Berge mittlerweile unheimlich", sagte Nelly. „In den Bergen passieren doch immer wieder unheimliche Sachen, die man sich nicht erklären kann."

„Ach ja, was denn?", frage Marco interessiert. Er wurde hellhörig, denn seine Geistererscheinung war schließlich auch ein unerklärliches Ereignis.

„Mysteriöse Sachen. Ein Kellner hat erzählt, der in einem kleinen Bergdorf lebt, dass letztes Jahr seine zwei Katzen gestorben sind, die völlig gesund waren. Sie lagen tot bei seinem Schuppen."

„Das ist doch nicht mysteriös", entgegnete Ina. „Die sind wahrscheinlich vergiftet worden."

„Das kann schon sein. Aber der Kellner hatte festgestellt, dass es noch Wochen nach dem Tod der Katzen genau am Fundort – und das war im Freien – extrem muffig gestunken hat, obwohl die Katzen schon längst woanders begraben worden waren. Das ist doch eigenartig, oder?"

„Ist der Kellner heute hier", fragte Marco. „Zeig ihn mir."

„Er bedient uns", sagte Nelly.

„Er sieht ganz normal aus", stellte Marco fest.

„Natürlich sieht er normal aus", sagte Ina. „Warum soll denn nicht normal aussehen?"

„Ich meine ja nur ..."

„Er hat die Katzen nicht selber umgebracht. Und er erzählt auch kein mysteriösen Geschichten, nur um sich wichtig zu machen – wenn du das meinst", entrüstete sich Ina.

„Das meine ich nicht. Mich interessieren solche Vorfälle. Ich würde gerne mehr darüber wissen."

„Willst du mit ihm reden?", fragte Nelly.

„Lasst doch den Mann in Ruhe", gab Ina zu Bedenken. „Er muss hier bedienen, und das Restaurant ist voll."

„Das muss ja auch nicht jetzt sein", sagte Marco.

Kurze Zeit später brachte der Kellner, er hieß Franz Hintermeier, die Getränke. Marco konnte sich nicht zurückhalten und fragte ihn so höflich wie er nur konnte, ob er ihm etwas zum Tod seiner Katzen sagen würde.

„Sie wissen es wahrscheinlich von den jungen

Damen hier, nehme ich an." Er lächelte Ina überaus freundlich an. „Warum interessiert Sie das? "

„Weil ich ... weil ... ach lassen Sie uns das später besprechen. Wann hätten Sie denn Zeit?"

„Eigentlich nie. Aber gut. Nach meinem Dienst um zweiundzwanzig Uhr am Haupteingang. Dann können wir kurz reden, aber wirklich nur kurz."

Marco bedankte sich mehrfach.

„So, nun lasst uns anstoßen", sagte Ina. „Auf unseren Urlaub und auf das Berchtesgadener Land."

Marco staunte, wie schnell die beiden ihre Gläser leerten – beinahe auf einen Zug hatten sie ein Weißbier weggekippt. Und sie lachten dabei wie pubertierende Mädchen. Er konnte nicht nachvollziehen, was plötzlich so lustig war.

„Morgen reisen wir ab", sagte Nelly. „Das ist also unser letzter Abend hier. Den muss man noch genießen. Zum Wohl!" Nelly zog die Augenbrauen hoch und grinste. „Du checkst nicht allzu viel, oder?" Sie tippte mit ihrem Zeigefinger auf Marcos Hand.

„Was checke ich nicht?"

„Ina und Franz. Mein Gott, das sieht doch ein Blinder!"

Marco war nicht schlecht erstaunt. So lief das also. Spontan schoss ihm eine Bemerkung in den Kopf, die er aber nicht aussprach: Bei ihm hast du dir wohl die Zähne geputzt! Gesagt hatte er nur: „Aha." Er war eifersüchtig – nicht auf diesen Franz, aber auf die Tatsache, dass Ina eine Urlaubsliebe gefunden hatte und er nicht.

Ina grinste ein wenig verschmitzt vor sich hin.

Bereits kurz vor zweiundzwanzig Uhr wartete Marco am Haupteingang auf Franz Hintermeier, der ein paar Minuten später erschien.

„Was interessiert Sie denn an dieser alten Geschichte? Die Sache liegt doch schon ein halbes Jahr zurück. Bitte kurze Fragen. Es war anstrengend heute." Franz stellte seine Tasche neben sich ab.

„Wie erklären Sie sich den wochenlangen Gestank am Fundort der Katzen?"

„Ich habe keine Erklärung."

„Haben Sie den Boden untersucht?"

„Na klar, aber da war nichts zu sehen, gar nichts. Sogar als es geregnet hatte, war danach der Gestank noch da."

„Wissen Sie denn, woran die Katzen gestorben sind?"

„Nein. Vermutlich sind sie vergiftet worden, obwohl ich mir nicht vorstellen kann, wer das gewesen sein könnte. Ich habe keine Feinde. Aber warum interessiert Sie das? Sind Sie Polizist – einer der im Urlaub nicht abschalten kann?"

„Nein, nein. Ich bin kein Polizist. Mich interessiert Ihre Geschichte, weil ich heute ..." – Marco wollte lieber nicht so genau sagen, was er erlebt hatte – „eine schattenartige Luftspiegelung gesehen habe, richtig unheimlich. Ich dachte, vielleicht wissen Sie, ob hier so etwas schon mal vorgekommen ist und was das sein könnte."

„Schattenartige Luftspiegelung?" Franz Hintermeier zuckte mit den Achseln. „Wie sah sie denn aus?"

„Sie war grau und hatte eine menschenähnliche Form, etwas breiter vielleicht."

Franz lächelte verständnisvoll. „Ach wissen Sie, so manche Städter sehen Bären im Wald, hören Wölfe heulen, fürchten sich vor angeblichen Schlangen und so weiter. Die Berge und die Geräusche der Natur sind ihnen fremd und dann sehen oder hören sie Sachen, die gar nicht da sind. Und Schatten? Jeder Baum wirft Schatten. Vermutlich waren Sie von irgendwas irritiert oder geblendet und dachten, dass da irgendwas sei. Wie gesagt, viele Touristen bekommen in den Bergen Angst, das ist nichts Ungewöhnliches. Kommt oft vor. Lassen Sie sich mal kräftig durchmassieren, das entspannt. Noch Fragen zu den Katzen?"

„Nein. Danke für Ihre Einschätzung."

„Gerne. Und noch einen schönen Urlaub."

Marco ging auf sein Zimmer und studierte die Massageangebote im Hausprospekt.

Am Mittwochvormittag reisten Ina und Nelly ab. Marco konnte noch beobachten, wie sich Ina und Franz verabschiedeten – mit tausend Küssen und Umarmungen. Schade, sinnierte er, dass es zwischen ihnen nicht klappte. Vielleicht hätten sie beide einfach nur Mundspülungen verwenden sollen – oder Kaugummis kauen. Nun ja, es war, wie es war, es ließ sich nichts mehr ändern.

Marco nahm sich vor, die letzten drei Tage seines Urlaubs die Angebote des Hotels auszukosten. Er ließ sich täglich massieren, besuchte Yogastunden und schloss sich einer geführten Mountainbike- sowie einer Bergtour an. Das war alles nett, redete er sich ein. Wenn er ehrlich war, waren Gruppeaktivitäten nicht unbedingt sein Ding, aber es war eine Möglichkeit, Frauen kennenzulernen. Doch auch das war nur die halbe Wahrheit, denn die meisten Frauen ohne Männer, die im Hotel wohnten, interessierten ihn nicht besonders. Die volle Wahrheit war, dass er Angst hatte allein zu sein – draußen am Berg, im Wald, auf Spazier- und Wanderwegen. Da konnte dieser Franz durchaus die Meinung vertreten, dass Schatten oder ähnliche Erscheinungen nur ein Problem der Städter seien. Er hatte keine Angst vor der wilden Natur, er hatte Angst vor diesem Geist.

Am Freitag regnete es. Heftig. Und es war kalt. Im Berchtesgadener Land wurde es ungemütlich, und Marco hatte absolut kein Lust mehr auf Wellness,

Yoga und die übergewichtigen Frauen, die sich zu Hause wahrscheinlich keinen Millimeter bewegten. Im Vergleich zu diesen Damen war sogar er beweglich. Im Vergleich zu den trainierten Damen – und wenigen Herren – fühlte er sich steif und unattraktiv. Langsam kam er sich total deplaziert vor in diesem hochpreisigen Wellness-Hotel, wo man immer so tun müsste, als wäre man total entspannt und glücklich. Nichts war er von all dem.

3

Achim langweilte sich, hatte weder Lust auf Fernsehen noch auf Joggen oder andere sinnlose Aktivitäten. Es war noch früh genug, Paulo zu besuchen, bevor die Gäste eintrafen. Paulo hatte einen kleinen Club, in dem auch Livebands spielten.

„Wie schaut's aus Paulo? Können wir mal wieder bei dir auftreten? Ich bräuchte dringend ein Engagement."

„Schaut nicht gut aus. Am Wochenende geht gar nichts und unter der Woche kommen zu wenige Gäste. Da lohnt sich keine Band ... ja, ich weiß, ihr seid gut, aber es geht nicht."

„Über die Gage können wir reden. Ich bin verhandlungsbereit."

„Hm!" Paulo lächelte müde. „Vergiss es."

„Warum? Mach mir ein Angebot."

„Ich kann nicht, Achim. Es tut mir wirklich leid, aber ich habe gerade einen finanziellen Engpass. Ich muss froh sein, wenn ich den Laden noch halten kann. Verstehst du?"

„Verstehe." Was sollte er auch sonst sagen. Er konnte Paolos Problem gut nachvollziehen, denn auch seine finanzielle Situation sah nicht rosig aus.

Paulo wies seinen Mitarbeiter an, den Club zu öffnen. Es standen schon einige Leute vor der Tür und nach und nach kamen mehr Gäste, etwas mehr Frauen als Männer unterschiedlichen Alters. Gegen Mitternacht war es mäßig voll. Der Club schien tatsächlich nicht mehr so gut zu laufen. Dabei hatte Achim den Eindruck, dass sich die Gäste durchaus wohlfühlten, vielleicht gerade weil es nicht übervoll war und man noch die Chance hatte, sich einen Überblick über die

Gäste zu verschaffen.

Achims Wunsch war, mit seiner Band auf Tour zu gehen, in großen Sälen aufzutreten und Menschenmassen zu begeistern. Ein Traum. Das wusste er. Die Konkurrenz war einfach zu groß und ohne Glück, also ohne Beziehungen, gab es kaum eine Chance, bekannt zu werden. Musik war sein Lebensinhalt, aber er verdiente damit einfach nicht genug Geld.

Seine berufliche Situation war noch nie einfach. Er hielt die Rabencools zusammen, war der Frontmann, Sänger und Gitarrist. Das Repertoire der Band war vielfältig. Sie spielten so ziemlich alles: Coversongs von Rock, Pop über Oldies bis zu melodiösen Eigenkompositionen. Engagiert wurden sie für Hochzeiten, Firmenfeiern, als Begleitband und manchmal für Messen. Davon konnte keiner der Bandmitglieder auch nur ansatzweise leben, alle gingen noch einer Arbeit mit sicherem Einkommen nach. Bis auf Achim. Das wollte er nicht. Freiheit war ihm wichtiger als Sicherheit. Bislang hatte seine Selbständigkeit einigermaßen gut geklappt, denn er war ein Bühnenmensch, der nicht nur gut singen, sondern auch hervorragend reden und sein Publikum in Bann ziehen konnte. Bei den Auftritten mit der Band hielt er gerne kurze Reden zu Themen des Zeitgeschehens – lustig, doppeldeutig, hintergründig. Auf das Publikum und den Anlass zugeschnitten traf er die Worte genau so, dass sich die Zuhörer bestens unterhalten fühlten. Seine Ansprachen waren mehr als die üblichen Einlagen von Musikern, um mit dem Publikum Kontakt aufzunehmen. Es war aber auch kein Kabarett. Es war etwas Eigenes – es war Achim: schlau und gewandt sowie freundlich frech. Das kam an. Irgendwann kam ein alter Bekannter auf ihn zu und engagierte ihn für Firmenevents – als musikalischer Entertainer und Speaker. Da er praktisch zu jedem Thema etwas sagen konnte, war es leicht für ihn, als solcher aufzutreten. Obwohl er diese Tätigkeit nicht wirklich ernst nahm, hatte der doch Spaß dabei, mit voller, wenn auch nur mit perfekt gespielter, Überzeugung zu erzählen, was man hören wollte. Inhaltlich war es zielgerichtete Manipulation, kurz: aufgeblähter Schwachsinn. Aber seine Auftraggeber waren zufrieden. Er wurde weiterempfohlen, bot seine Dienste im Internet an und hatte mit dieser Tätigkeit ein zwar unregelmäßiges, aber immerhin ein ganz gut bezahltes Einkommen. Zusätzlich arbeitete er ab und an in einem Callcenter als Aushilfe. Das ging alles lange gut so.

Aber nun war die Situation eine andere. Als Entertainer oder Speaker bekam er im letzten Jahr nur noch vier Aufträge, die Rabencools hatte viel zu wenige Engagements und das Callcenter ging pleite. Er lebte vom Ersparten, und das war voraussichtlich in einigen Monaten aufgebraucht. Seine Freundin Anne hätte ihm im Notfall Geld geliehen. Früher, als er allein von der Musik lebte, musste dies schon mal sein, aber es war ihm stets sehr unangenehm.

Auch wenn Achim von Paolo kein Engagement bekommen konnte, genoss er den Abend. Er tanzte gerne, wenn er in Stimmung war und ihm die Musik gefiel. Die Musik passte und die Stimmung tanzte er gerade herbei. Das konnte er ziemlich gut. Er tanzte wild, ausdrucksstark und erotisch. Als Musiker hatte er natürlich ein hervorragendes Gespür für Rhythmus. Er entwickelte einen eigenen Tanzstil, bei dem sich Rhythmus, fließende Bewegungen und exzentrische Gesten zu einem Gesamtkunstwerk verschmolzen. Damit zog er die Blicke der Frauen auf sich – heute Abend besonders.

Eine kleine Rothaarige beobachtete ihn schon eine Zeit lang und tanzte nun direkt vor ihm, ziemlich nah und auch ziemlich wild. Als der Song zu Ende war, sprach ihn die Frau an, aber er verstand kein Wort.

„Was hast du gesagt? Es ist zu laut hier", schrie er ihr ins Ohr.

„Lass uns nach hinten gehen", sagte sie.

Sie ließen sich im Séparée auf einer Couch nieder, auf der schon ein anderes Pärchen saß. Sie rückten eng zusammen, so dass zwangsläufig Körperkontakt entstand.

„Es gefällt mir, wie du tanzt. Viele Männer können nicht tanzen, haben ein schlechtes Körpergefühl. Bei dir ist das anders." Sie streckte Achim ihre Hand entgegen. „Ich heiße Svenja."

„Schöner Name. Ich heiße Achim. Bist du öfter hier?"

„Eher selten. Und du?"

„Ich bin schon immer wieder mal hier. Paolo, der Besitzer des Ladens, ist ein Freund von mir. Paolo ist übrigens auch ein super Tänzer. Er hat sogar mal Tanzunterricht in Afro Dance genommen."

„Du auch?"

„Nein, um Gottes willen!". Auf die Idee wäre Achim nie gekommen. „Aber du hast Unterricht genommen, nehme ich an."

„Falsch", sagte Svenja, während sie ihm tief in die Augen blickte, „ich bin ein Naturtalent, was Körperlichkeit betrifft."

„Körperlichkeit", wiederholte Achim und schmunzelte. „Interessant."

„Tanzen ist sehr körperlich", sagte Svenja und drückte ihren gegen Achims Oberschenkel – deutlich spürbar. „Außerdem kann man sich high tanzen. Ich denke, so wie du tanzt, dürfte dir das nicht fremd sein."

„Nein, das ist mir nicht fremd", bestätigte Achim. "Ich kenne den Zustand sehr gut. Ich bin dann total im Flow."

„Ich auch. Ich kann so intensiv tanzen, dass mir eigentlich die Luft wegbleiben müsste, aber das Gegenteil ist der Fall. Ich atme dann ganz ruhig, die Bewegungen kommen von selbst und kosten null Kraft. Leider habe ich diesen Flow nur, solange ich mit der Musik eins bin. Wenn mich die Musik nicht mehr anturnt, dann schwindet auch der Flow oder, wie ich dazu sagen würde, die Ekstase.“

„Stimmt. Man könnte auch Ekstase sagen“, überlegte Achim.

„Ich habe nichts mehr zu trinken. Sollen wir an die Bar gehen?“, fragte Svenja.

„Ach nein, hier ist es gerade so gemütlich“, fand Achim und drückte nun seinen Schenkel gegen den ihren. „Soll ich uns was zu trinken holen? Was willst du?“

„Gin Tonic.“

„Ich kann dich aber leider nicht einladen, weil ich quasi pleite bin.“

„Okay, kein Problem. Ich lade dich aber auch nicht ein.“ Sie zog aus ihrer Hosentasche einen Zehner und gab ihn Achim. „Mehr kostet er nicht“, sagte sie

Er kam mit zwei Gin Tonic zurück. Das andere Pärchen war weg. Er reichte Svenja das Glas und setzte sich wieder körpernah neben sie. Sie sagte „danke“, nahm einen Schluck und gab Achim ein Küsschen auf die Wange.

Das kam überraschend. Er war kurz erstaunt, gab ihr ein Küsschen zurück und betrachtete sie von oben bis unten. Svenja bemerkte dies und musste lachen.

„Du begutachtest mich?“

„Ja, wenn du das so bezeichnen willst.“

„Und? Gefalle ich dir?“

„Du bist ziemlich direkt, wenn ich das mal so sagen darf.“

„Klar darfst du das sagen. So bin ich nun mal.

Wenn es dir zu viel ist, kannst du aufstehen und gehen. Und?

„Was und?"

„Du hast meine Frage nicht beantwortet."

„Welche Frage?" Achim war verwirrt.

Svenja zog die Stirn in Falten, drehte den Kopf leicht zur Seite und atmete betont intensiv ein. Dann stand sie langsam auf, stellte sich demonstrativ vor Achim und stemmte eine Hand in die Hüfte.

„Jetzt kannst du mich intensiver mustern", sagte sie herausfordernd, „und entscheiden, ob ich dir gefalle oder nicht – falls du noch unentschieden bist."

Achim klopfte sich mit der Hand an die Stirn. „Ach, diese Frage! Natürlich gefällst du mir. Sehr sogar."

Sie lächelte und setzte sich wieder neben ihn. Er legte den Arm um sie und sie kuschelte sich an seine Schulter. Nach einer kurzen Unterhaltung über den Club – was einem gefiel, wie man die Gäste einschätzte, wie gut man Paolo kannte – leerten sie ihre Gläser und fingen an zu schmusen.

„Lass uns wieder tanzen", sagte Achim, nachdem sie sich schon fast unanständig nahe gekommen waren.

Und dann tanzten sie. Keinen normalen Tanz und auch keinen Flow-Tanz. Es war eine fast showreife Darbietung. Sie ergänzten sich perfekt. Achim war gut gebaut und hatte Kraft, so dass er Svenja, die keine fünfzig Kilo wog, leicht in die Luft werfen und wieder auffangen konnte. Sie drehten sich, wirbelten miteinander über die halbe Tanzfläche, küssten sich zwischendurch, pressten ihre Körper aneinander, bewegten sich im Gleichschritt hintereinander und ließen sich auf den Boden fallen, um gleich wieder hochzuspringen. Die anderen Gäste machten Platz und sahen ihnen begeistert zu. Manche klatschten sogar.

Gerade hatte Achim Svenja wieder zu sich herge-
zogen, küsste sie und presste seinen Unterleib an ihren, als sein Blick, berauscht von der Musik, vom
Tanz und vom Alkohol, auf ein Gesicht im dunklen
hinteren Bereich des Clubs fiel – auf ein Gesicht mit
dem er überhaupt nicht gerechnet hatte. Er brauchte
ein paar Sekunden, um zu realisieren, dass er sich
nicht täuschte. Es war Marco.

Oh Gott, Scheiße, ausgerechnet jetzt, dachte
Achim. Wo kommt der denn her? Er müsste doch
noch in den Alpen sein.

Er drückte Svenja von sich und starrte in Marcos
Richtung.

„Was ist los?", frage Svenja.

„Mein bester Freund ist gekommen. Das ist gerade
blöd. Ich kann dir jetzt nicht erklären, warum."

„Verstehe ich nicht. Wo ist er denn?"

„Da hinten. Bleib einfach hier. Ich muss mit ihm
reden, alleine. Das ist jetzt wichtig. Es tut mir leid.
Lauf nicht weg", brüllte er ihr ins Ohr und schlängelte
sich zwischen den Tanzenden hindurch.

„Hallo Marco. Du bist schon zurück? Du wolltest
doch erst morgen kommen."

Marco machte ein grimmiges Gesicht. „Weil es
eben so ist."

„Was soll das heißen?"

„Nichts. Der Urlaub war ... nichts. Ich hatte ihn mir
anders vorgestellt. Aber, so ist das eben immer. Bei
dir läuft es weibertechnisch bestens, wie man sieht,
und bei mir? Scheiße! Und überhaupt. Alles ist scheiße! Mein kompletter momentaner Zustand ... einfach
alles ..."

„Jetzt stopp mal", unterbrach ihn Achim. „Was ist
denn passiert?"

„Was interessiert denn dich das? Du machst hier
mit einer kleinen Tussi rum – und ich kann zusehen."

„Das ist in der Tat nur ein Rummachen. Hat sich so ergeben. Du brauchst nicht eifersüchtig zu sein."

„Rede doch nicht so einen Stuss", schrie Marco aggressiv und schubste Achim – nicht so stark, dass er umfallen konnte, aber kräftig genug, dass er ein paar Schritte nach hinten setzen musste, um nicht den Halt zu verlieren.

„Hey, was soll das?", schrie nun auch Achim.

„Sorry! Aber es ist einfach alles viel zu kompliziert."

„Jetzt hör mal zu. Kompliziert bist du. Seit ewigen Zeiten hast du nur noch ein Thema, das dich bewegt: Sex mit einer Traumfrau. Was für eine fixe und blöde Idee. Anstatt aggressiv zu werden, halte mal lieber die Augen offen ... "

„Oh doch, ich halte die Augen offen", unterbrach ihn Marco und sagte scharf: „Aber das was man sieht, ist nicht immer das, was man sehen will."

„Mein Gott. Das war jetzt echt Zufall, dass du gesehen hast, dass ich mit der Kleinen flirte. Aber das ändert doch nichts an deinem Leben."

„Was weißt denn du? Und überhaupt, was willst du denn von der? Die könnte doch deine Tochter sein."

„Du bist echt unerträglich! Und außerdem habe *ich* ein wirklich großes Problem."

Svenja stand plötzlich neben ihnen. „Hallo. Darf ich euch mal kurz stören?"

„Klar, stör nur", sagte Marco barsch.

„Ich wollte nur fragen", – sie sah zu Achim – „ob du noch weitertanzen willst. Wenn nicht setze ich mich an die Bar und warte auf dich. Oder hast du kein Interesse mehr ..."

„Doch, doch! Ich komme gleich. Geh schon mal zur Bar."

„Wie süß, sie wartet auf dich. Habt ihr heute noch Sex?"

„Hör auf, Marco. Es reicht. Lass uns die nächsten Tage mal reden." Achim ließ Marco stehen und ging zu Svenja.

„Was ist denn das für ein Typ?", fragte sie. „Und das ist dein bester Freund? Also, ich weiß nicht. Da frage ich mich schon: Was bist dann du für ein Typ?"

„Ich verstehe nicht, was mit ihm los ist. So kenne ich ihn nicht, so aggressiv. Normalerweise ist er sehr nett. Wie alt bist du eigentlich?"

„Sechsunddreißig."

„Wirklich? Du schaust jünger aus. Ich hätte dich auf Ende zwanzig geschätzt, maximal."

„Und wie alt bist du?"

„Fünfzig."

„Oh! So alt schon. Ich hätte dich auch jünger geschätzt. Nun gut, dann passt es ja – irgendwie", schlussfolgerte Svenja, lächelte und schmiegte sich an Achim, was auf den Barhockern gar nicht so einfach war.

„Hör mal", sagte Achim und griff nach Svenjas Hände, „ich habe eine feste Freundin. Das musst du wissen."

„Ja und? Glaubst du, ich will dich heiraten? Ich habe auch einen festen Freund und nicht vor, mich von ihm zu trennen."

„Schön", sagte Achim und ließ Svenjas Hände los. „Dann passt es ja schon wieder – irgendwie."

Beide lachten.

Als Achim sich umdrehte, um nach Marco Ausschau zu halten, sah er, dass er gerade den Club verließ.

4

Natalie war es leid. Das Regal im Wohnzimmer war vollgestopft mit Vasen, Bücher, Zeitschriften, Fotoalben und Schachteln voller Kleinkram. Es war schon immer zu klein für all die Sachen, aber mittlerweile quoll es über. Es machte einen dermaßen unordentlichen Eindruck, dass sie es nicht mehr sehen konnte.

„Wir müssen endlich ein größeres Regal besorgen. Vielleicht wäre sogar ein Schrank besser. Was meinst du?"

Marco betrachtete das Regal und fand es immer noch schön. Es war aus Buchenholz und passe gut zum Esstisch, der auch aus massiver Buche war.

„Eigentlich gefällt mir das Regal, aber es sind zu viele Sachen drin."

„Das meiste ist von dir."

„Stimmt. Die Bücher und Zeitschriften könnte ich aussortieren. Aber die Vasen braucht kein Mensch. "

„Doch, die brauchen wir schon, wenn vielleicht auch nicht so viele", entgegnete Natalie. „Es ist aber trotzdem zu klein. Lass uns zu Möbel Lutz fahren", schlug Natalie vor. „Wir schauen mal, was es gibt."

Marco hatte zwar keine Lust dazu, fand Natalies Vorschlag aber vernünftig. Jedoch zu XXXLutz wollte er nicht.

„Ich möchte lieber zu Ikea."

„Ach ja? Seit wann das? Bislang warst du kein Freund von Ikea."

„Stimmt, aber heute würde ich gerne mal wieder sehen, was es Neues gibt. Ich war schon ewig lange nicht mehr dort. Außerdem gab es bei Ikea oft recht praktische Sachen."

Helen wunderte sich über Marcos neue Einstellung

gegenüber Ikea. Ihr war es gerade recht, sie fand die Möbel von Ikea prinzipiell nicht schlecht.

Und sie hatten Glück. Sie fanden eine Vitrine mit Glastüren und Schubladen, nicht ganz billig, aber schön.

„Sie ist weiß. Glaubst du, weiß passt in unser Wohnzimmer?", gab Marco zu bedenken.

„Bestimmt. Weiß passt zu allem – und sie ist sehr neutral, glatte Oberfläche, kein Schnickschnack."

„Sie ist vielleicht zu neutral." Marco fand die modernen Möbel immer etwas kalt und ungemütlich. „Ich würde doch lieber unser Regal behalten. Wir könnten ja einige Sachen im Arbeitszimmer verstauen."

„Da ist auch kein Platz mehr. Lass uns die Vitrine kaufen. Wir finden wahrscheinlich nichts Besseres." Natalie wollte Nägel mit Köpfen machen.

Marco versuchte sich vorzustellen, wie das Möbelstück im Wohnzimmer wirken würde und konnte sich damit anfreunden. So entschieden sie sich gemeinsam für die Vitrine. Es gab keinen Streit, obwohl Anschaffungen für die Wohnung meistens schwierig waren. Marco liebte zeitlose Vollholz-, Natalie schicke Designermöbel. Da sie sich oft nicht einigen konnten, wurde so mancher Kauf auf unbestimmte Zeit vertagt. Dass sie diesmal recht schnell und friedlich einen Entschluss fassten, lag wohl daran, dass sie seit der Rückkehr von Marcos Urlaub betont sachlich miteinander umgingen. Marco hatte so gut wie nichts von seinem Urlaub erzählt und Natalie hatte auch nicht nachgefragt. Das Thema wurde totgeschwiegen. Der distanzierte Umgangston war wahrscheinlich das Beste, um Streit zu vermeiden, den momentan keiner von beiden durch emotionale Äußerungen provozieren wollte.

Sie entschieden sich, die Vitrine liefern zu lassen.

Einen Bilderrahmen, vier bunte Sofakissen und eine Salatschüssel aus Glas nahmen sie jedoch gleich mit. Sie waren mit dem Einkaufswagen kurz vor dem Ausgang, als Natalie sich plötzlich umdrehte.

„Das gibt's doch nicht", sagte sie voller Freude. „Ich habe gerade eine alte Schulfreundin gesehen. Kannst du schon mal vorgehen und einladen? Ich muss sie unbedingt kurz sprechen. Ich komme gleich nach."

Das Auto stand auf dem Parkplatz im Freien. Marco mochte keine stickigen, dunklen Tiefgaragen, in denen es schwierig war, sein Auto zu finden. Im Freien konnte er sich besser orientieren. Er hatte sich gemerkt, wo er geparkt hatte – in der dritten Reihe rechts. Er fuhr mit dem Einkaufswagen zur Rückseite seines Autos und öffnete die Hecktür. Bevor er die Sachen einladen konnte, musste er im Kofferraum erst eine Schachtel zur Seite schieben. In der Schachtel lagen Winterklamotten von Natalie und er frage sich, ob sie diese weggeben wollte. Außerdem war auch sein blauer Wollpullover in der Schachtel, den er allerdings schon lange nicht mehr getragen hatte. Trotzdem fand er es nicht richtig, dass Natalie den Pullover anscheinend wegwerfen wollte, ohne ihn gefragt zu haben. Oder waren das alles Kleidungsstücke für die Reinigung?

„Hallo", sagte jemand hinter ihm mit einer dumpf klingende Stimme, die er nicht eindeutig einem Geschlecht zuordnen konnte. Spontan fühlte er sich nicht angesprochen, dachte, der Mann, der zwei Autos weiter neben ihm gerade seine Einkäufe verstaute, wäre gemeint. Doch er hatte sich getäuscht.

„Hallo M... Marco."

Ruckartig drehte er sich um und da war er wieder: der Geist.

Vor lauter Schreck ließ er die Salatschüssel fallen,

die in mehrere Teile zerbrach. Der Mann neben ihm blickte zu Marco herüber. „Oh je. Das kann passieren. Ist schon ärgerlich, wenn man umsonst durch die Küchenabteilung gelaufen ist", sagte er mitleidsvoll.

Marco war nicht fähig, auf den Kommentar zu reagieren. Mit halb geöffneten Mund starrte er auf den Geist und hielt sich mit einer Hand am Auto fest. Dann bückte er sich, um die Scherben einzusammeln. Dabei realisierte er, dass der Geist gesprochen hatte.

„Hallo Marco", sagte der Geist noch einmal, diesmal lauter und deutlicher.

Tatsächlich, so war es. Er spricht!, stellt Marco fest. Das war neu.

Marco fühlte sich, als würde er gleich ohnmächtig werden. Der Mann neben ihm war mit dem Einladen fertig und fuhr ab. Sofort parkte ein anderer Wagen in die Lücke ein. Zwei Frauen stiegen aus.

„Sei morgen Mittag am Flauchersteg", sagte der Geist laut und deutlich, genau in dem Moment, als die zwei Frauen an ihm vorbeigingen. Marco schloss daraus, dass sie den Geist nicht hören konnten, sonst hätten sie in irgendeiner Weise reagiert. Das taten sie aber nicht. Sie gingen unbeeindruckt am Geist vorbei.

Marco war dermaßen verwirrt und von innerer Panik ergriffen, dass er sich kaum noch bewegen konnte. Vielleicht hätte er zum Geist noch irgendwas sagen wollen, wenn er dazu in der Lage gewesen wäre, aber dazu war es zu spät – der Geist war schon wieder weg.

Er stand mit der zerbrochenen Schüssel in der Hand vor der geöffneten Hecktür und fing an zu frieren, als hätte er Schüttelfrost. Er stellte den Bilderrahmen in den Kofferraum, holte den blauen Pullover aus der Schachtel und war kurz davor ihn anzuziehen, entschied sich aber dagegen. Gleich würde Natalie kommen. Er musste normal wirken. Er durfte jetzt nicht durchdrehen. Obwohl er zu zittern anfing, hob er den Bilderrahmen hoch und hoffte, dass er ihn nicht auch noch fallen ließ. Es ging gut. Er legte ihn vorsichtig in den Kofferraum. Dann warf er die Kissen ins Auto – und Natalie kam.

Freudestrahlend lief sie auf Marko zu. „Stell dir vor, das war Renate. Wir haben uns das letzte Mal vor zehn Jahren gesehen."

Als sie Marco kreidebleich am Auto anlehnend sah, erschrak sie.

„Marco, was ist mit dir?"

„Mir geht es nicht gut."

„Das sieht man. Was hast du?"

„Mir ist übel."

„Vorhin warst du noch putzmunter."

„Es kam ganz plötzlich."

„Du schaust miserabel aus. Steig ein, ich fahre. Oder musst du kotzen?"

„Nein, ich glaube nicht. Es geht schon wieder."

Er lehnte seinen Kopf an die Kopfstütze, schloss die Augen und versuchte, ruhig und tief zu atmen. Das hatte am Berg geholfen. Und es half auch jetzt. Langsam strömte wieder Energie in seinen Körper. Als sie zu Hause ankamen, fühlte er sich wieder ganz okay – körperlich. Aber seine Gedanken rasten und kreisten nur um die eine Frage: Hat er wirklich gesprochen?

Sonntagmittag, elf Uhr. Was sollte er tun? Sollte er wirklich zum Flaucherersteg gehen, dann müsste er jetzt wohl bald aufbrechen. Aber was sollte er dort machen? Der Flaucherersteg ist lang. Er könnte irgendwo in der Mitte stehen bleiben. Und dann? Das ist alles ein riesengroßer Quatsch, sagte sein Verstand. Doch die Neugier war größer. Er musste wissen, ob heute Mittag am Flaucherersteg etwas Besonders passieren wird. Natalie war nicht da. Er musste also nicht erklären, warum er jetzt einen Spaziergang machen wollte.

Das Wetter war gut, leicht bewölkt, aber angenehm warm. Zu Fuß bräuchte er etwa fünfunddreißig Minuten, mit dem Rad wäre er schneller. Wann genau ist Mittag?, überlegte er. Normalerweise um zwölf Uhr, aber im Allgemeinen ist der Begriff dehnbar. Also war noch genügend Zeit, um zu Fuß zu gehen. Er schlüpfte in seine bequemen Adidas-Sneakers, zog eine leichte Sportjacke an und verließ das Haus.

Obwohl er sehr flott ging, überlegte er unentwegt, ob er diesem Auftrag, diesem Befehl, dieser Aufforderung – oder wie immer man das bezeichnen sollte – wirklich folgen wollte. Er wollte es nicht, aber er musste. Wie fremdgesteuert ging er auf schnellstem Wege zum Flauchersteg. Er hatte in Wikipedia nachgelesen, dass diese Fußgängerbrücke 340,5 Meter lang und vier Meter breit ist. Wo genau sollte er sich hinstellen, um was zu sehen? Oder sollte er einfach nur die Gegend beobachten – die Menschen, die Isar, den Himmel?

Er kam an dem kleinen Kiosk-Biergarten Schinderstadl vorbei, der sehr gut besucht war – und dann setzte er die ersten Schritte auf die hölzernen Bretter der Brücke. Er sah sich um, musste aufpassen, dass er nicht von Radfahrern oder Eltern mit Kinderwägen umgefahren wurde – es war wieder halb München auf den Beinen.

Sehr langsam ging er den Steg entlang, mal auf der einen, mal auf der anderen Seite, wobei er ständig den Menschenmassen ausweichen musste. Er beobachtete das Wasser der Isar, die Bäume, den Himmel und die ersten Sonnenanbeter, die ihre Liegematten auf den Steinen am Isarufer ausgebreitet hatten. Er versuchte auch, die Menschen auf der Brücke bewusst wahrzunehmen, was aber kaum möglich war – es waren einfach zu viele. Nachdem er zweimal hin- und hergegangen und nichts Ungewöhnliches passiert war, stieg er die kleine Holztreppe nach unten, um ans Ufer zu gelangen. Flussaufwärts ging er den Damm zwischen Isar und Isarkanal ein Stück entlang und blieb dann stehen, um den Flauchersteg zu beobachten. Von hier hatte er eine gute Sicht, auch unter die Brücke, die auf Eisenstützen stand, die in Betonsockel eingelassen waren. Plötzlich hatte er die Idee, dass die Brücke einbrechen und die Menschen in Gefahr sein könnten. Er ging zurück und begutachtete die Konstruktion, obwohl er genau wusste, dass er einen Schaden gar nicht erkennen könnte, denn er hatte absolut keine Ahnung vom Brückenbau. Er setzte sich auf einen Stein am Ufer und überlegte, was er nun tun sollte. Er war nun schon fast eine Stunde hier unterwegs und langsam fing er an, sich zu langweilen. Nach weiteren fünf Minuten intensiver Rundumsicht stand für ihn fest: Da war nichts, da ist nichts, da wird auch nichts Besonderes sein.

Er ging zurück zur Holztreppe, stieg nach oben, warf einen letzten prüfenden Blick nach rechts und links – die Leute flanierten nach wie vor entspannt – und ging dann wieder am Schinderstadl vorbei Richtung nach Hause. Beim großen Flaucher-Biergarten hielt er kurz inne und überlegte, ob er sich ein Bier genehmigen sollte. Aber er war nicht in Stimmung auf den Trubel, der dort herrschte. Er spürte, dass seine Anspannung langsam nachließ. Er war froh, dass sich nichts Außergewöhnliches ereignet hatte, dass alles friedlich war – und hoffentlich so blieb. Es war jetzt kurz vor ein Uhr, die eigentliche Mittagszeit dürfte mittlerweile vorüber sein, entschied er. Die Mission war beendet.

Seine Schritte wurden kleiner, seine Nackenmuskeln entspannten. Und endlich konnte er seine verkrampften Hände aus seinen Jackentaschen nehmen und seine Arme einigermaßen locker baumeln lassen.

Er fühlte sich besser. Zu gerne hätte er sich jetzt eingeredet, dass er die Anweisung von dieser grauen Geistfigur gar nicht gehört hatte, sondern, dass am Ikea-Parkplatz ein Autoradio zu laut lief und er nur erschrocken war, weil im Radio sein Name genannt wurde. Aber es funktionierte nicht. Er wusste, dass mit ihm irgendwas geschah, was er sich nicht erklären konnte.

Marco und Achim hatten bereits das zweite Weißbier. Der Vorspeisenteller war perfekt, und es war nicht allzu viel los bei Anesis.

„Bring uns bitte noch etwas Brot", sagte Marco zu Anesis und dann zu Achim: „Mit dem Brot ist er immer so sparsam."

Anesis stellte einen weiteren Korb mit genügend Brot auf den Tisch.

„Danke, du Brotsparer." Marco wollte witzig sein, aber sein Kommentar kam nicht gut an. Mit einem kalten Blick fixierte Anesis Marco, während Anesis den leeren Brotkorb absichtlich betont langsam zu sich nahm. Sein legendärer böser Blick war stets nur von kurzer Dauer und nicht wirklich ernst gemeint.

„Du bekommst heute keinen Ouzo spendiert", konterte Anesis und lachte.

Die beiden Freunde lachten auch, nicht nur wegen Anesis' schalkhafter Art, sondern weil Freitagabend war – ihr heiliger wöchentlicher Treff, der immer stattfand, selbst wenn es zwischen ihnen eine Auseinandersetzung gegeben hatte. Der Freitagabend war zum Erzählen und Diskutieren, zum Streiten und Versöhnen da – und zum Jammern. Und sie jammerten gerne und mit voller Hingabe, so intensiv, dass sie nach einem gewissen Alkohollevel fast immer über ihr ach so schreckliches Leben lachen mussten. Achim hatte über seine finanzielle Situation gejammert, Marco – wie konnte es anders sein – über sein nicht vorhandenes Liebesleben und über seinen, jedenfalls in sexueller Hinsicht, misslungenen Urlaub. Er hatte sich bei Achim für seinen aggressiven Auftritt bei Paolo entschuldigt.

„Kein Problem", sagte Achim. „Ich weiß ja, wo deine sensiblen Zonen liegen."

„Meine sensiblen Zonen liegen brach. Gestern Abend war es mit Natalie ganz nett. Wir saßen auf der Couch und unterhielten uns recht lebhaft über einen Film. Sie war so frisch und aufgeweckt wie lange nicht mehr. Dann habe ich sie umarmt und ihr unter den Pullover gefasst. Ich habe ihre Brüste geküsst, es hat mir Spaß gemacht, ihr anscheinend nicht. Sie stand einfach auf, streifte ihren Pulli zurecht und setzte sich auf einen Sessel. Blöde Kuh. Sie ist mittlerweile einfach asexuell", schimpfte Marco.

„Ach was, du hättest halt zu ihr hingehen müssen. Ein bisschen mehr Engagement!"

„Das hätte nichts gebracht. Bei uns ist es nicht so wie bei dir und Anne. Ihr habt noch ein erotisches, intensives Liebesleben; bei uns findet, mit ein paar Ausnahmen, quasi nichts mehr statt."

„So intensiv, wie du dir das vorstellst, ist unser Liebesleben bei weitem nicht."

„Wie oft habt ihr Sex? Ehrlich. Ich will es wissen."

„Hin und wieder, manchmal, selten, gelegentlich, oft, dann lange wieder nicht und dann wieder intensiv oder halb oder ganz ..."

„Hör auf", unterbrach ihn Marco beleidigt. „Warum willst du darüber nicht reden?"

„Weil ich nicht mitzähle. Mir ist das nicht so wichtig. Das habe ich dir schon oft genug gesagt."

„Ja, weil du viele Frauen hattest und immer noch bekommst. Tolle Frauen. Das sieht man an dieser Svenja. Und ich? Vor Natalie hatte ich zwar ein paar

Freundinnen, aber ich war zu brav, angepasst, habe nie etwas Verrücktes ausprobiert: keinen Gruppensex, keine Domina-Spiele oder so ... nicht mit der Lehrerin, der Mutter eines Freundes, kein Exhibitionismus, keine Homoerfahrungen, auch nicht mit zwei Mädchen auf einmal – einfach nichts."

„Das muss man auch nicht alles haben", meinte Achim.

„Nein, muss man nicht. Ich habe aber das Gefühl, dass ich mich nicht ausgelebt habe. Ich habe wohl auch zu früh geheiratet."

„Tu doch nicht so, als wärst du der treue Ehemann gewesen. Du hattest auch immer wieder andere Frauen."

„Das ist Jahre her. Jetzt mag mich ja keine mehr, jedenfalls keine, die ich toll finde. Einen Kompromiss gehe ich aber nicht ein."

„Ich weiß, du suchst eine Traumfrau. Ein Supermodel. Eine supersexy Tussi. Das Thema nervt. Du läufst einer fixen Idee hinterher, die dein Gehirn langsam aber sicher benebelt. Es gibt überhaupt keine Traumfrauen, außer im Film vielleicht."

„Doch. Schau dich mal um, wie viele sexy Frauen auf den Straßen unterwegs sind."

„Auf den ersten Blick. Und dann macht so eine den Mund auf, und das Supermodel wird zu einer dummen Gans, die auch noch saublöd kichert."

„Ja und? Wäre mir momentan gerade egal."

„So weit bist du also mittlerweile gesunken. Armer Marco. Wo bleibt deine Selbstachtung? Wenn es dir wirklich nur ums Vögeln geht dann nimm eine Prostituierte."

„Will ich nicht."

„Warum? Du hast doch gerade gesagt, dass du zu wenig erlebt hast. Das kann man nachholen. Hey, was hältst du davon, wenn wir mal ins Puff gehen? Oder in einen Swinger-Club? War ich auch noch nie. Könnte doch ganz lustig sein. Es gibt doch auch so Etablissements, wo man sich verkleidet. Die Frauen gehen als Bedienung ohne Höschen, die Männer als Cowboy in Ledertangas oder sie spielen ein kleines Hündchen ... oder so."

„Ohne mich."

„Okay, dann ohne dich." Achim klopfte Marco auf die Schulter. „Beschwer dich dann aber nicht, dass du nichts erlebst."

„Ich erlebe schon was, aber nicht das Richtige." Marco machte plötzlich ein ernstes Gesicht. „Ich brauche jetzt noch einen Ouzo, dann muss ich dir etwas erzählen."

„Hast du dich mit einer Frau aus dem Internet getroffen", fragte Achim.

Marco schmunzelte. „Nein, habe ich nicht. Wäre vielleicht mal angesagt." Dann wurde er wieder ernst. „Ich hatte eine Begegnung ganz anderer Art, beziehungsweise mehrere Begegnungen." Er hielt inne und nahm einen Schluck Ouzo. „Ich habe dir doch von meinen Sehstörungen erzählt, dass ich einen Schatten gesehen habe und die Augenärzte nichts finden konnten."

„ Ist es schlimmer geworden?"

„Nein, anders. Dieser Schatten ist gar kein richtiger Schatten. Ich habe auch keine Augenkrankheit ... mein Gott, Achim, der Schatten hat sich verwandelt ..." Er stockte kurz und sagte dann leise: „In einen Geist!"

Achim zog die Augenbrauen hoch. „So, so, in einen Geist. Und wie geht die Geschichte weiter?"

„Nicht gut. Hör zu: Du bist mein Freund, mein einzig richtiger Freund. Was ich dir jetzt erzähle ist keine Verarschung und kein Witz." Dann schilderte Marco seine Erlebnisse am Berg, wo der Schatten eine menschliche Form angenommen hatte, sowie seine Begegnung mit dem Geist auf dem Ikea-Parkplatz. Und er erzählte auch, dass er den *Auftrag* ausgeführt hat und zum Flauchersteg gegangen war.

„Herrje, verdammter Mist", sagte Achim besorgt. „Das ist richtig scheiße."

Einen Moment lang schwiegen beide.

Achim blickte kritisch prüfend von der Seite zu Marco. Dann wandte er seinen Blick wieder ab. „Du hast also eine Stimme gehört?"

„Ja, verdammt. Er spricht! Und ich weiß nicht, wann, wo und warum er erscheint. Vielleicht war es immer derselbe oder auch nicht. Ich kann auch nicht sagen, ob die Stimme weiblich oder männlich war. Was soll ich nur tun? Achim, verstehst du, ich sehe Gespenster!"

„Du weißt, was das heißen könnte?"

„Ja, natürlich. Vielleicht werde ich schizophren oder ich bin es schon." Marco lachte unnatürlich; er war den Tränen nahe.

„Das ist nicht lustig, Marco. Gar nicht lustig." Achim wusste nicht, was er sagen sollte. Mit Geisteskrankheiten – wie passend dieses Wort doch war – kannte er sich nicht aus.

„Wenn ich zu einem Psychiater gehe und erzähle, was ich erlebt habe, dann ist die Diagnose doch klar. Ich bekomme Psychopharmaka und werde blöd im Kopf, krankgeschrieben und verliere vielleicht sogar meinen Job. Und wenn der Geist trotzdem wieder erscheint – öfter, länger oder sogar überhaupt nicht mehr verschwindet – was dann? Probiere ich dann tausend verschiedene Pillen durch, bis ich endgültig verrückt bin? Das halte ich nicht aus, Achim. Dann bring ich mich um."

„Jetzt mal langsam. Es klärt sich bestimmt alles auf."

„Von selbst klärt sich gar nichts auf. Ich muss wissen, was mit mir los ist. Vielleicht bin ich besonders empfänglich für Metaphysisches. Vielleicht gibt es tatsächlich Geister. Es könnte doch sein!"

Doch Achim spürte, dass Marko das nicht wirklich glaubte.

Zweites Kapitel

1

Marco saß am PC. Es war schon fast Mitternacht – Natalie war schon längst zu Bett gegangen. Er musste endlich mehr über Schizophrenie wissen.

Bei *Onmeda* las er: *„Bei der paranoiden Schizophrenie stehen vor allem beständige und häufige Wahnvorstellungen und Halluzinationen im Vordergrund. Betroffene glauben beispielsweise, Außerirdische oder Geister würden sie beobachten und mit ihnen reden. Oder sie sind der Überzeugung, dass sie verfolgt werden oder dass ihre Gedanken abgehört werden. Viele hören Stimmen, die ihnen Befehle erteilen oder Angst machen. Die paranoide Schizophrenie ist die häufigste Form der Schizophrenie."* Ähnliches stand auch in anderen Portalen. Als typisch für Schizophrenie wurde vielfach auch beschrieben, dass es zu Konzentrationsstörungen, Verfolgungswahn, Probleme mit der Sprache, zu großer Erregung oder Antriebshemmung und zu motorischen Störungen kommen kann.

Bisher dachte Marco, bei der Schizophrenie hätte man auch eine Persönlichkeitsspaltung, aber bei *Neurologen und Psychiater im Netz* fand er eine andere Aussage: *„Schizophrenie wird fälschlicherweise oft mit Persönlichkeitsspaltung in Verbindung gebracht, so als ob ein an Schizophrenie Erkrankter mehrere Persönlichkeiten in sich tragen würde. Dem ist keinesfalls so. Schizophrenie hat auch nichts mit verminderter Intelligenz zu tun. Zwar mag sich ein akut Er-*

krankter für einen Außenstehenden scheinbar unsinnig verhalten, die schwer verstehbaren Handlungen entspringen jedoch keinem Verlust der Intelligenz, sondern sind das Produkt von Fehlwahrnehmungen und Fehlinterpretationen der Umwelt." Schizophrenie hat also nichts mit *Dr. Jeckyll und Mister Hyde* zu tun oder wie im Film *Zwielicht* mit Richard Gere als Anwalt und einem Straftäter, der eine sogenannten gespaltenen Persönlichkeit gehabt haben sollte. Interessant, dachte Marco, wie sehr man doch von solchen Filmen beeinflusst wird und dass scheinbar viele Menschen solche Darstellungen fraglos glaubten. *„Tatsächlich meint der Begriff ‚Schizophrenie' das Nebeneinander von gestörtem und ungestörtem Erleben und Verhalten und das Auseinanderfallen von Realität und erlebter Realität"*, schreibt auch die *Apotheken-Umschau*.

Je mehr er las desto weniger verstand er seinen Zustand. Manches passte, anderes gar nicht. Nicht passte, dass die meisten Männer zwischen zwanzig und fünfundzwanzig Jahren erkrankten. Allerdings, das las er bei der Techniker Krankenkasse, kämen auch Spätschizophrenien vor, die erst mit dem fünfzigsten Lebensjahr beginnen würden. Das beruhigte ihn nicht gerade, auch wenn angeblich nur ein Prozent der Bevölkerung an Schizophrenie erkranken würde. Mehrfach las er, dass man nicht genau wüsste, wie Schizophrenie entstünde.

Als eine Ursache beziehungsweise Auslöser wurden, da war sich die Ärzteschaft anscheinend einig, belastende Lebensereignisse beschrieben, eine genetische Veranlagung, Hirnschädigungen bei der Geburt sowie Drogen- und Alkoholmissbrauch.

Auch das alles traf auf Marco nicht zu, auch wenn er gern mal ein Bier zu viel trank. Aber von Missbrauch konnte keine Rede sein.

Mein Gott, fragte er sich, was sollte er bloß mit diesen Informationen anfangen? Falls er vermutete, schizophren zu sein, dann müsste er sich untersuchen lassen. Das wollte er aber nicht, denn er befürchtete, dass man eine Fehldiagnose stellen könnte. Für diese Ärzte, so seine Meinung, war doch jeder krank, der nicht ins kulturell vorgegebene Schema passte, in dem es keinen Platz für außergewöhnliche Erfahrungen gab. Und die Pharmakonzerne stünden schon parat mit ihren Pillen, und die Psychotherapeuten mit ihren analytischen Gesprächen über die ach so schwierige Kindheit. Nein, nicht mit mir! Eines war Marco klar: Bevor er so weit war, einen Schritt in eine Psycho-Neuro-sonst-was-Praxis zu setzen, musste er erst wissen, ob Forscher eine Erklärung für das Phänomen Geister gefunden hatten.

Jedoch heute nicht mehr. Er musste schlafen. Morgen hatte er einen langen Arbeitstag vor sich.

Etwas müde saß er in seinem kleinen Büro. Trotzdem kam er mit den Fällen, die er unbedingt erledigen musste, schnell voran, so dass er sogar etwas früher fertig war, als er dachte. Er wollte so bald wie möglich nach Hause, denn er erinnerte sich, dass er vor längerer Zeit in einer Zeitschrift einen Artikel über eine Beratungsstelle für übersinnliche Erfahrungen – oder so ähnlich, die genaue Bezeichnung wusste er nicht mehr – gelesen hatte. Damals dachte er, was für verrückte Sachen es gibt, heute war vielleicht er der Verrückte, der auf solche Sachen zurückgreifen musste.

Die Zeitschrift war nicht mehr da, diese nicht, überhaupt keine mehr. Natalie hatte aus dem Wohnzimmerregal bereits alles scheinbar Unnütze entfernt, damit die neue Vitrine, die demnächst geliefert werden würde, nicht von vornherein vollgestopft wird.

Auch im Arbeitszimmer musste sie gewütet haben, denn auch dort konnte er weder seine aktuellen Zeitschriften noch seine alten Ordner finden. Sogar seine Hefte der Stiftung Warentest hatte sie entfernt. Er ärgerte sich, dass sie seine Sachen nicht respektierte. Und wo war überhaupt sein blauer Wollpullover, den er am Ikea-Parkplatz in einer Schachtel im Auto gesehen hatte? Er schaute intensiv im Schrank nach. Nein, der Pullover war nicht da. Er ärgerte sich noch mehr. Ohne zu überlegen, öffnete er Natalies Schrank, riss ein hellblaues Shirt aus dünnem, seidigem Stoff vom Bügel und stopfte es in den Küchen-Abfalleimer. Dann ging er ins Arbeitszimmer und gab in die Suchmaschine ein: Gibt es Geister?

Er fing gerade an, den Bericht von *Fokus online* mit dem Titel „*Fast drei Viertel der Deutschen sehen Geister*" zu lesen, in dem unter anderem stand „ ... *Oft steht die Erscheinung in Zusammenhang mit einer verstorbenen Person.*", da hörte er Natalie kommen – früher als üblich.

„Hallo. Ich bin's! Jetzt kommt gleich Rike. Wir kochen." Natalie streckte ihren Kopf ins Arbeitszimmer, als sie an der halboffenen Tür vorbeiging und Marco am PC sitzen sah. „Es gibt buntes Gemüse mit Reis – ohne Fleisch. Isst du mit?"

„Hallo. Ja, ich esse mit", antwortete Marco, würdigte Natalie aber keines Blickes.

Natalie zog sich um und ging dann in die Küche, um das Essen vorzubereiten. Wie Marco vermutet hatte, dauerte es keine fünf Minuten, bis sie neben ihm stand.

„Warum ist mein Shirt im Abfalleimer?"

„Warum sind meine Zeitschriften nicht mehr da?", konterte er, ohne sie anzusehen.

„Weil das altes Zeug ist, das niemand mehr liest."

„Das kannst du überhaupt nicht beurteilen. Ich hätte einen Artikel gebraucht."

„Hast du deshalb mein Shirt weggeworfen? Spinnst du? Das kannst du nicht machen!"

„Du hast es ja gefunden. Reg dich ab."

„Und du findest deinen Artikel sicher auch im Internet."

Marco drehte sich in seinem Drehstuhl zu Natalie und sah sie verärgert an. „Nein, tu ich eben nicht."

„Ach was. Man findet alles im Netz. Was suchst du denn ach so Wichtiges?"

„Verschiedenes."

„Was für eine aussagekräftige Antwort!" Natalie war sauer. „Das Shirt muss ich jetzt waschen – mit der Hand! Es war teuer."

„Ja und? Dann wasch es eben."

„Idiot", fauchte sie und ging wieder in die Küche. Rike kam. Er begrüßte sie kurz, dann schloss er die Tür des Arbeitszimmers. Er recherchierte weiter und fand sehr bald, was er suchte: die *Parapsychologische Beratungsstelle*. Es gab sie also. Man sollte zuerst per E-Mail seinen Fall schildern, die Beratung würde dann telefonisch erfolgen.

Gut. Das würde er tun. Er überlegte, wie er seinen Fall beschreiben sollte und formulierte einen Text vorab in Word, brachte die Beschreibung aber nicht zu Ende, da das Essen fertig war.

Er setzte er sich zu Rike und Natalie in die Küche. Man plauderte, aber die Stimmung war nicht die beste. Er wusste, dass Natalie eine Entschuldigung erwartete, aber das hatte er nicht vor, schließlich hatte sie angefangen, Sachen von ihm wegzuwerfen, ohne ihn vorher zu fragen.

Nachdem er gegessen hatte, ging er ins Wohnzimmer und hörte die beiden Frauen reden. Er vernahm nebenbei Begriffe wie Fettgehalt, Hyaluronsäure, Feuchtigkeitsanreicherung und dergleichen – sie unterhielten sich vermutlich über Kosmetik, was ihn nicht interessierte – und blätterte nebenbei in der Fernsehzeitung. Doch dann hörte er seinen Namen. Er legte die Zeitung beiseite und lauschte. Obwohl er sich dabei dämlich vorkam, konnte er sein Ohr nicht abwenden.

„... im Haushalt macht er viel zu wenig", schimpfte Natalie. „Und wenn der Kühlschrank leer ist, gibt es Spagetti mit Tomatensoße oder, falls die letzte Notration schon aufgebraucht ist, Pizza vom Lieferservice. Ich will aber einmal am Tag etwas Richtiges essen, weil ich mittags dazu keine Möglichkeit habe. Er hat ja seine Kantine. Also bin es ich, die einkauft und abends kocht."

„Bei uns ist es ähnlich", sagte Rike. „Wir Frauen sind echt blöd, wenn immer wir es sind, die kochen und putzen und aufräumen – und die Herren machen es sich auf der Couch bequem."

Marco dachte sich, dass man als Mann abends wohl auch mal müde sein darf. Schließlich seien seine Energien begrenzt und zum Kochen hätte er sowieso keine Lust. Er wollte schon den Fernseher anmachen und die Wohnzimmertür schließen, doch dann sagte Natalie etwas, das ihn wieder aufmerksam werden ließ: „Marco hat sich in den letzten Jahren verändert. Früher war er sehr attraktiv, gut drauf, aber jetzt ..."

Marco drehte sich zur Tür, um Natalie besser verstehen zu können.

„Weißt du, vor dreißig Jahren, als wir uns kennenlernten, hat er mir sehr gut gefallen. Er hatte große Augen, eine sportliche Figur und volles, dunkles Haar. Kann man sich gar nicht mehr vorstellen. Und jetzt? Er hat sehr oft schlecht Laune, seine Augen sind hinter Schlupflidern verschwunden, seine Speckröllchen sind nicht mehr zu übersehen und seine Haare sind grau."

„Und dünn", ergänzte Rike.

„Genau. Aber er hält sich immer noch für super attraktiv."

„Nun ja, ich finde, dass er für sein Alter schon noch ganz gut aussieht", meinte Rike. „Wir werden ja auch älter und sind nicht mehr so knackig wie früher."

„Ich war nie knackig."

„Ach was. Ich kenne dich ja noch nicht so lange, aber ich kann mir gut vorstellen, dass du eine heiße Blondine warst."

„Eine heiße Blondine? Nein, das war ich nie. Ich habe nie den gängigen Idealvorstellungen entsprochen, war schon immer etwas zu rundlich. Immer wieder habe ich versucht abzunehmen, was aber keinen dauerhaften Erfolg brachte. Irgendwann hatte ich keine Lust mehr auf die sinnlosen Selbstkasteiungen und versöhnte mich mit meinen genetischen Veranlagungen. Marco hatte meine Figur zwar nie direkt kritisiert, aber ich spürte schon, dass ich ihm etwas zu dick war. Nun ja – wir hatten trotzdem schönen Sex. Früher. In den letzten Jahren sind wir uns körperlich ziemlich fremd geworden."

Das darfst du laut sagen, dachte sich Marco und musste niesen, was die beiden Frauen aufhorchen ließ.

„Glaubst du, er hat uns gehört?", flüsterte Rike.

„Und wenn schon", sagte Natalie und schloss die Küchentür.

„Weiber", murmelte Marco und fasste sich an den Bauch. Von wegen Speckröllchen! Das sagt genau die Richtige. Er schaltete den Fernseher ein und ärgerte sich, dass er dieses blöde Gespräch belauscht hatte.

Am darauffolgenden Abend beschäftigte er sich wieder mit der Geisterthematik. Er hatte viel über Geister gelesen, aber so richtig befriedigten ihn die Informationen im Netz nicht. Es gab die verschiedensten Erklärungsmodelle, aber letztendlich, so Marcos Eindruck, gab es keine eindeutige Erklärung für das Erscheinen von Geistern. Ob man Geister nun als unerlöste Seelen von Verstorbenen, als vom Unbewussten erzeugte Wunschvorstellungen, als noch nicht verstandene Naturphänomene, als falsche Verarbeitung von Sinnesreizen im Gehirn oder als Sinnestäuschung durch Magnetfelder betrachtet, so half dies Marco nicht weiter, seine eigenen Erlebnisse verstehen zu können. Eines allerdings fiel ihm auf: Bei den Geistern, die beschrieben wurden, handelte es sich stets um halbtransparente Erscheinungen. Das aber traf auf Marcos Geist nicht zu – er war undurchsichtig. Und dann gab es da noch die Poltergeister, die nicht sichtbar sind, Spukhäuser, in denen Geister ihr Unwesen treiben, gute und böse Geister sowie Massenhalluzinationen. Weder diese Beschreibungen noch diverse Artikel über Karma, Magie, Dualseelen, Beschwörungen und schon gar nicht irgendwelche Videos, die er schlichtweg für Quatsch hielt, brachten ihn weiter. Nichts passte zu seinem Fall.

Nichtsdestotrotz schrieb er den Text an die parapsychologische Beratungsstellte zu Ende. Er hatte einfach alles so beschrieben, wie er es erlebt hatte. Seine abschließende Frage lautete: „*Kann es sein, dass es sich in meinem Fall tatsächlich um Geister handelt? Was kann ich tun, um sie wieder los zu werden?*" Kurz nach dem er die E-Mail abgeschickt hatte, klingelte das Telefon. Es war Matthias, Marcos zweitbester Freund, mit dem er ab und an zum Joggen ging.

„Hallo, wo bleibst du? Ich bin bei der U-Bahn Poccistraße und warte auf dich. Hast du mich vergessen?", fragte Matthias.

„Oh Scheiße, ja. Es tut mir leid. Gib mir gute fünf Minuten, dann bin ich da."

Marco hasste Unpünktlichkeit, aber das ließ sich

jetzt nicht mehr ändern. Schnell zog er seine Sport-klamotten an und suchte seinen Wohnungsschlüssel.

„Himmel nochmal, wo ist der verdammte Schlüssel?", murmelte er.

„Natalie, weißt du, wo mein Schlüssel ist? Matthias wartet. Wir wollen joggen."

Sie saß gerade vor dem Fernseher und hatte keine Lust, ihm bei der Suche zu helfen. „Keine Ahnung."

„Kann ich deinen nehmen?"

„Nein, du hast schon zwei Schlüssel verloren."

„Ich verlier ihn bestimmt nicht."

Er musste auf die Toilette und da sah er den Schlüssel auf dem Waschbecken neben der Seife liegen. Ihm war nicht bewusst, dass er ihn mit ins Bad genommen hatte.

„Ich hab ihn", rief Marco – und weg war er.

Als Natalies Sendung zu Ende war, ging sie ins Arbeitszimmer und bemerkte, dass Marcos PC noch eingeschaltet war. Obwohl Natalie einen eigenen Arbeitsplatz mit ihrem eigenen Rechner hatte – Sie erledigte Bürotätigkeiten für ihre physiotherapeutische Praxis oft von zu Hause aus – drückte sie auf die Maus, um kurz die Inhalte einer Fortbildungsveranstaltung aufzurufen. Auf dem Bildschirm erschien *Google* mit den Einträgen zur Suche *Parapsychologie*. Was ist denn das?, fragte sich Natalie. Sie wunderte sich, dass Marco sich für dieses Thema interessierte. Dann klickte sie auf Verlauf. Das war nicht okay, das wusste sie. Aber sie wollte wissen, mit was sich Marco sonst noch beschäftigte. Was sie fand, gefiel ihr ganz und gar nicht: Seiten zu Geister, Beratung, Forschung, Trugbild, Dämonen, Schizophrenie und so weiter.

Ziemlich verwirrt stand sie vor dem Rechner und schaltete ihn dann aus. Warum liest Marco seitenweise solche Sachen? Was geht in ihm vor? Warum verhält er sich in letzter Zeit so negativ? Sie konnte sich keinen Reim darauf machen. Doch was ihr schon seit Wochen auffiel: Marco war manchmal ziemlich nervös. Und dann dieser Urlaub in den Bergen, wo sie nicht mit durfte, und von dem er ganz und gar nicht erholt zurückkam. Sie hatte einen Verdacht: War Marco in einer Sekte gelandet? Sie hoffte sehr, dass das nicht der Fall war, ansonsten würde es schwierig werden, sehr schwierig. Ich muss mit ihm reden, dachte sie, und, falls größere Summen abgehoben oder irgendwohin überwiesen worden sind, muss ich unser gemeinsames Konto sperren lassen.

Am nächsten Tag nach der Arbeit stöberte Marco in einer Buchhandlung, um aussagekräftige Literatur zu seinen Themen zu finden. Er blätterte in Büchern über höhere Wesen, Schutzengel, Wiedergeburt, Seelenwanderung und dergleichen – und fühlte sich mitten unter dieser esoterischen Fachliteratur plötzlich komplett deplatziert. Er musste aus diesem Laden raus. Sofort. Er musste aktiv werden. Er hatte das starke Bedürfnis, noch einmal zum Flauchersteg zu gehen, um zu überprüfen, ob er dort nicht doch irgendetwas übersehen hatte, etwas, das ihm über seine Situation mehr Klarheit verschaffen würde. Vielleicht würde er dort irgendeinem Spinner begegnen, der als Geist verkleidet rumläuft, sich als eine Art Magier oder Zauberer ausgibt und Menschen erschreckt, so wie ihn, so dass sich alles nur als übler Scherz entpuppt. Er wusste: Es wäre zu schön, um wahr zu sein. Egal. Er musste das überprüfen. Jetzt.

Diesmal fuhr er zur U-Bahn-Station Thalkirchen und ging zwischen Isarkanal und Isar Richtung Flauchersteg. Als er der Brücke näher kam, beobachtete er sehr genau, was sich um die Brücke herum abspielte. Besonders achtete er auf Schatten, Rauch, Luftspiegelungen, Dämpfe und eigenartig aussehende Leute.

Aber: nichts. Es war wie immer. Gewöhnliche Menschen gingen hin und her, Gänse schnatterten am gegenüberliegenden Ufer und ein paar Jugendliche spielten unter der Brücke Gitarre. Alles war friedlich. Er beobachtete nun auch das Hochhaus mit den fünfzehn Stockwerken zu seiner Linken und ärgerte sich, dass er kein Fernglas dabei hatte. Er überlegte, falls sich dort oben ein Terrorist verschanzen würde, hätte dieser einen guten Ausblick und könnte die Brücke ferngesteuert in die Luft sprengen lassen. Noch bevor er sich die Szenerie genauer vorgestellte, realisierte er, was für abartige Überlegungen er anstellte – oder doch nicht? In der heutigen Zeit musste man mit allem rechnen.

Als er unter der Brücke ankam, bemerkte er einen Mann um die vierzig Jahre alt, der telefonierte, wahrscheinlich in Russisch. Er stand neben einem Brückenpfeiler auf betoniertem Untergrund. Marco fiel auf, dass er sehr gut angezogen war: Anzug, weißes Hemd, Lederschuhe. Dieses Outfit trägt man am Flauchersteg normalerweise nicht. Sein Blick war angestrengt, aggressiv – und er fixierte Marco. Marco wollte mit dem Mann nichts zu tun haben und ging zügig weiter zur Holztreppe, die nach oben führte. Rechts neben der Treppe standen zwei große Abfalleimer aus geflochtenem Draht, so dass man den Inhalt sehen konnte. Irgendetwas erregte seine Aufmerksamkeit und er warf einen prüfenden Blick dort hin. Im ersten Abfalleimer stach ihm ein schwarzes Fell ins Auge. Obwohl er eigentlich unverzüglich nach oben wollte, um einen eventuellen Kontakt mit dem Russen zu vermeiden, musste er kurz nachschauen, was das war – hoffentlich kein toter Hund. Das wäre doch ziemlich makaber. Es war kein Hund und auch kein anderes Tier, sondern nur eine plüschige, zusammengerollte Decke.

Der Russe telefonierte immer noch und kam näher. Marco stieg die Holztreppe nach oben, der Russe hinterher. Es gab keinen Zweifel, dass der Russe ein schwieriges Gespräch führte, denn er sprach sehr laut und ungehalten. Als Marco auf der Brücke stand, kam der Russe direkt auf ihn zu, beendete das Telefonat beendete und steckte sein Handy weg. Marco machte sich davon, zügig, sehr zügig, er wollte mit dem Mann nichts zu tun haben. Doch er lief hinter ihm her. Marco fühlte sich verfolgt, wurde immer schneller, sah sich aber nicht um, ob er ihn abschütteln konnte. Er musste husten. Trotzdem lief er noch mindestens fünfzig Meter weiter, bis er sein Tempo drosselte und sich endlich umdrehte. Er konnte den Russen nicht mehr sehen, er hatte ihn abgehängt. Gott sein Dank.

Sein Hals kratzte. Die Luft war trocken und er verspürte einen erneuten Hustenreiz. Noch einmal warf er einen Blick über seine Schulter, um zu überprüfen, ob der Russe nicht doch wieder aufgetaucht war. Dann sah er ihn tatsächlich, aber weit abgeschlagen und er telefonierte wieder. Langsam gewann Marco den Eindruck, dass der Mann gar nichts von ihm wollte, dass er sich das nur eingebildet hatte, genauso wie die Decke im Abfalleimer auch kein toter Hund war.

Er überprüfte ein weiteres Mal die Lage. Was lief hier ab? Lief hier überhaupt etwas ab? Nein, hier war nichts Besonderes. Weder auf dem Weg von Süden aus zur Brücke war etwas Ungewöhnliches zu sehen gewesen noch auf der Brücke selbst, und auch hier, auf dem Weg der anderen Seite zum Flauchersteg: alles normal. Kein Rauch, keine seltsamen Schatten, keine merkwürdigen Lichtverhältnisse oder befremdliche Geräusche. Der Russe zweigte auf einen anderen Weg ab. Marco konnte sich entspannen.

Als er gerade unter der Brudermühlbrücke hindurchgegangen war und zum großen Stadtbach kam, hörte er eine Stimme hinter sich – „Hallo Marco!" – eine Stimme, die er kannte, aber nicht einordnen konnte. Und noch einmal rief jemand, nun etwas lauter: „Hey Marco!"

Er zuckte zusammen. Von wegen, hier wäre alles normal. Ein schrecklicher Gedanke schoss ihm durch den Kopf: Wieder der Geist?

Vor Schreck blieb er stehen – unfähig einen weiteren Schritt zu tun. Er hatte das Gefühl, in der nächsten Zehntelsekunde komplett zu erstarren, falls der Geist erscheinen sollte. Im selben Moment hörte er ein krächzendes Geräusch, das er ebenfalls nicht einordnen konnte, denn er war so sehr von der Vorstellung absorbiert, dass er jeden Augenblick den Geist sehen könnte. Es quietschte und kleine Steinchen flogen vor seine Füße. Er drehte sich um. Es war Larissa, nur Larissa!, die neben ihm mit ihrem Mountainbike bremste, eine Kollegin – jung, nett, hübsch und sehr sportlich.

„Hallo Larissa, auch unterwegs ...", stammelte Marco unendlich erleichtert. „Gut, dass du es bist."

„Ach ja?" Larissa zog verwundert die Augenbrauen hoch. „Hast du gedacht, ich wäre jemand anders?"

„So könnte man das nennen. Ich habe deine Stimme nicht erkannt."

„Kein Wunder. Vermutlich krächze ich mittlerweile nur noch. Ich habe nämlich gerade eine große Runde gedreht, war in Schäftlarn – das war ganz schön anstrengend. Und wo kommst du her?"

Sie stellte sich in ihrem hautengen, grellbunten Fahrraddress in Pose, was Marco reichlich affig empfand.

„Vom Flauchersteg", antwortete Marco und merkte, dass Larissa leicht mitleidig lächelte, als gehörte er bereits zu jenen, die alsbald einen Rollator benötigten.

„Schön", sagte sie.

„Ein kleiner Spaziergang", ergänzte Marco.

„Schön", sagte Larissa noch mal. Das sagte sie immer, wenn sie an einem Gespräch nicht interessiert war. „Bist du auf dem Nachhauseweg?"

„Ja, ich wohne hier in der Nähe."

„Schön. Du, ich muss los, mir wird kalt, wenn ich stehe. Tschüss Marco."

„Tschüss Larissa."

Marco sah ihr nach und war ein zweites Mal erleichtert, dass es nur die selbstoptimierte Larissa war. Er überlegte, ob er in Zukunft auch mehr mit dem Fahrrad unterwegs sein sollte. Er wäre damit schneller – vielleicht so schnell, dass der Geist keine Chance hätte, mit ihm mitzukommen, falls ... falls er ihm noch mal erscheinen sollte. Allerdings wäre die Gefahr groß, dass er vor lauter Schreck vom Fahrrad fallen könnte. Keine gute Idee.

Flott ging er nach Hause. Die Luft kam ihm nach wie vor sehr trocken vor. Er musste wieder husten und er hatte Durst. Es wurde langsam leerer an der Isar. Er begegnete Spaziergängern, die ihren Hund Gassi führten, ein paar Joggern sowie kleinen Grüppchen von Jugendlichen, die zusammenstanden und heimlich Bier tranken. Als er zur Isartalstraße kam – die Fußgängerampel war wie fast immer rot – störte ihn der Autoverkehr. Es war laut, es stank nach Abgasen, er bekam einen Hustenanfall und sein Hals kratzte.

Was für ein beschissener Abend, dachte er, als er die Wohnungstür aufsperrte und dann auch noch einen kritischen Blick von Natalie auffing.

„Wo warst du?", fragte sie.

„Ich war noch an der Isar. Ich glaube, ich bekomme Halsschmerzen."

„Du schaust auch gar nicht gut aus."

Kein Wunder, dachte Marco, öffnete eine Flasche

Bier und setzte sich vor den Fernseher. Natalie telefonierte in der Küche. Als sie ins Wohnzimmer kam, zappte er durchs Programm.

„Es kommt heute wieder nur Schwachsinn." Er reichte Natalie die Fernbedienung. „Ich gehe schlafen."

„Jetzt schon? Weißt du wie spät es ist? Halb zehn!"

„Und wenn schon. Ich fühle mich nicht gut."

In der Mittagspause verließ er das Büro und suchte ein nicht besetztes Besprechungszimmer. Auf dem Weg dorthin traf er Larissa. Er wusste zwar nicht warum, aber er freute sich, sie zu sehen.

„Wann machst du wieder eine Radtour?", fragte er sie. „Würdest du mich mal mitnehmen, auch wenn ich vielleicht nicht ganz so fit bin wie du?"

„Okay ... also, ich weiß nicht." Sie war überrascht und schlug dann vor: „Nur unter einer Bedingung. Wir kehren zwischendurch ein und du bezahlst die Getränke – sozusagen als Guide-Gebühr."

„Einverstanden. Wann?

„Ich kann am Sonntagnachmittag. Wenn du Lust hast ...?"

„Gerne. Ich freue mich", sagte Marco und zählte innerlich bis drei, ob es noch kommen würde: Larissas Lieblingswort: *schön*. Es kam nicht. Ein gutes Zeichen.

Nun war es so weit. Er fand ein kleines Besprechungszimmer, das kaum genutzt wurde, und wählte die Nummer der parapsychologischen Beratungsstelle. Man fragte nach seinem Namen und seinen Kontaktdaten. Dann musste er warten. Schließlich wurde er mit einem männlichen Gesprächspartner verbunden, dessen Name er sofort wieder vergessen hatte. Er war aufgeregt – am liebsten hätte er aufgelegt, aber dazu war es zu spät, denn der freundliche Herr sagte bereits, er hätte seine E-Mail gelesen und fragte, ob es in der Zwischenzeit zu weitere Begegnungen gekommen wäre.

„Der Geist ist mir seit knapp zwei Wochen nicht mehr erschienen", sagte Marco. „Ich habe ihn insgesamt zweimal als Schatten und zweimal als Geist erlebt. Das letzte Mal hat er gesprochen, das habe ich ja in der E-Mail beschrieben."

„Hat Sie das sehr geängstigt?"

„Ja, natürlich. Man kann ja nichts dagegen machen. Man ist der Situation ausgeliefert."

„Herr Steinerbach, eine Frage: Ist kürzlich oder vor nicht allzu langer Zeit in Ihrem Umfeld – Familie, Freunde, Kollegen, Nachbarn und so weiter – jemand gestorben? Jemand, der ihnen nahe stand oder mit dem Sie einen Konflikt hatten?"

„Nein. Niemand. Das heißt ... doch! Ein Kollege ist gestorben, aber schon vor vier Monaten. Wir hatten wenig miteinander zu tun und – nun ja, ich möchte ihn nicht besonders. Meine Mutter ist schon vor drei Jahren gestorben."

„Hatten Sie, nach dem Ihre Mutter gestorben war, das Gefühl, dass ihre Seele noch nicht ganz im Jenseits ist?"

„Ich weiß, was Sie meinen. Ich habe gelesen, dass manche Leute glauben, der Geist des Toten wäre in ihrer Nähe, sie hören den verstorbenen Menschen sprechen und so weiter. Bei mir war und ist das jedoch anders. Der Geist, der mir erscheint, ist mir fremd – ein graues Gebilde. Ich könnte nicht mal sagen, welches Geschlecht er hat."

„Sie haben geschrieben, dass Sie den Geist wieder loshaben wollen. Das ist ein berechtigter Wunsch. Dennoch: Könnten Sie sich vorstellen zu akzeptieren – zumindest für eine gewisse Zeit –, dass er hin und

74

wieder erscheint?"

„Ich soll das akzeptieren? Oh Gott, nein, das kann ich nicht, das will ich nicht. Mir macht das Angst."

„Bitte nicht falsch verstehen. Aber ich muss Sie das fragen: Haben Sie schon daran gedacht, dass Sie krank sein könnten?"

„Allerdings. Ich hatte Angst, dass ich schizophren geworden bin."

„Waren Sie bei einem Arzt?"

„Nein. Ich habe mich informiert. Das ist es nicht. Mein Leben funktioniert, alles ist normal. Ich arbeite, kann mich konzentrieren, bin weder depressiv noch manisch, trinke nicht übermäßig viel Alkohol und habe auch keinen außergewöhnlichen Stress. Ich habe keine Symptome, die zur Schizophrenie passen."

„Das glaube ich Ihnen gerne. Ich denke jedoch in eine andere Richtung: Haben Sie Kopfschmerzen, Schwindel, Übelkeit – besonders morgens? Lähmungserscheinungen? Oder Koordinationsstörungen?"

„Warum fragen Sie das?"

„Halluzinationen können auch aufgrund eines Gehirntumors auftreten."

„Nein, das alles habe ich auch nicht. Wie gesagt, alles ist normal, nur diese Erscheinung, dieser Geist ... Wie erklären Sie sich das?"

„Das kann ich Ihnen leider nicht sagen. Aber was ich weiß, ist, dass sehr viele Menschen ähnliche Erfahrungen machen. Die meisten reden nicht darüber, haben Angst, als verrückt abgestempelt zu werden. Allein das Wort ‚Geist' löst Belustigung aus, im schlimmsten Fall Ablehnung. Irgendwann droht die soziale Isolation. Leben Sie am besten ganz normal weiter."

„Ich sehe doch gar keinen richtigen Geist. Mein Geist ist grau, ein grauer Fleck."

„Es kommen viele Farben und Formen vor. Mir wurde schon mal von einen grünen Gespenst berichtet, das knallrot blutete."

„Ach ja?" Im Vergleich dazu empfand Marco seinen Geist im wahrsten Sinne des Wortes als farblos.

„Erlebten Sie den Geist als Bedrohung? Schimpfte er oder war er aggressiv?"

„Nein. Er wirkte total emotionslos."

„Seien Sie froh. Von daher ist es nicht so schlimm."

„Das sagen Sie! Für mich ist es schon schlimm. Ich will ihn loshaben!"

Marco bekam langsam den Eindruck, dass der Berater ihn nur beruhigen will, aber keine konkrete Hilfe anbieten konnte. Damit lag er nicht ganz falsch.

„Das verstehe ich", sagte der Berater. „Aber ich gebe Ihnen keinen Rat im Sinne von: kontaktieren Sie einen Geisterjäger oder machen Sie eine Psychotherapie, Yoga oder Sport. Woher soll ich wissen, was Ihnen helfen würde? Den meisten Menschen, die ähnliche Erfahrungen machen, hilft in erster Linie, die Angst in den Griff zu bekommen. Gerade in Ihrem Fall passiert ja, mal ganz objektiv betrachtet, nichts Schlimmes. Sie erschrecken natürlich, keine Frage, aber sonst?"

„Hm." Marco musste ihm recht geben, war aber trotzdem enttäuscht.

„Es tut mir leid, dass ich Ihnen nicht mehr sagen kann. Wir machen keine Heilsversprechen, das wäre unseriös. Haben Sie noch eine Frage? Ich muss das Gespräch leider langsam beenden. Sie sind nur einer von den bis zu fünftausend Anfragen jährlich."

„So viele?"

„Ja. Sie sind absolut nicht alleine. Und es gibt sehr viel problematischere Vorkommnisse. Also, wenn Sie keine Frage mehr haben ...?"

„Doch. Gibt es Erfahrungswerte, wie lange solche Erscheinungen andauern?"

„Das Spektrum reicht von ein einziges Mal bis dauerhaft."

„Und im Durchschnitt?"

„Das weiß man nicht. Und selbst wenn man es wüsste, was würde Ihnen das nützen? Herr Steinerbach, ich muss jetzt leider Schluss machen. Ich wünsche Ihnen alles Gute."

„Vielen Dank."

Herr *X* hatte aufgelegt. Marco war wie benebelt, blickte aus dem Fenster auf einige Büsche, ohne sie wahrzunehmen. Nach einigen Minuten ging er zurück ins Büro. Er ließ das Gespräch Revue passieren und dachte an die Situationen mit seinem Geist und fragte sich: War alles doch nur Einbildung, eine Art Halluzination? Oder war da wirklich ein Geist? Und was macht das für einen Unterschied? Alle Bilder entstehen schließlich im Gehirn. Von daher ist es letztlich doch egal, ob das, was man sieht, vor oder in einem existiert. Er hoffte so sehr – und wenn er gläubig gewesen wäre, hätte er zu Gott gebetet –, dass *es* vorbei war. Und er hoffte auch, dass es mit Natalie bald vorbei sein wird. Er konnte sie nur noch schwer ertragen.

2

Achim lag auf dem Bett in Svenjas Zwei-Zimmer-Wohnung. Sie hatten sich schon mehrmals getroffen – immer bei ihr. Sie küssten sich, sie liebten sich, sie tanzten zu elektronischer Musik. Und sie massierte ihn. Svenja wusste genau, wo sie fest, sanft oder hauchzart drücken, streichen und streicheln musste, um Achim in einen entspannten und genussvollen Zustand zu versetzen.

„Leg dich auf den Bauch", sagte Svenja. „Ich drücke nun leicht an deinem Rückgrat entlang, dann ganz fest auf zwei bestimmte Stellen. Kann sein, dass es sich unangenehm anfühlt oder sogar weh tut. Das ist nur am Anfang so, dann wird es warm und ich verteile diese Wärme über deinen ganzen Rücken. Du wirst dahinschmelzen."

„Okay, ich bin bereit."

Sie setzte sich aufrecht neben ihn, tastete von unten nach oben ziemlich stark rechts und links entlang seines Rückgrads. Danach drückte sie ihre Finger an zwei Stellen im unteren Rückenbereich. Achim spürte nur einen leichten Schmerz. Dann drückte sie nochmal ein paar Zentimeter weiter unten und bohrte ihre Finger kreisend in sein Fleisch.

„Au! Hör auf", schrie er und wollte hochfahren.

„Ruhig bleiben. Ist gleich vorbei. Noch ein paar Sekunden."

Er biss die Zähne zusammen und ließ sie machen. Als er es beinahe nicht mehr aushielt und sich losreißen wollte, da spürte er, dass der Schmerz nachließ und sich ein Kribbeln über der den ganzen Rücken ausbreitete – ein warmes, angenehmes Kribbeln, als würden zwanzig Lippen seinen Rücken küssen. Es war wundervoll. Es kam ihm vor, als schwebte er. Er fühlte sich leicht und absolut entspannt und wollte sich nie wieder bewegen. Einfach nur liegen, spüren und genießen.

Svenja legte sich neben ihn. Noch lange lagen sie mit geschlossenen Augen ruhig nebeneinander.

Er kam langsam wieder zu sich und betrachtete Svenja, die ihre Augen noch geschlossen hatte. Sie spürte seinen Blick und lächelte.

„Was hast du gemacht? Wie geht das?", fragte Achim. „So etwas habe ich noch nie erlebt."

„Das ist mein Geschäftsmodell", antwortete Svenja keck.

„Wie bitte? Wie soll ich das verstehen?"

„Das kannst du erst mal nicht verstehen."

„Entschuldige", Achim war verwirrt, „soll das heißen, du machst das sonst gegen Geld?"

Svenja lachte. „Ja, natürlich."

„Aha. Und wie funktioniert diese Massage?"

„Diese Druckmassage habe ich entwickelt. Es hat etwas mit Schamanismus, Kundalini-Yoga und im weitesten Sinn mit Energiearbeit zu tun. Wie es geht, sage ich nicht. Wer es erfahren will, kann sich von mir behandeln lassen – gegen Geld, aber natürlich ohne Sex."

„Muss ich jetzt auch zahlen?"

„Ja, 250 Euro."

„Verlangst du das wirklich für ein paar Minuten drücken?"

„Ja, aber das ist nicht alles. Die Behandlung ist noch nicht zu Ende ... anschließend fühlt man sich die nächsten Wochen ziemlich gut. Soll ich weitermachen?"

„Ist es schmerzhaft?"

„Ganz und gar nicht."

„Gut. Dann los."

„Okay. Leg dich auf den Rücken und schließe die Augen. Ich muss Dich zudecken, sonst wird dir kalt. Du brauchst nichts zu tun, bleib einfach nur ruhig liegen. Es dauert etwa vierzig Minuten."

Svenja vollführte über Achims Körper verschiedene Bewegungen mit ihren Händen und murmelte hin und wieder unverständliche Worte. Er spürte nichts. Er lag einfach nur da und wartete, dachte dabei an das eben Erlebte oder an gar nichts. Dann war es auch schon vorbei.

„Mach die Augen auf", sagte Svenja. „Steh auf und geh ein paar Schritte. Kann sein, dass dir schwindlig ist. Das hat nichts zu bedeuten."

Ihm war stark schwindlig und er musste sich irgendwo festhalten, als er die ersten Schritte ging. Der Schwindel ließ schnell nach und er konnte sich wieder sicher bewegen.

„Wie fühlst du dich?", fragte Svenja.

„Gut, ja schon gut. Wie sollte ich mich denn fühlen?"

„Ganz normal gut. Die Veränderung ist nicht so extrem und du wirst sie erst später, vermutlich erst morgen, spüren. Und wenn nicht, dann sprichst du nicht darauf an. Das kommt vor. Pech gehabt. Das Geld gebe in diesen Fällen jedoch nicht zurück. Sonst würde so manch einer behaupten, er hätte nichts gespürt – und ich ginge pleite."

Pleite. Das war jetzt allerdings ein Stichwort, das Achim lieber nicht gehört hätte. Seine finanzielle Situation kam ihm in den Sinn. Sie spitzte sich langsam zu. Er brauchte dringend Geld. Mit der nächsten Miete war er pleite. Sollte er Svenja anpumpen? In ihrer Wohnung gab es keine hochwertigen Möbel, keine Kunstgegenstände, keine Bar mit teurem Whisky, nichts was darauf schließen ließ, dass Svenja, trotz ihres hohen Stundenhonorars, viel Geld besaß.

„Kannst du von dieser Tätigkeit leben? Oder hast du noch andere Einnahmequellen?" Achim fiel auf, dass er sie noch nie nach ihrem Beruf gefragt hatte. Er ging davon aus, dass sie Tänzerin war, da sie phantastisch tanzen konnte. Wie oberflächlich ich doch sein kann, stellte er fest.

„Ich bin auch Yogalehrerin. Ich komme gut durch. Und du? Als Musiker ist das wohl nicht so einfach."

„Momentan ist es schwierig."

„Das hast du ja schon bei Paolo gesagt. Von mir bekommst Du kein Geld, damit das klar ist. Frag doch deine Freundin."

„Die ist auch nicht reich." Das könnte sich ändern, dachte Achim. Anne war Schauspielerin und drehte gerade eine Serie fürs Fernsehen, in der sie eine tragende Rolle hat. Trotzdem würde er Anne äußerst ungern um Geld anbetteln.

„Dann wirst du dir wohl was überlegen müssen", sagte Svenja nüchtern. „Zieh dich an. Ich muss bald weg und vorher noch ein paar Sachen zusammensuchen. Meine Yoga-Schüler warten."

Als Achim auf der Straße stand, fühlte er sich gut und schlecht zugleich. Einerseits fühlte er sich ruhig, gelassen und entspannt, andererseits waren ihm seine Existenzängste nur zu deutlich bewusst geworden. Er müsste aus der gemeinsamen Wohnung ausziehen, falls er die halbe Miete nicht mehr übernehmen konnte. Und mit welchem Geld sollte er sein Essen bezahlen? Musste er Harz IV beantragen? Was für eine Niederlage! Er brauchte dringend Engagements, dafür musste er Klinkenputzen gehen. Wie er es hasste. Und er musste Marco anhauen, gleich heute Abend. Auch das hasste er, aber er hatte keine andere Wahl.

Sie trafen sich ausnahmsweise nicht bei Anesis, sondern im Café im Müller'schen Volksbad. Marco hatte ausnahmsweise keine Lust auf griechisches Essen.

Die ersten zehn Minuten saßen sie sich an einem der kleinen Zweiertische fast wortlos gegenüber und tranken, wie konnte es anders sein, Weißbier. Marco hatte kein aktuelles, interessantes Thema und fühlte sich ein wenig ausgelaugt von der Arbeitswoche. Achim saß auf Kohlen und kam sich dämlich vor, sein Problem anzusprechen. Obwohl er fast pleite war, bestellte er Tintenfisch vom Grill.

„Hör mal", fing Achim an. „ich brauche Geld. Ich bin quasi pleite. Kannst du mir was leihen? Ich komme mir saublöd vor, dich anzupumpen, aber mir fällt momentan nichts anderes ein. Ich werde alles tun, den Zustand zu ändern. Du bekommst es sicher zurück, aber es könnte etwas dauern."

„Klar doch", sagte Marco. „Das ist doch keine Frage. Du bist mein Freund, ich bitte dich. Das ist doch selbstverständlich. Wie viel brauchst du?"

„Schon ... also ...", stotterte Marco.

„Sag schon."

„Fünftausend. Und ich zahle Zinsen."

„Zinsen? Witzbold. Gibt's doch eh nicht mehr. Ich überweise es dir morgen."

„Du rettest mich."

„Ja, ja. Ist schon gut. Was gibt es Neues von der Geisterfront?"

Marco erzählte von seinen Recherchen und dem Gespräch mit der Beratungsstelle. Achim hörte aufmerksam zu und war erleichtert, vor allem, dass diese Geist-Erscheinungen in der Zwischenzeit nicht mehr aufgetreten sind.

„Und was machst du, wenn doch noch mal so ein Geist – oder was das auch immer sein mag – kommt?, fragte Achim ernsthaft.

„Dann ist es eben so. Ich sehe das jetzt pragmatischer. Der Vorgang dauert keine Minute. Es ist nur ein grauer Fleck und ich höre, wenn überhaupt, nur ein paar Sätze. Ich habe sonst keine Probleme, sehe scharf – die Augen sind okay –, ich habe keine Kopfschmerzen, keine Schlafstörungen, keine Lähmungen ... nichts. Die paar Sekunden kann man das doch aushalten. Andere Menschen haben Bandscheibenvorfälle oder Migräne und leiden über Tage oder Monate. Ich habe nur einen Libidostau!"

„Depp!" Achim lachte. „So wird es sein. Und dann wären wir wieder beim Thema. Oder?"

„Klar. Ich habe schließlich keine Svenja in der Hinterhand. Und eine Traumfrau ist weit und breit nicht in Sicht. Ich habe nur Natalie. Und die nervt."

„Du musst sie halt mal wieder vögeln."

„Bla, bla."

„Dann geh zu Svenja. Sie macht eine spezielle Druckmassage, da fühlst du dich wie im siebten Himmel. Besser als Sex."

„Zu deiner Svenja? Druckmassage? Was soll das bitte werden?"

Achim berichtete von dem Erlebnis und redete auf Marco ein, dass er das unbedingt ausprobieren sollte. „Allerdings verlangt sie 250 Euro."

„Hast du das vielleicht bezahlt? Dann wundert es mich nicht, dass du pleite bist. So blöd kann man doch nicht sein."

„Nein, natürlich nicht. Sie hat es umsonst gemacht."

„Ich brauche keine Massage, ich brauch eine Frau – eine andere Frau, eine Frau, in die ich mich verliebe."

„Schon gut, Marco. Bei dir geht es nur um Sex. Aber bei mir geht es um die Existenz! Vielleicht muss ich mich bald mit den Obdachlosen bei der Tafel anstellen. So schaut's aus."

„Und ich muss ins Puff gehen und stecke mich mit

Syphilis an. Das schaut noch schlechter aus."

Und so ging es noch ein paar Weißbiere lang weiter.

Marco bezahlte.

„Jetzt gehen wir zu Paolo", schlug Marco vor. „Wenn schon alles so beschissen ist, dann lassen wir es extra krachen. Keine Angst, ich lade dich ein. Du armes Schwein."

„Weißt du", sagte Achim schon leicht angetrunken, „vielleicht ist dein Geist eine Frau, deine Traumfrau, die sich noch nicht materialisiert hat."

„Und vielleicht" – Marco war auch nicht mehr nüchtern – „wird sich deine Svenja entmaterialisieren und sich in einen Geist verwandeln."

„Oh Mann!" Achim winkte ab. „Du kannst einfach keine Witze machen. "

Bei Paolo ging es rund. Die beiden Freunde tanzten wild und ungehemmt – Platz war genug. Obwohl beide schon leicht angetrunken ankamen, wechselten sie zu Wodka über. Sie ließen sich volllaufen, richtig volllaufen.

Marco wusste nicht mehr, wie er auf die Damentoilette kam, aber plötzlich stand er mit einer Frau, die genauso besoffen war wie er, in einer Kabine. Er begrapschte sie und fand es geil, nach langer Zeit mal wieder eine andere Frau überall anzufassen. Das war es dann aber auch schon. Schlagartig drehte sich alles um ihn herum. Er konnte sich kaum noch auf den Beinen halten. Die Frau stieß ihn von sich, und er wackelte zurück zur Bar, wo Achim auf einem Hocker mehr hing als saß. Marco lehnte sich an den Tresen.

Plötzlich wurde die Eingangstür aufgestoßen und von zwei dunkel gekleideten Männern blockiert. Jemand lief zum Discjockey und schrie: „Musik aus!" Das Licht wurde angemacht. „Die Party ist zu Ende", rief ein weiterer Mann.

84

Die beiden Freunde checkten im ersten Moment nicht, was das zu bedeuten hatte. Ein Überfall? Ein Terroranschlag? Nein, es war die Polizei – eine Razzia.

Niemand durfte mehr den Club verlassen. Es wurde vermutlich nach Drogen gesucht. Ein Hund wurde herumgeführt und schnupperte. Personalausweise wurden kontrolliert, Personen abgetastet, Taschen und Jacken durchsucht. Paolo stand zwischen zwei Polizisten und redete unentwegt. Marco hörte auch das Wort „Waffen", konnte sich aber auf kein Gespräch mehr konzentrieren. Alles drehte sich immer mehr um ihn und dann fiel er hin. Ein Polizist zog ihn hoch und verlangte seinen Ausweis. Marco suchte in seinen Taschen. Er konnte ihn aber nicht finden, denn er hatte ihn gar nicht mitgenommen, aber das wusste er nicht mehr. Er musste pusten. Er fühlte sich der Ohnmacht nahe.

Die Polizei nahm ihn mit. Als er wieder zu sich kam, wusste er nicht, wo er war. Er lag auf einer Art Liege auf einer harten Plastikmatratze. Oben an der Decke befand sich eine Neonröhre, die kaum Licht spendete. Er sah sich um und dann war ihm klar: er lag in einer Ausnüchterungszelle. Ihm war extrem übel und er kotzte sodann ins WC, das sich gegenüber der Liege befand. Sein Kopf fühlte sich an, als wäre er kurz davor zu zerplatzen. Noch nie hatte er sich so elend gefühlt. Er schaute sich in dem kleinen Raum um: durchgängig weiß gekachelt, kein Waschbecken, keine Fenster, eine geschlossene Tür. Er wollte gerade nachsehen, ob sie verschlossen war, da erschien ein Beamter.

„Geht's wieder? Sie hatten fast zwei Promille. Hier, ein Glas Wasser."

Marco trank es gierig.

„So, packen wir's", sagte der Beamte und fasste

ihn am Arm.

Jetzt erst bemerkte Marco, dass er keine Schuhe anhatte, dass sein Gürtel und sein Geldbeutel weg waren.

„Wo sind meine Sachen?"

„Die sind vorne. Kommen Sie mit. Ihre Frau holt sie ab."

„Meine Frau? Wieso ist sie hier?"

„Fragen Sie sie. Irgendjemand hat sie benachrichtigt."

„Oh Scheiße. Wie spät ist es?"

„Sieben Uhr."

Der Beamte brachte Marco zum Eingangsbereich der Wache. Da saß Natalie. Als sie Marco sah, stand sie auf. Wenn Blicke durch die Luft rasende Messerspitzen hätten, dann wäre Marco von Natalies Augen getötet worden.

„Draußen steht der Wagen", sagte sie und schaute zu, wie er seine Schuhe anzog, seinem Gürtel etwas unbeholfen in die Schlaufen steckte und nach seinem Geldbeutel griff. Sie bedankte sich bei den Beamten und ging voraus. Wortlos trottete er hinterher. Ihm war immer noch schlecht.

Zuhause angekommen – Natalie sprach nach wie vor kein Wort – schüttete er einen Liter Wasser in sich hinein und stellte sich anschließend unter die Dusche. Dann fiel er ins Bett und schlief bis Mittag – unruhig mit Albträumen. Er hätte auf keinen Fall früher aufstehen können.

Schließlich musste er auf die Toilette. Als er aus dem Badezimmer kam, stand Natalie vor ihm und bäumte sich auf.

„Was soll das? Warum besäufst du dich bis zum Umfallen? Was ist los mit dir?"

„Können wir nicht später reden? Mein Kopf zerspringt gleich."

86

„Das ist mir egal. Was ist mit dir? Ich möchte es wissen, jetzt."

„Achim und ich – wir haben einfach zu viel gesoffen."

„Und weiter?"

„Dann war die Razzia. Ich weiß nicht warum."

„Das meine ich nicht. Ich will wissen, was mit dir ist. Paolos Club interessiert mich nicht."

„Hör zu, Natalie. Ich bin jetzt nicht in der Lage, zu diskutieren. Lass uns das vertagen. Bitte."

„Okay. Heute Abend."

Der Abend war schneller da, als Marco es befürchtet hatte. Dann rief auch noch Larissa an, mit der er morgen die Radtour machen wollte. Dazu fühlte er sich nicht in der Lage. Er musste ihr absagen. Sie war nicht sonderlich enttäuscht, worüber er froh war. Er schlug ihr vor, die Tour zu verschieben.

Sie saßen am Küchentisch. Natalie wartete, dass Marco sich erklärte.

„Also, sprich", sagte sie.

Er kam sich vor wie auf der Anklagebank, was ihn ärgerte. Was hatte er denn schon getan? Wenn diese blöde Razzia nicht gewesen wäre, wäre er mit dem Taxi nach Hause gefahren.

Marco wollte, bevor er überhaupt etwas sagte, erst mal wissen, warum Natalie zur Wache gekommen war.

„Weil mich Achim informiert hat. Also, was ist los?"

„Was willst du eigentlich von mir?"

„Mir fällt schon seit Wochen auf, dass du schlecht drauf bist – nervös, kurz angebunden, abweisend. Warum? Bist du in irgendwas reingeraten?"

„In was soll ich denn reingeraten sein?"

„Ich frage dich jetzt direkt: Bist du in einer Sekte?"

Marco musste unweigerlich lachen. „Ganz sicher

nicht. Aber du hast recht. Mir geht es nicht so gut zurzeit. Ich hatte Sehstörungen, dachte schon, ich werde blind. Graue Flecken haben mein Sichtfeld eingeschränkt. Da erschrickt man, das darfst du mir glauben. Ich war bei zwei Augenärzten, aber man hat nichts gefunden – Gott sei Dank."

Marco spürte, dass sie ihm nicht glaubte.

„Ist das alles?"

„Ja."

„So, so. Wie du meinst."

„Was soll denn schon wieder dieser beleidigte Ton? Das ist unerträglich."

„Ich glaube, du hast ein anderes, vermutlich ein größeres Problem. Aber wenn du mit mir nicht reden willst, dann kann ich auch nichts machen. Dann lassen wir das alles einfach mal so stehen", schlug Natalie vor.

„Das wird wohl das Beste sein."

3

Die Woche war für Marco kein Spaß. Die Nachwirkungen des Alkoholexzesses waren hartnäckig, noch Tage danach fühlte er sich angeschlagen. Sein Arbeitspensum gelang ihm nur mühsam und abends begegnete er einer misstrauisch blickenden Natalie. Es gab keine Gespräche, aber auch keinen Streit. Bis zum Donnerstag. Da bemerkte Natalie den Zahlungsausgang an Achim über fünftausend Euro. So viel und warum?, fragte sie sich. War das übertriebener Freundschaftsdienst oder steckte etwas anderes dahinter? War auch Achim in einer Sekte?

Abends legte sie den Kontoauszug auf den Küchentisch, direkt vor Marco, der noch die Tageszeitung las.

„Warum überweist du Achim fünftausend Euro?" Natalie zeigte mit dem Zeigefinger auf den Betrag.

Marco warf einen flüchtigen Blick auf den Eintrag.

„Ich musste ihm was leihen. Er ist pleite."

„Aha. Warum so viel?"

„Miete, Strom, Essen ... alles ist teuer."

Natalie setzte sich und fragte ruhig, aber bestimmt: „Ist das Geld für eine Sekte? Oder für Drogen?"

„So, jetzt reicht es. Hör auf, mir so komische Sachen zu unterstellen. Wie kommst du überhaupt auf solche saublöde Ideen?"

„Das kann ich dir schon sagen. Ich habe durch Zufall gesehen, dass du in Internet auf Seiten über Geisterberatung und so Zeug warst. Da fragt man sich halt, was das zu bedeuten hat."

„Wann war das?"

„Neulich, als du mit Matthias zum Joggen weg

bist. Da hast du vergessen, deinen PC ..."

„Du schnüffelst in meinen PC, kontrollierst, was ich mache?", unterbrach sie Marco. „Ich glaube es nicht."

Er war wieder kurz davor, aus der Wohnung zu flüchten, weil er sich maßlos ärgerte. Er tat es nicht. Stattdessen lehnte er sich zurück, schaute ihr ins Gesicht und sagte schließlich ganz ruhig und gefasst: „Das wird nichts mehr mit uns."

Natalie schwieg einen Moment. Sie wusste, dass er recht hatte: „Wenn es so weitergeht, dann nicht." Und nach einer Weile fragte sie: „Was schlägst du vor?"

Marco sagte, er wüsste es nicht. Und das stimmte. Er wusste es wirklich nicht.

„Wenn du dich scheiden lassen willst, dann sag es", forderte ihn Natalie auf.

Aber auch das wusste Marco nicht. Allein der Aufwand wäre ihm momentan viel zu anstrengend.

Dann musste er doch raus. Er hielt es in der Wohnung nicht mehr aus. Er brauchte Luft und Platz – die Theresienwiese war gerade der richtige Ort, um das Gehirn auszulüften. Doch am Zugang musste er noch eine Hürde überwinden. Dort begegnete er einer früheren Freundin aus alten Zeiten, die er bestimmt schon über zehn Jahre nicht mehr gesehen hatte. Sie sprach ihn an. Er hätte sie wahrscheinlich gar nicht mehr erkannt, denn sie hatte jetzt blonde Haare – früher war sie brünett. Marco hatte absolut keine Lust auf dieses Wiedersehen. Da er aber auch nicht unfreundlich sein wollte, redete er mit ihr über das, was man momentan so machte: Beruf, Hobby, Familie – das übliche. Während sie begann, ausführlich von ihren zwei Kindern zu erzählen, überlegte er, wie er dieses Gespräch schnellstens abbrechen konnte. Es langweilte ihn. Und glückseligen Schilderungen über fremde Kinder erzeugten bei ihm einen massiven Fluchtreflex. Dann hielt ein Auto neben ihnen. Sie wurde abgeholt. Die Rettung!

Er marschierte in die Mitte der Theresienwiese, machte ein paar Sprünge, lief einige Meter, kreiste mit den Schultern und den Armen, um sich zu lockern.

Abrupt stoppte er seine Übungen. Er hatte noch seine Arme über dem Kopf, die er langsam sinken ließ.

Der Geist war zurück. Er war es wirklich. Groß, grau und die Kopfform schien noch menschenähnlicher zu sein, als das letzte Mal. Marcos Herz hämmerte und er fing zu schwitzten an. Doch der Schreck war nicht mehr so groß wie sonst. Es gelang ihm, nicht in diese entsetzliche Starre zu verfallen. Er dachte an seine eigenen Worte: nur ein paar Sekunden, dann ist es wieder vorbei. Das half ihm. Als aber der Geist zu sprechen anfing, musste er sich zwingen, einigermaßen ruhig zu atmen.

„Gehe zum Flauchersteg", sagte der Geist.

„Da ist nichts. Ich war sogar noch mal dort. " Marco fiel gar nicht auf, dass er mit dem Geist sprach, auf dessen Anweisung einging. Die Worte sprudelten einfach aus ihm heraus.

„Gehe noch mal zum Flauchersteg", sagte der Geist sachlich.

„Warum? Was soll da sein?"

Er bekam keine Antwort, was ihn ärgerte.

„Hey, sprich mit mir!", schrie er den Geist an. „Gib mir eine Antwort!"

Doch der Geist blieb, von Marcos Aufforderung unbeeindruckt, stumm. Marco drehte sich weg, der Geist blieb in seinem Gesichtsfeld, ging quasi mit ihm mit. Und im nächsten Moment war er weg. Zack! Wie weggezaubert. Marco war erst jetzt bewusst geworden: Der Geist löste sich nicht langsam auf, er flog auch nicht weg oder schrumpfte, bis er nicht mehr sichtbar war. Nein, er versschwand so blitzartig weg wie er kam.

„Verdammt, verdammt". Marco redete mit sich selbst. „Es ist also noch nicht vorbei. Scheiß Flauchersteg! Das ist doch ein totaler Bullshit!"

Wie ein wildgewordenes Pferd rannte er zur Bavaria, sprang die Treppen zur Statue hoch und wieder hinunter, mehrmals, bis er nicht mehr konnte. Erschöpft setzte er sich auf eine der oberen Stufen und blickte über den Platz. Okay, sagte er sich, was soll's. Es sind nur ein paar Sekunden – bis jetzt jedenfalls. Damit konnte er leben. Doch eines wusste er gewiss: Zum Flauchersteg ginge er nicht mehr. Auf keinen Fall.

Morgen würde er Achim treffen. Es wurde Zeit.

Sie verabredeten sich an diesem Freitag zu einem alkoholfreien Biergartenbesuch am Wiener Platz. Keiner von beiden hatte auch nur annähernd Lust auf Alkohol nach dem Exzess bei Paolo. Der Biergarten war nicht allzu voll. Sie setzten sich an einen der hinteren Tische, an denen niemand saß. Marco holte zwei Portionen Obazda, eine große Breze und Radieschen, und Achim besorgte das Mineralwasser.

Sie sprachen über den Vorfall bei Paolo. Anscheinend hatte ihm jemand die Polizei auf den Hals gehetzt und behauptet, in seinem Laden würde gedealt und mit Waffen gehandelt. Ein starkes Stück. Sie konnten sich nicht vorstellen, dass Paolo Feinde hatte, aber in diesem Gewerbe wusste man das nie so genau. Nachdem alles gesagt war, wechselte Marco das Thema.

„Vielleicht nehme ich doch mal eine Druckmassage bei deiner Svenja", überlegte Marco.

„Ja, mach das. Das würde dir guttun. Ich bin seitdem echt ziemlich entspannt. Nun gut ... Ehrlich gesagt, ich weiß nicht, ob es nur an dieser Behandlung liegt. Vielleicht sind schlichtweg deine Euros der Grund. Vielen Dank übrigens."

„Keine Ursache. Natalie hat sich zwar aufgeregt ..."

Den Satz brachte Marco nicht mehr zu Ende. Er starrte an Achim vorbei an die Mauer, die den Abschluss des Biergartens bildete.

Achim drehte sich um. Da war nichts Besonderes. „Was ist los?", fragte er?

Marco flüsterte: „*Er* ist da."

„Er?"

„Ja, der Geist."

„Oh Gott." Achim war entsetzt. „Ich dachte, der Käse wäre gegessen."

Marco starrte weiter zum Geist und Achim zu Marco.

„Was siehst du?", fragte Achim. „Ich sehe nämlich gar nichts."

„Natürlich siehst du nichts. Niemand kann ihn sehen."

„Wie sieht er aus?"

„Pst. Ruhe. Er redet."

„Aha. Ich höre nichts."

„Ich kann nichts verstehen. Ich gehe mal ein Stück auf die Seite."

Marco stand auf und ging ein wenig abseits – der Geist mit ihm – und wartete, was der Geist zu sagen hatte. Bitte fang nicht wieder mit dem Flauchersteg an, murmelte Marco. Aber der Geist schwieg. Marco wusste nicht so recht, was er nun machen sollte. Warten? Die Augen schließen? Sich wieder zu Achim setzen? Doch dann sprach der Geist doch zu ihm: „Morgen, dreizehn Uhr, beim Kaufhaus Beck am Marienplatz. Da triffst du deine Traumfrau. Beobachte den Ausgang. Warte am Fischbrunnen."

„Wie erkenne ich sie?" Blöde Frage, dachte er im selben Moment. Eine Antwort bekam er ja ohnehin nicht – und der Geist war wieder weg.

Achim beobachtete Marco mit ernster Miene. Als Marco zu ihm zurückkam und sich setzte, fasste er ihn am Handgelenk. „Ist es vorbei? Siehst du noch was?"

„Er ist weg. Alles ist wie immer."

„Nichts ist wie immer. Du hast gesprochen. Ich habe es gehört. Du sprichst mit diesem ... mit ..."

„Mit einem Geist, einer Halluzination, einem Hirngespinst. Sag es nur. Du hältst mich für verrückt, oder? Du glaubst, ich bin ein Schizo, ich weiß. Aber es ist inzwischen einiges passiert."

Dann erzählte Marco von seinen Recherchen, vom Gespräch mit der Beratungsstelle und von seinem Vorhaben, dem ganzen Thema nicht mehr mit so viel Angst zu begegnen. Er erzählte auch von der gestrigen Begegnung auf der Theresienwiese.

Achim hörte aufmerksam zu. Er hatte Angst um Marco. Andererseits: Marco war kein Schwächling, ein Intellektueller, der, bis auf seinen Frauenkomplex, über sein Leben reflektieren konnte. Und er war im Grunde wie immer. Sollte er schizophren sein, er würde es schon irgendwie in den Griff bekommen, hoffte Achim.

„Und was hat dein Geist jetzt gesagt?", fragte Achim aufrichtig interessiert.

„Ich soll morgen zum Kaufhaus Beck kommen. Dort würde ich meine Traumfrau treffen."

„Neiiiin! Nein, nein!" Achim konnte es nicht fassen. „Das darf doch nicht wahr sein, hey Mann. Bist du denn von allen guten Geistern ... – oh Scheiße!" Achim musste lachen, obwohl ihm eigentlich gar nicht danach zumute war. Marco lachte mit. Und dann boxten sie sich gegenseitig auf die Oberarme und stießen mit ihren Maßkrügen voll Mineralwasser an.

„Wirst du hingehen?", fragte Achim und gab die Antwort gleich dazu. „Du gehst hin. Stimmt's?"

Marco grinste. „Glaubst du, ich lasse mir die Chance entgehen?"

„Du glaubst doch nicht im ernst, dass du morgen tatsächlich deine langersehnte Traumfrau treffen wirst."

„Nein, das glaube ich auch nicht." Und nach einer Weile sagte Marco: „Ich gehe aber trotzdem hin."

Marienplatz. Samstag. Dreizehn Uhr. Am Fischbrunnen. Was für ein ungünstiger Treffpunkt zu einer ungünstigen Zeit. Es war voll. Touristen reckten ihre Hälse zum Rathausturm hoch und fotografierten, Shoppingsüchtige drängelten mit ihren Einkaufstüten durch die Massen, viele glotzten auf ihre Handys und rempelten sich gegenseitig an, Kinder quengelten, Rikscha-Fahrer blockierten den Gehweg, und am Fischbrunnen kicherten Jugendliche, die sich ständig selbst oder gegenseitig fotografierten.

Super, dachte Marco. Wo soll ich mich nun genau hinstellen? Um den Ausgang vom Kaufhaus Beck am besten im Blick zu habe, musste er einige Positionen ausprobieren. Er fand gerade noch einen einigermaßen passenden Platz, von dem aus er zwischen zwei Säulen hindurch sehen konnte, wer vom Kaufhaus kommend in Richtung Brunnen ging. Der Eingang selbst war schlecht einsehbar. Egal. Er stellte sich breitbeinig hin, um nicht so einfach weggedrängt zu werden. Er sah auf die Uhr, es war fünf vor eins. Also noch fünf Minuten. In diesen fünf Minuten wurde im klar, dass er gar nicht wusste, was er – sollte die Traumfrau tatsächlich auftauchen – tun sollte? Sie ansprechen? Aber wie? Oder würde sie ihn ansprechen? Er wurde nervös. Ein Blind Date, aber ohne Absprache. Das war wirklich verrückt.

Um genau dreizehn Uhr blickte er gebannt zwischen die zwei Säulen, um sie ja nicht zu übersehen. Sie! Endlich. Hoffentlich. Doch es kam niemand aus dem Kaufhaus. Gar niemand. Nun ja, kam ihm dann in den Sinn, so genau durfte man die Zeitangabe sicher nicht nehmen. Nach ein paar Minuten tat sich was. Zwei Frauen verließen das Kaufhaus und bogen gleich links ab. Dann kam ein Mann, anschließend eine junge Frau, sehr hübsch, aber zu jung für ihn. Sie beachtete ihn auch nicht und ging links am Brunnen vorbei. Nach weiteren Minuten – vielleicht waren es auch nur Sekunden, Marco kam es ewig lang vor – verließen wieder einige Frauen das Kaufhaus, durchaus gutaussehend und schick, aber keine war sein Typ. So stand er da, wartete, beobachtete den Durchgang zwischen den Säulen hundertprozentig genau, aber es war keine Frau dabei, die seinen Vorstellungen entsprach. Es war mittlerweile schon zwanzig nach eins und er kam sich langsam vor wie bestellt und nicht abgeholt. Er schwang sich auf den Brunnen hoch, wo man ganz gut sitzen konnte. Nach weiteren zehn Minuten fragte er sich, wie lange er sich noch selbst verarschen wolle. Frust stieg in ihm hoch. Doch plötzlich ... konnte es sein? – er hatte schon gar nicht mehr damit gerechnet –, sah er sie. Mittelgroß, schlank, lange dunkle Haare, ein bezauberndes Gesicht. Sie trug eine rote Jeans, ein weißes T-Shirt und weiße Sneakers. Sie wirkte trotz des eher schlichten Outfits sehr elegant. Er fand sie einfach nur hinreißend. Ja, sie war es – seine Traumfrau.

Mit einem betörenden Lächeln und einem fröhlichen, lockeren Gang schlenderte sie auf ihn zu, sah ihn aber nicht direkt an. Oh Gott, kam ihm in den Sinn, hoffentlich trifft sie sich nicht mit einem anderen Mann. Als sie nur noch einen Meter vor ihm war, schaute sie zu ihm hoch. Marco hüpfte vom Brunnen und – oh nein! Er landete mit dem rechten Fuß so ungünstig, dass er hinfiel. Sein Knöchel schmerze. Er versuchte, sich hochzurappeln, was ihm nicht gelang. Sie stand nun direkt bei ihm und wollte ihm aufhelfen, reichte ihm ihre Hand.

„Danke, es geht schon", sagte er mit schmerzverzerrtem Gesicht.

„Wirklich?"

„Ja, ja. Es ist nicht so schlimm."

Das war es aber. Er konnte nicht aufstehen.

„Ich helfe Ihnen hoch" sagte sie, lächelte und reichte ihm noch mal die Hand.

Nun nahm er sie gerne, sogar sehr gerne. „Ich verstehe gar nicht ... der kleine Sprung ... dass man so ungeschickt aufkommen kann", stammelte er und ließ dabei keinen Blick von ihr ab.

„Das kann passieren."

„Wie man sieht." Marco klopfte die Hosenbeine sauber, obwohl sie gar nicht schmutzig waren und sah dabei in die wunderschönen Augen der unbekannten Frau.

„Können Sie überhaupt noch gehen?", fragte sie und lächelte mitleidsvoll.

„Ja, das geht schon noch." Er trat vorsichtig auf und ging ein paar Schritte als Test. „Zur U-Bahn kann ich auf alle Fälle humpeln."

„Dann dürfte es nicht so arg schlimm sein. Wahrscheinlich nur verstaucht."

„Das vermute ich auch."

„Ich muss los", sagte die Frau und nahm ihre Sonnenbrille vom Kopf, um sie aufzusetzen. „Wir sehen uns wieder."

„Ja, äh, unbedingt. Wann und wo?"

„Das weiß ich jetzt nicht, aber wir sehen uns ganz bestimmt wieder. Alles Gute für Ihren Fuß. Tschüss." Sie drehte sich weg und eilte schnellen

Schrittes davon.

„Hallo", rief er ihr nach. „Hallo, warten Sie. Hallo!"

Sie drehte sich nicht um, obwohl er sich sicher war, dass sie ihn hörte. Und dann sah er, wie sie in der Menschenmenge verschwand. Er versuchte noch, ihr hinterherzulaufen, vielmehr zu humpeln, aber das hatte keinen Sinn. Er war zu langsam und sein Fuß schmerze zu sehr.

Marco hätte heulen können oder fluchen, am liebsten beides zusammen. Das durfte doch alles nicht wahr sein! Was ging hier ab?

Er untersuchte seinen Knöchel, der geschwollen war. Gebrochen war anscheinend nichts, nur verstaucht. Um den Fuß zu kühlen, schwang er sich noch mal auf den Brunnenrand und tauchte den Fuß ins Wasser. Doch er wurde gleich ermahnt. Das wäre unhygienisch, er solle doch gefälligst seinen Stinkefuß aus dem Wasser nehmen, das wäre eine Frechheit ... und so weiter. Also stieg er wieder ab, diesmal vorsichtig, damit er sich nicht auch noch den anderen Fuß verletzte.

Und nun? Eine Mischung aus Wut und Frustration kochte in seiner Magengegend. Vorsichtig humpelte er vor zu Wildmosers Restaurant-Cafe. Er brauchte ein Weißbier. Mindestens.

Achim rief an.

„Soll ich nun bei Svenja einen Termin für dich ausmachen? Wann hättest du Zeit?"

„Sorry. Das ist das Letzte, was mich momentan interessiert. Ich bin noch am Marienplatz."

„Ach so, ja, stimmt. Du hattest ja deine angekündigte Liebesbegegnung mit deiner Traumfrau. Und?"

„Sie war da."

„Sag bloß! Und weiter?"

„Die Sache ist schief gelaufen." Er schilderte, was

vorgefallen war.

Achim war nicht sonderlich beeindruckt. „Weißt du, was ich glaube? Wenn du dich vor ein Modehaus hinstellst und lange genug wartest, kommt irgendwann garantiert immer eine Traumfrau heraus. Das war Zufall."

„Nein, das war kein Zufall", entgegnete Marco. „Diese *Beck-Frau* ist direkt auf mich zugegangen, hat mich angesehen, hat mit mir gesprochen. Verstehst du? *Ich* war gemeint. Ich muss sie unbedingt wieder sehen."

Drittes Kapitel

1

Achim schwitzte, wachte mehrmals auf und brauchte lange, bis er wieder einschlafen konnte. Gegen Morgen träumte er von wild galoppierenden Pferden und zerstörten Gitarren. Dabei hörte er schrille Geräusche, die eine menschliche Stimme übertönten. Als er langsam wach wurde, ließen die Geräusche nach und er konnte die Stimme verstehen, die laut und deutlich sagte: „Anton Reiter wartet auf dich." Anton war ein alter Bekannter, den er seit mindestens zehn Jahren nicht mehr gesehen hatte.

Als Achim ganz wach war, hatte er den Satz immer noch im Kopf und das Gefühl, als müsste er sich bei Anton melden. Aber warum? Sie lernten sich seinerzeit durch Zufall bei einem Auftritt der Rabencools kennen und trafen sich hin und wieder auf ein Bier. Eine Freundschaft entstand nie. Irgendwann verloren sie sich aus den Augen.

Nach dem Frühstück suchte er ihn im Internet. Anton war nach wie vor als Veranstalter für Bodypainting und Tanz-Shows tätig. Im Impressum fand er seine Telefonnummer. Sollte er ihn anrufen? Was sollte er ihn fragen? Ob er einen Job für ihn hätte? Anton hatte nie mit Livemusik gearbeitet. Trotzdem: er musste ihn sprechen.

„Hier ist Achim. Achim Hausner. Vielleicht erinnerst du dich noch am mich. Du warst hin und wieder auf Konzerten von den Rabencools, meine Band."

„Achim? Achim … ja, na klar. Achim. Das gibt's

doch nicht. Das ist ja unglaublich. Also … hör mal … wo bist du?

„Zuhause."

„Wo ist das?"

„Immer noch in München."

„Hast du noch deine Band?"

„Ja, habe ich."

„Was spielt ihr momentan?"

„Wir haben ein großes Repertoire an Covermusic und mittlerweile auch an eigenen Stücken – Musik zum Tanzen, für Partys ..."

„Wunderbar!", unterbrach ihn Anton. „Dich schickt der Himmel. Hör zu: Ich habe ein Problem. Ich veranstalte gerade für die Ihrensa AG ein Event im Hotel Pluto. Kennst du das? Dieser Luxusschuppen, du weißt schon.

„Ja, kenne ich."

„In einer Stunde sollte hier eine Band spielen, die aber mit ihrem Bus einen Unfall hatte und somit ausfällt. Der Abend dürfte ohne Livemusik gelaufen sein. Verstehst du? Würdest du einspringen? Ich zahl dir die Gage, die die anderen bekommen hätten. Kannst du deine Bandmitglieder zusammentrommeln?"

„Du bist ein Witzbold."

„Ich weiß, aber du kannst es wenigstens versuchen."

„Kann ich. Aber es ist äußerst unwahrscheinlich, dass ich die Jungs erreiche und dass sie sofort Zeit haben. Was ist das überhaupt für eine Veranstaltung und was sollen wir spielen?"

„Anlass ist eine Erfindung, die das Management feiert. Es wurden Reden gehalten. Und nun beginnt der gemütliche Teil mit Musik und Tanz. Später gibt es noch Bodypainting, aber ohne Live-Musik. So war es geplant. Ich bräuchte abwechslungsreiche Unterhaltungsmusik. Du solltest das Publikum mitnehmen, gute Laune machen, das kannst du doch. So wie früher."

„Okay. Ich versuche es. Aber ich kann nichts versprechen. Vielleicht kann ich auch nur mit halber Besetzung kommen."

„Auch recht. Ich danke dir."

Achim machte einen Rundruf. Sein Keyboarder und sein Bassist hatten Zeit und konnten einspringen. Sein Schlagzeuger war leider nicht zu erreichen und sein Gitarrist hatte Durchfall, also würde Achim neben dem Gesang auch die Gitarre übernehmen müssen. Ein musikalisches Notprogramm würde er mit der Besetzung hinbekommen, mehr aber auch nicht.

Anton war überglücklich, als er erfuhr, dass die Männer im Anflug waren. Und tatsächlich. Nach einer guten Stunde stand Achim mit seinen zwei Jungs auf der Bühne. Nach einem kurzen Soundcheck ging es auch schon los.

Achim wusste, er musste hier Entertainment machen, um die Leute zu unterhalten. Mit der abgespeckten Band alleine war das nicht möglich. Er war gut drauf und hatte Spaß, in diesem eher vornehmen Ambiente aufzutreten. Sie begannen mit Satisfaction von den Rolling Stones, wobei er immer wieder sang, wie geil es sei, große Erfindungen zu machen – „You can get Satisfaction!" Es klang so schräg und doch so mitreißend, auch die tänzerischen Bewegungen von Achim waren ein großer Spaß, so dass im Publikum sofort gute Stimmung aufkam. Dann schilderte Achim mit demonstrativem Körpereinsatz und klirrenden Gitarrenklängen seine eigene Erfindung: ein Winterwanderrucksack mit Kufen, den man als Schlitten verwenden konnte. (Er fand die Idee immer noch klasse, aber gebaut hatte er ihn nie.) Er stellte noch andere lustige Ideen vor, die er vor einiger Zeit im Internet entdeckt hatte, zum Beispiel eine Türklingel im Piano-Look oder ein Bilderrahmen, der um die Ecke ging. Achim hatte die Fähigkeit, Songtexte, die sich sogar oft reimten, spontan aus dem Ärmel zu schütteln. So wurde aus den Ideen aus dem Internet die Geschichte eines verrückten Hauses, in dem die Mitarbeiter der Ihrensa AG arbeiteten.

Den Leuten gefiel die Show. Sie lachten, tanzten ausgelassen und hörten zwischen der Musik mit großer Freude Achims witzigen Einlagen zu. So ging das mit einer Pause fast über zwei Stunden. Die Gäste waren begeistert.

Nicht nur diese. Zwei Herren von Lending Leadership Consulting & Training beobachteten Achim genau.

„Der ist gut", sagte der eine, und der andere: „Stimmt. Den engagieren wir für unsere ‚special days'. Wir müssen ihn vorher nur richtig briefen."

Als Achim von der Bühne gegangen war und von Anton umarmt wurde, standen die beiden Herren bereits neben ihm. Sie sagten, sie hätten, falls Interesse bestünde, eventuell einen Auftrag für ihn. Er solle sich die nächsten Tage melden. Einer der beiden drückte ihm seine Visitenkarte in die Hand, und dann verabschiedeten sie sich mit einem großen Lob für seinen kreativen Auftritt und verließen die Veranstaltung.

„Wow!" Achim war überrascht.

Auch Anton war voll zufrieden. „Du warst klasse. Deine Musiker sind spitze. Super! Falls wir mal wieder Bedarf haben ...."

„Aber gerne doch. Uns hat es Spaß gemacht."

Am Freitagabend bei Anesis, berichtete Achim von seinem erfolgreichen Auftritt und der Anfrage der Firma Lending Leadership Consulting & Training. Ein absoluter Wichtigtuer-Name, fand Marco. Was sich die Leute nur immer so ausdenken! Selbstverständlich freute er sich für Achim, war aber selbst in einer eher deprimierten Stimmung. Sein Fuß war wieder okay, Natalie und er gingen sich möglichst aus dem Weg, was momentan das Beste war, im Job lief es ganz gut, aber – und dieses *Aber* war es, das Marco bedrückte: Er hatte immer noch nichts von der Beck-Frau gehört.

„Seit Sonntag sitze ich wie auf Kohlen. Mir geht die Frau nicht mehr aus dem Kopf – und ich kann nichts tun. Gar nichts. Nur warten. Ich frage mich andauernd: Weiß sie mehr von mir als ich von ihr? Passt sie mich irgendwo ab? Oder muss ich auf den Geist warten, damit er mir wieder sagt, wo ich hingehen muss? Vermutlich trifft Letzteres zu."

„Kann sein", sagte Achim. „Übrigens: Für die besagte Veranstaltung wurden wir ursprünglich gar nicht engagiert. Ich bin an dem Tag aufgewacht, war noch im Halbschlaf, da kam mir ein alter Bekannter in den Sinn – Anton Reiter –, und mir war, als würde eine Stimme zu mir sprechen. Sie sagte, dass Anton Reiter auf mich warten würde … und am Abend spielte ich für ihn – ziemlich eigenartig."

Marco musste schmunzeln. „Jetzt hörst du also auch schon Stimmen."

„Nein, bei mir war das anders", entgegnete Achim. „Du hörst die Stimme des Geistes ja bei vollem Bewusstsein. Ich habe quasi noch geschlafen, jedenfalls so halb. Ich habe schon öfter gehört, dass man in der Aufwachphase noch weiterträumen und dabei Hinweise bekommen kann. Vielleicht arbeitet das Gehirn in dieser Phase besonders sensibel und kombiniert extrem gut. Ich glaube nicht, dass das etwas Besonderes ist, nicht so wie bei dir."

„Wie auch immer. Ihr hattet einen gut bezahlten Auftritt. Das ist doch super. Ich könnte dich glatt beneiden. Ich würde liebend gerne im Halbschlaf den Namen der Beck-Frau erfahren."

„Ja, ja", witzelte Achim, „am liebsten mit Adresse, E-Mail und Telefonnummer."

„Du hast es erfasst."

„Mensch Marco. Kannst du mit der verzweifelten Frauensuche nicht endlich aufhören?"

„Was? Jetzt? Ganz sicher nicht. Ich werde sie wiedersehen, ich weiß es. Außerdem kannst du leicht reden. Ich bin nicht in so einer privilegierten Situation wie du. Du hast neben Anne auch noch Svenja. Man könnte auch sagen, du betrügst Anne, selbst wenn du das nicht so empfinden magst. Insofern könnte ich auch dich fragen: Kannst du das mit Svenja nicht sein lassen? Hm? Was antwortest du?" Er schaute Achim herausfordernd an.

„Schon gut. Du hast ja recht. Jeder macht sein Ding."

Dieser Freitagabend war schneller zu Ende als üblich. Sie hatten nur eine kalte Vorspeisenplatte gegessen und ein Weißbier getrunken. Es kam selten vor, aber diesmal hatten sie keine Lust auf weltbewegende Diskussionen. Sie waren beide müde. Bevor sie zahlten fragte Marco, ob das mit Svenja ernster werden könnte.

„Ich bin gerne mit ihr zusammen, es geht uns gut miteinander. Aber mehr kann ich mir nicht vorstellen. Ich liebe Anne, und sie liebt ihren Freund. Er ist Reisejournalist, der viel unterwegs ist. Wie Anne – sie ist ja kaum noch da. Sie lebt momentan nur noch für ihre Fernsehserie."

Was Achim nicht erwähnte, weil es ihm gar nicht wirklich bewusst war: er fühlte sich mittlerweile Anne unterlegen. Ihre Dreharbeiten schienen sehr gut zu laufen. Sie wurde vom Regisseur stets haushoch gelobt, und man konnte davon ausgehen, dass die Serie erfolgreich und Anne als Seriendarstellerin bekannt werden würde.

„Glaubst du, Anne hat auch ein Verhältnis – zum Beispiel mit dem Regisseur?"

„Vielleicht", antwortete Achim emotionslos. „Kann sein. Das ist mir momentan ziemlich egal. Für mich ist viel wichtiger, dass ich weitere Engagement bekomme."

Und er bekam es. Es ging schneller als er zu hoffen wagte. Am Dienstagvormittag rief er Robert Meisinger an – einer der beiden Herren von Lending Leadership Consulting & Training an. Die Firma schien groß im Bereich Unternehmensberatung tätig zu sein. Am Mittwochnachmittag saß er in Meisingers Büro, und sie besprachen die Einzelheiten eines Auftritts im Rahmen einer Tagung zum Thema „Veränderungsprozesse im Führungsverständnis". Achim war klar, welche Botschaft er mit Musik, Gags und kleinen Vorträgen – eine Art philosophische Comedy – indirekt vermitteln sollte: Akzeptieren neuer Denkweisen über die emotionale Ebene, was aus seiner Sicht sein eigentlicher Auftrag war. Als Gage wollte man, inklusive zwei Musiker, zweitausend Euro zahlen. Achim verlangte vier, schließlich präsentierte er eine exklusive Darbietung mit unbewusst motivierenden Elementen, um eine bestimmte Botschaft zu festigen, so sein Argument. Mit ähnlich schlauen Sprüchen hatte er schon so manchen Auftraggeber von seiner Kompetenz überzeugt. Man einigte sich auf dreitausend.

Das musste er feiern. Er war zutiefst erfreut und fühlte sich prächtig. Er hätte gerne mit Anne gefeiert, aber sie war nicht da, heute nicht und auch nicht die nächsten zwei Wochen. Also fragte er Svenja, ob sie Zeit hätte. Sie verabredeten sich. Um zwanzig Uhr bei ihr.

Er duschte, rasierte seinen Dreitagebart und seine Brusthaare ab, die zwar nur spärlich sprießten, aber Svenja stand auf glatte Haut. Dann öffnete er seinen Kleiderschrank und stellte fest, es wurde höchste Zeit, dass er sich neu einkleidete.

Er fuhr in die Stadt und kaufte eine Jeans, ein schwarzes Hemd und eine lässige schwarzgraue Kapuzenjacke mit roten Reißverschlüssen. Er fühlte sich gut mit den neuen Sachen – modern, sportlich, attraktiv. Schließlich besorgte er noch eine Flasche Wein sowie Käse, Tomaten, Oliven und Brot. Svenja war Vegetarierin und hatte sicher noch nichts gegessen, wenn sie vom Yogaunterreicht heimkam, vermutete Achim – und ihr Kühlschrank war oft nur spärlich gefüllt.

Er klingelte. Sie öffnete. Er sagte „Hallo" und staunte, als er sie in der Tür stehen sah – sie trug ein schwarzes, sehr kurzes Minikleid mit schwarzen Strümpfen und hochhackigen Schuhen. Er kannte sie bisher nur im legeren Look, was ihm auch gefiel, aber das heutige Outfit fand er absolut sexy. Und auch Svenja staunte über Achims neue Sachen. Und so standen sie sich eine Zeitlang gegenüber und bewunderten sich gegenseitig bis sie sich in die Arme fielen.

Ohne Worte setzten sie sich an den Küchentisch, packten Achims Essen aus und arrangierten es auf Svenjas großen Tellern. Während sie über Belangloses plauderten, vertilgten sie fast alles, was Achim mitgebracht hatte.

Sie schliefen miteinander. Es war intensiv, wie immer. Doch als er neben ihr lag, spürte Achim, dass irgendetwas anders war als sonst.

„Wie fühlst du dich?", fragte er.

„Gut, sehr gut. Und du?"

„Ich auch. Aber weißt du, was eigenartig ist? Ich fühle mich – wie soll ich sagen? – elektrisiert, unter Spannung, als hätte ich zu viel Energie. Ich fürchte, ich kann nicht mehr lange liegen, muss irgendwas tun, laufen oder so. Ich werde langsam nervös."

„Aha."

„Normalerweise bin ich nach dem Sex nicht so aufgeladen, sondern entspannt."

„Es ist eben nicht immer alles wie normalerweise. Wo ist das Problem?"

„Ich habe kein Problem. Ich fühle mich ja gut. Es ist nur ungewöhnlich. Ich muss jetzt wirklich aufstehen. Ich muss raus. Lass uns eine Runde drehen."

Sie zogen sich an. Svenja wählte eine bequeme Kleidung. Dann liefen sie durch die Straßen, ziemlich schnell.

Achim dachte wieder an seinen Traum, den er Svenja noch nicht erzählt hatte, da kam ihm plötzlich ein Gedanke: „Du machst doch diese wunderbaren und wundersamen Massagen, die etwas Besonderes sind. Das kann nicht jeder. Ich habe von solchen Sachen keine Ahnung und ich kann es mir auch nicht erklären, was da vor sich geht, aber der Effekt ist erstaunlich gewesen."

„Du vermutest, dass deine Energie davon kommt? Nein, sicher nicht. Die Behandlung ist zu lange her und die Auswirkungen klingen mit der Zeit ab, wie du weißt, und kommen auch nicht wieder zurück."

„Könnte es aber sein, dass es Auswirkungen gibt, die sich anders und erst später zeigen? Was mich interessieren würde: Kann diese Massage Träume beeinflussen?"

„Durchaus möglich. Körper, Psyche, Träume, Bewusstes, Unbewusstes ... alles hängt zusammen. Wenn sich auf einer Ebene etwas verändert, dann hat das meistens auch auf andere Bereiche Auswirkungen."

„Schon klar. Ich meine etwas anderes. Ich hatte dir doch erzählt, dass ich finanzielle Probleme habe. Hast du die Fähigkeit, über diese Massagen auf mein Unbewusstes gezielt Einfluss zu nehmen, damit ich im Traum eine Botschaft erhalte, die mir zu beruflichen Kontakten oder sogar zu Aufträgen verhilft?"

Svanja verzog das Gesicht zu einem unverständlichen Staunen. „Wie bitte? Hey Achim, was ist denn das für eine abwegige Idee? Wenn ich zaubern könnte, würde ich mir zuallererst die kommenden Lottozahlen durchgeben."

„War nur so ein Gedanke", sagte Achim und lächelte dabei verlegen. „Du hast recht. Das ist Quatscht." Wahrscheinlich, überlegte er, sind das die Einflüsse von Marco – mit seinen Geistern, die Dates arrangieren. Jetzt fange ich auch schon an, in diesen Kategorien zu denken.

2

„Da ist eine junge Frau in Fahrradklamotten. Sie will zu dir", rief Natalie, als sie nach dem dritten Klingeln die Wohnungstür geöffnet hatte.

„Das ist Larissa. Ich komme gleich." Marco stand noch vor dem Kleiderschrank und überlegte, welches T-Shirt er anziehen sollte. Er schlüpfte in das Grüne mit langem Arm.

„Wer ist das?", fragte Natalie als er in den Flur kam.

„Eine Arbeitskollegin. Wir machen eine Radtour."

„Jetzt noch? Es ist schon sechs Uhr."

„Ja und? Es ist noch lange hell genug und man kann auch im Dunkeln radeln." Marco ging an Natalie vorbei und umarmte Larissa zur Begrüßung. Dann stellte er sie Natalie vor. Die beiden Frauen gaben sich die Hand und Marco glaubte zu spüren, dass sie sich etwas zu lange zu kritisch betrachteten.

„Kann es sein, dass wir uns von irgendwoher kennen?", fragte Larissa.

Natalie hatte nicht den Eindruck, dass sie sich schon mal begegnet waren und vermutete, Larissa hatte nicht damit gerechnet, dass sie mit der Frau ihres Kollegen konfrontiert werden würde und hatte deshalb aus Verlegenheit diese Floskelfrage gestellt.

„Ich glaube nicht", antwortete Natalie ein wenig überheblich. Warum bestellte Marco eine junge Frau hier her? Wollte er ihr damit zeigen, dass er noch gefragt ist? „Wo soll die Radtour hingehen?"

„Wir fahren einfach mal die Isar entlang. Ohne Ziel", sagte Larissa und lächelte.

Marco warf seinen kleinen Rucksack um die Schulter – und weg waren sie.

„Das ist also deine Frau", stellte Larissa fest, als sie zu den Rädern gingen. „Ich habe sie mir ganz anders vorgestellt."

„Ich auch", rutschte es Marco heraus.

„Habt ihr Zoff?"

„So kann man das nicht nennen. Es gibt Probleme. Aber darüber möchte ich jetzt nicht reden."

„Ich auch nicht. Konzentrieren wir uns lieber auf die Tour. Bist du fit?"

„Absolut", log Marco. Er fühlte sich nicht wirklich fit, aber das wollte er Larissa lieber verheimlichen. Schließlich sollte sie nicht denken, er wäre ein älterer, abgeschlaffter Mann. Das entsprach nicht seinem Selbstbild und es war ihm wichtig, sich selbst und Larissa zu beweisen, dass er immer noch gut drauf war.

Natürlich hatte er zu kämpfen, mit Larissas Geschwindigkeit mitzuhalten. Natürlich schnappte er nach Luft, wenn es bergauf ging. Und natürlich schwitzte er wie ein Schwein. Trotzdem macht es ihm Spaß und Larissa behandelte ihn wohlwollend. Sie drosselte ihr Tempo, wenn er zurückblieb. Und sie hielt öfter an, um eine Trinkpause einzulegen, als sie das normalerweise getan hätte.

Sie fuhren fast bis nach Schäftlarn, dann drehten sie um und kehrten im Waldgasthof Buchenhain ein. Sie unterhielten sich über Fahrräder, Fahrstile, Fahrradklamotten, über Sport im Allgemeinen und natürlich über die Firma. Dabei flirteten sie heftig.

Marco war erstaunt, wie locker und leicht das Zusammensein mit einer Frau sein konnte, wenn es keine Ansprüche gab. Sie war für ihn eine nette Arbeitskollegin, durchaus attraktiv – mit ihrem durchtrainierten Körper und ihren großen Augen. Aber er würde mir ihr keinen Sex haben wollen. Sie war zu jung – das würde niemals gutgehen.

Es war schon zweiundzwanzig Uhr, als er zu Hause ankam und das Rad absperrte. Er war doch mehr erschöpft, als er dachte, sehnte sich nur noch nach einer Dusche und nach Schlaf und hoffte, dass Natalie keine neugierigen Fragen zu Larissa stellen würde. Er öffnete den Reißverschluss der Vordertasche seines Rucksacks, um den Schlüssel hervorzuholen, doch der Schlüssel war nicht da. Auch in den Seitentaschen war er nicht. Der durchsuchte den gesamten Rucksack, aber er konnte den Schlüssel nicht finden. Er war weg. Oder hatte er ihn gar nicht eingesteckt? So musste es sein.

Er klingelte. Nichts. Er klingelte extra lange mehrmals. Nichts. Natalie war nicht da. Wo war sie? Verdammt. Um die Uhrzeit schläft sie doch noch nicht, und wenn, hätte sie das Klingeln aufgeweckt. Trotzdem probierte er es nochmal extrem lange, aber es war sinnlos. Wer weiß, wann Natalie heim kam. Ein Bewohner verließ das Haus, so dass Marco wenigstens schon mal im Haus war und nicht auf der Straße warten musste.

Er wartete schon eine Stunde, hatte Durst, fror und fühlte sich elend. Der schöne Abend nahm kein schönes Ende. Dann endlich kam Natalie. Als sie Marco am Boden in Kauerstellung sitzend sah, musste sie lachen.

„Aha. Schon klar. Du hast den Schlüssel vergessen oder verloren."

Marco zuckte mit den Schultern.

In der Wohnung sah er seinen Schlüssel auf der Ablage im Flur liegen. Er hatte ihn nicht verloren.

„Was hättest du gemacht, wenn ich nicht nach Hause gekommen wäre? Hättest du den Schlüsseldienst geholt?"

„Nein, ich wäre zu Achim gefahren."

„Zu Achim. Natürlich. Er ist ja immer für dich da", sagte Natalie provokativ, als sie Marco vom Flur aus zusah, wie er im Bad seine Sportklamotten auszog und in die Ecke warf.

„Ich muss jetzt duschen", sagte er und schloss die Tür.

Anschließend setzte er sich im Bademantel in die Küche und schenkte sich ein Bier ein. Natalie setzte sich zu ihm und beobachtete ihn, wie er mit Genuss und in einem Zug das halbe Glas leerte.

„Es ist noch eines im Kühlschrank", sagte Marco.

„Ich will kein Bier. Ich will dich was fragen."

Oh nein, bitte nicht jetzt am späten Abend. Ich will nicht über Larissa reden, stöhnte Marco innerlich.

Aber das war es nicht, was Natalie interessierte. Marcos zurückgezogenes Verhalten konnte sie sich nach wie vor nicht erklären.

„Bitte flipp nicht gleich wieder aus", begann sie. "Du hast gesagt, du wärst in keiner Sekte."

Marco riss sich zusammen, verdrehte die Augen und sagte so ruhig er konnte: „Nein." Am liebsten hätte er ihr das restliche Bier ins Gesicht geschüttet. Wie konnte sie wieder damit anfangen?

„Ich will dir das glauben, aber irgendwas ist doch nicht normal, oder? Ich weiß auch nicht … Hast du vielleicht Spielschulden? Bist du Spielsüchtig? Gehst du mit Achim in Spielhallen? Oder spielt ihr Roulett oder andere Glücksspiele?"

Marco konnte Natalies Vermutungen nicht fassen. Wie kam sie auf solchen Quatsch? Er trank zügig das Bier zu Ende, sagte „alles falsch" und stand auf, um ins Bett zu gehen. Auf dieses Gespräch hatte er absolut keine Lust.

„Warte", sagte Natalie, ohne ihn aus den Augen zu lassen. „Setz dich noch mal. Bitte."

Marco bemerkte Natalies ernste, aber auch irgendwie traurige Augen und setzte sich.

„Ich bin nicht blöd", sagte sie. „Ich weiß genau, dass irgendwas nicht stimmt, vielleicht noch nie gestimmt hat. Du kannst es mir sagen. Du musst es mir sagen! Alles andere hat doch keinen Sinn. Und dann beenden wir das mit uns."

„Was meinst du? Auf was willst du raus?"

Natalie fasste Marco am Arm und blickte ihm in die Augen. „Bitte sag mir die Wahrheit. Bist du schwul?"

Marcos Kinn klappte nach unten. Mit offenem Mund starrte er Natalie an und schüttelte langsam den Kopf. Er brauchte ein paar Sekunden, bis er begriff, was Natalie vermutete. Er – schwul? Mein Gott. Sah er schwul aus? Konnte man das annehmen? Nein, niemals.

„Nie im Leben. Ganz bestimmt nicht."

„Bist du dir sicher?"

„Hundert Prozent sicher."

„Okay. Es hätte mich zwar gewundert, aber es hätte ja sein können." Dann betrachtete sie ihn von oben bis unten, als müsste sie sich überzeugen, dass er tatsächlich kein schwuler Typ war.

„Lass uns schlafen gehen", sagte Marco. „Ich bin saumüde."

Natalie warf ihm einen abweisenden Blick zu. „Da du mir nicht sagen willst, was mit dir los ist und dich von mir zurückziehst, sodass der Kontakt zwischen uns sich nur noch auf Alltagsbanalitäten beschränkt, will ich auch nicht mehr neben dir schlafen."

„Was soll das heißen?"

„Wir räumen die Wohnung um. Ich möchte, dass das Wohnzimmer mein Zimmer wird, das Schlafzimmer kannst du behalten, das Arbeitszimmer werden wir uns weiterhin teilen."

„Du hast also schon konkrete Pläne. Da werde ich aber wohl auch noch ein Wörtchen mitzureden haben."

„Kannst du gerne. Aber ein gemeinsames Schlafzimmer wird es nicht mehr geben."

Marco wunderte sich, wie konsequent Natalie sein

kann, und er wunderte sich auch, dass er nicht selbst längst auf diese Idee gekommen war, denn sie hatte recht. In ihrem gemeinsamen Schlafzimmer gab es nichts Gemeinsames mehr.

Am nächsten Tag hatte Marco einen leichten Muskelkater in den Beinen, worüber er sich sogar freute – ein Zeichen von sportlicher Aktivität. Immerhin.

Er war auf dem Weg zu einem Arbeitskreis zum Thema: Betriebliches Vorschlagswesen und Ideenmanagement. Er bog gerade von der Thalkirchner in die Gotzinger Straße ein und suchte das Impact Hub – eine ehemalige Industriehalle, in der Büroarbeitsplätze und andere Räumlichkeiten vermietet werden. Dort sollte der Arbeitskreis stattfinden. Praktisch für Marco. Er konnte zu Fuß hingehen.

Als er kurz vor dem Impact Hub stand, irritierte ihn etwas – die Sonne war zu hell, unnatürlich grell. Vor seinen Augen flimmerte es. Unwillkürlich blieb er stehen. Und er ahnte, was gleich geschehen würde: Der Geist wird kommen. So war es auch. Der Geist erschien in der gleichen menschenähnlichen Form wie das letzte Mal, wie immer grau, heute jedoch sehr dunkel, fast anthrazit. Vielleicht lag das an dem grellen Licht. Marco blieb wie angewurzelt stehen – bereit, eine Botschaft zu empfangen.

„Geh zum Zahnarzt Dr. Bernhard Niederhuber. Jetzt ... xlursxlwzz wzzzz zzzz ...“ Der Geist war nicht mehr zu verstehen. Er hörte nur noch Gekreische, wie bei einem Radiosender mit Empfangsstörungen.

„Ich kann dich nicht verstehen. Soll ich weitergehen?“, fragte Marco, obwohl er wusste, dass er keine Antwort bekommen würde. Also wartete er. Nach ein paar Sekunden war die Stimme des Geistes wieder klar und deutlich. Er nannte ihm die Adresse. „Das ist in Harlaching. Gehe jetzt. *Sie* ist dort.“ Das grelle Licht wurde dunkler und der Geist verschwand.

Jetzt konnte er nicht. Warum ausgerechnet jetzt? Warum gab ihm der Geist keine Vorlaufzeit? Was sollte er tun? Er musste zum Arbeitskreis. Aber: Wenn *sie* wirklich *sie* ist, wenn seine Beck-Frau beim Zahnarzt ist, jetzt, und er sie dort treffen würde, wo er doch so sehr darauf gewartet hatte, sie endlich wieder zu sehen, und nun gäbe es diese Möglichkeit – ja dann hatte er überhaupt keine Wahl. Er musste dort hin, mit ihr sprechen, Arbeitskreis hin oder her. Irgendeine Ausrede würde ihm schon einfallen, warum er nicht teilnehmen konnte.

Die Entscheidung war gefallen. Er machte kehrt und lief zur U-Bahn-Station Implerstraße. Und wie das dann immer so ist: Gerade dann, wenn man es eilig hatte, gab es Verzögerungen im Abfahrtsplan. Normal brauchte er mindestens eine halbe Stunde bis nach Harlaching. Er war bereits ziemlich gestresst. Während er nervös wartend am Bahnsteig stand, überlegte er, ob seine Entscheidung richtig war, ob es nicht doch besser wäre zurück zum Arbeitskreis zu gehen. Aber er musste sie sehen, das war wichtiger. Endlich nach acht Minuten – eine gefühlte Ewigkeit – kam die U-Bahn. Und nach weitern dreißig Minuten stand er vor dem Eingang zur Zahnarztpraxis.

Er ging hinein und sah sich um. Rechts war der Wartebereich. Dort saßen nur zwei ältere Frauen sowie ein Mann. Sonst niemand. Er wandte sich an die junge Dame am Empfang.

„Entschuldigung. Ich habe keinen Termin, sondern eine Frage."

„Ja, bitte. Um was handelt es sich?"

„Ich suche eine Frau, etwa Mitte vierzig, dunkle, lange Haare, schlank, hübsch. Sie müsste gerade in der Behandlung sein."

„Äh, ich weiß nicht ...", stammelte die junge Dame. „Es waren heute schon mehrere dunkelhaarige Frauen hier. Ist sie Patientin von Herrn Dr. Allers?"

„Wer ist Dr. Allers?"

„Er arbeitet auch hier."

„Nein, von Dr. ..." Ihm fiel der Name nicht mehr ein. „Irgendwas mit Nieder ..."

„Niederhuber."

„Ja, genau."

„Wie heißt die Frau denn?"

„Das weiß ich nicht. Ich suche sie."

„Also wissen Sie, ich glaube, da kann ich Ihnen nicht weiterhelfen."

„Doch, doch, ganz bestimmt. Sie muss hier bei Ihnen in der Praxis einen Termin haben, jetzt, oder vielleicht ist sie auch schon wieder weg oder sie kommt erst."

„Hören Sie, ich weiß nicht, wen Sie meinen. Wenn Sie nicht wissen, wie die Frau heißt, kann ich dazu gar nichts sagen."

„Wenn eine Dunkelhaarige, auf die die Beschreibung passt, hier ist oder hier war, dann können Sie mir doch wenigstens das sagen. Bitte."

„Ja, eine Patientin war hier, auf die die Beschreibung passt."

„Sie ist schon weg?"

„Ja."

„Wie lange?"

„Seit ein paar Minuten."

„Mist, ich bin zu spät", schimpfte Marco verärgert und enttäuscht.

„Können Sie mir bitte sagen, wie sie heißt oder zumindest, wann sie wieder kommt und wenn ja, wann?"

„Was wollen Sie von der Frau?", fragte die junge Dame mittlerweile genervt.

„Ich muss sie wiedersehen. Unbedingt. Wir hatten hier sozusagen ein Date?"

„Ein Date. Aha. Und Sie wissen nicht mal, wie sie heißt."

„Nein, leider nicht. Bitte sagen Sie mir, wo ich sie finden kann. Das ist echt wichtig."

„Guter Mann, jetzt reicht es langsam. Wir geben keine Patientendaten an wildfremde Leute heraus und wir sind hier auch keine Partnerbörse. Wenn Sie Interesse an Ihnen hätte, dann hätte sie wohl auf Sie gewartet. Sie ist aber nach der Behandlung gegangen. Und Sie sollten jetzt auch gehen."

„Nicht, bevor ich irgendeinen Tipp von Ihnen bekommen habe. Sonst bin ich ja ganz umsonst hergefahren. Sie könnten mir wenigstens sagen, wo sie wohnt."

„Sind Sie ein Stalker oder was?"

„Nein! Ich bin doch keine Stalker, ich ... ich will ja nur eine kleine Auskunft."

Marco wurde im Tonfall lauter und etwas ungehaltener. Eine andere Frau in einem weißen Kittel, die sich in einem Nebenraum mit offener Tür befand, hatte das Gespräch mitgehört und kam nun dazu.

„Was ist hier los?", frage sie und warf einen kritischen Blick zu Marco.

„Er will Daten einer Patientin", sagte die junge Dame, die sich nun von ihrem Stuhl erhob.

„Wozu?", fragte die andere in Richtung Marcos.

„Ich will nur eine winzig kleine Auskunft."

„Schluss jetzt", sagte die Frau im weißen Kittel, die nun direkt auf Marco zuging. „Sie gehen jetzt bitte sofort. Sonst hole ich die Polizei."

„Mein Gott, was soll das? Ich habe doch nichts getan, nur eine Frage gestellt. Das wird man wohl noch dürfen." Marco war stinksauer. Er ging zum Ausgang und fluchte vor sich hin: „Blöde Weiber! Zicken!", was die Damen noch hörten. Er hörte, dass sie die Eingangstüre hinter ihn zusperrten. Das machte ihn richtig wütend. Er stieß mit dem Fuß gegen einen Blumentopf, der neben der Tür stand und umfiel. Er trampelte auf die Blumen und schubste den Topf auf den Gehweg, auf den sich die Erde verteilte. Beobachtet hatte ihn dabei niemand. Es war eine menschenleere Wohngegend. Er bog um Ecke und beruhigte sich wieder.

Da stand er nun – in Harlaching – verärgert, unverrichteter Dinge, ohne irgendeinen Hinweis. Für den Arbeitskreis war es auch zu spät. Er hatte eine Scheißwut auf die U-Bahn, auf den Geist, der keine Rücksicht auf seine Termine nahm, auf die Zahnarztdamen und auch auf sich selbst. Warum hatte er sich nur auf diesen Termin eingelassen? Wie konnte er nur so blöd sein und glauben, dass die Beck-Frau auf ihn warten würde? Eine Fremde? Geschickt von einem Geist. Wie absurd! Und trotzdem war sie seine große Hoffnung. Immer noch.

3

Bei Achim ging es finanziell weiter aufwärts. Sein Auftritt zum Thema Veränderungsprozesse im Führungsverständnis bei der Firma Lending Leadership Consulting & Training war ein voller Erfolg. Er bekam großes Lob und hoffte, dass dies nicht sein letzter Auftrag gewesen war. Auch seine Bandmitglieder zogen zwei Engagements an Land: Tanzmusik für eine Hochzeitsfeier sowie für die Einweihung eines After-Work-Ateliers.

Doch unabhängig davon, geschah in Achims Leben noch etwas anderes. Zumeist beim Aufwachen oder beim Einschlafen, manchmal auch, wenn er entspannt auf dem Balkon saß, bekam er – wie er es nannte – Eingebungen. Es waren Visionen, Inspirationen, Ideen, die ihm visuell oder stimmlich erschienen. Oder er dachte an bestimmte Menschen, die er kannte oder von denen er gehört hatte. All das nahm er wie in einem Tagtraum wahr. Doch wenn er sich auf diese Eingebungen konzentrierte und die richtigen Schlüsse zog und unverzüglich handelte, ergaben sich daraus gute Gelegenheiten, Geld zu verdienen. Es war wie neulich, als er beim Aufwachen eine Stimme hörte, die ihm Anton Reiter nannte. Damit fing es an. Seitdem achtete er immer stärker darauf, wenn er Hinweise bekam – von woher auch immer. Manchmal waren es auch Banalitäten, zum Beispiel, dass ihm ein guter Refrain für einen Song einfiel. Das war zwar praktisch, aber nichts Neues, denn Eingebungen dieser Art hatte er schon immer. Wahrscheinlich kannte jeder Mensch solche Eingebungen oder Geistesblitze, nahm Achim an, die man als kreative Ideen bezeichnen könnte. Die wichtigen Eingebungen jedoch konnten wichtige Konsequenzen haben. Bis jetzt bezogen sich die Hinweise fast immer auf das Geldverdienen, und die Ergebnisse waren ausschließlich positiv. Nichts deutete darauf hin, dass ihm diese Eingebungen oder Visionen, oder was auch immer es war, schaden könnten. Manchmal waren sie ihm fast ein wenig unheimlich. Wie lange würde dieser *positive Trip* anhalten? Konnte er ihn irgendwie festhalten? Er dachte nicht ernsthaft darüber nach, sondern freute sich über seine Glückssträhne und hoffte, dass sie noch möglichst lange anhielt.

Sie hielt an. Er hatte eine ungewöhnliche Idee, die ihm *ins Gehirn flog* als er auf der Couch lag und beinahe eingenickt wäre:

Bereits vor einigen Tagen hatte er von einem Vortrag gelesen, den Dr. Hader, ein bedeutender Psychologe, in München halten würde: Perfektionismus – die Suche nach Wertschätzung. Das Thema erschien ihm durchaus interessant.

Als er die Augen öffnete und wieder richtig wach war, wusste er, dass er mit Musik und Gags, natürlich perfekt vorgetragen – das war selbstverständlich –, einen erheiternden Aspekt beisteuern könnte. Er würde zeigen, dass die Wertschätzung nur dann etwas nützt, wenn sich der Zuspruch auf die eigenen Werte bezöge, ansonsten bliebe man einsam und leer zurück, da jegliche Motivation zur Perfektion sich als sinnlos erweisen würde. Der Drang zur Perfektion würde sich damit dennoch nicht auflösen, sondern man würde sich werteähnliche Gegenüber suchen, damit die Wertschätzung das bewirkt, was man durch sie erwartet, nämlich sich gut zu fühlen. Bliebe das gute Gefühl trotz Applaus von Gleichgesinnten aus oder wäre es zu schwach, wäre die Gefahr groß, dass das Streben nach Perfektion überhand nähme und man schließlich an den eigenen Maßstäben zerbräche. So ähnlich dachte er sich das. Er müsste seine Überlegungen *nur* noch als lockere Comedy ausarbeiten, so dass das geschieht, was dem Perfektionisten, der nach Wertschätzung lechzt, meistens fehlte: Lachen, Humor, das Nichtperfekte lieben lernen.

Achim fuhr zum Gasteig, um sich den Vortrag anzuhören. Er war überpünktlich, denn er wollte einen guten Platz, möglichst weit vorne, um Dr. Hader hautnah zu erleben und zu spüren, ob er mit ihm kann.

Dr. Hader war ein älterer Mann mit wachen Augen. Er war ihm auf Anhieb sympathisch. Der Inhalt des Vortrags war nicht allzu schwer zu verstehen, jedoch sehr umfangreich. Man musste sich schon gut konzentrieren, um die vielen Aspekte einordnen zu können. Ob Dr. Hader sein Publikum wirklich erreicht hatte, konnte Achim nicht einschätzen. Jedenfalls verließ das Publikum die Veranstaltung, so wie er es vermutet hatte, eher bedrückt, zumindest nicht fröhlich.

Nachdem alle gegangen waren, sprach Achim Dr. Hader an und schlug ihm seine Idee vor, der interessiert war. Sie setzten sich ins Foyer und unterhielten sich ausführlicher.

„Das ist ein sehr überraschendes und ungewöhnliches Angebot", meinte Dr. Hader. „Diese Kombination kenne ich nur bei Lesungen, aber nicht bei Fachvorträgen. Wichtig wäre, dass ihr Part thematisch an der richtigen Stelle käme, damit der Vortrag nicht zerrissen wird."

„Es könnte eventuell eine Pause geben."

„Wäre denkbar. Ich kann mir das momentan nur sehr schwer vorstellen"

Das war verständlich. Achim schilderte Dr. Hader, was er bisher beruflich gemacht hatte. Achims geistige Beweglichkeit sowie sein Charme überzeugten ihn schließlich, sich auf dieses Experiment einzulassen und ihn gegebenenfalls für den nächsten Vortragsabend zur Probe zu engagieren, vorausgesetzt Achims

Auftritt entsprach Dr. Haders Vorstellungen. Sie vereinbarten einen Termin, bei dem Achim seinen Beitrag vorspielen sollte. Falls Achim die Veranstaltung aufwerten würde, könnte er mit Dr. Hader sozusagen auf Tournee gehen. Für Achim war dies eine neue Herausforderung und womöglich der Einstieg in ein neues Veranstaltungssegment. Er musste an seine Zukunft denken.

Am Freitagnachmittag war es heiß. Achim schlug Marco vor, ins Dantebad zu gehen. Dort gab es eine FKK-Liegewiese mit Pool – ohne Kinder, ohne Geschrei, nicht überlaufen. Gut zum Entspannen, gut zum Schauen. Schönheiten waren dort jedoch selten zu sehen, dafür einige extrem dicke Leute.

Achim sonnte sich bereits seit einer Stunde, als gegen fünf Uhr endlich Marco auftauchte.

„Tut mir leid. Ich hatte noch einen Fall zu lösen", entschuldigte sich Marco.

„Ich habe die Kühltasche mitgenommen. Es gibt kaltes Bier. Was sagst du? Gut, oder?"

„Perfekt. Aber lass uns erst eine Runde schwimmen", schlug Marco vor.

Nach fünfzehn Bahnen war es genug. Sie legten sich in die Sonne, um sich aufzuwärmen. Dann öffnete Achim seine Kühltasche und reichte Marco eine Flasche Tegernseer Hell.

„Danke und Prost", sagte Marco. „Was gibt es Neues?"

„Ich kann dir bald die erste Rate zurückzahlen. Ich habe mehrere Engagements. Es läuft gut zurzeit."

„Echt?"

„Echt. Ich kann es selbst kaum glauben, aber es geht aufwärts. Ich habe immer wieder Eingebungen, die mir den Weg weisen. Gott, klingt das blöd."

„Objektiv betrachtet, klingt es saublöd. Aber in meinen Ohren, als Mann mit einem persönlichen

Geist, klingt es ziemlich normal."

„Hat er sich noch mal gemeldet?"

„Ja, hat er. Und er hat mich zur Beck-Frau geschickt, aber ich bin zu spät gekommen. Ich habe mich grün und blau geärgert."

„Vielleicht war sie ja gar nicht da."

„Doch war sie. Bei einem Zahnarzt, aber sie war schon weg, als ich ankam. Er hat den Termin so eng gesetzt – unmöglich, ihn einzuhalten."

„Er? Der Geist?"

„Ja, klar."

Achim war überrascht, dass diese Beck-Frau-Episode anscheinend weiterging.

„Und was machst du jetzt?"

„Was soll ich denn machen?" Marco nahm einen kräftigen Schluck Bier. „Nichts. Ich muss warten, bis *er* wieder erscheint. Vielleicht gibt er mir noch mal einen Hinweis, vielleicht auch nicht. Ich bin ihm gegenüber zur Passivität verdammt. Wenn ich mich jetzt frage, was mir dieser Geist gebracht hat, dann muss ich sagen: nichts, absolut nichts. Außer, dass er mich total durcheinandergebracht hat."

„Du hast neue Erfahrungen gesammelt", ergänzte Achim im Ton eines Schullehrers.

„Auf diese Art von Erfahrungen hätte ich liebend gerne verzichtet."

„Vielleicht kommst mit der Beck-Frau doch noch zusammen."

„Das bezweifle ich. Die ganze Geist-Angelegenheit war doch von Anfang an negativ. Erst hatte ich mich total erschrocken, hatte Angst um mein Augenlicht, dann dachte ich sogar, ich wäre schizophren. Vielleicht bin ich es ja wirklich."

„Das bist du nicht und das weißt du auch. Hör auf, solchen Unsinn zu reden."

„Ist das wirklich Unsinn? Was soll man glauben, wenn man etwas erlebt, das man selbst für undenkbar gehalten hat, und wenn das ganze Mysterium zu nichts führt? Bei dir ist das anders. Du hast durch deine Intuitionen oder Eingebungen Erfolg. Es geht was voran."

„Ich habe Intuitionen, okay. Aber das hat nichts mit einem Geist zu tun?"

„Weiß man's?" Marco hielt dies durchaus für denkbar.

„Ich sehe keine Schatten und bekomme auch keine konkreten Anweisungen, so wie du."

„Ja und? Was sagt das schon aus? Ich habe den Eindruck, dass mein Geist zu dir übergelaufen ist und dir hilft."

„... und dich vernachlässigt."

„Ja, wenn du so willst."

„Das ist doch albern", sagte Achim und grinste.

„Das ist total albern, ich weiß. Aber man könnte die Sache doch so sehen, oder nicht?"

Achim schmunzelte und boxte Marco in den Oberarm.

„Kann es sein, dass du eifersüchtig bist? Eifersüchtig auf einen Geist?"

„Ja, Scheiße. Ich bin eifersüchtig! Es ist unglaublich, aber so ist es."

Achim musste nun lauthals lachen. Die ganze Situation war einfach zu verrückt.

„Mensch Achim", sagte Marco, „ich gönne dir den Erfolg, aus welchen Gründen auch immer. Ich freue mich für dich. Und solltest du jemals einen Hinweis zu einer schlanken, dunkelhaarigen Frau bekommen, dann pass ganz genau auf, merke dir die Details und informiere mich umgehend. Und treffe sie ja nicht hinter meinem Rücken, wenn, dann erwürge ich dich."

Sie lachten ungehemmt viel zu laut, so dass ihnen die umliegenden Leute schon fragwürdige Blicke zuwarfen.

„Du musst mir jetzt eines versprechen", sagte

Achim, „dass du dich in Zukunft für neue Aktivitäten öffnest."

„Ich bin ganz offen."

„Wunderbar. Ich habe nämlich einen Vorschlag."

„Und der wäre?"

„Du, ich, Svenja und ihre Freundin Mila treffen uns."

„Oh nein. Du willst mich verkuppeln."

„Eher nicht. Aber ich muss hier noch was recherchieren, bevor ich dir Genaueres sagen kann. Halte mal das nächste Wochenende frei."

„Mache ich. Dieses Wochenende hätte ich nämlich keine Zeit. Wir räumen unsere Wohnung um."

„Warum das denn? War doch ganz schön so."

„Wir lösen unser gemeinsames Schlafzimmer auf."

Marco wurde von lautem Klopfen, Hämmern und anderen Geräuschen geweckt. Er warf einen Blick auf den Wecker: Acht Uhr dreißig. Dann war es wieder ruhig, aber nicht lange. Wieder hörte er ein Hämmern. Er hatte den Eindruck, dass der Lärm aus dem Wohnzimmer kam. Konnte es sein, dass Natalie bereits mit dem Umräumen zugange war? So früh? Außerdem hatten sie noch gar keinen detaillierten Plan besprochen, was wo hin sollte. So geht das nicht, verflixt nochmal, fluchte er und stürmte ins Wohnzimmer. Da stand Natalie und schlug mit einem Hammer gegen die Rücklehne der Couch, dessen Schrauben sie bereits gelöst hatte und auf dem Boden verstreut lagen.

„Was machst du?", fragte Marco.

„Huch!" Natalie ließ den Hammer fallen." Du hast mich total erschreckt."

„Sorry. Aber du hast mich aufgeweckt. Sag mal ..." Marco zog die Augenbrauen zusammen und blickte verständnislos zwischen Natalie und der Couch hin und her. „Was wird das hier?"

„Man muss die Rücklehne entfernen, sonst bringt

man die Couch nicht durch die Tür."

„Wo soll die Couch denn hin?"

„In dein Zimmer. Ich will die Couch nicht. Sie ist mir viel zu groß."

„Mir auch. Im Übrigen finde ich es nicht in Ordnung, dass du eigenmächtig bestimmst, was wo hinkommen soll."

„Tu ich doch gar nicht."

„Tust du schon. Du sagst, die Couch muss aus dem Zimmer raus und ich soll sie nehmen. Wir wollten eigentlich gemeinsam besprechen, wer welche Möbel nimmt. Stattdessen schaffst du Fakten."

„Nur in diesem Fall. Weil ich diese Scheiß Couch nicht will."

„Ich auch nicht." Marco war sauer, warf die Wohnzimmertür zu und ging ins Bad.

Natalie ärgerte sich ebenso, denn die Couch hatte Marco seinerzeit ausgesucht, und sie hatte sich breitschlagen lassen, sie zu kaufen, obwohl sie ihr nicht gefiel. Sie hatte von je her das Gefühl, dass es Marcos Couch war. Von daher war es für sie nur logisch, dass er sie nehmen würde.

Marco wusch sich die Hände, spritzte sich kaltes Wasser ins Gesicht und ging zurück zu Natalie.

„Dann werfen wir die Couch eben weg", blaffte er Natalie an.

„Wie bitte? Die Couch hat viertausend Euro gekostet."

„Und schon. Sie ist abgenutzt. Den Esstisch mit zwei Stühlen sowie einen Kleiderschrank möchte ich haben, die Vitrine und den Fernseher kannst du nehmen, das Bett auch – ich kaufe mir lieber ein neues ..."

„Jetzt stopp mal", unterbrach ihn Natalie. „So läuft das nicht."

„Nicht? Aber genau so hast du angefangen. Um acht Uhr morgens baust du Möbel auseinander, ohne mit mir das besprochen zu haben."

„Weil ich davon ausging, dass du die Couch willst", murrte Natalie.

Marco schüttelte verärgert den Kopf. „Du und deine Annahmen. Ich will die Couch nicht. Du kannst sie gerne zerhacken."

Natalie wurde langsam sauer. „Das kannst du selber machen."

Sie warf den Hammer vor Marcos Füße. Wenn er nicht auf die Seite gesprungen wäre, hätte ihn der Hammer voll erwischt.

„Spinnst du?", schrie er erschrocken auf.

Er hob den Hammer hoch, zielte auf Natalies Füße, und konnte sich gerade noch beherrschen, ihn nicht zu werfen. Stattdessen drosch er gegen eine Armlehne der Couch, die sich jedoch keinen Millimeter löste.

„Hör auf", schrie Natalie. „Das ist doch alles ein Scheiß hier. So kommen wir nicht weiter."

Marco tat noch einen kräftigen Schlag, dann legte er den Hammer auf die Sitzfläche, lehnte sich an den Esstisch und sagte sehr bestimmend: „Es ist wohl besser, wir trennen uns. Jetzt."

„Jetzt", wiederholte Natalie Marcos entschiedenen Tonfall. „Das fällt dir jetzt ein." Sie atmete mehrmals kräftig ein und aus und blickte dabei über ihr rechte Schulter weg von Marco.

„Ja", sagte Marco, „ein Zusammenleben macht wohl keinen Sinn mehr."

„Ich gebe dir recht. Es macht keinen Sinn mehr. Und wer zieht aus? Und wohin? Wer packt *jetzt* den Koffer und geht? Du denkst vermutlich, dass ich es bin. Das mache ich aber nicht. Ich bleibe. Du kannst gehen."

„Soll das ein Rauswurf sein? Das kannst du nicht. Es ist unsere gemeinsame Wohnung", fauchte Marco.

Natalie verstummte, und auch Marco sagte nichts mehr. Schweigend standen sie im Raum – und es entstand eine eigenartige Atmosphäre. Eine Mischung aus Hass, Verbitterung und Traurigkeit lag in der Luft. Marco fühlte sich in dieser angespannten Situation leer, wie ausgehöhlt, spürte nur noch eine undefinierbare Angst langsam den Rücken emporwandern.

Und Natalie? Ihre Entschlossenheit, das Wohnungsumgestaltungs-Projekt durchzuziehen, wich einem großen Fragezeichen: Wie soll es denn nun weitergehen? Wie sollen wir denn überhaupt zu einer vernünftigen Lösung kommen unter diesen zerfahrenen Umständen? Auch sie fühlte sich, wie Marco, ausgehöhlt – und sprachlos.

Nach langen Sekunden öffnete Marco das Fenster. Dann setzte er sich auf die halb demontierte Couch – die Lehne hing bereits auf einer Seite nach unten –, sah zu Natalie und sagte leise und ohne Emotionen: „Ich weiß nicht, wo ich hinsoll."

Natalie räusperte sich, bevor sie antworten konnte. „Ich auch nicht. Ich könnte vielleicht ein paar Nächte in der Praxis schlafen, aber das ist echt sehr unangenehm."

„Das löst das Problem nicht", gab Marco zu Bedenken.

„Nein, das löst das Problem – unser Problem – in der Tat nicht. Ich verstehe nicht, dass es soweit kommen konnte."

„Unsere Beziehung ist kaputt", stellte Marco nüchtern fest.

„Sie war noch nie richtig gut."

„Das kann man so nicht sagen. Aber ..."

„Sag es nur. Du hast mich nie richtig akzeptiert. Und seit ein paar Monaten hast du dich vollkommen von mir distanziert. Warum? Was ist passiert?"

„Das kann ich dir nicht sagen. Aber es hat nichts mit dir zu tun. Vielleicht bin ich geisteskrank."

Natalie war es leid, immer noch und immer wieder nur Ausflüchte zu hören. „Weißt du was? Von mir aus

– dann bist du eben geisteskrank. Oder du hast eine andere Frau. Oder du fickst Hunde oder sonst was. Es ist mir mittlerweile egal." Und dann sagte sie langsam und eindringlich: „Wir werden diesen Umzug hier friedlich zu Ende bringen. Jetzt geht keiner. Dann sehen wir weiter. Ich werde dich nicht mehr fragen, was mit dir ist. Vielleicht bist du wirklich verrückt. Ich werde dich in Ruhe lassen. Lass auch du mich in Ruhe. Und nun zerlegen wir die Couch und fahren sie zum Sperrmüll."

4

Das freitagabendliche Männertreffen fiel aus, da Achim einen Auftrag hatte. Er spiele mit seiner Band bei der Neueröffnung von *Schmuck, Kunst und schöne Dinge* – ein Laden mit vielen teuren Sachen, die niemand braucht, aber schöne Frauen noch schöner macht und exklusive Wohnungen den extravaganten Touch gibt.

Die Gage war gut, das Publikum reich und man kaufte durchaus eine Vase für dreihundert Euro oder ein Kleidchen ohne Ärmel im Stil eines langen Unterhemds mit ein paar aufgenähten, goldfarbenen Pailletten für vierhundert Euro.

Um zwanzig Uhr war die Eröffnungsfeier mit dem Auftritt von den Rabencools bereits zu Ende. Achims Musiker fuhren nach Hause. Er selbst rief Marco an, denn er musste ihm zum morgigen Treffen mit Svenja und Mila noch ein wichtiges Detail nahebringen. Das musste er ihm allerdings unbedingt persönlich sagen.

Sie trafen sich bei Achim, der alleine war. Anne war immer noch mit der Filmcrew unterwegs. Er hatte eine Flasche Weißwein kaltgestellt.

„Aber nur ein kleines Glas", sagte Marco. „Ich trinke in letzter Zeit zu viel."

„Ach was. Egal. Alkohol beflügelt die Phantasie."

„So, so. Also, was gibt's?"

„Nun, wie soll ich sagen", fing Achim umständlich an, „wir treffen uns ja morgen Abend bei Mila. Sie wohnt in Pullach. Wir dachten, vielleicht so um achtzehn Uhr ..." Er warf Marco einen fragenden Blick zu.

„Und weiter. Mach's doch nicht so spannend."

„Du hast mir mal erzählt, dass du wenig erlebt hast, was Frauen betrifft, keine Experimente und so.

Das holen wir jetzt nach. Svenja und Mila finden die Idee interessant. Ob es klappt, wird man sehen. Es hängt auch davon ab, ob du und Mila ... ob ihr euch sympathisch findet."

„Ach Achim. Ich will nicht verkuppelt werden, das habe ich doch schon gesagt."

„Ich weiß. Aber darum geht's nicht."

„Um was geht's denn dann? Jetzt rück endlich raus mit der Sprache."

„Wir machen Gruppensex. Zu viert."

Marco lachte. Dabei hielt er sein Glas schief und schüttete Wein über seine Hose. Auch darüber musste er lachen. „Ist das auch wieder eine deiner Eingebungen? Wenn das so weitergeht, will ich nicht wissen, wo du noch landest."

„Und? Was meinst du? Wir können es doch mal ausprobieren. Wenn es blöd ist, hören wir einfach auf. Bist du dabei?"

„Nein. Das geht alles gar nicht. Außerdem – hey, ich will nicht sehen, wie mein bester Freund vögelt."

„Sei doch nicht so prüde. Ständig jammerst du über dein langweiliges, sexloses Leben, und dann bietet sich mal eine außergewöhnliche Chance, etwas Verrücktes zu tun – da muss man doch zugreifen. Die meisten Frauen wollen ohnehin keinen Gruppensex – glaube ich. Oder doch? Ich weiß es nicht. Die zwei wollen es jedenfalls auch mal ausprobieren. Kann doch echt geil werden."

Marco starrte Achim an, als hätte er den Verstand verloren und wedelte mit der Hand vor seinen Augen, um zu verdeutlichen, was er von der Sache hielt: nichts.

„Ohne mich." Marco schenkte sich ein neues Glas Wein ein. „Ich kann mir nicht vorstellen, dass ich da überhaupt einen hochbekäme."

„Bekommst du. Mila schaut superklasse aus. Schlank, groß, schlank, sinnlicher Mund, Augen zum

Dahinschmelzen. Sie ist Model."

„Aha." Marco schien nicht mehr ganz so abgeneigt zu sein. Und nachdem Achim noch erzählt hatte, dass Mila vorher kocht und man sich erst einmal kennenlernen würde, bevor man sich näherkäme, war Achim quasi überredet.

„Es kann aber sein, dass ich kneife."

„Es ist nur ein Versuch. Wir werden sehen, was passiert."

Am nächsten Tag fuhren Marco und Achim zusammen in Marcos Auto nach Pullach und suchten das Haus, in dem Mila wohnte. Um Punkt achtzehn Uhr standen sie davor – und beiden fiel das Kinn weit nach unten.

„Was ist denn das?", fragte Marco.

„Ich war noch nie hier. Ich wusste nicht, dass diese Mila in einer Luxusvilla wohnt. So hätte ich sie nicht eingeschätzt."

„Vielleicht steht die Villa leer und sie ist eingebrochen."

„Blödsinn. Hier gibt es bestimmt eine Alarmanalage."

Das Grundstück war mit einem hohen Zaun umgeben und einer Rundumbepflanzung als Sichtschutz. Neben dem schmiedeeisernen Eingangstor, das in runden, gemauerten Säulen verankert war, befanden sich auf beiden Seiten Videokameras. Ein gepflasterter Weg, rechts und links mit Blumen gesäumt, führte zu einer großen, massiven Haustür aus dunkel gebeizter Eiche, über der sich noch eine weitere Kamera befand. Die Villa hatte große Kassetten-Fenster, umrahmt von Stuck. Im parkähnlichen Garten wuchsen Sträucher, Rosen und viele andere Blumen.

Das Tor war verschlossen. Achim klingelte. Sie warteten, es surrte, und das Tor ließ sich öffnen. Sie schritten zur Haustür und fühlten sich fremd und leicht angespannt. Das war nicht ihre Welt. Doch als Mila die Haustür öffnete und die beiden Männer mit einem fröhlichen „hallo" und mit Küsschen begrüßte, lösten sich ihre Beklemmungen schlagartig auf. Mila wirkte auf Marco total normal und so gar nicht wie eine reiche Dame, die sich nur in gewissen Kreisen aufhielt. Sie trug einen Jeansrock und ein weißes T-Shirt. Und sie war jung, sehr jung – er schätzte sie auf höchstens Mitte Zwanzig.

„Kommt rein. Svenja ist schon da. Es gibt selbstgemachte Lasagne. Ich hoffe, ihr seid keine Vegetarier."

„Nein, passt schon. Lasagne ist prima", sagte Achim, der bereits Hunger hatte.

„Sehr gut. Ich liebe Lasagne." Marco knurrte bereits der Magen. Er ließ das Mittagessen ausfallen.

Mila führte die beiden in ein Esszimmer, mit modernen Gemälden, einem großen, schweren Tisch, diversen Leuchten und allerlei Kunstgegenständen. Achim erinnerte sich an den Laden mit den *schönen Dingen*. So sieht das dann aus, wenn solche Sachen in solchen Wohnungen stehen, stellte er fest – nicht schlecht, aber ihm war das alles zu viel des Guten.

Marco war es nicht zu viel. Er fühlte sich in dem schönen Ambiente durchaus wohl. Mila war ihm sympathisch, aber er fand sie zu groß und zu dünn. Sie wirkte auf ihn wie ein Weberknecht – mit ihren langen Armen und Beinen.

Das Essen hatte geschmeckt, der Champagner ebenso. Mila schenkte mehrfach nach. Das gedämpfte Licht, die Kerzen, die schönen Glaser – alles wirkte vornehm. Dass wir jetzt dann miteinander irgendwelchen Sex haben sollten, passte für Marco überhaupt nicht. Das ist ein Stilbruch, dachte er sich, zu animalisch. Weiter kam er mit seinen Gedanken jedoch nicht, denn Svenja sagte plötzlich sehr direkt und unvermittelt: „Wo gibt es ein schönes, breites Bett?"

134

„Äh ...", auch Mila wirkte überrascht. „Oben."

Und dann kehrte Stille ein. Man sah sich gegenseitig an. Obwohl sie alle bereits reichlich Alkohol intus hatten, waren sie schlagartig ziemlich nüchtern. Es dauerte, bis selbst Achim wieder etwas sagen konnte, der normalerweise nie verlegen war. „Svenja, so abrupt kann man das nicht angehen."

Mila stieß in das gleiche Horn: „Echt nicht. Das wirkt wie ein Stimmungskiller".

„Allerdings", pflichtete ihr Marco bei.

„Habt ihr jetzt keine Lust mehr, oder was?" frage Svenja.

„Doch", sagte Achim.

„Und was ist mit euch?" Svenja zeigte mit der Hand zu Mila und dann zu Marco.

Mila blickte zu Marco und lächelte zart. Aber sie äußersten sich nicht.

„Also gut", sagte Svenja, „ich glaube, ich muss euch ein bisschen an die Hand nehmen, sonst wird das nichts. Wir gehen jetzt nach oben ins Schlafzimmer, sonst sitzen wir morgen noch hier."

Ohne Widerspruch, aber auch ohne Zustimmung, standen alle auf, und Mila führte sie in ein Zimmer mit einem großen Doppelbett, auf dem sich zwei Decken und diverse Kissen in naturfarbener Bettwäsche befanden. Es gab nichts Rotes, nichts Plüschiges. Es war ein ziemlich gewöhnliches Schlafzimmer mit einem großen Schrank, einer Kommode und einem riesigen Spiegel mit antikem Rahmen. Marco war das gerade recht. Ein puffmäßig ausgestattetes Zimmer hätte ihn nur noch mehr verunsichert. Er fühlte sich unter Druck, als müsste er etwas leisten, was er vielleicht gar nicht leisten konnte.

Sie setzten sich alle auf die Bettkante nebeneinander aufgereiht.

„Wir ziehen uns jetzt alle aus", schlug Achim vor.

„Ich finde, erst sollen sich die Frauen ausziehen",

meinte Marco.

„Ich brauche was zu trinken", sagte Mila, verschwand und kam mit einer Flasche Mineralwasser zurück. „Ich habe Durst", sagte sie fast entschuldigend. „Wer will noch?"

Alle wollten. In der Lasagne war viel Salz.

„Haben wir hier keine Musik?", fragte Svenja.

„Doch", antwortete Mila, „es gibt eine Musikanlage, aber die Auswahl an CDs ...."

„Keine Sorge", unterbrach sie Achim. „Ich habe Musik mitgebracht."

Die fröhliche, rhythmische Musik nahm ihnen die Hemmungen. Achim umarmte Mila und Svenja Marco. Sie fingen alle miteinander zu tanzen an. Es war Svenja, die als erste ihr Shirt und ihren BH auszog. Marco genoss den Anblick und berührte ihre Brüste. Dann zog sich Achim bis auf die Unterhose aus, tanzte zu Mila, öffnete ihren Rock, der zu Boden fiel. Schließlich entledigte sich Marco seiner Kleidung, auch bis auf die Unterhose. Er hatte sich extra für den Abend noch eine neue gekauft – blau mit schwarzem Bund. Immer mehr Kleidungsstücke fielen zu Boden und bald waren sie alle nackt. Marco bewunderte Milas kleine feste Brüste, die wie Pyramiden abstanden. Er berührte sie.

Als die Musik ruhiger wurde, legten sie sich aufs Bett. Achim schmuste mit Svenja, dann mit Mila. Es gab mehrmals einen Partnertausch, noch ohne Geschlechtsverkehr. Marco traute sich nicht wirklich an Svenja ran, denn schließlich gehörte sie zu Achim. Das hier war kein gutes Setting, dachte er, fremde Frauen wären besser gewesen. Noch blöder war für Marco, als er spürte, dass er sich mehr zu Svenja hingezogen fühlte, als zu Mila. Svenja war natürlich, wild, und unkompliziert. Mila hingegen wirkte fast zerbrechlich mit einer ätherischen Aura. Marco betrachtete sie wie ein Kunstwerk. Sie hatte kein Haar am Körper. Ihre langen Beine waren wohlgeformt, glatt, makellos. Ihre Möse war komplett rasiert, glänzend glatt. Sie war außergewöhnlich schön – zu schön für ihn und Achim. Und viel zu jung.

Mila spürte, dass Marco etwas durch den Kopf ging. Sie drückte ihn ins Kissen, setzte sich auf seine Brust. Dann kam auch noch Svenja zu ihm, weil Achim Wein holte. Als Achim zurückkam und die Weinflasche die Runde machte, nahm die ganze Geschichte an Fahrt auf, und die Hemmungen wurden immer weniger. Bei allen. Es wurde tatsächlich Gruppensex, der allen Spaß machte, auch Marco. Er wunderte sich, dass so etwas funktionieren konnte.

Nach einer Stunde war die Luft raus. Sie lagen erschöpft auf dem Bett, nicht nur von der sexuellen Aktivität, sondern auch vom Alkohol, der an dem Abend insgesamt reichlich geflossen war. Marco hielt Svenja im Arm, die kurz davor war, einzuschlafen. Er hätte sie gerne weiter im Arm gehalten, aber ihm wurde bewusst, der Spaß war vorbei, sie gehörte wieder allein Achim. Er löste sich von ihr. Und Mila? Dieses ätherische Wesen? Was fühlte er ihr gegenüber? Er wusste es nicht und es war ihm auch egal. Momentan fühlte er sich gut und genoss die After-Sex-Stimmung.

Und dann geschah aus etwas Eigenartiges. Mila stand plötzlich auf, setzte sich vor die Kommode, spreizte die Beine und fing an, sich zu streicheln – erst zart, dann zunehmend heftiger. Schließlich sehr heftig.

Svenja wurde wach und bemerkte Mila. Sie war nicht begeistert von Milas Show und fragte: „Muss das jetzt sein?" Aber Mila hörte sie nicht oder wollte sie nicht hören. Sie holte einen Dildo unter der Kommode hervor und machte weiter bis zum Höhepunkt. Alle sahen ihr zu, auch Svenja. Danach legte sie sich zu Marco aufs Bett.

„Sorry, aber das musste sein", flüsterte sie Marco ins Ohr. Er war irritiert und konnte die Situation nicht mehr einschätzen. Er wurde müde, wollte aber nicht einschlafen. Er stemmte sich hoch, drückte Mila weg von sich und betrachtete ihren Körper, vor allem ihre glatte, rasierte Möse, über die er noch einmal seine Finger gleiten ließ. Dann stand er auf.

„Mir reicht's", sagte Marco. „Wir sollten uns anziehen und noch einen Kaffee trinken."

„Gute Idee", pflichtete ihm Svenja bei. „Bevor das alles hier einen schalen Geschmack bekommt."

Sie gingen zurück ins Esszimmer und warteten bis Mila den Kaffee brachte.

„Mir ist nicht gut", stöhnte Svenja. „Ich befürchte, ich habe zu viel gesoffen."

„Wir haben alle zu viel gesoffen", stellte Achim fest. „Anders hätten wir uns wohl nicht getraut."

Als Mila den Kaffee ausgeschenkt und man so langsam wieder ins gewöhnliche Leben zurückgefunden hatte, musste Achim seine Neugier befriedigen und frage Mila. „Wem gehört diese Villa? Ist das deine? Verdient man mit Modeln so viel Geld? Oder gehört sie deinen Eltern?"

„Nichts von all dem. Es ist die Villa meines Mannes."

„Du bist verheiratet?", fragte Svenja erstaunt. Sie kannte Mila kaum. Sie war eine Yogaschülerin von ihr. Über das Thema Entspannung und sexuelle Energien hatte es sich ergeben, dass sie näher ins Gespräch kamen und feststellten, dass verschiedene sexuelle Erfahrungen eine große Bereicherung sein konnten. Als Achim, der Mila einmal bei Svenja gesehen hatte, dann die Idee mit dem Gruppensex aufbrachte, erzählte Svenja Mila davon. Und Mila gefiel die Idee.

„Ja, ich bin verheiratet. Mein Mann ist Vorstand in einem großen Unternehmen. Ich verdiene mit dem Modeln leider sehr wenig, ich bin kein Supermodel. Mein Mann ist ungefähr in eurem Alter." Sie deutete auf die Männer. „Es ist im Bett nicht so cool mit ihm.

138

Und er ist eigentlich auch nicht mein Typ."

„Auf Dauer geht das nicht gut", sagte Marco.

„Ich weiß", sagte Mila. „Aber ich bin versorgt und kann in dieser tollen Villa leben. Alles hat seinen Preis."

Ein hoher Preis, fand Marco. Und auch Achim und Svenja schauten nachdenklich vor sich hin.

Man verabschiedete sich freundlich mit diversen Küsschen und Umarmungen. Der Abend war spannend und hat allen Spaß gemacht, aber alle wussten auch, eine Wiederholung würde es nicht geben.

Als Marco und Achim im Auto saßen, sagte Marco: „Nächsten Dienstag ist Bürgerversammlung. Ich gehe hin. Du auch?"

„Unbedingt."

Mehr gab es an dem Abend nicht mehr zu sagen.

Die rechte Seite des Kühlschranks gehörte Marco. Natalies Seite war meistens gut gefüllt mit einem Sortiment an gesunden Lebensmitteln. Marco kaufte maximal zweimal in der Woche ein: Käse, Wurst, Obst, Tomaten, Brot und natürlich Bier. Obwohl er gerne Joghurt aß, vergaß er diesen fast immer. Auf Natalies Seite standen sechs Becher, auch sein geliebter Heidelbeerjogurt. Er war versucht, einen *auszuleihen*, traute sich dann aber doch nicht, denn Natalie achtete sehr darauf, dass die Regeln ihrer WG eingehalten wurden. Und eine war: jeder versorgt sich selbst und isst nicht die Lebensmittel des anderen, ohne zu fragen.

Sie hatten sich auf noch weitere Regeln verständigt: Benutztes Geschirr wird sofort in den Geschirrspüler geräumt oder abgespült. Die gemeinsame Wäsche wird abwechselnd gewaschen. Wenn sie trocken ist, räumt jeder seine eigene Wäsche weg. Die Gemeinschaftsräume, also Bad, Küche und Gang, werden nach Bedarf geputzt. Es wurde ein Putzplan erstellt, denn über den Bedarf hätte es möglicherweise unterschiedliche Auffassungen gegeben. Marcos Sauberkeitsbedürfnis war nicht so stark ausgeprägt wie Natalies.

Marco wohnte also mit seiner Ehefrau in Form einer Wohngemeinschaft. Völlig verrückt. Aber es funktionierte, zumindest bis jetzt, immerhin schon fast drei Wochen. Als er noch regelmäßig gemeinsam mit Natalie zu Abend gegessen hatte, fühlte er sich verpflichtet, mit ihr über seine langweiligen Bürogeschichten zu plaudern. Sie fragte immer „wie war dein Tag?" – und wenn er antwortete „geht so", bohrte sie nach, obwohl sie wusste, dass er abends keine Lust mehr hatte, über die Arbeit zu reden. Das war nun vorbei. Es gab keine Pflicht mehr, gemeinsam zu essen. Entweder es ergab sich oder nicht. Er fühlte sich insgesamt freier. Er konnte die Tür seines Zimmers schließen, ohne dass Natalie jeden Augenblick ohne Vorwarnung hereinkam, denn, auch das war eine Regel, man klopfte an, bevor man das Zimmer des anderen betrat.

Natalie distanzierte sich von Marco sehr bewusst. Von sich aus ging sie auf ihn nur zu, wenn es etwas zu klären gab. Aber das kam kaum vor. Sie erkundigte sich auch nicht mehr nach seinem Befinden, obwohl sie ihn gelegentlich durchaus kritisch betrachtete, denn sie war sich nach wie vor sicher: irgendwas stimmte mit ihrem Mann nicht.

Eines Abends standen sie beide in der Küche – Marco schmierte sich Brote, Natalie machte sich einen gemischten Salat –, da sprach Marco das Thema an, das beiden trotz friedlicher Atmosphäre durch den Kopf ging.

„Es ist keine Dauerlösung", fing Marco an, „auch wenn es gut funktioniert. Bis jetzt." Er hielt inne, um Natalies Reaktion zu testen. Sie mischte ihren Salat, ohne Marco anzusehen und sagte: „Nein, es ist keine

Dauerlösung, sondern nur eine vorübergehende Maßnahme."

„Letztlich geht es doch um die Frage: trennen wir uns oder nicht?"

„Was willst du? Willst du dich trennen?", fragte Natalie und blickte nun in Marcos Augen.

„Ich denke, es wäre besser."

„Was heißt das? Ja oder nein? Trennen oder zusammenbleiben? Oder doch so weitermachen wie bisher? Oder neu anfangen? Und wenn, wie? Oder endgültig auseinandergehen? Wann und wie? Die Wohnung gehört uns beide."

„Eine Trennung ist nicht so einfach."

„Nein, ganz und gar nicht." Natalie stellte den Salat auf den Tisch. "Willst du Salat? Ich habe zu viel gemacht."

Der Salat sah sehr lecker aus.

„Danke, gerne." Dann beobachtete Marco Natalie, wie sie Salatschälchen, Besteck und Gläser aus dem Schrank holte und den Salat aufteilte, und dabei wurde ihm plötzlich bewusst, dass er automatisch davon ausging, dass sie sich niemals von ihm trennen würde, dass es auf alle Fälle er wäre, der die Trennung herbeiführen müsste. Aber stimmte das?

„Willst du dich von mir trennen? Ich meine richtig trennen. Mit Scheidung?", fragte Marco.

„Ich will ehrlich sein, Marco. Ich glaube nicht, dass ich dich noch wirklich liebe. Ich hänge an dir, wie sollte es anders sein, schließlich kennen wir uns schon ewig lange. Aber in letzter Zeit ... es hat sich so viel verändert. Du hast dich verändert." Sie schwieg einen Moment und sagte dann nachdenklich: „Ich weiß allerdings nicht, ob ich mich *jetzt* scheiden lassen will."

Sie teilte den Salat aus, und Marco bot ihr eines seiner Brotschnitten an.

„Ich weiß es auch nicht", sagte er ebenso nachdenklich und pikste mit der Gabel mehrere Salatblätter auf. "Solange wir nicht wissen, was wir wollen, dann können wir ja alles so lassen wie es ist."

„Ja, zumindest so lange, bis einer von uns eine andere Wohnung will. Oder bis sich einer von uns in jemand anders ernsthaft verliebt."

„Ja", sagte Marco und dachte sich, wie recht sie doch hat. Und er dachte an die Frauen, mit denen er momentan konfrontiert war: Larissa, Mila, Svenja. Und sogar Ina kam ihn in den Sinn – der Liebesversuch in Berchtesgaden. Und dann gab es noch die Frauen in den Internetportalen, von denen er noch keine einzige getroffen hatte und vermutlich auch nicht treffen wird. Alles Frauen, in die er nicht verliebt war.

Natalie riss ihn aus seinen Gedanken. „Bist du etwa ernsthaft verliebt?"

„Nein, bin ich nicht. Es schaut auch nicht danach aus."

Er sah die Beck-Frau vor seinem geistigen Auge. Sie war das Objekt seiner Begierde. Er spürte immer noch, wie sehr er sich zu dieser Unbekannten hingezogen fühlte. Vielleicht, weil er mit Natalie gerade so neutral und klar reden konnte, fiel ihm auf, wie verrückt und aussichtslos es war, dass er sich dermaßen stark auf dieses Phantom eingeschossen hatte. Ja, es war verrückt, komplett irrsinnig. Trotzdem. Er würde keinen Millimeter von der Spur abweichen, wenn er auch nur die geringste Chance hätte, sie wieder zu sehen. Er würde jede neue Anweisung seines Geistes befolgen. Denn ohne ihn, das wusste er allerdings sehr wohl, wird ein Zusammentreffen mit ihr nicht erfolgen. Wie denn? Er war von der Hilfe des Geistes abhängig.

Ohne das Trennungsthema weiter zu vertiefen, beendeten sie ihr nicht geplantes, gemeinsames Abendessen – ohne Anfeindungen. Man könnte fast sagen:

friedlich und respektvoll – zumindest äußerlich.

Während Marco das Geschirr in die Spülmaschine räumte, und Natalie den Tisch zweimal abwischte, was überhaupt nicht nötig gewesen wäre, und die Spüle saubermachte, spürte Marco plötzlich, dass er immer weniger Lust hatte auf dieses Nett-Sein und auf diese Pseudo-Toleranz. Unterschwellig schlummerten Gefühle wie Ablehnung, Widerstand und Aufruhr in ihm – Aufruhr gegen all die Normen, die einem befehlen wie man sich zu verhalten hatte, was man sagen durfte, um andere nicht zu verletzen und was man sagen musste, weil es erwartet wird. *Warum wischt du den Tisch immer zweimal? Dein blöder Sauberkeitsfimmel geht mir auf den Wecker! Warum willst du alles von mir wissen? Es geht dich einen Scheißdreck an! Und deine langweilige Frisur und dein dicker Arsch! Nicht mehr zum Ansehen!* Das sagte er natürlich nicht. Aber irgendwann würde er es sagen, vielleicht schon bald, auch wenn dadurch der letzte Rest ihrer Beziehung zusammenbrechen würde. Irgendwie wünschte er es sich sogar, dann wäre es endlich vorbei – wirklich vorbei.

Und doch gab es da noch ein anderes Gefühl: Angst. Was wird sein, wenn wir endgültig getrennt sind? Wie wird es mir gehen, nach sechsundzwanzig Jahren Ehe wieder als Single zu leben? Und was folgt nach dem Gefühl der Befreiung? Auf diese Fragen hatte er keine Antwort. Das löste Verunsicherung in ihm aus, die er wegdrückte, indem er sich wieder auf das Nett-Sein besann, das die äußere Situation zusammenhielt. Und das ihn zusammenhielt. Aber wie lange noch?

Als er die Tür der Spülmaschine zugedrückt, Natalie noch einen schönen Abend gewünscht und sich dann auf sein Bett gelegt hatte, fühlte er sich sehr einsam. Er heulte nie, aber jetzt war ihm danach, aber er konnte es nicht. Schlitterte er gerade in eine Krise, in eine Depression? Er wünschte, er hätte wie Achim, positive Eingebungen. Damit endlich das passierte, was er glaubte, dass passieren musste. Sonst würde er noch durchdrehen.

Er drehte nicht durch und es passierte, wenn auch etwas anders, als er es sich wünschte.

Es war neun Uhr morgens. Die U-Bahn war wieder mal übervoll, und das schon an der Poccistraße. Marco konnte sich nicht hineinquetschen und zog sein Bein zurück, als sich die Türen schlossen. Da sah er sie. Sie! Im Zug. Sofort drückte er den Türöffner, um doch noch irgendwie in den Zug zu kommen, aber es war zu spät. Sie saß am Fenster und sah ihn an. Er winkte und deutete, sie solle an der nächsten Haltestelle aussteigen, indem er mit dem Arm einen Bogen machte und mit dem Zeigefinger nach unten zeigte. Sie zuckte mit den Achseln und dann war sie auch schon aus seinem Gesichtsfeld. Der Zug brauste davon.

Er fuhr mit in dem nächsten Zug, der nicht ganz so voll war, zur nächsten Haltestelle, zum Goetheplatz. Er sah sich um, lief den langen Bahnsteig von vorne bis hinten ab, aber sie war nicht da. Natürlich war sie nicht da. Das hätte er sich doch denken können. Sein Zeichen war nicht verständlich. Hatte er es wieder vermasselt? Wenn der Geist dieses Zusammentreffen arrangiert haben sollte, was er annahm, dann war dies wieder so eine diffizile Sache, die von vornherein zum Scheitern verurteilt war. Langsam hatte Marco den Eindruck, dass ihn der Geist ärgern will.

Die nächste Bahn kam, er stieg ein und überlegte, ob er am zum Sendlinger Tor gleich wieder aussteigen sollte. Vielleicht würde sie ja dort auf ihn warten. Er verwarf diesen Gedanken jedoch sofort wieder, denn aufgrund der vielen Baustellen war es dort zurzeit extrem unübersichtlich. Dann imaginierte er ihr Gesicht, ihren Blick, ihre Haare – wie sie hinter dem Fenster im Zug saß und zart lächelnd die Achseln zuckte. So eine schöne Frau, dachte er. Zu schön, um wahr zu sein.

Dann checkte er seine dienstlichen E-Mails. Mehrere dringende Aufträge gingen ein, lauter unangenehme Themen. Er wusste, es würde ein anstrengender Tag werden.

5

Achim hatte vor, baldmöglichst die restlichen Schulden bei Marco zu begleichen. Dafür war es nötig, seine alten und neuen Kontakte zu pflegen. Außerdem musste er dringend mit der Band neue Stücke proben. Das bedeutete, dass sich seine frei verfügbare Zeit bis auf Weiteres stark reduzieren würde. Er saß bei Svenja auf der Couch, als er ihr sagte, dass sie sich nicht mehr so oft sehen könnten.

„Schade. Wir werden uns auseinanderleben", kommentierte Svenja die Situation.

„Nein, ganz sicher nicht. Du siehst immer alles gleich so extrem."

„Und du spielst dich durch das Leben."

„Natürlich, ich bin Musiker. Musiker sind eben verspielter als Yogalehrerinnen."

„Findest du mich etwa kantig?"

„Du bist doch nicht kantig, sondern im Gegenteil: sehr geschmeidig. Allerdings sagst du das, was du dir denkst, oft sehr direkt. Ich finde das ja gut, aber es könnte auch falsch verstanden werden."

„Damit du mich jetzt richtig verstehst: Geldverdienen geht vor. Das akzeptiere ich, keine Frage. Außerdem haben wir noch unsere festen Beziehungen. Das alles muss unter einen Hut gebracht werden. Trotzdem: Wenn man sich nicht mehr oft sieht, distanziert man sich."

„Wir nicht, ganz sicher nicht." Achim umarmte und küsste sie. „Ich muss jetzt gehen. Länger können wir uns voraussichtlich erst wieder in drei Wochen sehen. Außerdem ist Anne zurück. Sie hat Drehpause. Aber: Wenn möglich, gehört jede freie Minute dir."

Er verließ ihre Wohnung. Eigentlich hatte er gar

nicht vor, nach der Probe mit der Band bei Svenja vorbeizuschauen, aber er wollte sie unbedingt kurz sehen.

Trotzdem freute er sich, dass Anne endlich mal wieder da war. Es gab viel zu erzählen.

Anne gratulierte Achim zu seinen beruflichen Erfolgen. Er sagte ihr auch, dass er kreative Eingebungen hätte. Er wüsste dann, was zu tun sei. Das sei praktisch, meinte Anne und lachte über Achims Wortschöpfung.

„Ich bräuchte auch Eingebungen, dann müsste ich die Texte nicht auswendig lernen. Gib mir doch einen Tipp, wie so etwas funktioniert."

„Kann ich nicht. Sie kommen von selbst. Da kann man aktiv nichts machen. Vielleicht muss man einfach nur richtig entspannt sein."

Tage später war er entspannt. Richtig entspannt. Er bekam eine Auftragsbestätigung für zwei Vorträge mit Gitarrenbegleitung, also ohne Band. Das hieß: richtig Geld! Viertausend Euro für ihn allein. Und sein Probeeinsatz bei Dr. Hader war in einer Woche. Dafür musste er sich in das Thema einarbeiten. Um es gut aufbereiten zu können, war es unumgänglich, Haders Buch über Perfektionismus zu lesen und sein eigenen Notizen durchzuarbeiten. Er wollte gut sein, sogar sehr gut, denn er hoffte, wenn dieses Projekt erfolgreich war, durch Empfehlung noch weitere ähnliche Aufträge zu bekommen. Als Text und Musik fertig waren, stellte er seine Darbietung Anne vor, die noch Verbesserungsvorschläge hatte.

Er hätte auch gerne noch mit Marco darüber gesprochen, aber er erreichte ihn nicht. Seit Mittag versuchte er es – in der Firma, zu Hause, x-mal auf dem Handy, per E-Mail ... nichts. Nun war es schon zweiundzwanzig Uhr. Als er kurz davor war, bei Marco persönlich vorbeizuschauen, ging Natalie ans Telefon. Endlich.

„Gibst du mir bitte Marco?"

„Er ist nicht da. Ich weiß nicht, wo er ist. Wir reden nicht mehr so viel miteinander."

„Ich weiß. Wann hast du ihn das letzte Mal gesehen?"

„Gestern am frühen Morgen. Ich glaube, er war in der Nacht gar nicht hier. Ich habe jedenfalls nichts gehört. Bin früh schlafen gegangen."

„Seltsam."

„Findest du?", fragte Natalie spitz.

„Allerdings. Ich konnte ihn den ganzen Tag über nirgends erreichen. Hoffentlich ist ihm nichts passiert."

„Das glaube ich nicht. Vielleicht ist er mit einer anderen Frau zusammen."

„Das glaube wiederum ich nicht. Sag ihm bitte, wenn er auftaucht, dass ich ihn dringend sprechen möchte."

„Mach ich. Moment mal – ich glaube, er kommt gerade."

Achim hörte eine Tür ins Schloss fallen, Schritte und noch mal eine Tür – und dann endlich meldete sich Marco.

„Hallo."

„Wo steckst du denn? Ich versuche, dich schon den ganzen Tag zu erreichen."

„Achim, bist du es?"

„Wer sonst. Was ist los?"

„Ich war am See."

„An welchem See? Warst du nicht arbeiten?"

„Gestern Abend bin ich spontan zu den Osterseen rausgefahren, habe dort im Zelt übernachtet und mir heute einen schönen Tag gemacht."

„Willst du mich verarschen? Heute war es den ganzen Tag trüb und kalt."

„Das konnte ich gestern ja nicht wissen, dass das Wetter nicht mitspielt. Es war Sonne angesagt."

„Das war es nicht."

„Doch, war es schon. Ist auch egal. Ich wollte einfach mal was anderes machen. Jeder Tag läuft gleich ab. Ich schufte in der Firma und dann komme ich nach Hause und sehe oder höre *sie*. Und selbst wenn sie nicht da ist, ist sie da. Die ganze Wohnung riecht nach ihr. Überall sind ihre Sachen. Im Bad die hundert Tuben und Döschen, in der Küche ihre scheußlichen Lieblingstassen, der perfekt eingeräumte Kühlschrank mit Frischhaltedosen, an der Garderobe ihre Jacken und ihre tausend Schuhe und ihre Taschen ... ich kann das alles nicht mehr sehen. Ich kann sie nicht mehr sehen! – obwohl wir momentan gut miteinander auskommen. Diese Pseudoharmonie ist jedoch zum Kotzen. Sie ist zum Kotzen …"

„Jetzt stopp mal", unterbrach ihn Marco. „Du steigerst dich da in was rein. Merkst du das nicht? Natalie ist immer noch deine Frau, mit der du nach wie vor zusammenlebst."

„Und?", prustete Marco. „Was willst du mir damit sagen?"

„Nur eines für heute: Reiß dich mal zusammen, Mann! Verhalte dich normal und geh ans Telefon, wenn man dich anruft. Und lass Natalie in Ruhe. Verdammt nochmal. Du bist momentan echt schwierig und manchmal schwer zu ertragen. Morgen reden wir."

Als Achim am nächsten morgen wieder mit einer Eingebung aufwachte, hatte dies nichts mit geschäftlichen Themen zu tun, sondern mit Marco. Er sah Marco und Mila am Isarhochufer in Pullach spazieren gehen. Es war ein friedliches Bild, nur kurz, aber Achim war ergriffen von der Ruhe, die es ausstrahlte. Sollte er Marco davon erzählen? Und was sollte es bedeuten? Sollte er Marco raten, sich mit Mila zu treffen und eine Affäre anzufangen, damit er endlich wieder ausgeglichener wird, seine negativen Gefühle nicht an Natalie auslässt und diese blöde Beck-Frau vergisst? Ja, das würde er tun. Und wenn er selbst die Begegnung arrangieren müsste.

Doch das brauchte er nicht. Es kam anders.

Marco hatte sich gerade umgezogen, steckte seinen Schlüssel bewusst in die Jackentasche mit Reißverschluss, zog den Reißverschluss zu und verließ das Haus, um Achim bei Anesis zu treffen. Als er die Haustüre öffnete, wäre er beinahe mit einer jungen Frau zusammengestoßen, die anscheinend in das Haus wollte. Er erkannte sie erst beim zweiten Hinsehen, denn es war unglaublich und schier unmöglich, dass sie es sein konnte: Mila.

Sie trug ein buntes Sommerkleid und silberfarbige Sandalen. Die Haare hatte sie hochgesteckt, an den Ohren baumelten große, silberfarbene Ohrringe in Form eines Blattes. Sie sah in diesem Outfit älter aus als damals im Jeansrock, modern und vornehm, wie man sich die Frau eines Vorstands vorstellte.

„Wie ... wie kommst du denn hier her?", stammelte Marco.

„Hallo." Auch Mila war von der Begegnung überrascht.

„Was willst du hier? Du willst zu mir, oder?" Marco starrte sie völlig verwirrt an.

„Nicht direkt. Also, ich wollte einen Brief einwerfen."

„Einen Brief? Warum denn das? Für wen?"

„Nun ja, das ist jetzt blöd. Ich konnte ja nicht wissen, dass wir uns begegnen."

„Nochmal: Was für ein Brief?"

„Ich habe dir ein paar Zeilen geschrieben, weil ich dich wiedersehen wollte. Und ich wollte mir das Haus anschauen, in dem du wohnst."

„Ach Mila, was soll das? Ich glaube, das ist alles keine gute Idee. Ich habe jetzt auch gar keine Zeit für dich, denn ich war gerade auf dem Weg rüber zu Anesis. Ich treffe mich mit Achim. Der wartet sicher schon."

„Ich würde gerne mitgehen und Achim ‚hallo' sagen."

„Lieber nicht, wir wollten was besprechen. Du kannst mir ja jetzt deinen Brief geben. Ich werde ihn später lesen."

„Ach Marco, nun bin ich schon mal hier. Nur eine halbe Stunde. Ich trinke ein Wasser, wir quatschen ein wenig – und dann könnt ihr euch immer noch besprechen."

„Okay, dann komm mit."

Achim saß schon am Stammplatz in der linken hinteren Ecke, als Marco mit Mila ins Lokal kam. Er riss die Augen auf und sein Kinn klappte nach unten. Mit offenem Mund starrte er die beiden an, bis sie sich an seinen Tisch setzten. Er verstand gar nichts. Marco kam mit Mila? Was ging hier ab?

„Hallo Achim, schön dich zu sehen." Mila gab ihm rechts und links ein Küsschen auf die Wange.

„Hallo Mila, hallo Marco. Wieso ... äh ... Habe ich da irgendwas verpasst?"

„Nein, gar nicht", sagte Marco. Mila wollte mir gerade vorhin einen Brief zukommen lassen, persönlich, und dabei sind wir zufällig zusammengetroffen."

„Aha. So, so. Zufällig?"

„Ja, es war Zufall. Und jetzt bin ich mit Marco mitgekommen", erklärte Mila, „um dich kurz zu begrüßen. Schließlich kennen wir uns doch relativ gut, zumindest in einer Hinsicht."

Achim war etwas überfordert mit dieser Überraschung, genauso wie Marco. Die beiden Männer wussten gar nicht, über was sie sich mit Mila unterhalten sollten. Mila erzählte dann ein paar Geschichten von ihrer Tätigkeit als Model, was die Männer einigermaßen interessant fanden, so dass sich ein Ge-

spräch entwickelte über Arbeitsbedingungen, Schön-
heitswahn, Geld und Zickenkrieg. Nach einer guten
halben Stunde zahlte Mila und sie bat Marco, mit ihr
noch kurz vor das Lokal zu gehen. Marco befürchtete,
dass sie zudringlich werden könnte und sagte, dass sie
sich auch hier verabschieden könnten.

„Geh schon mit raus“, drängte Achim. „Ich kann
auch ein paar Minuten hier alleine sitzen.“

„Nun gut.“

Draußen stand er mit verschränkten Armen vor
Mila. „Also: was willst du mir sagen?“

„Sei bitte nicht so abweisend. Wir hatten doch einen schönen Sex-Abend. Ich denke noch oft daran.
Ich möchte dich gerne wiedersehen, aber alleine. Wir
könnten mal was zusammen machen, vielleicht auch
wieder miteinander schlafen, es uns gutgehen lassen.“

„Mila. Wo soll das hinführen? Du bist viel zu jung
für mich.“

„Ach Quatsch. So jung bin ich gar nicht mehr.“

„Wie alt bist du denn?“

„Zweiundzwanzig.“

„Eben. Ich bin fünfzig. Also achtundzwanzig Jahre
älter als du. Was willst du mit so einem alten Knacker
?“

„Mein alter Knacker daheim ist noch älter.“

„Das geht mich nichts an.“

„Natürlich nicht. Aber ich langweile mich mit ihm.
Du bist viel interessanter. Wir könnten es doch versuchen.“

„Vergiss es, Mila. Das wird nichts mit uns, das
passt hinten und vorne nicht. Suche dir einen jüngeren
Geliebten. So. Ich will nun wieder zu Achim reinge-
hen. Ciao Mila.“

„Bitte lies wenigstens meinen Brief.“

„Das mache ich. Versprochen. Aber ich verspreche
nicht, dass ich antworte.“

„Alles klar. Tschüss Marco.“

Er setzte sich wieder zu Achim und schüttelte mehrmals den Kopf.

„Was geht in dieser jungen Frau bloß vor sich?", fragte Marco mehr sich selbst als Achim. „Sie will mit mir was unternehmen und so weiter. Sie will Abwechslung. Mein Gott. Sie hat bestimmt einen Vaterkomplex."

„Sei doch nicht so hart", sagte Achim.

„Das ist einfach nur absurd."

„Finde ich nicht. Sie ist doch hübsch, nett, frisch und sexy. Was willst du mehr? Andere Männer würden dich extrem beneiden. Du solltest sie dir auf alle Fälle warmhalten. Für Notfälle."

„Für Notfälle", wiederholte Marco bedächtig. „Da magst du recht haben. Vielleicht wird bald ein Notfall eintreffen. Aber ob mir da eine Mila helfen kann? Das ist zu bezweifeln."

„Ich bin davon überzeugt, dass sie dir guttun wird. Geh doch mal mit ihr spazieren."

„Spazieren? Ich denke, es geht um Sex. Sie will bestimmt Sex. Dann verliebe ich mich noch in sie, ihr Mann erwischt uns und bringt mich um. Ende."

„Unsinn. Ich rate dir wirklich, gehe mit ihr spazieren. Das wird dir helfen."

„Helfen? Wobei? Um mich schneller von Natalie trennen zu können? Das dürften lange Spaziergänge werden. Eine Scheidung ist kompliziert."

„Scheiden kannst du dich immer noch lassen. Geh erst einmal mit Mila raus, irgendwo in die Natur. Ein schöner Spaziergang in schöner Umgebung …"

„Sag mal, warum pochst du so auf das Spazierengehen?"

„Ich denke, das würde dich entspannen."

„Entspannen. Aha."

Er vermutete, dass dieses Spazierengehen eine Eingebung von Achim war. Er hatte allerdings keine Lust, dieses Thema anzusprechen, denn sonst würde er wieder eifersüchtig werden. Er konnte ja quasi zuschauen, wie Achim durch seine Eingebungen weiterkommt – diese unerklärlichen Eingebungen. Was für ein dämliches Wort! Vielleicht waren sie eben doch nur eine andere Ausprägung seines Geistes, der ihn schon lange nicht mehr aufgesucht hatte.

Dann war er aber doch neugierig, denn, und das war ein bedeutender Aspekt, Achims Eingebungen hatten bislang stets zu Erfolgen geführt. Sollte also Achim auch zu seiner Person Botschaften erhalten, dann wäre zumindest die Chance gegeben, dass sie ihm helfen könnten.

„Hör mal", begann Marco. „Das Spazierengehen – das ist doch eine Idee der besonderen Art."

„Du vermutest schon richtig. Heute Morgen beim Aufwachen entstand ein Bild vor meinem geistigen Auge. Ich sah dich und Mila spazieren gehen. Das Bild hinterließ einen starken Eindruck auf mich. Die Stimmung war so harmonisch, friedlich, romantisch. Ich weiß gar nicht wie ich sagen soll: stimmig. Ihr ward glücklich. Und dann taucht ihr beide hier in der Realität zusammen auf. Ehrlich gesagt, das hat mich fast vom Hocker gehauen. Ich dachte, ich sehe nicht recht."

Marco warf Achim einen kurzen Blick zu, dann stierte er vor sich hin. Auch Achim verstummte. Nach einer Schweigepause sagte Marco: „Ich werde sie treffen."

„Gut. Mach das."

„Ja, ich mach das. Mir geht es momentan nicht so gut. Ich weiß, Natalie kann nichts dafür, dass wir uns nicht mehr verstehen. Wir haben uns auseinandergelebt. Und dass sie mich manchmal total nervt ist wahrscheinlich normal. Vermutlich nerve ich sie genauso, zumal sie ja merkt, dass mich etwas bewegt, worüber ich aber schweige. Und ich bin nach wie vor froh, dass sie nichts weiß. Das ist besser so."

„In der Tat", bestärkte ihn Achim. „Es ist besser, wenn von diesen Ereignissen möglichst niemand erfährt. Ich habe zwar mit Anne ansatzweise über meine Eingebungen gesprochen, aber sie hat das nicht ernst genommen. In Zukunft werde ich das seinlassen."

„In Zukunft? Gehst du davon aus, dass das so weitergeht?"

„Was weiß ich? Vielleicht ist schon morgen diese Phase wieder vorüber."

„Bei mir jedenfalls passiert gar nichts mehr. Mein Geist hat sich verdrückt."

„Glaubst du immer noch, dass dein Geist zu mir übergelaufen ist, dass es sich um ein und dasselbe Phänomen handelt, auch wenn nichts identisch ist? Ich habe noch nie, auch nicht annähend, ein schattenartiges Gebilde gesehen, das mit mir spricht. Ich bekomme Botschaften in Form von Hinweisen, Bildern, Namen und so weiter im Halbschlaf. Das ist was ganz anderes."

Marco zuckt zweifelnd mit den Schultern. „Willst du denn gar nicht wissen, was das ist, warum es passiert?"

„Nein. Ich will es nicht wissen. Warum auch? Was sollte mir das bringen? Manchmal muss man einfach dankbar sein, wenn einem Positives widerfährt. Und was dich betrifft: Im Grunde kannst du froh sein, dass dein Geist weg ist. Du bist doch dadurch im Kopf wieder freier."

„Ehrlich Achim", Marco fasste Achim am Arm, „denkst du immer noch, dass mit meinem Gehirn etwas nicht in Ordnung ist? Schau mich an. Ich will es wissen."

Achim blickte ihm in die Augen. „Ganz ehrlich?"

„Ja, ganz ehrlich. Wenn *du* nicht ehrlich zu mir bist, wer soll es sonst sein?"

„Anfangs hatte ich die Befürchtung, nur eine Befürchtung. Mehr nicht. Mittlerweile denke ich gar nichts mehr, denn was mich betrifft: ganz normal ist das ja auch nicht. Oder vielleicht doch? Wie gesagt, ich will es nicht wissen."

Marco zog seine Hand wieder zurück und nahm einen Schluck Weißbier. Dann sagte er halblaut: „Es muss niemand wissen, was wir wissen. Das ist unser Geheimnis."

„Okay", stimmte Achim zu. „Ich habe noch mit niemanden darüber gesprochen, außer ganz oberflächlich mit Anne, wie gesagt. Hast du etwa jemanden davon erzählt?"

„Nein. Um Himmels Willen. Ich bin doch nicht wahnsinnig."

„Echt nicht?" Achim lachte.

Dann musste auch Marco lachen. „Was für ein Irrsinn dieser Wahnsinn!" Er hob sein Glas. „Prost Achim. Auf uns und unsere *special friends*!"

Sie haben es wieder einmal geschafft, dass der Abend doch noch lustig wurde. Mit Bier, Zaziki und Ouzo – kein Problem. Als Anesis ihnen dann noch eine Geschichte über einen Astrologen erzählte, der weissagen konnte, wer in seiner Bekanntschaft bei einem Preisausschreiben gewinnen würde, waren sie in ihrem Element. Sie lachten so herzhaft, dass Anesis immer wieder zu ihnen an den Tisch kam und einen Witz oder eine Anekdote erzählte.

Als Marco leicht angetrunken nach Hause kam und aus Natalies Zimmer den Fernseher hörte, dachte er nur: Natalie ist keine Spinne und keine Schlange, und der Fernseher ist kein Krokodil, das mich fressen will. Es ist alles okay. Ich gehe jetzt schlafen.

Es war ein sonniger Samstag, der heiß werden würde. Im Übungsraum in einer ehemaligen Kaserne in der Dachauer Straße war es kühl und Achim freute sich auf seine Männer. Er fühlte sich gut, war hochmotiviert, Rabencools weiter voran zu bringen. Ideen für neue YouTube-Videos waren dringend nötig. Und eventuell eine neue Art live aufzutreten. Er hatte ein interessantes Angebot.

„Leute, hört mal. Nicht gleich abwehren, was ich jetzt anzubieten habe. Könntet ihr euch vorstellen in einem besonderen Rahmen, für ziemlich gutes Geld, nackt zu spielen?"

Alle lachten. Keiner nahm diesen Vorschlag ernst. Doch als Achim die genaueren Umstände schilderten – ein exklusiver Club unweit der Stadt, abgelegen in einem kleinen Privatschloss –, wurden sie hellhörig.

„Wir spielen ganz normal, nur nackt. Die Besucher dieses Establishments sind wohl auch nur leicht bekleidet und vögeln wahrscheinlich kreuz und quer. Kann uns egal sein. Cash im Voraus, Sound, Abflug. Jeder bekäme fünfhundert Euro für etwa vier Stunden Aufwand inklusive Fahrzeit."

Nach einer halben Stunde Diskussion war die Entscheidung getroffen: Das Angebot wurde angenommen.

„Wir könnten doch gleich mal ausprobieren, wie es sich nackt spielt. Wir müssen das ja ohnehin üben", meinte der Keyboarder.

Sie zogen sich aus, lachten, spielten – vielleicht nicht ganz so ernst als sonst. Und dann ging noch eine Flasche Schnaps um, und es wurde richtig lustig.

Plötzlich wurde die Eingangstür geöffnet – sie hatten vergessen abzuschließen –, und eine Frau mit einem Fahrrad stand im Türrahmen. Als erstes bemerkte sie der Bassist, der sofort aufhörte zu spielen und seine Hand vor sein Geschlecht hielt. Die anderen taten es ihm gleich. Nur Achim nicht. Er fluchte leise vor sich hin: „Das darf doch wohl nicht wahr sein. Wie kommt die denn hier her?" – und ging auf sie zu.

„Mila. Was machst du hier?"

Sie lachte. „Sorry. Ich wusste ja nicht, dass ihr ..."

„Entschuldige, aber das ... das geht dich nichts an.

Woher weißt du, wo wir proben?"

„Das hast du mir selbst gesagt."

„Wirklich?"

„Ja. Ich kann nichts dafür, wenn du das vergessen hast."

„Nun ja. Kann sein. Aber was willst du hier?"

„Ich bin öfter auf diesem Gelände, laufe ein bisschen rum und so. Ich habe die Musik gehört und dann wollte ich mal schauen, wer hier spielt."

Während sie redeten, zogen sich alle an, auch Achim.

„Soll ich das glauben?" Er beäugte sie kritisch.

„Ja, natürlich."

„Tu ich aber nicht. Du bist nicht zufällig hier; das nehme ich dir nicht ab. Du hast Marco aufgelauert. Und jetzt bin anscheinend ich dran. Warum?"

„Ich lauere überhaupt niemandem auf", entgegnete Mila verärgert.

„Es schaut aber ganz danach aus."

„Willst du etwa sagen, ich wäre eine Stalkerin? Komm mal runter, du Arsch. Ausgerechnet du musst mir so etwas Abwegiges unterstellen. Was soll denn *das* hier sein?" Sie deutete mit dem Arm in die Runde der Band. „Ein Schwanzparadies für frustrierte Männer?"

„Ach was!", fauchte Achim. „Lass uns in Ruhe."

„Ihr schaut total lächerlich aus, erbärmlich, eigentlich richtig scheiße."

„Hey, warum bist du so aggressiv?"

„Und schon. Ich kann noch ganz anders."

„Schluss jetzt, Mila. Es reicht. Bitte geh'!"

Er versuchte, sie nach draußen zu drücken, aber dazu hätte sie erst ihr Fahrrad zurückschieben müssen. Das ging aber nicht, weil es sich irgendwie verhakte. Mila stürzte nach hinten und lag mit dem Kopf im Hinterrad. Sie schrie. Achim erschrak. Er wollte sie nicht umstoßen. Es ist einfach so passiert.

„Hast du dir wehgetan? Komm, gib mir deine Hand. Steh auf."

„Scheiße, mein Kopf." Sie fasste sich an den Hinterkopf. Sie blutete.

Achim untersuchte den Kopf und fand die Wunde. Es war nur ein Kratzer. Er gab ihr ein frisches Tempo, das sie dagegen drückte, um die Blutung zu stillen.

„Ich bekomme bestimmt eine riesige Beule", jammerte Mila. Warum musst du mich auch schubsen. Idiot."

„Es tut mir leid, ich wollte dich nicht schubsen. Ich habe dich nur ein klein wenig gedrückt, dann bist du gestolpert. So was passiert halt mal."

„Schon gut", sagte Mila und mit zupfte mit der einen Hand ihr T-Shirt zurecht, mit der anderen drückte sie das Taschentuch gegen die Wunde.

Achim schob das Rad ein Stück weg vom Eingang und lehnte es an die Hauswand. Mila folgte ihm.

„Bist du mit dem Rad von Pullach bis hierher gefahren? Wenn dein Kopf sehr weh tut – ich kann dich nach Hause fahren."

„Nicht nötig. Es geht schon wieder. Es blutet auch kaum noch."

„Wie du meinst."

„Ich fahre jetzt sowieso noch nicht nach Hause", sagte Mila und begutachtete ihr Fahrrad. „Es ist in Ordnung, denke ich."

„Das denke auch ich." Achim prüfte die Bremsen und die Kette. „Alles okay."

„Der Sattel ist schief", stellte Mila fest.

„Stimmt. Ich biege ihn dir wieder gerade. Soll ich dich nicht doch lieber fahren? Wo musst du denn noch hin?"

„Egal. Ich fahre mit dem Rad."

„Okay. Und sonst? Hast du Marco in der Zwischenzeit mal getroffen?"

„Nein. Ich werde ihn wohl auch nicht mehr treffen.“

„Warum nicht?“

„Ich habe eine ziemlich große Scheiße gebaut.“

„Oh je. Was hast du denn angestellt?“

Ihr Blick war ernst und zugleich wirr. Ihre Augen flatterten. „Ich habe meinen Mann umgebracht.“

„Nein, Mila. Bitte! Das geht jetzt zu weit. Mit solchen Schock-Geschichten beeindruckst du mich ganz und gar nicht.“

„Ich habe ihn vergiftet.“

„Gut. Lassen wir das jetzt. Es ist besser, du fährst nach Hause. Oder sonst wo hin. Aber bitte komm nicht mehr hier her. Wenn wir proben, egal wie – im Übrigen war *das* heute nur ein Test –, wollen wir keine Zuschauer. Tschüss Mila. Und es tut mir wirklich leid …“

Sie stieg aufs Rad und fuhr davon.

Am nächsten Tag suchte Achim im Internet nach einem Mord oder versuchten Mord an einem Vorstand namens Müller. Wo arbeitete dieser Mann eigentlich? Wie war sein Vorname? Vorstände die Müller hießen, gab es viele. Vielleicht behielt Mila ihren Mädchennamen und ihr Mann hieß gar nicht Müller. Er fand keine passenden Informationen – und von einem Mord schon gleich gar nicht.

Dann rief er Marco an und fragte, ob er abends vorbeikommen könne. Es gäbe Neuigkeiten.

Achim stand um zwanzig Uhr mit einer Flasche Wein, einer Tafel Schokolade und einer Schachtel Ferrero Rocher vor der Tür.

„Komm rein. Du hast ja eine super Verpflegung mitgebracht – fein, fein. Wir gehen in mein Zimmer. Natalie ist noch nicht da.“

„Wie läuft es denn zurzeit mit Euch?“

„Ganz okay. Keine besonderen Vorkommnisse.“

Marco stellte zwei Gläser auf den Esstisch, öffnete

den Wein und schenkte ein. „Also, schieß los."

Achim erzählte, was vorgefallen war, dass Mila behauptete, ihren Mann vergiftet zu haben und dass er im Internet dazu nichts finden konnte. Er hätte gerade vorhin noch mal die neuesten Nachrichten überprüft, aber: nichts. Es gab keinen toten Vorstand namens Müller.

„Irgendwie tickt die nicht ganz richtig. Sie hat mir doch einen Brief gegeben. Willst du ihn lesen?"

„Ja, zeig mal."

Achim öffnete eine zusammengefaltete, hellblaue Seite Papier und wunderte sich: Das waren ja nur ein paar Zeilen.

> *Lieber Marco,*
> *ich kann unser kleines Sex-*
> *Abenteuer nicht vergessen, denke*
> *immer an dich. Ich spüre dich ganz*
> *intim. Du hast eine so wunderbare,*
> *erotische Ausstrahlung. Ich finde,*
> *wir würden gut zusammenpassen*
> *und könnten schöne Zeiten mitei-*
> *nander verbringen. Lass uns Freun-*
> *de werden. Und noch mehr.*
> *Deine Mila*

Er legte den Brief beiseite.

„Ein Liebesbrief. ‚Ich spüre dich ganz intim' klingt aber etwas seltsam", kommentierte Achim.

„Das finde ich auch. Und was meint sie mit ‚Und noch mehr'? Sie kennt mich doch gar nicht. Oder will sie einfach nur eine Affäre, um ihr Leben zu bereichern – neben ihrem langweiligen Versorger?"

„Den sie angeblich umgebracht hat. Vergiftet. Glaubst du das? Da müsste doch was in den Medien zu finden sein."

„Vielleicht wird die Sache noch geheim gehalten", überlegte Marco. „Wir wissen ja nicht mal, in welchem Unternehmen dieser Mann tätig ist. Wir wissen gar nichts von ihm. In der Villa gab es auch keine Fotos. Weißt du, was ich glaube? Diesen Ehemann gibt es gar nicht. Erinnerst du dich? Auch Svenja war überrascht, als sie hörte, Mila wäre verheiratet, noch dazu mit einem reichen Vorstand. Irgendwie passt das nicht."

„Und die Villa? Wem gehört die?"

„Irgendeinem Bonzen wird sie schon gehören. Sie lässt sich von ihm vögeln, dafür darf sie dort wohnen. Das hat sie ja auch mehr oder weniger zugegeben." Marco nahm ein Stück Schokolade. „Mm! Sehr fein. Soll sie machen, was sie will. Ich glaube jedoch, ich mag sie nicht mehr treffen, nach dem, was du jetzt erzählt hast. Achim, jetzt im Ernst: Glaubst du, an der Vergiftungsgeschichte könnte was dran sein?"

„Du meinst, wir sollten eventuell die Polizei einschalten?"

„Vielleicht sollten wir das tun."

„Nein, das denke ich nicht. Die redet Bullshit." Davon war Achim überzeugt.

„Wollen wir es hoffen. Hast du Svenja gefragt, ob sie was weiß?"

„Nein, das mache ich nicht. Ich will sie da rauslassen. Außerdem kennen sich die beiden ja kaum und hatten seit unserer Sex-Geschichte keinen Kontakt mehr." Achim blickte in sein leeres Weinglas.

„Soll ich dir nachschenken?", fragte Marco, der bereits die Flasche in der Hand hielt.

„Ja, gerne." Achim hielt ihm sein Glas entgegen.

„Ich habe das Gefühl", sagte Marco während er einschenkte, „mit dieser Frau bekommt man nur Probleme."

Achim zog das Glas wieder zu sich, nahm einen Schluck und betrachtete es mit ernster Miene. Dann stellte er es zurück auf den Tisch.

„Ich will aber keine zusätzlichen Probleme", sagte Marco, davon habe ich genug. Was ist? Du schaust so komisch. Schmeckt dir der Wein nicht mehr? Ich finde ihn sehr gut."

Achim fasste wieder nach seinem Weinglas, führte es leicht zittrig und sehr langsam zu sich, hob es hoch, drehte es ein paarmal hin und her, starrte auf den Inhalt – und wurde kreidebleich.

Marco erschrak, als er Achims Gesicht sah. „Was hast du? Ist dir schlecht? Musst du kotzen?"

„Nein", antwortete Achim abwesend und starrte weiter auf den Wein in seinem Glas.

„Gib mir den Wein", sagte Marco und stellte das Glas beiseite. „Willst du ein Glas Wasser?"

Achim antwortete nicht, starrte weiter vor sich hin und atmete kaum noch.

„Hallo Achim, komm zu dir. Was ist los mit dir?" Marco war beunruhigt. So hatte er Achim noch nie gesehen. Hoffentlich bekam er keinen Schlaganfall. „Schau mich an!"

Achim schaute Marco an, vielmehr sah er durch ihn hindurch, sagte nichts und war nach wie vor weiß im Gesicht.

Marco stellt sich vor Achim, fasste ihn an den Schultern und sprach ruhig und sehr eindringlich: „Kannst du mich hören? Sag was! Du machst mir Angst."

Endlich bewegte sich Achim, blickte sich irritiert um. Dann massierte er sein Gesicht, das wieder Farbe annahm. Er atmete tief ein und aus. „Ich brauche ein Glas Wasser", krächzte er.

„Natürlich. Ich hole es dir."

Als Marco mit einem halben Liter Wasser in einem Weißbierglas zurückkam, sah Achim schon wieder besser aus. Er trank fast das ganz Wasser auf einen Satz.

„Danke." Achim lehnte sich zurück und wirkte erschöpft.

„Gott sei Dank, du kannst noch sprechen."

„Ja. Ja, ja. Ich hatte gerade einen Flashback oder so etwas in der Art. Ich weiß nicht ... Ich habe mich an etwas erinnert ... Marco, verdammt ...“

„An was hast du dich erinnert?“

„Das erzähle ich dir jetzt.“

„Ja, bitte.“

„Ich war vor einigen Tagen im Supermarkt und stand vor den Weinregalen. Das Angebot überfordert mich regelrecht immer. Ich nahm eine Flasche aus dem Regal und wollte auf der Rückseite das Etikett lesen. Während ich sie drehte und dann weiter in der Hand hielt, kam mir Mila in den Sinn. Ich *sah* sie ganz deutlich vor meinem geistigen Auge. Sah, wie sie ein Glas Wein in der Hand hielt, mit der anderen Hand einige Tropfen aus einem Fläschchen ins Glas träufelte und mit einem kleinen Löffel verrührte. Dann begutachtete sie den Inhalt und stellte das Glas weg.“ Achim hielt inne und ballte die Hände. „Verdammte Kacke.“

Marco schwieg. Lange.

Irgendwann sagte Achim: „Ich kann mich an die Situation genau erinnern, denn ich sagte, als ich vor dem Weinregal stand und das Bild wieder verschwunden war, wohl laut ‚Mila‘. Eine Frau neben mir hörte den Namen und sprach mich an. Sie sagte: ‚Haben Sie gerade Mila gesagt? Ich heiße nämlich so.‘ Wir haben uns dann kurz über seltene Vornamen unterhalten. Und auf meine Nachfrage hin, ob der Wein, den ich ausgewählt hatte, empfehlenswert sei, sagte sie, dass sie ihn noch nicht probiert hätte. Dann verabschiedeten wir uns, und ich habe den Vorfall vergessen. Bis jetzt, als ich das Glas schwenkte.“

„Tja, nun ja“, sagte Marco. „Jetzt geht es mir wahrscheinlich so, wie es dir mit mir geht: Ich kann es kaum glauben.“

„Was machen wir denn jetzt?“ Achim fühlte sich überfordert.

164

„Wir machen gar nichts. Hat von deinen Bandmitgliedern jemand gehört, als sie sagte, dass sie ihren Mann vergiftet hätte?"

„Nein."

„Gut. Und du bist dir sicher, dass du im Supermarkt vor deinem geistigen Auge, Mila – und nicht eine andere Frau – gesehen hast?"

„Natürlich. Ich bin mir hundert Prozent sicher. Ich sah Mila."

„Nun ja", sagte Marco bedächtig. „Du weißt, was das heißt. *Das* war mehr als eine deiner bisherigen Eingebungen, falls Mila …"

„… ihn tatsächlich umgebracht hat", ergänzte Achim den Satz. „Aber solange es keinen vergifteten Mann gibt, muss das alles gar nichts heißen. Vielleicht kam das Bild von deinem Geist."

„Glaubst du das?" Marco zog die Augenbrauen hoch.

„Vielleicht. Und vielleicht kennen wir eine Mörderin."

Viertes Kapitel

1

Marcos Unbehagen änderte nichts an der Notwendigkeit, dass er sich mit Mila treffen musste. Wie sollten sie sonst herausbekommen, ob an der Sache mit der Vergiftung was dran war.

Marco versuchte es x-mal auf ihrem Handy. Er war kurz davor ihre Model-Agentur anzurufen, die er im Internet ausfindig gemacht hatte, um eine Nachricht für sie zu hinterlassen. Doch dann ging sie endlich ran.

Mila war überrascht, als sie Marcos Stimmte hörte und freute sich. Er schlug vor, sie am Samstag zu einem Spaziergang abzuholen. Sie sagte, sie hätte Zeit, ihr Mann sei nicht da und einen Spaziergang fände sie wunderbar. Sie verabredeten sich auf vierzehn Uhr.

Er war zwanzig Minuten zu früh. Absichtlich. Denn sollte sich Mila noch umziehen müssen, könnte er sich währenddessen ein wenig umschauen – so der Plan. Als er vor der Villa stand, wuchs jedoch sein Unbehagen und er fragte sich, ob dieses Rendezvous nicht eine Schnapsidee war. Mila würde sich umsonst Hoffnungen machen. Das gäbe nur wieder neue Probleme.

Sie öffnete die Haustür und sah phantastisch aus. Perfekt geschminkt, wildgestylte Haare und ein modernes, sommerliches Outfit – ein hellblaues, glänzendes Top, ein bunter, weit schwingenden Rock und viel Silberschmuck am Hals und an den Handgelenken. Sie war Model. Heute sah sie danach aus. Konnte diese Frau eine Mörderin sein?

Sie führte Marco ins Wohnzimmer und fragte, ob er noch etwas zu trinken möchte.

„Nein, danke. Ich denke, wir sollten dann gleich los, solange das Wetter noch schön ist."

Glaubst du, es zieht zu?"

„Schon möglich. Es sind einige Wolken am Himmel."

„Dann ist eine Hose besser. Ich gehe nach oben und ziehe mich um."

Der Plan ging auf. Er nutzte die Zeit und öffnete einige Schubladen und Türen der edlen Designer-Schrank-Regal-Kombination, um Hinweise zu ihrem Mann zu finden. Er suchte nach irgendwas mit seinem Namen, einen an ihn adressierten Briefumschlag, eine Rechnung, Visitenkarten und dergleichen, fand aber nichts, nur Gläser, Kerzen und anderen Kleinkram. Er warf einen Blick in das Zimmer nebenan, denn die Tür stand offen. Es gab ein Bücherregal, eine Sitzecke und einen Schreibtisch – penibel aufgeräumt, nichts lag herum. Mila war im oberen Stockwerk, er hörte noch nichts von ihr. Schnell huschte er auf Zehenspitzen zum Schreibtisch und zog die oberste Schublade des Rollcontainers heraus. Papier, Stifte, Locher und Notizzettel. Schnell schloss er sie wieder, öffnete die zweite Schublade und entdeckte diverse Fotos von Mila. Nur von Mila. Plötzlich hörte er Schritte. Er schloss die Schublade und stellte sich vor das Bücherregal. Weiter kam er nicht mehr, denn Mila stapfte bereits die Treppen herab.

„Hier bin ich", sagte er und tat so, als ob er die Bibliothek bewunderte. „Die Tür stand offen."

„Aha. Kommst du bitte", sagte sie auffordernd. „Ich bin fertig, wir können los."

Nun trug sie Sportklamotten. Zum Spazierengehen

eigentlich unnötig, aber auch darin sah sie sehr gut aus.

Sie gingen erst am Isarhochufer entlang, so wie in Achims Eingebung. Später stiegen sie zur Isar ab.

„Ich hätte nicht gedacht, dass du dich noch meldest. Als wir uns bei dir zufällig getroffen haben, warst du nicht besonders freundlich."

„Stimmt. Ich war nicht gut drauf."

„Und nun bist du besser drauf?"

„Ja, bin ich. "

„Ich weiß, ich hätte den Brief mit der Post schicken sollen. Und ich hätte mich auch nicht aufdrängen dürfen. Ich habe mich nicht korrekt verhalten. Es tut mir leid."

Marco wunderte sich über diese Einsicht. Er war positiv überrascht, dass Mila zu einer so klaren Selbstkritik fähig war.

Sie gingen recht zügig. Mila hakte sich bei Marco ein. Er stellte fest, dass er dies als angenehm empfand. Nach einigen Schritten legte er seinen Arm um sie, und sie umfasste seine Taille. Er genoss diese Berührung. Nach einiger Zeit ließen sie wieder voneinander los, sprachen über dies und das, jedoch nicht über ihre Ehen. Und dann umarmten und küssten sie sich – vorsichtig, als wäre es das erste Mal. Erst später küssten sie sich intensiver und länger und drückten dabei ihre Körper fest gegeneinander. Marco berühre ihre spitzen Brüste. Er erinnerte sich an die nackte Mila an ihrem Gruppensex-Abend. Und doch war dieses Erlebnis sehr weit weg, irgendwie unwirklich. Er hatte das Gefühl, als wäre diese Mila neben ihm eine andere, eine neue Mila, die er gerade kennengelernt hätte.

Sie liefen ziemlich weit. Und es war ein sehr harmonischer Spaziergang, wenn auch nicht ganz so romantisch wie in Achims *Bild*. Sie waren beide entspannt. Das jedoch könnte sich womöglich schlagartig ändern, befürchtete Marco, wenn er das Thema ansprechen würde, das er unbedingt ansprechen wollte: Was war mit ihrem Mann? Er wollte und konnte nicht mehr länger warten, er musste sie fragen.

„Wo ist eigentlich dein Mann?"

„Ich weiß es nicht genau. In Amerika, Westküste", antwortete sie wie beiläufig.

„Was macht er dort?"

„Arbeiten."

„Das habe ich mir schon gedacht. Aber in welchem Unternehmen ist er tätig? Wofür ist er verantwortlich? Und wie heißt dein Mann eigentlich? Ich weiß überhaupt nichts von ihm."

„Warum willst du das wissen?"

„Weil er zu dir gehört, zu deinem Leben."

„Nun ja." Sie zuckte mit den Achseln. „Zu meinem Leben gehören auch noch andere Menschen. Und wie ist es bei dir? Wer gehört zu deinem Leben?"

„Das weißt du doch. Meine Frau Natalie und Achim natürlich."

„Das ist mir schon klar. Achim und du, ihr seid ganz eng. Richtig dicke Freunde. Und wer ist noch wichtig für dich?"

„Du lenkst ab. Erzähl mir von deinem Mann. Wo habt ihr Euch kennengelernt? Und einen Namen wird er wohl auch haben."

„Er heißt ... Peter. Das muss jetzt reichen. Mehr sage ich nicht."

„Warum machst du so ein Geheimnis um ihn?"

„Weil ... weil die Beziehung nicht so ganz einfach ist."

„Hast du deshalb zu Achim gesagt, du hättest ihn vergiftet?"

„Habe ich das gesagt?"

„Ja, das hast du."

„Und? Jeder sagt doch mal ,den bring ich um' oder

so. Das kann man doch nicht wörtlich nehmen. Oder hat dein lieber Achim so etwas noch nie gesagt?"

„Doch, schon. Trotzdem: Du machst ein Geheimnis um deinen Mann. Das verstehe ich nicht. Hast du Angst vor ihm?"

„Hör auf Marco. Frag nicht weiter. Ich will nicht über ihn reden. Kannst du das nicht akzeptieren?"

„Tut mir leid, kann ich nicht. Du musst mir ja nichts über ihn erzählen, aber sag mir wenigstens, warum du nichts sagen willst."

„Weil ich nicht will, dass du weißt, wer er ist. Ende. Schluss jetzt. Du brauchst nicht mehr nach ihm zu fragen. Außerdem: Wenn du mit mir zusammen sein willst, dann sei mit *mir* zusammen. Er ist kein Thema und hat mit uns nichts zu tun. Es ist alles okay."

„Verstehe."

In Wirklichkeit verstand er gar nichts. Mila war einfach nicht zu fassen: Sagt sie die Wahrheit? Lügt sie sich selbst an? Macht sie sich einfach nur wichtig?

Die Sonne verzog sich hinter dunklen Wolken und kühler Wind kam auf.

„Wir sollten umkehren", sagte Marco und nahm Mila in den Arm. „Du bist schon ein sonderbares Wesen."

Sie lächelte gezwungen.

Der Wind wurde stärker. Hand in Hand machten sie sich so schnell sie konnten auf den Rückweg, denn es wurde ihnen kalt und sie hatten keine Jacken dabei.

Auf Milas Handy ging eine Nachricht ein, die sie während des Gehens las. Dann nahm sie wieder Marcos Hand: „Kann ich noch mit zu dir kommen?"

„Zu mir? Das geht nicht", antwortete Marco abwehrend. „Wegen Natalie."

„Mein Mann schrieb gerade, er sei zurück und schon zu Hause."

„Hast du gar nicht gewusst, dass er heute kommt?"

„Nein. Ich dachte morgen. Wir müssen uns ein anderes Mal wieder sehen – aber richtig."

Es wurde zunehmend kühler, und dicke Wolken hingen am Himmel, aber es regnete noch nicht. Trocken, aber etwas durchgefroren, kamen sie bei Milas Villa an. Mit einem kleinen Küsschen verabschiedeten sie sich. Mila sperrte das Eingangstor auf und lief schnell ins Haus. Marco versuchte noch, durch die Fenster hindurch eventuell ihren Mann zu sehen. Aber bei diesen Lichtverhältnissen konnte man absolut gar nichts erkennen. Er fuhr nach Hause und rief Achim an.

„Und wie war es?" Achim war auf die neuesten Nachrichten gespannt. „Hast du was herausgefunden?"

„So gut wie nichts. Ihr Mann heißt Peter – sagte sie. Sie sagte auch, dass ich nicht zu wissen brauche, wer er sei."

Marco stand in seinem Zimmer und beobachtete den Himmel. Die Wolken hingen tief und dunkel über der Stadt. Endlich fing es zu regnen an. Das war bitter nötig, denn durch die andauernde Trockenheit verdorrte bald jegliches Grün.

„Glaubst du, er lebt noch?"

„Ja, schon. Angeblich hat er ihr eine Nachricht geschickt, als wir spazieren gingen. Er wäre wieder zurück."

„Das sagt gar nichts aus."

„Ich weiß. Bevor wir aufbrachen, war ich kurz allein im Erdgeschoss, konnte aber keine Hinweise finden. Heutzutage liegt ja nichts mehr rum, es läuft alles online. Aktenordner habe ich auch keine gesehen. Nach unserem Spaziergang trennten wir uns vor der Villa, und ich fuhr nach Hause."

„Wir wissen also immer noch nicht, wie er heißt – Peter garantiert nicht. Sie hat dich bestimmt angelogen.

„Hat sie. Ich habe versucht, ihn zu googeln. Peter Müller gibt es wie Sand am Meer, aber ich habe keinen Peter Müller gefunden, der ihren Angaben gemäß passte."

„Wir wissen also weder seinen Vornamen, in welchem Unternehmen er tätig ist noch wie alt er ist, haben kein Foto, einfach gar nichts." So fasste Achim den momentanen Stand der Fakten zusammen.

„Ich frage mich nach wie vor, ob es diesen Ehemann überhaupt gibt. Oder er ist ein Mann des öffentlichen Lebens, der mit einer anderen Frau verheiratet ist. Mila ist einfach nur seine Geliebte oder eine, die sich für ein exklusives Wohnen vögeln lässt."

„Das könnte sein. Aber unabhängig davon: Wie findest du sie mittlerweile als Frau?"

„Attraktiv. Und, um deine Neugier zu befriedigen, wir haben nicht miteinander geschlafen, weder vor noch während des Spaziergangs. Keine Liebe hinter dem Busch!" Marco lachte.

„Wirst du sie wieder treffen?"

„Solange du positive Bilder von uns siehst, kann es ja nicht schaden."

„Und – nur angenommen – falls ich ein anderes Bild sehen würde, eines, wo sie zum Beispiel eine Pistole lädt? Würdest du sie dann immer noch treffen wollen?"

„Wahrscheinlich nicht."

Marco war an Mila sowieso nicht ernsthaft interessiert – schon eher an Larissa. Für nächsten Sonntag hatten sie wieder eine Radtour geplant, und er freute sich darauf. Das Problem: Er musste auf die Schnelle fitter werde, denn er wollte diesmal mit ihr mithalten können. Der gestrige Spaziergang mit Mila war zwar unter dem Gesichtspunkt der Fitness ganz okay, aber bei

Weitem nicht das, was er wirklich brauchte: Schwitzen bis das Blut dampft!

Deshalb war er mit Matthias joggen. Matthias freute sich immer mit Marco zu laufen – und umgekehrt, denn zu zweit konnten sie sich besser motivieren. Allerdings hechelte Marco meistens hinter Matthias her, der einfach eine bessere Kondition hatte.

Als Marco nach Hause kam, war er erschöpft, ausgelaugt – um nicht zu sagen, völlig fertig. Sie liefen schneller als sonst, richtig flott. Das war zu viel für Marco. Im Grunde hasste er joggen. Schwitzen. Keuchen. Leiden. Gegen jegliches natürliche Empfinden, den Körper zu einseitigen, dumpfen, hässlichen Bewegungen zwingen, während die Knie schmerzen und die Lunge brennt. Was soll daran bitte schön sein? Diejenigen, die behaupten, ihnen würde Joggen Spaß machen, da war sich Marco sicher, waren alle Lügner. Wenigstens gab Matthias zu, dass auch er oft keine Lust habe. Aber es musste eben sein. Und ohne Matthias konnte sich Marco sowieso nicht aufraffen.

Er setzte sich in die Küche und schüttete fast ein Liter Wasser in sich hinein. Es war ruhig in der Wohnung. Natalie war nicht da. Schon seit Tagen hatte er sie nicht mehr gesehen und gehört – anscheinend war sie verreist. Er hatte zwar keine Sehnsucht nach ihr, aber er fand es seltsam, dass sie sich nicht abgemeldet hatte. Er schrieb ihr eine WhatsApp:

Liebe Natalie, wo bist du? Ich mache mir Sorgen, da ich dich schon tagelang nicht mehr gesehen habe. Melde dich bitte. Liebe Grüße Marco.

Nachdem er die Nachricht überflogen hatte, schickte er sie nicht ab, denn er machte sich gar keine Sorgen. Das war nur wieder eine von diesen Freundlichkeitsregeln, die ihm zuweilen immer sinnloser und verlogener erschienen. Er korrigierte den Text:

Hallo Natalie, da du anscheinend verreist bist, wä-

re es nett, wenn du mich informieren würdest, wann du wieder kommst. LG Marco.

Das war die richtige Wortwahl. Schon nach einigen Minuten bekam er Antwort.

Ich bin noch ein paar Tage weg. Komme voraussichtlich nicht vor Sonntagabend, vielleicht erst am Montagmorgen. LG Natalie

Gut, dachte sich Marco, das passt. Eventuell mag Larissa am Sonntag nach der Radtour noch zu einem Kaffee hochkommen. Man kann ja nie wissen! Sollte dann Natalie in der Wohnung herumhüpfen? Nein, unmöglich. Er wäre total blockiert.

Der Sonntag war heiß. Bereits um zehn Uhr morgens, als Marco und Larissa losfuhren, hatte es fünfundzwanzig Grad. Sie hatten die Isarrunde über die Großhesseloher Brücke geplant, circa fünfzig Kilometer. Larissa ging davon aus, dass sie dafür maximal drei Stunden brauchen würden. Da hatte sie sich jedoch getäuscht. Es war einfach zu heiß. Gegen Mittag hatte es vierunddreißig Grad. Sie mussten oft anhalten, um zu trinken und waren eher gemächlich unterwegs – mit mehreren Ruhepausen auf schattigen Bänken, was Marco sehr entgegenkam. Nicht nur, um sich auszuruhen, sondern auch, um Larissas körperliche Nähe zu spüren. Sie lehnte sich gerne an ihn, er legte seine Hand auf ihren Oberschenkel, sie streichelte über seinen Unterarm und er strich ihr ihre verschwitzten Haare aus dem Gesicht. Sie flirteten. Mehr geschah nicht.

Um fünfzehn Uhr waren sie wieder in München und Marco fragte sie, ob sie noch Lust hätte, mit zu ihm zu kommen. Sie hatte Lust.

„Du kannst gerne zuerst duschen", bot ihr Marco an.

„Okay. Hast du vielleicht etwas zum Anziehen für

mich bis die verschwitzten Klamotten wieder trocken sind?"

„Klar, ich hole etwas von Natalie."

Er nahm ein T-Shirt und einen Sommerrock aus Natalies Kleiderschrank.

„Könnte passen. Schaut nicht allzu groß aus."

Larissa lächelte erstaunt. „Ich dachte eher, ich leih mir von dir was aus. "

„Ach was. Das merkt sie doch gar nicht. Ich lege die Sachen einfach wieder zurück."

Sie duschten nacheinander. Marco öffnete zwei Flaschen alkoholfreies Weißbier, das sie in seinem Zimmer am Esstisch recht zügig tranken. Wie selbstverständlich legten sie sich dann auf das Bett, ohne ein Zögern, ohne Worte, ohne Fragen. Sie waren zwar etwas müde, aber noch lange nicht müde genug, um sich nicht näher zu kommen. Es lag einfach in der Luft – es, die erotische Anziehung, die Lust auf Sex.

Während Marco Larissas Körper spürte, diesen festen, durchtrainierten Körper, wurde ihm bewusst, dass er seit vielen Jahren immer nur einen Körper kannte: Natalies – ihre weichen, runden Formen, die er schon lange nicht mehr begehrte. Dabei war er sich gar nicht so sicher, ob er Larissa wirklich begehrte oder ob der Reiz, den sie auf ihn ausübte, nur die Auswirkung seiner Sehnsucht nach einer anderen Frau war. Und wie war das mit Mila und Svenja? Was fühlte er, als er mit ihnen Sex hatte? An Gefühle konnte er sich gar nicht mehr erinnern. Es war eine Ausnahmesituation und er war damals ziemlich besoffen.

Larissa war geschmeidig und unkompliziert. Marco konnte mit ihr gemeinsam die erregende Situation genießen. Sie schliefen miteinander.

Nach dem Liebesakt spürte Marco fast so etwas wie Dankbarkeit – nicht Larissa gegenüber, sondern gegenüber dem Schicksal. So lange hatte er sich gewünscht, wieder Sex zu haben, Sex mit einer Frau, die er anziehend fand. Nun war es passiert. Der Gruppensex mit Mila und Svenja zählte nicht. Das waren keine normalen Begegnungen. Jetzt war er einfach nur zufrieden. Ob und wie es mit Larissa weitergehen würde, war ihm momentan egal.

Sie lag in seinem Arm und schien zu dösen. Ihre Augen waren geschlossen. Er küsste ihren Hals, ihre Brüste, ihren Arm, dann schloss auch er die Augen. Er war kurz davor einzuschlafen, da ließ ihn ein Geräusch hochfahren. Die Wohnungstür wurde aufgesperrt. Natalie war zurück. Jetzt schon. Viel früher als angekündigt. Verdammter Mist.

Marco hatte absolut keine Lust, dass Natalie seinen Damenbesuch mitbekam. Er fuhr schlagartig hoch.

„Komm, steh auf!", sagte er zu Larissa und rüttelte sie am Arm.

„Was ist denn?", fragte sie schlaftrunken. „Ich war eingeschlafen."

„Pst! Sei leise. Du musst dich anziehen. Deine eigenen Sachen. Natalie ist gekommen."

„Ja und?"

„Nicht ‚ja und'. Ich will nicht, dass sie weiß, dass wir hier Sex hatten. Am liebsten wäre mir, sie würde dich gar nicht sehen."

„Sag mal, spinnst du? Ich dachte, ihr seid getrennt und ihr lebt hier nur noch gezwungenermaßen als WG zusammen."

„Das ist auch so", erwiderte Marco. „Trotzdem."

„Was soll das heißen: ‚trotzdem'?"

„Ich möchte sie halt nicht provozieren."

„Ach du grüne Neune! Du hängst noch an ihr. Das hätte ich mir denken können."

„Nein, tu ich nicht", widersprach Marco flüsternd, aber vehement.

Larissa sprang aus dem Bett und zog ihre Sachen

176

an, die mittlerweile trocken waren. Im Flur war Natalie zu hören, die Schuhe in den Schuhschrank einräumte. Larissa ging zur Tür.

„Warte noch einen Moment bis Natalie wieder in ihrem Zimmer ist."

Aber Larissa hatte schon den Türgriff in der Hand und sagte während sie die Tür öffnete: „Das ist mir echt zu blöd. Ich verstecke mich nicht."

Natalie war höchst erstaunt, als sie Larissa aus Marcos Zimmer kommen sah und ihre Worte hörte. „Hallo", sagte Natalie und begutachtete Larissa von oben bis unten.

Dann stürzte Marco aus dem Zimmer. „Jetzt warte doch mal", sagte er zu Larissa und grüßte nebenbei Natalie mit einem Kopfnicken.

Larissa blieb an der Wohnungstür stehen und blickte Marco fragend an. Er ging zu ihr und bat sie nach draußen ins Treppenhaus, damit Natalie nichts mithören konnte.

„Du hast da was in den falschen Hals gekriegt."

„Das glaube ich nicht."

„Doch, das hast du", beteuerte Marco. Er versuchte Larissa zu umarmen, aber sie wehrte ihn ab. „Zwischen Natalie und mir läuft nichts mehr Und da wird auch nichts mehr laufen. Es ist aus und vorbei. Du brauchst wirklich nicht eifersüchtig zu sein."

„Ich bin nicht eifersüchtig. So ein Quatsch. Aber ich will mich nicht verstecken, als würdest du dich für mich schämen."

„So meinte ich das doch nicht."

„Aber so fühlte es sich an. Ich hasse Spielchen, wo ich den Kürzeren ziehe. So gut müsstest du mich kennen. Weißt du was? Lass uns das für heute beenden. Das ist hier nicht der richtige Ort, um über uns oder über deine Ehe zu diskutieren. Wir sehen uns morgen in der Firma, falls ich Zeit habe."

„Wie du meinst."

Als Larissa schon einige Stufen nach unten gegangen war, rief ihr Marco noch hinterher: „Larissa. Es war sehr schön heute. Alles."

Sie blieb stehen und drehte sich um. „Ja, soweit. Aber da gibt es wohl ein Problem."

„Das werde ich lösen."

Er ging zurück in die Wohnung und beobachtete Natalie, wie sie ihre Schmutzwäsche sortierte. Und er wusste: dieses Problem musste er lösen. Und zwar bald.

Es war neunzehn Uhr. Fast alle Kollegen waren schon nach Hause gegangen. Marco arbeitete an einem Fall, den er dringend zum Abschluss bringen musste, aber er konnte sich nicht mehr konzentrieren. Mit Larissa hatte er noch keinen Kontakt. Vermutlich war auch sie stark eingespannt. Sie arbeitete in der IT und dort gab es zurzeit Probleme. Sie war sicher noch im Büro. Er wählte ihre Nummer.

„Hallo Larissa. Ich bin's, Marco."

„Hallo Marco. Auch noch da?"

„Ja, ich habe viel zu tun, werde aber bald aufbrechen. Wie lange bleibst du noch?"

„Zehn Minuten."

„Gut. Sollen wir zusammen zur U-Bahn gehen oder bist du mit dem Fahrrad hier?"

„Ich hatte heute keine Lust aufs Fahrrad. Treffen wir uns am Ausgang?"

„Ja. Bis gleich."

Larissa sah gestresst aus. Sie war ehrgeizig und machte oft Überstunden. Auch Marco war nicht mehr fit. Eine kurze Umarmung, ein flüchtiger Kuss – und sie verließen das Bürogebäude. Es war nicht viel los auf den Straßen, denn es war immer noch ungewöhnlich heiß. Die meisten Leute waren wohl beim

Schwimmen.

„Wir könnten mal zum Schwimmen gehen", schlug Marco vor. „Vorausgesetzt du hast noch Lust, dich mit mir zu treffen. Es tut mir leid wegen gestern."

„Weißt du Marco, gestern war das wie in einem Sketch, wo das dumme Flittchen schnell verschwinden muss, wenn die Dame des Hauses erscheint, damit der Herr nicht in flagranti erwischt wird."

Marco musste schmunzeln. „Demnach hätte ich auch sagen können ‚ab in den Schrank' oder ‚unters Bett' oder …

„Genau", unterbrach in Larissa. „So in der Art."

„Ich habe es aber wirklich nicht so gemeint. Das musst du mir glauben. Ich schätze dich sehr. Es war halt das erste Mal, dass ich mit einer Frau in unserer gemeinsamen Wohnung … und ich bin ziemlich erschrocken, als Natalie plötzlich zurück war."

„Am besten wir vergessen den Vorfall."

„Du bist also nicht mehr sauer?"

„Wenn du zu mir stehst und ich mich nicht verstecken muss, gibt es keinen Grund."

„Lass dich umarmen", sagte Marco und drehte sich zu Larissa. Doch dann erstarrte er. Schlagartig. Er konnte sie nicht mehr umarmen. Der Geist war wieder da.

Was sollte er jetzt tun? Er stand vor Larissa und der Geist schräg hinter ihr. Obwohl er mit Larissa unterwegs war, wollte er unbedingt hören, was der Geist zu sagen hatte. Einen Moment lang war er völlig konfus.

„Was ist mit dir?", fragte Larissa. „Hat dich etwas erschreckt?"

„Ja", antwortete Marco wie weggetreten.

Larissa blickte sich um, konnte aber nichts Besonderes entdecken. „Was war denn?"

„Sorry. Es tut mir leid. Entschuldige bitte. Ich ... ich muss ... muss telefonieren. Dringend. Kannst du bitte vorausgehen? Ich komme gleich nach, es dauert nicht lange."

„Aha." Larissa war irritiert und wunderte sich, was plötzlich so wichtig war. „Gut. Wenn es sein muss."

„Ja. Es muss. Es ist wichtig. Geh bitte einfach voraus. Bitte. Das hat nichts mit dir zu tun, gar nichts, überhaupt nichts."

Der Geist stand immer noch da und als Larissa wegging, wackelte er hin und her, und Marco hatte schon Angst, er könnte gleich wieder verschwinden. Aber er fing zu sprechen an.

„Es ist soweit. Du wirst krrr krrr krrr krreffen."

„Ich kann dich nicht verstehen. Was werde ich?"

„Krrr krrr krrr ..." Es hörte nur Gekreische und sagte ziemlich laut. „Ich verstehe nichts. Bitte sag es noch mal."

Larissa war schon einige Meter entfernt, drehte sich aber plötzlich um, was Marco bemerkte. Ihm wurde bewusst, dass er einfach nur dumm dastand und redete – ohne Ohrstöpsel, ohne Handy. Er nahm sein Handy, das er in der Hosentasche in der Hand hielt, sofort ans Ohr und tat so, als ob er telefonierte.

Obwohl er wusste, dass es sinnlos war Fragen zu stellen, denn der Geist hatte noch nie geantwortet, tat er es trotzdem: „Kannst du den Satz bitte wiederholen?"

Erst kam keine Antwort. Doch nach einigen Sekunden sagte der Geist: „Du wirst sie treffen. Sei pünktlich."

Spontan fragte Marco: „Wann und wo?" – und bekam natürlich keine Antwort, sondern hörte nur wieder ein Krächzen.

So geht das nicht, dachte Marco. Er ging mehrere Schritte vorwärts und mit ihm wackelte der Geist quasi rückwärts. Dann hörte er ihn wieder.

„Du wirst sie treffen ... in zwei Wochen am vierten August im Café Woerner's am Sendlinger Tor krrr krrr ... um neunzehn Uhr ... krr krr kr k ... Sei pünktlich."

„Ja, ganz sicher. Das werde ich sein."

Der Geist war weg.

Wow, super, Wahnsinn! Er hätte jetzt am liebsten einen Luftsprung gemacht. Er hatte nicht mehr damit gerechnet, dass es doch noch zu einer Begegnung mit der Beck-Frau, ja zu einem richtigen Date, kommen würde. Und es gab tatsächlich einen konkreten Termin. Phantastisch!

Larissa war nicht mehr zu sehen. Sie war bereits an der U-Bahn-Station. Oh Gott, sie wird wissen wollen, was so wichtig war. Er brauchte eine Ausrede, aber es fiel ihm nichts ein. Zu sehr war er mit seiner Vorfreude beschäftigt. Vielleicht sollte er sagen, sein Vater hätte im Lotto gewonnen, aber das klang total bescheuert. Er brauchte etwas Ernstes: einen Todesfall. Nein – zu schwierig. Da sah er sie auch schon am Bahnsteig stehen, als er die Rolltreppe nach unten fuhr. Sie sah ihn kommen und winkte.

„Na, alles erledigt?", fragte sie keck.

„Ja."

„Und? Was war denn gar so wichtig?"

„Es ging …" – und dann hatte er eine super Idee, die ihm anscheinend der Himmel schickte. „Es ging um die Vorsorgevollmacht meines Vaters. Das ist nicht so ganz einfach."

„Ach so", sagte Larissa. Sie hatte anscheinend und Gott sei Dank kein Interesse an dem Thema, denn sie stellte keine Fragen.

Sie quetschten sich in die volle U-Bahn. Eine Unterhaltung war kaum möglich. Am Ostbahnhof trennten sich ihre Wege, Larissa stieg aus.

2

Achim war nach wie vor gut im Geschäft. Er hatte Dr. Hader seinen heiteren Beitrag vorgespielt und war testweise engagiert worden. Achims Auftritt war für den Vortragsabend tatsächlich bereichernd, so dass er nun mehrere Abende mit Dr. Hader unterwegs war.

Auch mit den Rabencools ging es vorwärts. Sie hatten neue Songs einstudiert und die Homepage professioneller gestaltet, Videos gedreht und ins Internet gestellt. Und es waren auch schon die ersten Anfragen gekommen, allerdings nur von Privatpersonen, die kaum etwas zahlen wollten. Jedenfalls war Achim in der Lage, Marco wieder einen Teil seiner Schulden zurückzuzahlen.

Seine Eingebungen jedoch ließen an Häufigkeit und Klarheit nach. Immer öfter konnte er sie nicht mehr gut deuten oder sie schienen nicht wichtig zu sein. Er beobachtete dies mit Bedauern und hoffte natürlich, dass er noch einige gute Hinweise bekäme, bevor die *Quelle aus dem Jenseits* wieder versiegte. Damit rechnete er durchaus, denn Glückssträhnen sind oft schlagartig wieder vorüber. Vielleicht hing der Rückgang der Eingebungen auch damit zusammen, dass ihn der Alltag zurzeit ziemlich forderte.

Anne war da und er war mit ihr gerne und oft zusammen. Und zwischendurch mit Svenja, was sich organisatorisch als schwierig erwies. Das letzte Treffen mit Marco musste er schon absagen, was ihm absolut zuwider war, denn – daran hatte sich nichts geändert und wird sich auch nichts ändern – die Freitagabende waren ihm, und natürlich auch Marco, heilig.

Heute klappte es aber. Endlich wieder ein lustiger, entspannter Abend mit Marco. Jammern und schimpfen und politisieren, mit Anesis blödeln, genüsslich speisen und ein Weißbier trinken ... oder auch zwei. Super!

Achim holte Marco ab. Dreimal klingeln und Marco stand Sekunden später in der Haustür. Wie immer.

„Hi, altes Haus", sagte Achim und klopfte Marco auf die Schulter.

Marco grinste wie ein Honigkuchenpferd und klopfte Achim gleich mehrmals auf beide Arme. „Hallo, hallo! Ich habe Neuigkeiten."

„Echt? Weibertechnisch, oder?"

„Was sonst."

„Gute Nachrichten?"

„Erzähle ich dir, wenn das Weißbier vor uns steht."

Es stand schnell vor ihnen, denn zu Anesis war es nicht weit und Anesis wusste, was er zu bringen hatte, wenn er sie kommen sah.

„Rede schon. Ich bin neugierig."

„Ich hatte Sex."

„Na endlich. Mit wem?"

„Mit Larissa."

„Die durchtrainierte Radfahrerin aus deiner Firma?"

„Ja, die.

„Na also. Ich hoffe, du verpatzt nicht wieder alles."

„Was heißt hier ‚wieder'?"

„Ich denke an die Beck-Frau."

Marco grinste und hob sein Glas. „Das ist die zweite Nachricht: Ich werde sie treffen! Ohne Scheiß! Es gibt einen konkreten Termin. Der Geist war wieder da."

„Echt?" Achim schüttelte den Kopf. „Ich kann es nicht glauben. Er ist wieder aufgetaucht?"

„Ja, ist er." Und dann erzählte Marco, wann, wo

und wie die Situation war.

„Gut, dass dir die Ausrede mit der Vorsorgevollmacht eingefallen ist", meinte Achim. „Aber Larissa darfst du trotzdem nicht vernachlässigen. Wer weiß, ob es diesmal mit der Beck-Frau klappt, ich habe da so meine Zweifel."

„Doch, es klappt. Ich weiß es, ich spüre es. Ich werde sie treffen."

„Am liebsten würde ich dir nachspionieren, um dieses Wunderwesen auch mal zu sehen. Ich freue mich für dich, ehrlich. Aber das Ganze ist doch absolut schräg. Und was ist mit Mila?"

„Nichts. Funkstille. Ist mir gerade recht."

„Larissa passt sicher besser zu dir, als diese seltsame Mila."

„Und wenn Mila ihren Mann doch umgebracht hat ...?", überlegte Marco. „Falls ein Prominenter tot aufgefunden wird und man nichts Genaueres weiß, vor allem, wenn die Bevölkerung aufgerufen wird, sachdienliche Hinweise zu melden, dann müssen wir zur Polizei gehen."

„Quatsch."

„Doch, Achim. Sie hat zu dir gesagt, sie hätte ihn vergiftet."

„Wenn ich diese Eingebung nicht gehabt hätte, wären wir nie auf die Idee gekommen, so einen Satz ernst zu nehmen."

„Das stimmt zwar, ändert aber nichts daran, dass es momentan so ausschaut, dass wir mehr wissen als die Polizei. Warum auch immer!" Marco schmunzelte.

„Ich stelle mir gerade vor, ich würde bei der Polizei aussagen, ich hätte einen Mord vorhergesehen." Nun schmunzelte auch Achim. „Das würde sie etwa so viel interessieren, wie wenn in China ein Radl umfällt."

„Da fallen keine Radl mehr um. Da passen schon

die Überwachungskameras auf, dass jeder sein Radl ordentlich hinstellt."

„Wir zwei hätten in China unser Minuspunktekonto schon so übervoll, dass sie uns des Landes verweisen würden."

„... oder umbringen", ergänzte Achim.

„Womit wir wieder beim Thema wären", stellte Marco fest und machte mit Daumen und Zeigefinger zwei O. Das hieß für Anesis: Ich bestelle zwei Ouzos.

Im Laufe des Abends wurden es sechs. Und irgendwann endete jeder zweite Satz, wenn sie über ein Sache stritten und sich künstlich aufregten: „Ich bringe dich um!" Einmal, als sich am Nachbartisch ein Mann in die Diskussion einmischte, sagte Achim zu ihm laut und deutlich: „Wenn du deine Meinung nicht änderst, bringe ich auch dich um!" Der Mann lachte nur, hob sein Glas und sagte: „Ihr zwei seid schon ganz besonders lustige Typen."

Der Nacktauftritt stand bevor. Keiner der Rabencools hatte Lust auf diesen Abend – verschwitzte Leiber, hängende Brüste und Säcke, Besoffene, ekelige Gerüche und blödes Gequake. So stellten sie es sich zumindest vor.

Als sie das Schloss, in dem sie spielen sollten, endlich gefunden hatten – es lag versteckt zwischen Haag in Oberbayern und St. Wolfgang an einem Waldrand – waren sie enttäuscht. Das sogenannte Schloss war ein gewöhnliches Haus mit mehreren Erkern und zwei Türmchen. Nett, aber nichts Prunkvolles. Von wegen Schloss!

„Das fängt ja schon gut an", sagte der Schlagzeuger. „Wenn das Publikum genauso uninteressant ist wie der Kasten da, dann wird das heute Abend neben unangenehm auch noch stinkfad."

Sie trugen ihre Instrumente zum Eingang. Dort

wurden sie vom Besitzer des Anwesens, Herrn Hummerstein, begrüßt – und waren zum zweiten Mal überrascht. Ein Mann um die sechzig, in bestem Anzug mit Krawatte, sehr gepflegt. Alles andere als ein schmieriger, lüsterner Typ. Gäste waren noch keine da. Man erledigte kurzerhand das Formale: Die Hälfte der Kohle vorab bar auf die Hand, der Rest nach getaner Arbeit.

Die Rabencools bauten ihr Equipment auf und machten den Soundcheck. Die Bühne war professionell ausgestattet, der Sound war gut und der Hausherr zufrieden. Da keine Fotos gemacht werden durften, wurden ihre Handys vorübergehend deponiert.

„Die ersten Gäste werden in einer halben Stunde kommen. Dann dürfte es auch ziemlich schnell voll werden. Ich erwarte an die hundert Leute", sagte Herr Hummerstein.

Dann gab er Anweisungen, wann die Rabencools auf die Bühne kommen und wie sie sich ausziehen sollten – langsam, nacheinander, sexy, aber nicht vulgär – und dass sie die vier Tänzerinnen nicht berühren dürften. Von Tänzerinnen wusste Achim nichts, aber nun gut. Achim sollte außerdem die Entkleidungsshow kommentieren. Okay, da würde ihm schon was einfallen. Als er fragte, mit welchem Typ von Gästen sie rechnen müssten, reagierte der Hausherr genervt.

„Das kann euch egal sein. Um die Gäste braucht ihr euch nicht zu kümmern. Und in der Pause seid ihr ausnahmslos im Backstage. Kein Kontakt zu den Gästen. Das steht auch ausdrücklich im Vertrag."

„Ja, ja, schon klar."

Um zwanzig Uhr war es dann soweit: Die Bandmitglieder sowie die Tänzerinnen, alle sehr hübsch, standen auf der Bühne – und die Gäste trafen ein. Am Eingang gaben sie wie selbstverständlich ihre Handys ab. Achim und seine Musiker staunten nicht schlecht:

186

Die Männer kamen ausnahmslos in teuren Anzügen mit Fliege oder Krawatte sowie in feinen Lederschuhen. Die Frauen trugen das sogenannte kleine Schwarze oder andere elegante Kleider oder Kostüme. Es hätten Hochzeitsgäste sein können oder Teilnehmer eines Marketing-Symposiums oder Versicherungsvertreter. Das Alter lag bei Mitte vierzig bis sechzig, manche Männer waren auch um einiges älter. Es schien, als ob sich die meisten Gäste kannten, denn sie redeten von Anfang an angeregt miteinander und lachten viel. Oder sie waren einfach nur gut drauf.

Hummerstein gab Achim ein Zeichen, dass sie nun anfangen sollten zu spielen. Nach dem ersten Song begrüßte Achim die Gäste im Saal, die zum Teil an Stehtischen oder mit einem Getränk in der Hand vor der Bühne standen. Achim hatte es tatsächlich wieder geschafft, witzig zu sein, aber es fiel ihm schwerer als sonst. Die Gäste applaudierten. Achim spürte, dass sie darauf warteten, dass sie sich auszogen.

Hummerstein stand neben der Bühne und gab Achim ein Zeichen. Er musste beginnen. Wie blöd er sich in diesem Moment vorkam, darüber durfte er nicht nachdenken, sonst wäre er wahrscheinlich geflüchtet. Er fing einfach an. Und als er die Unterhose abgestreift hatte, war es ihm seltsamerweise gar nicht peinlich, von so vielen Augen angestarrt zu werden. Es war sogar ein bisschen schmeichelhaft. Während der nächsten Lieder zogen sich auch die anderen Musiker nacheinander aus. Auch die Tänzerinnen. Sie waren ohnehin nur leicht bekleidet und boten einen durchaus erotischen Striptease.

Die Gäste sahen dem Treiben auf der Bühne zu, schmunzelten, klatschten, waren aber scheinbar nicht sonderlich beeindruckt. Als alle nackt waren und Rabencools musikalisch richtig loslegte, tanzten ein paar Frauen vor der Bühne. Einige sahen der Bühnenshow zu. Aber die meisten unterhielten sich, wechselten oft ihre Gesprächspartner. Man hatte den Eindruck, dass hier irgendwann jeder mit jedem geredet haben musste. Alkohol floss, aber nicht übermäßig. Und immer wieder verschwanden ein paar Leute, oft Pärchen, durch die Tür am Ende des Saales, vor der ein Aufpasser stand – kein aufgeplusteter Türsteher, eher ein dezenter Page.

In der Pause wickelten sich die Musiker in die für sie bereitgelegten Bademäntel ein und gingen in ihren Backstage-Raum gleich nebenan.

„Was ist das denn?", kreischte der Gitarrist.

„Sind das die Vollklemmis? Oder sind wir hier nur so eine Art Warm-up-Gruppe – und später fallen sie übereinander her?", fragte der Schlagzeuger und tank eine Flasche Wasser in zwei Zügen leer.

„Ich dachte, hier geht der Punk ab, stattdessen lauter gesittete, brave Leute", kommentierte der Keyboarder.

Der Bassist schüttelte nur den Kopf.

„Ich frage mich, was hinter der Tür am Ende des Saals vor sich geht? Befinden sich da hinten die Schlafabteilungen zum Vögeln, ein Bettenlager oder was?" überlegte Achim.

„Ich könnte mir vorstellen", meinte der Gitarrist, dass da hinten noch ganz was anderes geht: Kokain zum Beispiel. Und es werden vielleicht illegale Geschäfte gemacht. Das Ganze ist doch nicht ganz sauber. Sex spielt hier nicht wirklich eine Rolle, glaube ich."

„Das glaube ich auch", sagte Achim. „Was soll das mit der nackten Bühnenshow? Passt doch gar nicht. Die Leute wirken extrem spießig. Kein Mann fasst einer Frau an die Titten oder sonst wo hin. Die schmusen ja nicht mal. Nur Küsschen rechts und links."

„Was soll's", sagte der Bassist abgeklärt. „Von mir aus können die nebenbei das Vaterunser aufsagen. Die Kohle stimmt, der Rest ist mir egal."

Der Meinung waren dann letztlich alle.

Der zweite Teil des Auftritts lief ähnlich ab, nur dass sich zwei Frauen – man glaubte es kaum – bis auf die Unterwäsche auszogen. Sie tanzten genau einen Song lang und verschwanden dann sehr schnell samt ihrer Kleidung hinter der geheimnisvollen Tür.

Als die Bandmitglieder wieder angezogen waren und ihre Instrumente einpackten, verabschiedete sich der Hausherr.

„Danke, ihr habt wirklich gut gespielt. Aber bei einigen sind zu viele Haare um die Schwänze. Egal. Hier die restliche Kohle und da sind eure Handys."

Achim zählte das Geld. Es stimmte. Dann bedankte auch er sich stellvertretend für die ganze Band. „Wenn Sie uns mal wieder brauchen ... gerne."

„Ja, mal sehen."

„Darf ich noch fragen, ob es einen Anlass für die Party gab und warum wir nackt auftreten sollten?"

„Natürlich dürfen Sie fragen", sagte er charmant. „Der Anlass war ein Jubiläum. Und warum ich euch und die Mädchen nackt wollte? Weil mir das gefällt, und meinen Gästen auch."

Als Achim mit seinem Bus schon ein paar Kilometer gefahren war, stieg er plötzlich auf die Bremse und kehrte um.

„Was ist? Hast du was vergessen?", fragte der Keyboarder.

„Ich will wissen, was da läuft. Wir schauen uns das Schloss noch mal genauer an."

„Nein, wir schauen nichts mehr an", „wir haben genug gesehen" … kam Protest von Achims Männern. Sie waren müde und wollten nach Hause.

Achim fuhr trotzdem weiter Richtung Schloss.

„Okay. Ihr bleibt im Wagen. Ich pirsche mich ran und versuche an der Rückseite des Schlosses etwas zu hören oder zu sehen."

„Nein Achim. Mach das nicht. Das geht nicht gut aus", mahnte ihn der Gitarrist. „Die Leute vom Hummerstein sind sicher bewaffnet."

„Ach was, du hast zu viele Krimis gesehen. Außerdem ist es dunkel. Ich passe schon auf." Er hielt weit vor dem Schloss an und war dabei auszusteigen „Kommt einer von euch mit?"

Keiner wollte. Achim marschierte alleine los. Das Schloss war beleuchtet, aber nur auf der Vorderseite und am Parkplatz. Die Rückseite lag am Waldesrand. Das war das Ziel von Achim, denn, so seine Überlegung, das geheime Zimmer ging nach hinten raus. Also müsste dort zumindest ein Fenster sein – oder auch noch eine Türe oder ein Anbau. Er wollte wissen, was sich in diesem Raum – vermutlich waren es mehrere Räume – abspielte.

Obwohl es dunkel und etwas wolkig und der zunehmende Mond noch schwach war, war es dennoch fast zu hell, um sich absolut unsichtbar an das Gebäude heranpirschen zu können. Achim wollte auf keinen Fall entdeckt werden, also musste er einen Umweg machen. Er konnte also weder quer durch die Wiese noch über den Zufahrtsweg gehen. Also lief er links zum Waldrand und dort weiter am Wald entlang.

Er war nur noch etwa siebzig Meter vom Schloss entfernt, da hörte er vor sich Stimmen – Männerstimmen. Verstehen konnte er zwar nichts, aber er hörte knackende Schritte. Sie mussten also in seiner Nähe sein. Er blickte sich um, aber es war zu dunkel, um etwas erkennen zu können. Plötzlich bewegten sich einige Büsche vor ihm und er hatte Angst, dass die Männer auftauchen und ihn sehen könnten. Schnell versteckte er sich hinter einem Baum, obwohl ihn dieser nur zur Hälfte verdeckte.

Die Stimmen kamen näher, die Schritte auch. Und wie befürchtet, tauchten plötzlich neben den Büschen zwei Männer auf. Sie lachten. Achim verstand nur so viel, dass sie sich wohl über eine bestimmte Frau lustig machten. Sie kamen näher. Stocksteif blieb Achim hinter dem Baum stehen. Sie gingen an ihm vorbei, nur einige Meter neben ihm. Ein Blick in seine Richtung, und er wäre aufgeflogen. Aber es ging gut. Sie entdeckten ihn nicht, sondern stapften dann durch die Wiese weiter zur Straße.

Achim war sich sicher, dass die beiden durch einen Hinterausgang das Schloss verlassen hatten. Er verließ sein Versteck, sah sich um – nichts und niemand war zu sehen – und lief schnell und direkt hinter das Schloss. Im Erdgeschoss waren viele Fenster, bestimmt zehn oder mehr. Fast alle waren dunkel, aber aus zwei nebeneinanderliegenden Fenstern kam Licht. Er hoffte, dass er auch eine Tür entdeckte, aber dem war nicht so. Er pirschte sich an das erste helle Fenster heran, das jedoch so hoch war, dass er kaum was sehen konnte. Da entdeckte er einen Baumstumpf, den er vor das Fenster schob. Leider wurde der Blick durch die zugezogenen Vorhänge stark eingeschränkt. Aber in der Mitte der Vorhänge war ein kleiner Spalt und er wagte es, seinen Kopf dorthin zu bewegen und in den Raum zu schauen. Sollte er entdeckt werden, würde er sofort zum Wagen zurückrennen.

Er wurde nicht entdeckt, aber er konnte auch nicht viel erkennen. Er sah einen Tisch, um den mehrere Personen saßen, einige mit dem Rücken zu ihm, so dass er nicht sehen konnte, was sich auf dem Tisch befand. Immer wieder führten sie ihre Hände zum Tisch. Vielleicht spielten sie Karten oder besichtigten Fotos. Eine Frau mit blonden Haaren ging hinter den am Tisch sitzenden Personen vorbei. Sie kam ihm bekannt vor. War das eine Freundin von Anne? Er musste sich bücken, denn sie kam direkt auf das Fenster zu. Nach einigen Sekunden hob er ganz langsam den Kopf, um noch einmal durch das Fenster zu schauen. Wo war die Frau? Auf der ganz rechten Seite bemerkte er schöne Beine unter einem engen Rock. Mehr war nicht sehen, denn die Frau saß auf einem Sessel und sie lehnte sich weit zurück.

Achim beobachtete die Szenerie noch einige Zeit, aber es änderte sich nichts. Dann plötzlich stand ein Mann auf und ging schnurstracks auf das Fenster zu. Sofort duckte sich Achim. Aber es war zu spät. Der Mann öffnete das Fenster und entdeckte ihn.

„Was tun Sie hier?“, schrie ihn der Mann an.

„Nichts“, entgegnete Achim und sprang vom Baumstumpf. Er lief los, so schnell er konnte. Er konnte schnell laufen, aber nachts durch eine Wiese, das war auch für ihn schwierig. Er hörte noch, wie jemand schrie: „Spring aus dem Fenster, verfolge ihn.“ Achim sah sich nicht um. Er wollte lieber gar nicht wissen, ob er verfolgt wurde. Er wollte nur zum Wagen und so schnell wie möglich weg von hier.

Keuchend und komplett außer Atem erreichte er den Bus. Seine Männer sahen ihn schon kommen. Sie sahen auch, dass er verfolgt wurde. Gott sei Dank hatte Achim seinen Verfolger weit genug hinter sich gelassen, dass er außer Gefahr war.

„Los, steig hier ein“, befahl der Keyboarder. Die Seitentür war offen, Achim sprang in den Bus, zog die Tür zu, und der Gitarrist fuhr mit Vollgas davon.

„Du bist wirklich ein Idiot“, fauchte ihn der Gitarrist an. Ich habe dir gleich gesagt, dass das eine saublöde Idee war. Wenigstens hat er nicht geschossen.“

„Was?“, schrie Achim entsetzt auf. „Hatte er eine Waffe?“

„Weiß ich nicht. Konnte ich nicht sehen. Aber er

fuchtelte immer mit einer Hand in deine Richtung. Ist ja jetzt egal. Hast du denn wenigstens etwas Besonderes entdecken können?"

„Leider nein. Das heißt: ich weiß es nicht. Vielleicht war eine Bekannte von mir unter den Gästen."

„Und das ist alles? Pww! Super!", beschwerte sich der Schlagzeuger.

Seine Männer waren leicht sauer auf Achim.

Irgendwann auf dem Rückweg fragte ihn der Schlagzeuger: „Wie ist der Auftrag eigentlich zustande gekommen? Hat sich Hummerstein bei dir gemeldet?

„Ich muss überlegen. Ich ... ich weiß es nicht mehr."

„Du weißt es nicht mehr? So etwas vergisst man doch nicht."

„Ich habe gerade ein Blackout. Ich kann es dir momentan nicht sagen."

Der Gitarrist mischte sich ein. „Du hast gesagt", an Achim gewandt, „eine Firma, für die du arbeitest – den Namen weiß ich nicht mehr, irgendwas mit ‚Lends Consulting' oder so – hätte bei dir angefragt."

„Stimmt", sagte der Schlagzeuger. „Jetzt fällt es mir auch wieder ein. Das hast du gesagt. Wie heißt die Firma noch mal?"

„Lending Leadership Consulting & Training", antwortete Achim. Aber er konnte sich nicht vorstellen, dass Lending solche Aufträge vermittelt. Undenkbar. Hatte er das gesagt? Es musste wohl so sein, wenn es zwei Leute gehört haben.

Endlich zu Hause angekommen, schlich er ins Arbeitszimmer und suchte den Vertrag. Er konnte ihn nicht finden. Er hatte einen Ablagekorb mit offenen Rechnungen, laufenden Verträgen, Steuerunterlagen und so weiter – dort hätte der Vertrag sein müssen, war er aber nicht. Seine Ablage war gut strukturiert und er fand benötigte Unterlagen meistens sofort. Vielleicht hatte er ihn ja schon abgelegt. In seinem Ordner „Verträge" blätterte er aufmerksam Seite für Seite durch, aber: nichts. Er durchwühlte den Abfalleimer, suchte zwischen Zeitungen und Broschüren, unter den Schränken, überall, wo DIN A4-Blätter dazwischenrutschen konnten. Aber der Vertrag war wie vom Erdboden verschluckt. Dabei war sich Achim absolut sicher, dass er von Georg Hummerstein – er erinnerte sich sogar an seine Vornamen – mit großen, schwungvollen Buchstaben unterschrieben war. Doch woran er sich absolut nicht mehr erinnern konnte, war, ob er Hummerstein kontaktiert hatte und wenn wie, oder ob Hummerstein auf ihn zukam. Oder war es doch jemand von oder über Lending? Sicher war er sich nur, dass er mit Hummerstein telefoniert hatte. Das war aber auch schon alles, was ihm einfiel. Himmel, verdammt noch mal, fluchte Achim in Gedanken. Werde ich dement oder was? Obwohl er mittlerweile saumüde war, setzte er sich noch an den Rechner und recherchierte im Internet nach Hummerstein, fand aber nichts zu diesem Namen. Seltsam. Wer war der Typ?

Jetzt half, auch zum Ausklang des Abends, nur noch ein Weißbier. Morgen würde ihm sicher alles wieder einfallen.

Als er aufwachte, kamen ihm sofort wieder die Szenen des gestrigen Abends in den Sinn: Er und seine Band nackt auf der Bühne, die quirligen Gäste, die bewachte Tür und – Hummerstein. Ja, Hummerstein. Wie kam der Kontakt zustande? Er wusste es immer noch nicht. Die Frage begleitete ihn bis zum frühen Nachmittag, aber er fand keine Antwort. Und wer die Frau war, die er durch das Fenster gesehen hatte, wusste er auch nicht. Er hatte Kopfschmerzen.

Er rief Marco an. Für Marco war der Fall klar:

„Du bist schlichtweg überlastet. Das kenne ich auch. Was glaubst du, was ich schon alles vergessen habe."

„Kann sein. Aber ich kann nicht mehr klar denken, habe das Gefühl, mir dreht sich alles im Kopf. Solche Aussetzer kann ich mir nicht leisten. In meiner Branche sind Kontakte alles, und ich muss wissen, wer wo dahintersteckt, gerade bei so einem delikaten Auftrag. Im Internet ist zu diesem Typ übrigens nichts zu finden, auch nicht zu dem sogenannten Schloss. Als wäre das alles gar nicht existent."

„Es gibt auch noch ein Leben außerhalb des Internets. Jetzt entspanne dich mal. Für dich wäre ein Detox-Urlaub gut. Mal weg von dem technischen Zeug – ohne Lärm, Partys und Schickmicki-Leuten. Und überhaupt: Warum willst du unbedingt wissen, wie der Vertrag zustande kam? Warum rufst du ihn nicht einfach an und fragst ihn?"

„Hummerstein?"

„Ja. Wen sonst?"

„Nein. Das ist ein ziemlich arroganter Typ. Mit dem will ich nichts mehr zu tun haben."

„Es geht dir also nicht um einen Folgeauftrag?"

„Nein. Es war zwar leicht verdientes Geld, aber ich mache so etwas nicht noch mal."

„Das ist auch besser so. Vergiss diesen Hummerstein", riet ihm Marco eindringlich. „Es ist doch total egal, wer wen kontaktiert hat."

„Natürlich ist es egal. Egal ist aber nicht, dass ich es nicht mehr weiß. Ich habe eine Erinnerungslücke! "

„Das musst du jetzt einfach akzeptieren."

„Bleibt mir wohl nichts anderes übrig. Meine Kopfschmerzen werden schlimmer. Ich nehme eine Tablette."

„Wir sehen uns nächsten Freitag, hoffe ich. Ciao Achim. Und entspanne dich."

Marco hatte auch Kopfschmerzen, allerdings nur leichte. Es lag wohl am Wetter. Die Luft fühlte sich wieder trocken und staubig an – zu viele Abgase, zu viel Smog – und es war wieder kein Regen in Sicht.

Nach dem Telefonat legte er sich auf das Bett. Er schrieb ein paar WhatsApps und hörte nebenbei Radio. Diesen Sonntag würde er einfach mal gar nichts machen. Larissa besuchte ihre Mutter, Natalie war seit gestern nicht da, Mila meldete sich Gott sei Dank immer noch nicht. Arbeitskollegen trafen sich am Nachmittag zu einem Biergartenbesuch, aber er wusste noch nicht, ob er dazu Lust hatte.

Gerade als er aufstehen wollte, um Kaffee zu machen, hörte er im Radio, dass bei einer Massenkarambolage ein Mann ums Leben gekommen war.

„ ... es handelt sich um den Vierundfünfzigjährigen Münchner Michael Müller, Vorstandsmitglied der Semelius AG.“

Marco stellte den Ton lauter.

„Auf der A9 Ingolstadt Richtung München Nähe Manching kam es vor knapp zwei Stunden aus bislang ungeklärter Ursache zu einem Auffahrunfall mit fünfzehn Fahrzeugen. Acht Personen wurden schwer verletzt. Auch Michael Müller konnte seinen Wagen nicht mehr abbremsen und überschlug sich. Er konnte nur noch tot geborgen werden. Die Unfallstelle ist noch nicht vollends geräumt. Stockender Verkehr zwischen Ingolstadt und Manching.“

Marco hatte einen Verdacht. Könnte es sich bei diesem Michael Müller um Milas Mann handeln? Möglich wäre es. Er rief Achim an.

„Hast du von dem Verkehrsunfall gehört, bei dem ein Michael Müller ums Leben kam?

„Nein. Warum? Ich sitze gerade mit Anne auf dem Balkon. Wir unterhalten uns.“

„Es geht dir also wieder besser?"

„Ja. Die Tablette wirkte."

„Hör zu …" Marco schilderte, was eben durchgesagt wurde. „Das könnte Milas Mann sein. Wäre doch möglich. Was meinst du?"

„In der Tat. Das könnte er sein", sagte Achim und ging ins Haus.

„Müller, Vorstand, etwa unser Alter … das würde passen", überlegte Marco. „Außerdem sind wir uns sicher, dass er nicht Peter heißt. Ich google ihn mal und rufe zurück."

Marco wurde fündig.

„Also: Die Nachricht über seinen Tod ist online. Auf den Fotos schaut er ziemlich unsympathisch aus, aber über seine Ehefrau habe ich nichts gefunden. Anscheinend halten Vorstände ihr Privatleben geheim – zumindest dieser Müller."

„Wann war der Unfall?", fragte Achim.

„Vor zwei Stunden."

„Dieser Tote, falls es Milas Mann war, hat also vor zwei Stunden noch gelebt. Das heißt, Mila hatte ihn nicht vergiftet."

„Damals wohl noch nicht, als sie es behauptete. Aber sie könnte ihm heute, noch vor seiner Abfahrt, Gift ins Glas gemischt haben. Und deshalb hatte er den Wagen nicht mehr unter Kontrolle", überlegte Marco.

„Glaubst du das?"

„Schwer zu sagen. Nach den vorliegenden Informationen war er alleine im Wagen. Wir wissen nicht, von wo er losgefahren ist. Wenn er dort mit Mila zusammen war, hätte es einen Grund geben müssen, warum sie nicht mit ihm mitgefahren ist. Nun ja, vielleicht haben sie Verwandte besucht, und Müller musste aus beruflichen Gründen früher aufbrechen. Auf der Fahrt fängt das Mittel zu wirken an und er kracht in

197

die Karambolage – zufälligerweise. Und Mila hat Glück gehabt. Wer würde schon vermuten, dass die eigentliche Todesursache auf eine Vergiftung zurückzuführen sei."

„Weißt du, was ich glaube?", gab Achim zu bedenken. „Wir haben uns verrannt. Mila ist keine Mörderin. Das Bild, das ich gesehen habe, hat mit der realen Mila nichts zu tun."

„Schön wär's. Bislang war es nur so – soweit ich weiß –, dass deine Bilder oder Eingebungen immer gestimmt haben. Und plötzlich nicht mehr? Du hattest eine Vorhersehung, Achim."

„Hatte ich nicht. Du konstruierst hier irgendwas zusammen. Ehrlich gesagt, ich weiß nicht mehr so recht, was ich von meinen Eingebungen halten soll. Okay, sie haben mir geholfen – ich bin durch sie zu gut bezahlten Jobs gekommen, ohne dass ich mich groß anstrengen musste. Aber diesbezüglich passiert mittlerweile sowieso nicht mehr viel. Ich muss mich wohl wieder auf ganzen normalen Wegen um meinen Verdienst kümmern. Und auf Vorhersehungen, wo es um Leben oder Tod geht, kann ich gerne verzichten. Das brauche ich wirklich nicht."

„Das kann ich verstehen. Mich würde aber trotzdem interessieren, ob sie vor der Abfahrt ihres Mannes mit ihm zusammen war. Wenn ja, hätte sie ihm Gift in sein Getränk schütten können. Ich rufe sie an und frage sie, wo sie ist und ob ich sie besuchen soll. Wenn sie in Pullach ist, dann kann sie es nicht gewesen sein."

„Sie hat bestimmt schon erfahren, was passiert ist."

„Vielleicht auch nicht."

„Lass das Marco. Lass sie in Ruhe. Sie meldet sich sicher bald bei dir. Du solltest dich da raushalten."

„Nein. Schließlich bin ich Jurist und will Fälle lösen."

„Aber du bist kein Detektiv. Und das hier ist nicht dein Fall."

„Trotzdem, ich will es wissen. Ich rufe sie jetzt an und sage dir dann gleich Bescheid."

Marco überlegte keine Sekunde mehr, sondern wählte ihre Handy-Nummer. Eine Festnetznummer hatte er nicht. Aber sie ging nicht ran. Er war sich nicht sicher, was das zu bedeuten hatte. Hatte sie seine Nummer noch gar nicht gespeichert, und unbekannte Nummern ignorierte sie? Oder wollte sie ihn nicht mehr sehen? War ihre Sehnsucht nach ihm schon vorüber? Durchaus möglich. Und vielleicht hatte Achim ja doch recht. Vielleicht saß sie zu Hause und war erschüttert. Oder das Gegenteil: glücklich, weil sie die Villa erbte. Vielleicht muss sie auch aus der Villa ausziehen. Dann würde sie sich bestimmt wieder melden, überlegte Marco während er – umsonst – wartete, dass sie das Gespräch annahm.

„Sie geht nicht ran."

„Das wundert mich nicht. Hör zu, Marco: Ich lege den Fall Mila ad acta. Mich interessiert das nicht mehr. Und du solltest dich um Larissa, Natalie und um deine Beck-Frau kümmern. Da hast du genug zu tun."

Natürlich hatte Achim recht. Das wusste Marco sehr wohl. Morgen würde er nach Dienstschluss mit Larissa essen gehen. Demnächst musste er die WG mit Natalie beenden. Und dann ... ja dann könnte sich sowieso alles ändern, wenn es mit der Beck-Frau klappen würde und er eine Beziehung mit ihr hätte. Was für ein Wahnsinn! Er dachte bereits über eine Beziehung nach, obwohl er diese Frau überhaupt nicht kannte. Es war ein Abenteuer, eines das er nicht kaputtdenken wollte. Er wollte diesen Traum träumen und Wirklichkeit werden lassen.

Marco hatte bei Pizzazza einen Tisch bestellt – in der hintersten Ecke, um ungestört zu sein. Er hatte Lust auf Pizza, die dort immer sehr lecker waren.

„Was nimmst du?", fragte Marco.

„Spaghetti carbonara."

„Spaghetti?", fragte Marco verwundert. „So was Gewöhnliches? Die kann man selber machen, sogar ich."

„Ich habe aber Lust auf Spaghetti. Und auf ein Glas Rotwein. Und anschließend nehme ich ein Tiramisu und dann sehen wir weiter." Larissa lächelte.

„Schön, sehr schön", sagte Marco und musste sogleich innerlich kichern, denn ihm fiel ein, dass es normalerweise Larissa war, die oft ‚schön' sagte, wenn sie kein Interesse an irgendetwas oder irgendjemand hatte. Momentan interessierte es ihn tatsächlich nicht mehr, was sie bestellte, denn er war zum einen selbst mit seiner Pizzaauswahl beschäftigt und zum anderen mit Larissas Dekolleté. Sie trug ein ziemlich weit ausgeschnittenes T-Shirt, was sie noch nie machte seit er mit ihr in Kontakt war. Und jetzt, wo sie so vor ihm saß, wurde er fast leicht erregt. Sie sah sehr sexy aus.

„Ich nehme die Pizza Tonno und trinke ausnahmsweise auch Rotwein, rein solidarisch. Es soll ja schließlich ein harmonischer Abend werden, wenn der letzte schon nicht so toll geendet hat."

„Wir müssen darüber nicht mehr reden. Wirklich nicht. Vorausgesetzt ich darf dich wieder besuchen." Sie lächelte keck.

„Aber natürlich. Natalie wird sich daran gewöhnen müssen, dass ich eine Frau mit nach Hause bringe." Marco nahm ihre Hand und küsste sie.

Das Essen kam und schmeckte ausgezeichnet. Sie plauderten, sie lachten, sie diskutierten – über die Umweltprobleme der Welt, über neue Technologien –, sie sprachen über die große Arbeitsbelastung in der Firma und über Fahrräder. Als alles gegessen, getrunken und gesagt war, zahlten sie und verließen das Lokal.

Larissa ging davon aus, dass sie nun zu Marco fahren würden. Aber er hatte eine andere Idee: „Ich würde gerne mit zu dir kommen."

„Warum? Du hast also doch noch Bedenken wegen Natalie."

„Nein, wirklich nicht", widersprach Marco. „Ich möchte gerne sehen, wie du lebst."

Larissa erschrak. Damit hatte sie nicht gerechnet, nicht schon heute. Sie war sich unsicher, ob sie Marco ihr Zuhause zeigen möchte, denn es war nicht besonders wohnlich.

„Bei mir ist es leider nicht so besonders gemütlich."

„Das ist mir egal." Er umarmte sie. „Vielleicht gefällt es mir ja besser als du denkst. Ein Bett wirst du ja wohl haben."

„Natürlich, das schon."

„Dann kann ja nichts mehr schiefgehen."

„Na gut. Es ist, wie es ist."

Sie nahmen die U-Bahn.

Nachdem sie ausgestiegen waren, gingen sie noch etwa hundert Meter – schweigend und Händchen haltend –, bis Larissa vor einem fünfstöckigen Haus aus den siebziger Jahren stehenblieb.

„Ich wohnte im vierten Stock. Ohne Lift."

„Das passt zu dir", fand Marco. „Du absolvierst somit dein tägliches Fitnesstraining beim Treppensteigen, anstatt mit einem Stepper. Ist doch praktisch."

„So kann man das auch sehen."

„Vieles ist eine Frage der Perspektive."

Allerdings, was er dann sah, als sie ihre Wohnung aufsperrte und Licht anmachte, gefiel ihm nicht wirklich, und es war auch kein Perspektivenwechsel möglich. Das maximal fünfunddreißig Quadratmeter große Appartement bestand aus einem Zimmer, einer Miniküche und einer Dusche. Sehr übersichtlich. Nicht dass die Wohnung klein war, verwunderte Marco, sondern dass sie fast leer war. Es gab quasi keine Möbel, nur ein Bett, einen Schreibtisch und eine kleine Kommode sowie einen Fernseher auf einem Bierkasten und eine Kleiderstange für ihre Kleidung. Kein Tisch, kein Sessel, kein Teppich, auch kein Bild und keine Bücher oder Kleinkram. In der Küche sah er auch nichts rumstehen, nur eine Tasse und eine Kaffeebereiter zum Drücken. Eine Spülmaschine fehlte genauso wie eine Waschmaschine.

„Ich habe dir ja gesagt, es ist nicht gemütlich."

„Nun ja. Hm. Wo sind deine Sachen? Bist du erst eingezogen?"

„Die Wohnung ist nur als Übergang gedacht. Fast alle meine Sachen habe ich bei meinen Eltern eingelagert."

„Was meinst du mit Übergang?"

„Ich möchte langfristig nicht alleine wohnen. So war zumindest der Plan."

„Suchst du eine WG? WG ist okay, hat aber auch Nachteile. Ich weiß, wovon ich spreche."

„Wobei deine sogenannte WG ein Sonderfall ist. Bitte setz dich doch. Auf das Bett. Einen Sessel habe ich nicht, wie du siehst."

Er setzte sich und Larissa setzte sich neben ihn und zog ihre Schuhe aus.

„Ich bin hier vor zwei Jahren eingezogen, als ich mich von meinem damaligen Freund trennte. Eigentlich dachte ich, ich würde in absehbarer Zeit einen Mann finden, der besser zu mir passt als mein Ex, und dass wir dann zusammenziehen und eine Familie gründen."

„Eine Familie? Du?"

„Ja, warum nicht?"

„Das heißt, du willst ein Kind? Oder vielleicht sogar mehrere?"

„Warum bist du so erstaunt? Das ist doch nichts Besonderes."

„Ich finde, ganz ehrlich, zu dir passt kein Kind. Ich kann es mir einfach nicht vorstellen."

„Warum? Ich bin eine ganz normale Frau."

„Klar bist du eine normale Frau. Aber du arbeitest sehr viel und auch gerne, du hast deinen Sport, bist insgesamt sehr aktiv. Und dazu dann noch Familie? Das kannst du doch nie alles unter einen Hut bringen."

„Es ginge schon. Alles eine Frage der Organisation. Das Radfahren müsste ich wahrscheinlich aufgeben, okay, was soll's. Dann würde ich joggen. Mit dem Kinderwagen. Das machen viele Eltern."

Ja, dachte sich Marco, so ist das. Er fand diese Eltern schon immer schrecklich, die sich nicht entscheiden können: Kind oder Sport. Er hatte den Eindruck, dass diese joggenden Eltern ihr Kind im Grunde ablehnten, weil es sie bei der Selbstverwirklichung störte. Keuchend wird der Kinderwagen vor sich hergeschoben. Wenn das Kind schreit, wird gerüttelt. Im Ohr die Stöpsel zum Telefonieren. Und immer in Zeitnot und gestresst. Was für ein Elternglück!

„Nun ja, wie du meinst", sagte Marco und betrachtete Larissa von der Seite. „Das heißt also, du bist auf der Suche nach einem Mann, der mit dir eine Familie gründen will."

„Ja."

Marco gefiel das ganz und gar nicht. „Hast du was zu trinken?"

„Leitungswasser oder alkoholfreies Bier. Ich habe nichts Alkoholisches hier."

„Dann bitte Wasser."

Sie brachte zwei Gläser Wasser ans Bett. Marco trank sein Glas in einem Zug leer und füllte es danach selber auf. Er umrundete einmal das Zimmer, sah kurz aus dem Fenster, dann setzte er sich wieder zu Larissa aufs Bett.

„Dann bin ich wohl nicht der richtige Mann für dich. Ich will kein Kind."

„Das habe ich schon vermutet."

„Wie stark ist denn dieser Kinderwunsch?"

„Schon stark. Aber ich habe natürlich einen Plan B. Wenn ich in fünf Jahren, ich bin dann neununddreißig, keinen passenden Mann gefunden habe, werde ich mich neu orientieren. Deshalb möchte ich jetzt noch Karriere machen. Ich will Abteilungsleiterin werden. Ich kann das. Ich bin gut. Später gehe ich dann da hin, wo ich die besten Chancen habe."

„Ich finde, der Plan B passt besser zu dir als der Plan Familie."

„Was zu mir passt, kannst du gar nicht beurteilen. Du kennst mich doch kaum. Du erlebst mich in einer gewissen Art und Weise, ziehst deine Schlüsse und glaubst zu wissen, wie ich bin. Okay, jeder hat Vorurteile, das ist normal. Aber um diese abzubauen, muss man mehr voneinander wissen. Zum Beispiel dachte ich mir zum Beispiel, dass du vielleicht frustriert bist, weil du kein Vater geworden bist und noch gerne ein Kind hättest. Der Gedanke war falsch, das weiß ich jetzt. Aber es hätte doch sein könnten, oder? Viele ältere Männer, die mit einer jüngeren Frau zusammen sind, bekommen noch ein Kind. Bist du dir sicher, dass du kein Kind mehr willst?"

„Absolut sicher. Natalie und ich wollten nie unbedingt ein Kind. Es kam keines und das war in Ordnung für uns. Außerdem: Ich bin nun wirklich zu alt für die ganzen Probleme, die man mit der Aufzucht eines Kindes hat. Schlaflose Nächte, Krankheiten,

Kita-Suche, Schulprobleme, Pubertät und so weiter – das wäre mir alles zu viel. Ich habe nicht mehr die Kraft wie ein Dreißigjähriger. Überlege mal, ich wäre Mitte siebzig, bis das Kind einigermaßen selbständig wäre. Falls ich überhaupt so alt werde."

„Da magst du schon recht haben. Aber manche ältere Männer empfinden das anders. Die werden wieder jung, wenn sie ein Kind bekommen."

„Jetzt mal ehrlich, Larissa. Du hast dir doch nicht im Ernst gedacht, dass wir zwei eine Familie gründen könnten."

„Warum nicht? Du schaust ganz gut aus, du bist einigermaßen fit, intelligent … im Bett war es auch schön …"

„Irgendwie schockiert mich das jetzt schon ein wenig. Ich dachte, wir könnten eine lockere Beziehung haben, Sex, ohne Verpflichtung, ohne Schwierigkeiten. Ich dachte, du wolltest das auch. Einfach nur genießen, bis …"

„Bis was?"

„Bis du zum Beispiel einen jüngeren Mann findest. Und bis ich eine andere Frau treffe."

„Du hast uns beide also von vornherein nur als Übergangslösung gesehen? Du hast also nicht mal in Betracht gezogen, dass wir ein Paar werden könnten?"

„Das weiß ich nicht. Darüber habe ich nicht nachgedacht. Mir geht das alles zu schnell. Ich bin mir keineswegs sicher, ob wir wirklich gut zusammenpassen. Du bist eine sportliche, intelligente Karrierefrau in einer der gefragtesten Branchen. Und ich? Ein einfacher Jurist. Nichts Besonderes. Und ich habe auch gar kein Interesse daran, noch etwas Besonderes zu werden. Im Gegenteil. Vielleicht arbeite ich bald nur noch Teilzeit, aber ich werde die gewonnene Freizeit sicher nicht mit Windelwechseln verbringen. Und um ehrlich zu sein, ich treffe mich demnächst mit einer anderen Frau …"

„Und weiter? Bring den Satz zu Ende", forderte ihn Larissa auf.

„Auf die ich ein Auge habe."

„Ja, das kommt vor. Weiß du was? Ich glaube du bist wirklich nichts Besonderes. Du bist einfach nur ein Arsch."

„Warum wirst du jetzt aggressiv? Es gibt keinen Grund. Du hast gesagt, was du dir für dein Leben vorstellst und da passe ich halt nicht rein."

„Du willst es ja nicht mal versuchen."

„Nein, *das* will ich nicht versuchen. Am Schluss wirst du ganz plötzlich schwanger. Frauen haben da so ihre Tricks, trotz Kondom."

„So eine bin ich nicht, die Männer reinlegt. Wie kannst du mir das unterstellen."

„Weiß man's?"

„Das war's dann wohl. Du kannst gehen."

Marco trank sein Glas leer, stand auf, stellte das Glas in die Küche und ging zur Wohnungstür.

Larissa sah ihm nach.

Er drehte sich um und zuckte kurz mit den Achseln. Dann schloss er die Wohnungstür – ohne Gruß.

3

Natalie lag in der Badewanne. Sie hatte einen anstrengenden Tag hinter sich mit mehreren Patienten, die neben ihren körperlichen Leiden auch ihre psychischen oder sozialen Probleme mit in die Praxis brachten. Das waren die Schlimmsten. Sie redeten ohne Ende, anstatt sich auf die Behandlung zu konzentrieren. Natürlich versuchte sie, auf die Patienten einzugehen. „Ach, wie schlimm", „das tut mir aber Leid", „da haben Sie es aber nicht einfach" … manchmal konnte sie ihre eigenen Einfühlsätze nicht mehr hören. Wie sollte sie Verhärtungen lösen oder zu bestimmten Bewegungen anleiten, wenn der Patient eigentlich einen Gesprächspartner oder eine andere Arbeit bräuchte?

Sie stieg aus der Wanne, trocknete sich ab, da hörte sie Marco kommen. Am liebsten hätte sie ihn heute nicht mehr gesehen – der nächste schwierige Fall, dem sich noch eine Mitteilung machen musste.

Er stand in der Küche und öffnete ein Bier, als Trost für das abrupte Ende mit Larissa.

„Hallo Marco."

„Hallo Natalie. Ich geh gleich schlafen. Gute Nacht."

„Warte einen Moment, ich muss dir was sagen."

„Können wir das bitte auf morgen verschieben?"

„Nein, leider nicht. Die Kriminalpolizei war hier."

„Die Kriminalpolizei?"

„Ja. Kurz nach dem ich nach Hause kam, standen sie vor der Tür und wollten dich sprechen."

„Mich? Warum?"

„Eine Befragung, Zeugenvernehmung oder so. Ich

weiß nicht mehr genau. Du sollst morgen ins Präsidium kommen, zu einem Kriminalkommissar Fischer, um eine Aussage zu machen. Es geht um eine Frau, die du angeblich kennst. Mehr haben sie nicht gesagt."

„Seltsam. Das muss eine Verwechslung sein. Wie heißt die Frau?"

„Moment – ich habe mir den Namen aufgeschrieben." Natalie holte einen Zettel und las den Namen vor: „Mila Müller."

Marco wurde starr und bleich. Beinahe wäre ihm die Bierflasche aus der Hand gerutscht. Nach drei Sekunden mit offenem Mund riss er sich mit aller Kraft zusammen und versuchte, seinen Schreck irgendwie unter Kontrolle zu halten.

„Du kennst sie?", fragte Natalie mit kritischem Blick.

„Äh …" Marco brachte in seinem Kopf überhaupt nichts zusammen, so dass er nicht mal mehr lügen konnte.

„Du kennst sie", stellte Natalie fest.

„Ja."

„Wer ist sie? Was hast du mit ihr zu tun? Und warum kommt die Polizei?"

Marco antwortete nicht, sondern setzte sich. Er trank einen Schluck Bier aus der Flasche.

„Sag schon", drängelte Natalie und setzte sich zu ihm. „Warst du in einem Verkehrsunfall verwickelt?"

„Nein. Ich nicht. Also …" Marco versuchte zeitgleich zu überlegen, was die Polizei von ihm wollte und was er Natalie sagen sollte. Das funktionierte aber nicht.

„Was ist mit der Frau?", fragte Natalie ungeduldig.

„Du bohrst schon wieder in mich hinein. Dabei wolltest du mich doch in Ruhe lassen. Du hast selbst gesagt, dass du mich nicht mehr ausfragen willst."

„Das ist jetzt was anderes. Wenn die Polizei, sogar

die Kriminalpolizei, vor der Türe steht, dann geht es um was Ernstes. Ich mache mir Sorgen. Wir sind immer noch verheiratet. Mir ist nicht alles egal. Solltest du Dreck am Stecken haben, du als Jurist, dann bist du sicher bald arbeitslos."

„Ich habe keinen Dreck am Stecken", verteidigte sich Marco. Ich habe nichts Verbotenes gemacht. Also gut, ich erzähle dir, woher ich die Frau kenne. Aber bitte mach kein Theater und flipp nicht aus."

„Okay." Natalie verschränkte die Arme und beäugte Marco mit zusammengekniffenem Mund.

„Achim kennt zwei Frauen, die, ich sag jetzt mal: für verrückte Dinge offen sind. Eine davon ist diese Mila Müller. Ich nehme an, dass es sich um dieselbe Person handelt, nach der die Polizei gefragt hat. Den Namen dürfte es wohl nicht so oft geben. Also: Die zwei Frauen, Achim und ich – wir hatten Sex. Zu viert. Gruppensex."

Natalie prustete los und fand dies äußerst lustig. „Daher kennst du sie? Mensch Marco. Gruppensex. Nun ja, wenn es sein musste. Ist das alles?"

„Ja." Marco war über Natalies heitere Reaktion ziemlich erstaunt. „Ich bin noch einmal mit ihr spazieren gegangen. Sonst war nichts."

„Habt ihr Drogen genommen?"

„Natalie, bitte. Nein!"

„Was will dann die Kripo von dir?"

„Ich weiß es nicht", sagte Marco nachdrücklich. „Das wird sich morgen dann schon rausstellen."

Dass Milas Mann einen Verkehrsunfall hatte, erwähnte er nicht. Natalie würde nachfragen, ob er damit etwas zu tun hätte. Genau das fragte er sich in diesem Moment auch, obwohl das gar nicht sein konnte. Oder war Mila doch eine Mörderin und er sollte zu ihrer Person eine Aussage machen? Er musste unbedingt sofort mit Achim sprechen.

„Ich rufe jetzt Achim an. Vielleicht war die Polizei auch bei ihm."

Natalie gab sich mit der Erklärung Marcos jedoch nicht zufrieden. Sie hatte wieder die Befürchtung, dass er ihr nicht alles sagte, wie schon seit längerer Zeit.

„Seid ihr bei eurer Sexorgie zu weit gegangen? Hast du die Frau verletzt?"

„Was denkst du eigentlich von mir? Ich habe weder mit Sado-Maso was am Hut noch bin ich ein Sexmonster. Ich? Ausgerechnet ich? Dass du so etwas überhaupt nur denken kannst? Ich weiß gar nicht, was ich sagen soll."

„Es tut mir leid, so habe ich es nicht gemeint. Aber vielleicht aus Versehen, im Suff, ein Unfall, was weiß ich … Vielleicht ist sie ja auch eine linke Ratte, die dir was anhängen will."

Marco überlegte kurz. Möglicherweise ist Natalies letzter Gedanke gar nicht so abwegig.

„Um wie viel Uhr soll ich im Präsidium sein?"

„Hier ist die Karte des Beamten. Es steht alles drauf. Neun Uhr."

„Gut. Ich rufe jetzt Achim an."

Achim war nicht erreichbar. Marco konnte ihm nur auf den AB sprechen. „Ruf mich zurück. Es ist äußerst wichtig. Hörst du: äußerst wichtig. Du kannst auch mitten in der Nacht anrufen. Die Polizei war bei mir. Es geht um Mila."

Um kurz nach drei Uhr wurde Marco von Achims Anruf geweckt. Marco erzählte ihm die Neuigkeiten. Achim war ebenso verwundert wie Marco. Er hatte jedenfalls keinen Besuch von der Kripo, so viel er wusste. Da er gerade von einem Auftritt zurückkam und hundemüde war, war er nicht mehr in der Lage, sich viele Gedanken zu machen. Allerdings hatte er ein schlechtes Gefühl und war genervt.

Um Punkt neun Uhr klopfte Marco an der Bürotür des Kommissars Fischer, hörte „herein" und trat ein. Es war ein ganz gewöhnliches Büro mit zwei Schreibtischen, nicht so schick wie in den Fernsehkrimis, keine Wände aus Glas mit Rollos, sondern in die Jahre gekommene Möbel. Das Wort Amtsstube hätte gut zu dem etwas verstaubten Ambiente gepasst.

„Herr Steinerbach?", fragte Herr Fischer.

„Ja. Guten Morgen Herr Fischer."

„Guten Morgen. Bitte setzen Sie sich. Danke, dass Sie gekommen sind. Es wird nicht lange dauern. Sie kennen eine junge Frau namens Mila Müller aus Pullach?"

„Ja, kenne ich."

„Woher und wie gut kennen Sie sie?"

„Ich habe befürchtet, dass Sie das fragen. Ich weiß, ich muss antworten."

Herr Fischer zog die Augenbrauen hoch. „Es wäre zumindest hilfreich."

„Ich hatte mit ihr Sex. Genauer gesagt: Es war – das ist mir jetzt echt peinlich – noch ein anderes Paar mit dabei."

„Verstehe." Herr Fischer verzog die Mundwinkel kaum merklich zu einem Lächeln. „Wie oft gab es diese Treffen?"

„Nur ein einziges Mal. Mein Freund Achim Hausner hat die Begegnung eingefädelt." Marco erzählte wie es dazu kam, nämlich über Svenja, und er sagte auch, dass er Mila zuvor noch nie gesehen hätte. „Um was geht es denn eigentlich? Warum bin ich hier?"

„Das sage ich Ihnen gleich. Zuvor noch zwei Fragen: Haben Sie noch öfter mit Frau Müller geschlafen? Und: Wann haben Sie sie das letzte Mal gesehen?

„Nein, es gab keinen weiteren sexuellen Kontakt mehr." Marco erzählte noch, dass Mila ihn unbedingt wieder sehen wollte und dass er sie daraufhin zu einem Spaziergang abholte. „Danach habe ich sie nicht mehr gesehen und auch nichts mehr von ihr gehört."

„Welchen Eindruck hat Frau Müller auf Sie gemacht?"

„Eindruck? Wie meinen Sie das?"

„Wie würden Sie sie beschreiben?"

„Ein wenig extrem, nicht so ganz durchschaubar. Sie ist ja noch sehr jung, Model ... was weiß ich, was in diesen Kreisen üblich ist. Seltsam finde ich nur, dass sie auf ältere Männer steht. Jetzt würde ich aber wirklich gerne wissen, was eigentlich los ist."

„Mila Müller ist tot. Vermutlich Selbstmord."

„Tot?" Marco konnte nicht fassen, was er da hörte. „Selbstmord. Ach du liebe Zeit." Er war erschüttert, sein Atem stockte, ihm wurde leicht schummrig.

„Wir müssen bei jedem Suizid ermitteln, um ein Verbrechen oder Mord auszuschließen", ergänzte der Beamte.

Marco holte tief Luft und fragte, nachdem er sich wieder gefangen hatte: „Wie ist sie denn gestorben?"

„Sie hat sich vergiftet."

„Oh Gott! Vergiftet." Nun setzten sich seine Synapsen derart stark in Bewegung, dass er fast glaubte zu spüren, was sein Gehirn dachte: Wir haben Achims Eingebung falsch interpretiert. Sie hat das Gift in ihr eigenes Glas geschüttet, nicht in das ihres Mannes. Mila ist keine Mörderin. Sie hat sich selbst umgebracht. Wir hätten sie vielleicht retten könnten, wenn wir an diese Möglichkeit gedacht hätten.

„Wann war das?", fragte Marco und stierte dabei vor sich hin.

„Vorgestern."

„Vorgestern", wiederholte Marco. Ihm fiel der Autounfall wieder ein, bei dem ein Vorstand ums Leben kam. Derselbe Tag. Wenn dieser Mann Milas Mann war, dann wird die Polizei das wissen."

„Kann es sein, dass vorgestern auch ihr Mann gestorben ist? Ich habe im Radio von einem Autounfall gehört. Das war doch ihr Mann, oder?" Marco hob den Kopf und versuchte, seine Emotionen zurückzuhalten.

„Ja, das ist richtig. Kannten Sie ihn?"

„Nein. Sie hielt ihn geheim. Sie behauptete, er hieße Peter, aber das stimmte nicht. Ich habe nach ihm im Internet recherchiert – vergeblich. Und als ich im Radio hörte, wer bei dem Unfall gestorben war – Müller, Vorstand und so weiter – dachte ich, das könnte ihr Mann gewesen sein."

Herr Fischer ging nicht auf Marcos Schlussfolgerungen ein. „Was wissen Sie über die Ehe?"

„So gut wie nichts, außer, dass sie ihren Mann nicht geliebt hat, zumindest hat sie das sehr deutlich zum Ausdruck gebracht. Sie hat ihn wohl wegen des Geldes geheiratet."

„Was für ein Motiv könnte sie gehabt haben, sich umzubringen? Haben Sie sie als psychisch labil erlebt?"

„Schwer zu sagen. Ich kannte sie kaum. Ich kannte sie eigentlich gar nicht. Manchmal war sie ein wenig extrem, schon ein bisschen verrückt, aber das sind viele in dem Alter, glaube ich. Ich hätte aber nie gedacht, dass sie sich umbringen könnte, im Gegenteil."

„Was meinen Sie mit ‚im Gegenteil'?"

„Sie war, die paar Mal wo ich sie gesehen habe, gut drauf, also nicht depressiv, jedoch etwas übertrieben anhänglich."

„Hat sie etwas gesagt, was darauf schließen ließe, dass sie Feinde hatte? Vielleicht aus der Model-Szene? Oder fühlte sie sich verfolgt oder beobachtet? Hatte sie diesbezüglich etwas geäußert oder angedeutet?"

„Nein, nichts dergleichen. Sie sagte nur, mit ihrem Mann wäre es nicht so ganz einfach. Aber der ist ja nun auch tot."

„Ja. Der Unfall war mittags. Sie ist gegen Abend zu gestorben – in Pullach."

„Dann wird er sie wohl nicht vergiftet haben können", kombinierte Marco.

„Ich muss Sie das fragen: Wo waren Sie vorgestern zwischen sechzehn und achtzehn Uhr? "

„Ich traf mich mit Arbeitskollegen in einem Biergarten. Ich kam dort um circa fünfzehn Uhr dreißig an und blieb ungefähr zwei Stunden."

„Gut. Ist Ihnen sonst noch irgendwas aufgefallen, was für oder gegen einen Suizid spricht?"

„Nein. Weder noch. Wer hat sie denn gefunden und wo?"

„Sie lag vor der Haustür. Passanten haben sie entdeckt. Vielleicht wollte sie noch Hilfe holen, aber das wissen wir nicht."

„Wie schrecklich," murmelte Marko entsetzt.

„Falls Ihnen noch was einfällt, Sie haben meine Karte. Das wäre es dann, Herr Steinerbach. Vielen Dank."

„Äh, noch eine Frage: Wie sind Sie denn auf mich gestoßen?"

Der Kommissar lachte verhalten und sah Marco mit großen Augen an: „In welchem Jahrhundert leben Sie denn?"

Marco wurde bewusst, dass dies, im Zeitalter der Digitalisierung, eine absolut dämliche Frage war und schämte sich. „Ja, klar. Natürlich. Entschuldigung."

„Schon gut. Auf Wiedersehen."

Achim hatte schon auf Marcos Anruf gewartet.

„Mila ist tot. Sie hat sich umgebracht."

„Scheiße", zischte Achim.

214

„Allerdings", pflichtete ihm Marco bei.

„Wie hat sie es gemacht? Und warum musstest du zur Polizei?"

„Die ermitteln bei Suizid immer, um einen Mord auszuschließen."

„Ja, gut. Aber wie ist sie gestorben?"

„Achim, es ist unglaublich: Sie hat sich vergiftet."

Er schwieg einen Moment. „Das habe ich befürchtet. Ich habe diese … diese verdammt beschissene Vorhersehung falsch interpretiert! Nur weil sie gesagt hatte, sie hätte ihren Mann vergiftet, war ich auf diese Tat fixiert."

„Ich doch auch."

„Ja, du auch. Aber es war meine Vorhersehung. Ich hätte nachdenken müssen. Himmel nochmal! Ich hätte sie retten können. Ich bin schuld an ihrem Tod."

„Das bist du nicht. Das konntest du nicht wissen. Und ich auch nicht. Vielleicht war ohnehin alles ganz anders. Vielleicht war sie vor dem Unfall doch mit ihrem Mann zusammen, hat ihm das Gift ins Glas geschüttet und ist später gesondert nach Hause gefahren. Dann hat sie ein schlechtes Gewissen bekommen und hat sich umgebracht."

„Marco, du spinnst. Auch wenn du noch x-mal um die Ecke irgendwas zusammenkonstruierst, ändert das an der Tatsache nichts, dass ich versagt habe."

„Wir haben beide versagt", musste Marco eingestehen.

„Himmel nochmal, fix!", fluchte Achim lautstark. „Das darf doch nicht wahr sein. Ich will von der ganzen Scheiße nichts mehr wissen."

„Beruhige dich."

„Nein, ich beruhige mich nicht. Ich habe nämlich von den Eingebungen, Vorhersehungen, Hinweisen in Träumen und dem ganzen übersinnlichen Zeug die Schnauze voll. Ich will davon nichts mehr wissen.

Sollte ich noch einmal etwas in der Art erleben, verdränge ich es – komplett, total, blende es aus und vergesse es. Schluss. Ich will nicht dafür verantwortlich sein, dass jemand zu Tode kommt."

„Du bist doch nicht verantwortlich gewesen", widersprach Marco heftig. „Du kannst doch nichts dafür, ob und was du siehst oder träumst. Du bist machtlos – genau wie ich, was den Geist betrifft."

„Machtlos bin ich aber nicht, ob und wie ich mich darauf einlasse und wie ich die Erlebnisse interpretiere."

„Bis jetzt war das doch alles recht erfreulich."

„Bis jetzt, ja. Nun wendet sich das Blatt, wie unschwer zu erkennen. Du wirst mich nicht umstimmen. Ich bleibe dabei: Schluss damit. Du kannst gerne weiter auf deinen Geist warten und hoffen, dass er dir hilft. Hoffentlich drehst du nicht irgendwann durch. Das ist doch alles nicht normal."

„Denkst du etwa immer noch oder wieder, ich wäre verrückt? Plemplem? Krank im Kopf? Und ich hätte dich mit meinen Spinnereien irgendwie angesteckt?"

„Nein, natürlich nicht. Ich bleibe aber bei meiner Entscheidung."

„Na gut. Lassen wir das jetzt." Marco atmete durch und sprach das Thema an, das ihm auf den Nägeln brannte. "Auch wenn du jetzt davon vermutlich nichts hören willst, ich sage es dir trotzdem. Am Samstag ist es übrigens soweit: Das Date mit der Beck-Frau."

„Oh je!" Achim verdrehte die Augen, was Marco ahnte.

„Ich weiß, du verdrehst jetzt die Augen, aber hör zu: Sollte mich der Geist reinlegen, dann war's das. Dann ist auch für mich Schluss mit dem parapsychologischen Kram. Ich lasse mich nämlich nicht verarschen. Falls das Date schiefgeht, werde ich dem Geist nicht mehr zuhören und ich will ihn nicht mehr sehen. Ich hoffe nur, dass er dann auch nicht mehr auftaucht. Aber übermorgen, Achim, das ist für mich noch einmal eine Chance. Und die lass ich mir nicht entgehen – Mila hin oder her. Mit ihr ist es blöd gelaufen, das kann man nicht mehr ändern. Aber es muss doch nicht alles blöd laufen."

„Okay, Marco. Ich wünsch dir viel Glück. Ich hoffe sehr, dass es klappt. Deine Frauenprobleme gehen mir nämlich langsam auf den Wecker."

„Ich weiß, mir auch. Aber die Hoffnung stirbt zuletzt. Ciao Achim. Ich muss jetzt in die Firma. Eine Menge Arbeit wartet."

Marco hatte viel zu tun, sodass er keine Zeit hatte, an Mila zu denken.

Der nächste Tag verlief ähnlich. Am Abend saß er erschöpft in der U-Bahn und klickte sich im Handy durch die News. Eigentlich interessierte ihn nichts, aber es entspannte ihn. Eine Schlagzeile hätte er beinahe weggewischt, die dann jedoch seinen Adrenalinspiegel in die Höhe schießen ließ: *Tragischer Selbstmord: Münchner Model tot aufgefunden.* Er klickte auf den Artikel.

Am Sonntagabend wurde die Leiche des 22-jährigen Münchner Models Mila Müller im Garten ihres Wohnhauses von Nachbarn gefunden. Obwohl die Polizei von Selbstmord ausging, war eine andere Todesursache nicht ausgeschlossen, da es in der Modelbranche schon mehrfach zu spektakulären Todesfällen gekommen war. Oft werden die jungen Frauen massiv unter Druck gesetzt, um den Anforderungen der Kunden zu genügen. Die Konkurrenz ist groß und Mobbing gehört zum Alltag. Besonders tragisch in diesem Fall: Der Mann des 22-jährigen Models, der 54-jährige Managers Michael Müller kam am selben Tag mittags bei einem Verkehrsunfall zu Tode.

Die Polizei konnte den Fall nun abschließen, da ein Abschiedsbrief von Mila Müller gefunden wurde. Darin schrieb sie, dass sie eine unheilbare Krankheit hätte und dass durch den Tod ihres Mannes ihr noch kurzes, leidvolles Leben keinen Sinn mehr machen würde, zumal sie einsam gewesen wäre, da sie keine echten Freunde gehabt hätte.

Hier zeigt sich wieder einmal mehr, wie schwierig es für junge Frauen ist, nicht in einem altersgemäßen Freundeskreis eingebettet zu sein ... "

Sie war krank? Daran hatte er nicht gedacht, auch Achim nicht. Sie wirkte frisch und gesund – etwas seltsam vielleicht. Aber krank? Um was für eine Krankheit es sich handelte, stand in dem Artikel nicht, und es war auch egal.

Der Fall Mila war wirklich tragisch. Doch was hätten sie machen können, außer ihr beizustehen? Dazu hätte sie aber über ihre Krankheit sprechen müssen oder über ihre Einsamkeit oder über beides. Das tat sie aber nicht. Sie sendete auch keine Hilferufe aus, die Männer wie sie verstehen hätten können. Außerdem waren sie keine Ärzte. Jedenfalls war nun sicher, dass Achim, trotz seiner Vorahnung, ihr nicht hätte helfen können. Achim war definitiv nicht an ihrem Tod schuld. Sie wäre über kurz oder lang wohl sowieso gestorben.

Er schickte ihm den Link des Artikels. Nach einigen Minuten erhielt er von Achim die Mitteilung: *Danke für die Information.*

Damit war nun für beide das Thema Mila endgültig abgeschlossen.

4

Marco stand vor dem Spiegel im Flur. Er hatte das neue dunkelbraune T-Shirt gewählt, eine legere, naturfarbene Hose mit einem dunkelbraunen Gürtel und weiße Sneakers. Gestern war er beim Friseur. Seine Haare waren schon ziemlich dünn geworden, deshalb ließ er sie sehr kurz schneiden. Nun überlegte er, ob er den Bart, den er seit Kurzem trug, abmachen sollte, denn er hatte den Eindruck, dass die mittlerweile grauen Haare zu viele sind und ihn alt machten.

Natalie kam aus ihrem Zimmer und betrachtete Marco. „Hast du ein Rendezvous?" Sie musterte ihn von oben bis unten. „Sieht gut aus. Eine Uhr fehlt. Und der Bart sollte ab."

„Ach, findest du? Letzteres dachte ich auch gerade."

„Ist es die kleine Fahrradtussi?"

„Nein. Sie ist es nicht. Das war ein Irrtum."

Er ging ins Bad. Der Bart musste ab. Als er sein glatt rasiertes Gesicht begutachtete, wusste er, es war die richtige Entscheidung. Er fühlte sich jünger und frischer – äußerlich. Nur äußerlich. Innerlich war er nervös, denn am Abend war es soweit. Endlich. Aber was sollte er den ganzen Tag über noch tun?

Er zog wieder seine alten Sachen an, ging einkaufen, räumte sein Zimmer auf, putzte den Küchenboden und das Bad – freiwillig. Ihm fiel nichts Besseres ein. Aber seine Nervosität ließ nicht nach. Dann duschte er, zog die ausgewählte Kombination an und blätterte in einem Reisekatalog. Die Reisen interessierten ihn ganz und gar nicht, aber er musste sich irgendwie ablenken. Um achtzehn Uhr legte er den Katalog beiseite, nachdem er ihn von vorne bis hinten durchgeblättert hatte und froh war, dass er nicht verreisen musste. Keine Reise hätte ihn momentan begeistern können. Nur sie. In einer knappen Stunde würde er vor ihr sitzen. Hoffentlich.

Er ging auf die Toilette, steckte Handy, Geldbörse und Schlüssel in sein Sommersakko, sah noch einmal in den Spiegel und verließ die Wohnung, obwohl er viel zu früh dran war. Aber sollte die U-Bahn ausfallen, überlegte er, wäre noch Zeit genug mit dem Rad zu fahren. Er musste unbedingt pünktlich sein.

Auf dem Weg zur U-Bahn ließ die Nervosität nach. Er entspannte sich, fühlte sich plötzlich überraschend gelassen. War das die Ruhe vor dem Sturm? Hoffentlich, dachte er, kommt der Sturm nicht als Orkan zurück. Das wäre schlecht, sehr schlecht.

Die U-Bahn fuhr planmäßig, bei Woerner's gab es draußen vor dem Café sogar einen kleinen freien Tisch mit zwei Stühlen, das Wetter war angenehm – bis jetzt lief alles bestens. Jetzt musste sie nur noch kommen. Er bestellte ein großes Mineralwasser und wartete.

Um neunzehn Uhr drei bekam er große Zweifel, ob die ganze Aktion nicht ein Luftschloss war und er umsonst wartete. Doch dann sah er sie kommen. Ja, sie war es. Beschwingt kam sie auf ihn zu. Sie hatte eine faszinierende Ausstrahlung, war schlank, schön, einfach perfekt – in ihrem weißen Minikleid.

Marco wartete darauf, dass ihn der innere Sturm erfasste, aber er blieb aus. Er winkte ihr zu, sie winkte zurück und kam zu ihm an den Tisch.

„Hallo. Darf ich mich setzen?" Sie deutete auf den freien Stuhl.

„Hallo. Ja, bitte."

Marco stand auf, um ihr den Stuhl herzuschieben, aber die Geste ihrer Hände machte deutlich, dass dies unnötig sei.

„Schön, dass wir uns wiedersehen", sagte Marco.

„Finde ich auch. War ja nicht so ganz einfach."

„Das kann man wohl sagen. Umso besser, dass es jetzt geklappt hat."

Sie schob sich das Sitzkissen zurecht, lehnte sich an, schlug ihre Beine über und fragte, während sie tief in Marcos Augen schaute: „Wie heißt du eigentlich?"

„Marco. Und du?"

„Bianca." Sie lehnte sich nach vorne und reichte ihm die Hand.

Als er ihre Hand berührte fiel ihm auf, dass er immer noch sehr ruhig war. Fast zu ruhig, zu gelassen. „Es ist schon sehr seltsam, unter welchen Bedingungen wir uns kennenlernen. Ziemlich mysteriös."

Sie lächelte: „Ja, so könnte man das bezeichnen."

„Da sind wohl höhere Mächte am Werk." Marco war unsicher, ob er gleich mit der Tür ins Haus fallen und ihr von seinem Geist erzählen sollte. Vielleicht hatte sie gar keine Verbindung zu einem Geist, vielleicht war bei ihr alles ganz anders, womöglich so ähnlich wie bei Achim. Er wollte sie auf keinen Fall verschrecken – mit seinem dubiosen Geist.

Sie winkte der Kellnerin, die schon auf dem Weg zu ihr war. „Ich nehme ein Mineralwasser und drei Kugeln Eis: Vanille, Schoko, Erdbeere – der Klassiker. "

Marco bekam auch Lust auf Eis: „Ich nehme ... ach einfach auch den Klassiker."

Die Kellnerin lächelte. „Das sind nach wie vor die beliebtesten Sorten. Haselnuss wird auch gerne genommen."

Nachdem die Kellnerin wieder gegangen war, fragte Bianca wie es seinem Fuß ginge, ob die Verletzung gut abgeheilt sei.

„Alles bestens. Es war nicht so schlimm."

„Das freut mich. Als wir uns am Kaufhaus Beck gesehen haben, hatte ich leider keine Zeit. Aber nun hat es ja geklappt, damit habe ich gar nicht mehr gerechnet."

„Ich schon. Ich war mir sicher, dass wir uns wieder sehen. Aber ..." Er hielt einen Moment inne und fragte dann mit bedeutungsvoller Stimme: „Verstehst du, warum wir uns überhaupt begegnet sind?"

„Ich hatte eine Vision."

„Eine Vision? Von mir?"

„Das nicht, aber von einer Begegnung dieser Art."

„Heißt das, du wärst, nach dem du aus dem Kaufhaus gekommen bist, auch auf jeden anderen Mann zugegangen, der dort wartend herumgestanden wäre?"

„Nein, das hätte ich nicht. Ich habe dich gesehen und ich war mir sicher, dass du es bist, den ich kennenlernen soll und will."

„Und jetzt? Wie hast du erfahren, dass wir uns hier treffen werden? Woher wusstest du, dass ich hier sein werde – um neunzehn Uhr, in diesem Café?"

„Woher wusstest du es?" gab Bianca freundlich lächelnd die Frage zurück.

Er überlegte, ob er ihr nun sagen sollte, dass er von einem Geist geschickt wurde, obwohl er Bedenken hatte. Er sah aber keine andere Möglichkeit, als ihr die Wahrheit zu sagen. Alles andere machte ja sowieso keinen Sinn. Und um den heißen Brei herumreden auch nicht.

„Ich bin in Kontakt mit einer Erscheinung, einem Geist. Er hat mir gesagt, wann und wo ich dich treffen würde."

Bianca wirkte nicht sonderlich erstaunt, sondern fragte ganz ruhig: „Ein Geist? Interessant. Wie sieht er aus?"

„Grau, wie ein Schatten." Marco schmunzelte." Er trägt weder ein weißes Betttuch mit zwei ausgeschnit-

tenen Löchern für die Augen noch kommt er bei pfei-
fendem Wind angeflogen." Er rechnete damit, dass
Bianca lachen würde. Das tat sie aber nicht, sondern
hörte einfach nur aufmerksam zu. „Es ist kein Geist,
der einen nachts überfällt. Er war bislang nur am Tag
erschienen und er spricht nur wenig."

„Das klingt ja nach einem relativ angenehmen
Geist."

„Wie man's nimmt. Anfangs hatte er mich schon
sehr erschreckt."

„Jetzt erschreckt er dich nicht mehr?"

„Nicht mehr so stark. Und wie ist es bei dir? Siehst
du auch einen Geist oder hast du andere Erscheinungen?"

„Nein. Ich sehe keinen Geist oder dergleichen. Ich
weiß, was ich tun muss und dann tu ich das. Es ist ein
Auftrag, einer, der von innen kommt – wie gesagt,
eine Vision, eine Ahnung, aber stärker. Ich weiß gar
nicht, wie ich das beschreiben soll. Ich glaube, ich
muss dir das ein anderes Mal genauer schilden. Momentan tu ich mich damit schwer."

Während sie sprach, betrachtete Marco ihr hübsches Gesicht. Dabei fiel ihm auf, dass ihn irgendetwas irritierte. Aber was? Er versuchte zu spüren, was
es war, aber er kam nicht drauf.

„Du musst es mir jetzt auch gar nicht genauer erklären. Ich kann es mir schon so ungefähr vorstellen."
Er dachte an Achim. Vermutlich hatte sie ähnliche
Eingebungen wie er. „Es würde mich aber trotzdem
interessieren, wie es sein kann, dass wir uns anscheinend begegnen mussten. Das ist doch wirklich mysteriös."

„Nun ja." Sie zuckte kurz mit den Schultern. "Wer
kann schon alles verstehen? Vieles geschieht und man
kann es sich nicht erklären." Dann erzählte sie, dass
sie sich ausführlich mit Übersinnlichem beschäftigt

hätte, dass es viele interessante Sichtweisen gäbe, die sie im Grunde aber alle nicht überzeugend fände. „Irgendjemand könnte – vielleicht nicht heute, aber in der Zukunft – sicher erklären, warum ausgerechnet wir beide hier sitzen. Ich kann es nicht. Es war vermutlich Zufall."

„Zufall? Einfach nur Zufall? Das kommt mir ein bisschen simpel vor."

„Was sollte es sonst sein? Glaubst du, dass sich eine höhere Macht, ein Gottwesen dachte: ‚die zwei müssen sich kennenlernen'? Milliarden von Männern und Frauen waren und sind sich begegnet – alle von einer Macht gesteuert? Da hätte sie viel zu tun. So meinst du es nicht, ich weiß. Trotzdem finde ich die Erklärung Zufall besser als Bestimmung."

Er saß einfach nur da, sah sie an, diese Bianca – eine interessante, hübsche Frau, aber das große Aufgewühltsein, die erotische Spannung, das Herzklopfen fehlte. Was ihn besonders erstaunte, war, er hatte nicht das Bedürfnis, sie zu berühren, sie zu küssen, geschweige denn, mit ihr ins Bett zu gehen. Wie konnte das sein? Seine Traumfrau saß ihm gegenüber und nun? Kein Verlangen. Oder verdrängte er solche Gefühle, weil er ein kleiner, mieser Schisser war, bei dem alles aussetzte, wenn es ernst wurde?

Das Eis und Biancas Mineralwasser wurde gebracht. Marco wurde aus seinen Gedanken herausgerissen.

„Mmm", summte Bianca. „Ich liebe Eis. Ich könnte locker zweimal am Tag Eis essen. Mache ich natürlich nicht. Aber im Winter, muss ich gestehen, kaufe ich mir manchmal eine Familienpackung und esse locker die Hälfte auf einmal auf."

„Ich bin auch ein Eis-Fan. Und ein Schokoladen-Fan. Leider. Ich muss auf meine Linie achten."

Bianca lächelte herausfordernd. „Ach ja?"

„Ja, ja. Trotzdem genieße ich jetzt das Eis."

Sie sahen sich immer wieder in die Augen, während sie das Eis aßen und sich über Eissorten, gute und schlechte Eisprodukte und Eisdielen in der Stadt unterhielten. Es war ein lockeres Plaudern und sie stellten fest, dass sie sehr ähnliche Vorlieben hatten.

Marco nahm war, dass Bianca ausgesprochen schöne Augen hatte – dunkelblau, groß mit langen Wimpern. So schöne Augen, aber sie berührten ihn nach wie vor kaum. Das konnte doch nicht sein!

Er legte den Eislöffel beiseite und fasste mit seiner rechten Hand Biancas linke Hand.

Sie lächelte kaum merklich und sah zu den Händen. Sie zog ihre nicht weg.

Er spürte ihre samtene Haut und streichelte sie bis zu den Ellenbogen. Sie lächelte ihn dabei zärtlich an. Der Hautkontakt fühlte sich gut an, aber eben nur gut. Nichts weiter, keine Lust auf mehr. Dann streichelte sie seine Hand. Auch nichts. Wie konnte das möglich sein? Sie war seine Traumfrau, ohne Zweifel. Oder war er nur auf eine schöne Hülle fixiert? Diese Frau hier hatte eine wunderbare Hülle, aber sonst? War auch der Kern wunderbar? Woher sollte er das wissen, er kannte sie ja nicht. Wer war sie? Was machte sie? Wie lebte sie? Und interessierte er sich dafür wirklich?

Sie zog ihre Hand zurück und beobachtete dabei Marcos Reaktion. Er reagierte quasi gar nicht, sondern aß den Rest seines Eises.

„Ein nettes Café", bemerkte Bianca, um das Gespräch wieder aufzunehmen „Ich war hier noch nie. Ich wohne in Schwabing. Wo wohnst du?"

„Im Schlachthofviertel."

„Das Viertel ist mittlerweile stark im Kommen", bemerkte sie. „Fühlst du dich dort wohl?"

„Ja. Es ist zentrumsnah. Das ist sehr praktisch."

„Was machst du beruflich?"

„Ich bin Jurist bei einer Versicherung. Und du?"

„Ich habe Medizin studiert, arbeite aber jetzt in der Softwarebranche. Sag mal, Marco: Warum wolltest du mich eigentlich wiedersehen?"

„Weil ich dich toll gefunden habe. Als du da aus dem Kaufhaus auf mich zukamst, war ich begeistert, man könnte sagen ‚hin und weg'."

„Jetzt nicht mehr?"

Sie spürte es, dass er jetzt ihr gegenüber distanzierter war als damals. Was sollte er sagen? Die Wahrheit? Was war die Wahrheit? Er war verwirrt. Und dabei wäre er so gerne in sie hineingeschmolzen – mental und körperlich, dachte er. Aber tatsächlich hatte er keine Lust dazu. Seine Gefühle sagten etwas anderes: Das weitere Gespräch könnte noch interessant werden, aber eine Beziehung wird es nicht.

„Ich weiß nicht. Ich bin ... blockiert oder verunsichert ..." stammelte Marco.

„Oder ich wirke auf dich doch nicht so anziehend, wie du geglaubt hast?"

„Ja, kann sein. Es tut mir ganz schrecklich leid. Du bist äußerst attraktiv. Ich kann mir ohnehin nicht vorstellen, dass du einen Mann suchst, so toll wie du aussiehst."

„Danke. Ich suche auch keinen Mann."

„Nicht? Warum bist du dann hier? Verstehe ich nicht. Oder bist du nur hier, um den Auftrag deiner Vision zu erfüllen?"

„Du erfülltest doch auch die Hinweise deines Geistes."

„Ja, weil ich keine andere Möglichkeit hatte, dich kennenzulernen."

„Ach Marco. Bringen wir es auf den Punkt: Willst du mit mir schlafen oder nicht? Wenn du nicht willst, sag einfach ‚nein'. Es ist, wie es ist. Ich bin nicht beleidigt oder gekränkt. Ich will nur wissen, wie du zu mir stehst – sexuell gesehen."

Marco fühlte sich überrumpelt. Diese Frage kam zu plötzlich und zu direkt.

„Nein. Ich möchte lieber keinen Sex mit dir, jedenfalls nicht jetzt. Es ist sonderbar: Noch vor ein paar Stunden hätte ich mir nichts sehnlicher gewünscht, als diese Frage gestellt zu bekommen. Und jetzt ist irgendwie alles anders."

„Es ist absolut okay. Ich hätte es vermutlich auch nicht gewollt. Wenn es nicht funkt, dann funkt es eben nicht."

„Aber weiß man das wirklich so schnell? Vielleicht kommt der Funke später."

„Mach dir nichts vor. Es ist wie es ist. Insofern ist doch alles gut. Ich denke, wir zahlen dann."

Nachdem die Kellnerin abkassiert hatte, standen sie geradewegs auf und gingen wortlos zum Ausgang. Sie umarmten sich flüchtig.

„War wohl nichts", fasste Marco die Situation zusammen. "Tschüss Bianca. Viel Glück mit deinen Visionen."

„Tschüss Marco. Ich wünsche dir alles Gute."

Bianca ging Richtung U-Bahn. Marco sah ihr nach, bis sie am Sendlinger Tor-Platz abbog und nicht mehr zu sehen war. Dann setzte er sich noch mal bei Woerner's an denselben Tisch, bestellte ein Bier und rief Achim an.

Achim hat auf Marcos Anruf bereits gewartet, während er sich auf einen weiteren Auftritt mit Dr. Hader vorbereitete. Diesmal ging es um ein anderes Thema: Mut zum Risiko oder die Angst vor Neuem. Aufgrund der bisherigen Erfahrungen mit Dr. Hader und den Reaktionen des Publikums war es für Achim nicht allzu schwer, einen passenden Beitrag zusammenzustellen. Er legte das Skript beiseite.

„Darf man gratulieren oder ist sie nicht da gewesen?"

„Weder noch. Es ist alles ganz anders gelaufen, als gedacht. Stell' dir vor: Ich begehre sie nicht mehr!"

„Verstehe ich nicht. Was heißt das?"

„Ich hatte keine Lust auf sie, obwohl sie nett war und alles gepasst hätte, aber es hat bei mir nicht mehr gefunkt. Sie heißt Bianca."

„Am Namen wird es ja wohl nicht gelegen sein."

„Natürlich nicht. Ich kann es mir nicht erklären. Wenn ich jetzt an sie denke, finde ich sie wieder attraktiv. Aber als ich vor ihr saß, ihre Hand und ihren Arm berührte, spürte ich: nichts! Kein Verlangen."

„Seltsam."

„Finde ich auch. Aber damit ist alles klar: das war's. Es gibt keine Traumfrau mehr, diese Bianca nicht und auch keine andere. Ende."

„Aus dir soll einer schlau werden. Erzähl doch mal, wie das Treffen ablief."

Marco berichtete ausführlich. Achim sagte lediglich: „War wohl nichts."

„Das sagte ich auch, als wir uns verabschiedeten."

„Was willst du jetzt machen? Dich mit Natalie versöhnen?"

„Ich brauche mich mit ihr nicht zu versöhnen, weil wir nicht zerstritten sind. Wir leben nebeneinander her."

„Mach doch mal eine Paartherapie mit ihr", schlug Achim vor.

„Achim, bitte. Es ist aus zwischen uns."

„Jetzt sag ich dir mal was, lieber Marco. Mittlerweile ist es mit jeder Frau, mit der du etwas versucht hast, nichts geworden – aus welchen Gründen auch immer. Die einzige, die noch da ist, ist Natalie. Ich vermute stark, dass sie dir endgültig davonlaufen wird, wenn du sie nicht festhältst. Sag jetzt nicht, dass du das gar nicht willst. Ich habe nämlich den Eindruck, dass du nicht ansatzweise weißt, was du wirklich willst. Das einzige, was dich in letzter Zeit interessiert hat, war, einem Phantom hinterherzurennen. Und warum? Damit du dich mit der Realität nicht auseinandersetzen musstest. Dass deine Traumfrau-Phantasien der Realität nicht standhalten, hat sich jetzt mehr als deutlich gezeigt."

Marco räusperte sich. „Äh ... also ..."

„Unterbrich mich nicht", fuhr Achim fort. „Ich habe jetzt einen Vorschlag, bevor du weiterhin jammerst oder irgendwann noch durchdrehst vor lauter Selbstmitleid. Wir machen zu viert Urlaub – du, Natalie, Anne und ich."

„Und was soll das bringen? Ich sehe keinen Sinn darin. Ihr zwei lebt uns dann das glückliche Paar vor, während wir uns anöden. Super!"

„Wir leben euch überhaupt nichts vor, sondern wir machen uns alle ein paar schöne Tage und entspannen. In einer anderen Umgebung kommt ihr euch vielleicht auch wieder näher. Denk darüber nach."

Marco schwieg. Er hielt den Vorschlag für Blödsinn. Achim meinte es sicher nur gut mit ihm, aber er steckte nicht in seiner Haut, hatte keinen Schimmer davon, wie es war, nur noch zwangsläufig als Paar zusammenzuleben, bloß weil keiner von beiden ausziehen will. Da kann man nicht einfach wieder von vorne anfangen. Der Zug ist abgefahren.

„Bist du noch da?", fragte Achim.

„Ja."

„Und, was meinst du?"

„Ich denke darüber nach."

Marco hatte die unbefriedigende Begegnung mit Bianca keineswegs so locker weggesteckt, wie er das unmittelbar nach dem Treffen dachte. Immer wieder fragte er sich, wie es sein konnte, dass ihn diese Frau, auf die er so lange gewartet hatte, kalt ließ, obwohl er sie gleichzeitig sehr attraktiv fand. Sie musste eine schlechte Ausstrahlung gehabt haben, eine a-sexuelle Aura oder eine überhebliche Art, die er nicht bewusst wahrgenommen hatte. So erklärte er es sich. Erst mal.

Dann fing er an, an sich selbst zu zweifeln, ob er nicht mittlerweile so verkorkst war, dass er auf Frauen, für die er sich ernsthaft interessierte, mit körperlichem Rückzug reagierte, aus Angst, abgelehnt zu werden. Und was ihn besonders ärgerte, war, dass er nach wie vor nichts von dieser Bianca wusste: keine Adresse, keine Telefonnummer, nicht mal den Familiennamen oder ihren Arbeitgeber. Er hatte schlichtweg vergessen, danach zu fragen. Er würde sie nicht finden, falls er noch einmal Kontakt mit ihr aufnehmen wollte. Wie blöd war ich nur, schimpfte er mit sich. Ich wäre wieder vom Geist abhängig. Aber dann besann er sich auf seine eigenen Worte: Sollte das Date schieflaufen – und letztendlich lief es schief –, wollte er er sich vom Geist abwenden. Er schwor sich, mit dem Geist ist jetzt Schluss. Soll er ruhig nochmal kommen, ich höre einfach nicht mehr hin.

5

Rike, Natalies Freundin war wieder mal zu Besuch. Sie saßen auf dem Balkon und tranken irgendetwas Rotes in Sektgläsern. Marco kam gerade nach Hause. Er war nach der Arbeit noch im Schwimmbad und legte sein nasses Handtuch auf den Wäscheständer, der im gemeinsamen Arbeitszimmer stand.

„Deine Mutter war vorhin hier. Sie wollte dich sprechen", sagte Natalie.

„Meine Mutter? Eigenartig."

„Sie sagte, sie wäre in der Stadt gewesen und wollte dir etwas mitteilen."

„Noch eigenartiger. Warum rief sie nicht an?"

„Das weiß ich nicht. Sie wollte auch nicht auf dich warten, zumal ich nicht wusste, wann du kommst."

„Ich rufe sie zurück."

Marcos Eltern kamen etwa vier Mal im Jahr zu Besuch: Weihnachten, Ostern, Pfingsten und irgendwann im Spätsommer oder Herbst. Warum ihn seine Mutter alleine besuchen wollte, um ihm etwas mitzuteilen, konnte er sich nicht erklären.

„Hallo Mama, hier ist Marco."

„Gut, dass du anrufst. Ich habe heute bei dir vorbeigeschaut, aber leider warst du nicht da."

„Ich war noch beim Schwimmen."

„Das kann ich verstehen. Es ist ja auch immer so heiß. Hör zu: Du bekommst unsere Wohnung in Dietramszell. Wir müssen einen Notartermin ausmachen."

„Was bekomme ich?" Mutter redet Unsinn, dachte Marco. Wird sie etwa schon dement? Sie ist erst vierundsiebzig.

„Wir brauchen die Wohnung nicht mehr. Wir werden zu alt für ein Landdomizil."

„Mama, was redest du da? Ihr habt doch kein Landdomizil."

„Doch. Haben wir."

„Also ehrlich ... das kann doch nicht sein."

„Ist aber so."

„Stimmst das wirklich?"

„Ja."

Marco konnte es nicht fassen. „Warum habt ihr mir das nie gesagt?"

„Dazu waren wir nicht verpflichtet."

„Sicher. Aber ihr habt die Wohnung mir gegenüber geheim gehalten. Das finde ich schon ziemlich eigenartig."

„Du freust dich gar nicht?"

„Doch natürlich, aber ich bin total überrascht. Eine Wohnung ist ja keine Kleinigkeit. Wann habt ihr sie denn gekauft?" ... hinter meinen Rücken, dachte sich Marco.

„Das ist schon lange her. Vor zwanzig Jahren."

„Ihr habt seit zwanzig Jahren eine Wohnung und ich erfahre das erst heute? Mein Gott, Mama."

„So was Besonderes ist das nun auch wieder nicht."

„Finde ich schon."

Seine Mutter schilderte ihm die Wohnung: Erdgeschoss, zwei große Zimmer und ein kleines, Küche, Bad sowie Terrasse und Garten. Sehr ruhig und sonnig.

„Ich schicke dir dann den Schenkungsvertrag zu. Dann kannst du ihn schon mal durchlesen."

Sie nannte ihm zwei mögliche Notartermine. Es war schon alles geregelt. Marco sagte zum zweiten Termin zu, und nach ein paar Floskeln war das Telefonat beendet.

Diese Überraschung – er wusste nicht so recht, ob

er sich ärgern, wundern oder freuen sollte – musste er Natalie mitteilen. Das konnte er nicht für sich behalten. Er bat sie kurz zu sich, denn es wäre ihm unangenehm gewesen, wenn Rike die Information mitgehört hätte.

Natalie schüttelte ungläubig den Kopf. „Sehr seltsam. Aber doch wunderbar! Dann könntest du dort einziehen."

„Ja, stimmt. Oder du."

„Das ist mir zu weit draußen."

„Mir auch. Aber vielleicht könnten wir dort Urlaub machen", schlug Marco spontan vor.

„Wer? Wir? Urlaub? Wir beide? Hey, wir sind getrennt, mehr oder weniger."

„Wir könnten mit Achim und Anne dort ein paar Urlaubstage verbringen, auch, um uns klar zu werden, wie es weitergehen soll."

Natalie schüttelte den Kopf und sah Marco äußerst kritisch an. „Das bringt doch nichts."

„Wahrscheinlich nicht, aber ..."

„Das hätte ich mir denken können: Von Achim kam diese Idee", mutmaßte Natalie. „Stimmt's?"

„Ja, es stimmt."

„Mensch Marco. Wir sind gerade dabei, uns zu trennen. Was soll da ein Urlaub bringen? Außer, dass es ungemütlich wird – für uns alle. So ein Schwachsinn."

„Das dachte ich auch."

„Aber?"

„Vielleicht sollten wir uns mal richtig aussprechen."

„Oh! Das sagst ausgerechnet du, der mir schon seit Monaten quasi nichts mehr erzählt."

„Manches kann man nicht sagen."

„Ja, ja. Jeder hat seine Geheimnisse. Bei euch in der Familie scheint das wohl an der Tagesordnung zu sein."

„Als ob du keine Geheimnisse hättest. Jeder hat Geheimnisse."

„Da gebe ich dir recht. Aber du hast mich trotzdem sehr verletzt mit deinem Schweigen."

„Das war nicht meine Absicht. Es tut mir leid. Aber du warst auch immer so penetrant."

„Ich will nicht mehr weiterreden. Rike wartet." Sie blickte Marco in die Augen. „Vielleicht hat dein Achim sogar mal eine gute Idee. Vielleicht sollten wir einen gemeinsamen Urlaub ins Auge fassen", sagte sie ernsthaft.

„Achim hatte schon sehr viele gute Ideen."

„Dann könnte er uns ja im Urlaub davon erzählen."

Das wird er sicher nicht tun, dachte sich Marco und sagte: „Das würde dich nicht interessieren."

„Das Marco, das genau hasse ich an dir. Du willst schon wieder wissen, was mich interessiert – oder soll heißen: nicht zu interessieren hat."

Sie ging zur Tür. Bevor sie das Zimmer verließ, drehte sie sich nochmal um: „Sag Achim: Wir machen diesen Urlaub."

Fünftes Kapitel

1

„*Wo* willst du hin?", fragte Achim. „In diesen Wellness Luxusschuppen?"

„Ja. Da war es schön."

„Das glaube ich dir gerne, aber mir ist das zu teuer. Ich kann mir das nicht leisten. Tut mir leid."

„Ich lade dich ein."

„Nein, nein. Das geht nicht."

„Doch, das geht."

„Du hast mich schon so oft eingeladen – zum Essen, ins Kino, in Ausstellungen … Aber zu einem Wellnessurlaub? Nein, das kann ich nicht annehmen."

„Doch, das kannst du. Es wird dir gefallen und Anne auch. Die Frauen müssen es ja nicht erfahren. Es ist einzig und allein meine Sache, wen ich zu was einlade. Ich mache es gerne, weil ... was würde ich ohne dich tun?"

„Na gut. Ich werde mich irgendwann ..."

„Nein", unterbrach ihn Marco. „Du musst dich nicht revanchieren."

„Das will ich aber, sonst komme ich mir dir gegenüber ja total bescheuert vor. Ich lasse mir was einfallen."

„Das mach mal."

„Werde ich. Und danke, Achim. Das rechne ich dir hoch an."

„Ist schon gut. Dann buche ich. Es ist noch was frei, ich habe schon angerufen."

„Ich freue mich sehr. Aber sag mal: Warum willst du ausgerechnet nochmal an diesen Ort? Du hattest dort eine Begegnung mit deinem Geist, wenn ich mich recht erinnere. Ich dachte, du hast mit dem Thema auch abgeschlossen, nachdem die Beck-Frau doch nicht die Richtige war."

„So genau kann ich dir gar nicht sagen, warum es mich wieder in das Berchtesgadener Land zieht. Auf alle Fälle will ich die Gegend mit neuen Augen sehen. Vielleicht ist das auch ein Akt der Aufarbeitung."

„Von was? Von deiner Frauensuche oder deiner Geisterwelt?"

„Beides. Irgendwie scheint das ja zusammenzugehören."

Sie fuhren mit zwei Autos. Der Bequemlichkeit halber, aber eigentlich, weil Natalie sagte, falls ein Drama ausbrechen würde, möchte sie die Möglichkeit haben, vorzeitig heimfahren zu können.

Sie checkten ein, besichtigten das Hotel und die nähere Umgebung. Anne und Achim waren begeistert, Natalie äußerste sich eher verhalten und Marco hatte den Eindruck, dass ein anderer Typ von Gästen hier war. Er sah kaum alleinreisende Frauen, dafür mehr Paare und viele Rentner. Das war ihm gerade recht, denn so würde er nicht von hübschen Wanderinnen abgelenkt werden.

Als sie von dem kurzen gemeinsamen Eingewöhnungsrundgang zurückkamen, setzten sie sich auf die Terrasse und freuten sich über den vom Hause gespendeten Prosecco. Danach bestellten sie Kuchen mit einem weiteren Glas Prosecco für die Damen und Weißbier für die Herren.

„Schmeckt dir das – Erdbeerkuchen und Weißbier?", fragte Anne Achim und verzog dabei das Gesicht. „Ich glaube, mir würde schlecht werden."

„Das Süße mit dem Herben zu kombinieren macht den Reiz und verträgt sich prima".

„Genau", bestätigte Marco und schob sich ein großes Stück Käsekuchen in den Mund. Er hätte sich beinahe verschluckt, denn er bemerkte den ihm bekannten Kellner am Nebentisch. Marco musste ihn unbedingt begrüßen. Er wusste sogar noch seinen Namen.

„Hallo Herr Hintermeier."

Franz Hintermeier blickte zu Marco und lächelte freundlich, aber auch ein wenig überrascht. Er konnte Marco nicht einordnen.

„Erinnern Sie sich noch an mich?", fragte Marco. „Sie haben mir Auskunft gegeben zu ihren Katzen."

„Hm ... ich glaube ... ah, ich weiß: der Freizeitpolizist. Schön, dass Sie uns wieder mal besuchen."

„Freizeitpolizist?", wunderte sich Natalie.

Achim und Anne sahen sich achselzuckend an.

„Sie haben kriminalistische Verstärkung mitgebracht", witzelte Franz Hintermeier. „Grüß Gott zusammen. Ich wünsche Ihnen einen schönen Aufenthalt. Ich muss ... Wir sehen uns später."

„Was für Katzen", fragten Anne und Natalie gleichzeitig.

„Seine zwei Katzen waren plötzlich tot. Er hatte sie vor seinem Schuppen gefunden ..." Marco stockte. Er realisierte, dass er die Geschichte den Frauen nicht ausführlich erzählen möchte, vor allem nicht, dass es an dem Fundort wochenlang gestunken hatte, denn sie würden ganz sicher nachfragen, warum er sich dafür interessierte.

„Und weiter?", fragte Natalie.

„Man hat sie wohl vergiftet."

Anne wunderte sich: „Was ist daran interessant?"

„Eigentlich nichts. Mir war ein wenig langweilig und ... im Urlaub ... tja, da unterhält man sich oft über alles Mögliche und findet auch Banalitäten interessant. Kennt ihr das nicht?"

„Doch, doch", stimmte Anne zu.

Natalie nickte. Achim machte eine grimmige Miene und warf Marco einen leicht verärgerten Blick zu.

Am Abend saßen Marco und Achim alleine an der Bar. Die Frauen waren im Schwimmbad.

„Ich möchte, dass vor den Frauen unser Spezialthema tabu ist, in jeder Hinsicht", sagte Achim leise und eindringlich.

„Unbedingt. Ich weiß, ich hätte den Tod der Katzen lieber nicht ansprechen sollen. Aber ich habe ja letztlich nichts Problematisches gesagt."

„Nein, das nicht. Wir dürfen uns nur nicht verplappern. Anne ist von Haus aus neugierig."

„Und Natalie erst. Jetzt fehlt nur noch, dass meine Spezialfreundin Ina auftaucht – die mit dem Mundgeruch, du weißt schon."

„Ach was! Selbst wenn, da stehst du drüber."

„Hoffentlich. Ich will nichts Kompliziertes. Es dürfte mit Natalie noch kompliziert genug werden."

„Jetzt mach dich mal locker", sagte Achim und legte einen Arm um Marco. „Was wollen wir morgen unternehmen? Wandern oder zum Königsee fahren? Was empfiehlt der Reiseleiter?"

„Das würde dir so passen. Ich spiele nicht den Reiseleiter. Wenn ich einer wäre, würde ich euch genau dahin führen, wo mir der Geist begegnet ist. Jetzt nur mal rein egoistisch betrachtet – obwohl es eine schöne Wanderstrecke ist – würde mich interessieren, ob sich die Frauen an dem Platz irgendwie anders als sonst verhielten. Du fällst ja als Versuchskaninchen flach."

Achim nahm seinen Arm von Marco. „Du kannst es nicht seinlassen. Oder?"

„Doch. Kann ich. Das war rein hypothetisch."

Achim grinste. „Gut, dann machen wir morgen Vergangenheitsbewältigung. Wir gehen zu dem Platz, vorausgesetzt, die Frauen haben Lust zum Wandern. Und dann schauen wir mal, was sich da tut. Vielleicht ist es ja gut für dein Seelenheil, wenn du siehst, dass – und davon gehe ich aus – nichts passiert."

Die Frauen fanden Marcos Vorschlag wunderbar. Voller Tatendrang standen alle vier um zehn Uhr wanderbereit vor dem Hotel. Sie mussten noch ein kurzes Stück fahren, bis der Wanderweg abzweigte.

Als sie dort ankamen, waren sie nicht alleine. Noch eine weitere Wandergruppe marschierte gerade los. Man war sich einig, ihnen einen Vorsprung zu lassen.

Anne staunte: „Seht ihr, wie schnell die gehen? Dabei sind die um einiges älter als wir. Oh, oh! Hoffentlich komme ich da hoch.“

„Das tust du“, beruhigte sie Marco. „Die Strecke ist nicht allzu anstrengend.“

Plaudernd, schwitzend und schnell atmend wanderten sie stringent dahin. An der Alm kehrten sie kurz ein, dann ging es weiter durch den Wald bis sie auf eine Lichtung mit wunderbaren Aussichten auf den Watzmann kamen. Die besagte Stelle war in Sichtweite. Marco blieb stehen und behauptete, er hätte etwas im Schuh, und gab Achim mit den Augen ein Zeichen, dass auch er stehenbleiben soll, damit die Frauen vorausgehen konnten. Sie taten es.

„Da vorne muss es gewesen sein. Noch etwa zwanzig Meter. Die Frauen sind gleich dort.“ Marco zog seinen Schuh wieder an, nachdem er ihn extra gründlich ausgeschüttelt hatte.

„Und jetzt?“, fragte Achim ungeduldig. „Was willst du nun machen?“

„Nichts. Wenn sie dort sind, rufe ich ihnen zu, sie sollen stehenbleiben und auf uns warten. Wir trödeln dann noch ein bisschen herum. Währenddessen wird sich herausstellen, ob sie irgendetwas Besonderes bemerken.“

„Okay. Wie du meinst. Jetzt bin sogar ich gespannt, ob ich etwas Außergewöhnliches wahrnehme. Wahrscheinlich bilde ich mir gleich alles Mögliche ein, weil ich darauf konditioniert bin.“

Marco grinste und brachte wieder einen nur mäßig

lustigen Witz zustande: „Es wird dir ein Geist erscheinen, der dir die Lottozahlen nennt. Dann kannst du mir ja den Urlaub zurückzahlen. Achtung! Er schulterte seinen Rucksack. Es ist soweit."

„Hey, bleibt mal bitte stehen."

„Okay", rief Natalie.

Sie blieben an Ort und Stelle stehen und unterhielten sich. Ganz normal. Extra langsam trotteten die Männer zu ihnen, um Zeit zu schinden.

„Gefällt es euch hier?", fragte Marco und machte mit dem Arm eine ausladende Geste. „Super. Oder?"

„Ja, sehr schön. Aber zum Gipfel scheint es noch ziemlich weit zu sein", überlegte Natalie. „Bestimmt noch drei Stunden – so langsam wie wir unterwegs sind."

„Das weiß ich nicht, denn ich bin letztes Jahr hier umgekehrt. Offiziell wären es noch zwei Stunden."

Achim packte seine Wasserflasche aus. Das war das Zeichen auch für die anderen, dass es nötig war, etwas zu trinken.

„Geht es euch gut?", fragte Marco. „Ja", sagten alle, auch Achim.

Doch dann wurde es für Marco ein wenig unangenehm. Es machte plopp – und Vogelkacke landete direkt auf seinem Kopf. Er war erschrocken, schrie instinktiv auf und fasste sich mit der Hand auf den Kopf, direkt in die Kacke.

Die anderen sahen was passiert war und lachten.

„Ist das ekelig, Zefix nochmal!", fluchte Marco.

Natalie reichte ihm ein Tempo.

„Wenn ich euch sage, dass ich letztes Jahr auch hier angeschissen wurde, von so einem aggressiven Vogel, dann würde euch auch das Lachen vergehen."

„Nun ja", kicherte Achim, „du bist halt einfach ein beschissener Typ."

„Daaanke!" Marco spritzte Wasser auf das Taschentuch und wischte sich den Kopf ab.

„Ist alles weg? Hoffentlich stinke ich nicht."

„Alles sauber", bestätigte Natalie.

„Und der Duft verfliegt sich", meinte Anne und kicherte.

„Seid mal ruhig", flüsterte Marco. „Ich höre einen hellen, sirrenden Ton. Hört ihr das auch?" Er drehte den Kopf in alle Richtungen.

„Ich höre nichts", sagte Achim. Auch er drehte den Kopf in verschiedene Richtungen. „Hört *ihr* was?", fragte er die Frauen.

Sie hörten nichts.

„Es ist unangenehm." Marco kniff die Augen zusammen, hielt sich die Ohren zu und massierte sie ein wenig. Auch den Kopf massierte er. Der Ton wurde leiser und war bald nicht mehr zu hören.

„Hoffentlich bekommst du keinen Tinnitus. Hörst du noch was?", fragte Achim besorgt.

„Nein, nichts mehr. Der Ton ist weg. Gehen wir weiter. Ein Tinnitus hätte mir gerade noch gefehlt. Ich will mich hier schließlich erholen und nicht krank werden."

Nach zwei Stunden erreichten sie erschöpft, aber glücklich, den Gipfel und packten ihre Brotzeit aus. Sie genossen die Aussicht, ihre Brotzeit, und sie machten unzählige Fotos.

Achim setzte sich zu Marco, der ein wenig abseits Platz genommen hatte. „Hey, was war das da unten mit dem Ton?"

„Nichts. Ich habe das hin und wieder, wenn ich mich anstrenge. Seltsam finde ich jedoch, dass mich genau an dieser Stelle wieder ein Vogel angeschissen hat. Das kommt schließlich nicht so vor. Nein, ich interpretiere da jetzt nichts hinein! Sagen wir, es war Zufall. Jedenfalls bin ich froh, dass mich der Geist verschont hat. Ich denke nicht, dass noch irgendwas Übersinnliches geschieht."

„Eigentlich schade. Ich bin jetzt direkt ein wenig

enttäuscht."

„Ach, sag bloß. Jetzt auf einmal. Wie kommt's?"

Achim schmunzelte und zuckte kurz mit der Achsel.

„Ich hätte da noch eine Idee, wie wir unseren Urlaub anreichern könnten", sagte Marco. „Wir suchen ein Medium auf."

„Ein Medium? Das sind doch Leute, die Jenseitskontakte herstellen. Mein Gott, Marco. Irgendwie bist du schon besessen vom übersinnlichen Hokuspokus."

Marco schüttelte den Kopf. „Als ich mich im Internet über besondere Highlights im Berchtesgadener Land informiert habe, bin ich durch Zufall auf die Seite eines Mediums gestoßen, der hier in der Nähe wohnt. Ich habe wirklich nicht danach gesucht, das musst du mir glauben. Wir könnten eine Séance, so heißen diese spiritistischen Sitzungen, ausprobieren – so zum Spaß."

Achim lachte. „Tische rücken und mit den Toten reden? Ist vielleicht ganz lustig."

„Den Frauen sagen wir lieber nichts. Wir seilen uns einfach mal ab. Außerdem können wir sowieso nicht fünf Tage lang zu viert zusammen sein. Irgendwann geht man sich auf den Geist."

„Auf den Geist! Ja, ja", witzelte Achim.

„Und? Bist du dabei?"

„Klar doch."

„Okay, dann probieren wir das aus. Ich versuche einen Termin zu bekommen."

„Gut – wenn das so spontan möglich ist … Heute Abend gibt es übrigens keinen Drink an der Bar mit uns zwei. Schließlich hat für dich der Urlaub noch eine andere Funktion als Wandern, Essen und Geisterspiele: Du musst mit Natalie reden."

„Ich weiß gar nicht, was ich ihr sagen soll, was ich überhaupt soll."

„Stell dich nicht so an", schimpfte Achim. „Du

sagst ihr, wie es dir geht – mit ihr, mit dir selber und mit der momentanen Situation. Du musst Nähe aufbauen und das tut man, indem man sich austauscht."

„Und wenn ich gar keine Nähe will?"

„Die Diskussion hatten wir schon mal, mein Lieber. Du lässt dich jetzt mal darauf ein. Ende der Durchsage."

Achim packte seinen Rucksack und ging zu den Frauen. „Wir sollten langsam aufbrechen", schlug er vor.

„Ich brauche unbedingt noch ein Gruppenfoto von uns", sagte Anne. Sie bat einen fremden Gipfelstürmer, das Foto zu machen. „Marco, komm her. Gruppenfoto ist angesagt."

Für den Abstieg brauchen sie länger als gedacht. Keiner von ihnen hatte große Wandererfahrung. Anne jammerte, weil sie durchgeschwitzt war, Marco und Achim klagten über leichte – in Wahrheit sehr leichte – Knieschmerzen, und Natalie lag das Käsebrot im Magen. Trotzdem waren sie gut drauf und freuten sich über die schöne Natur. An der besagten Stelle machte Marco kurz Halt und bat um ein Foto von Natalie und ihm, das Anne knipste. Einen Ton hörte er nicht mehr.

Nach dem gemeinsamen Abendessen zogen sich Achim und Anne zurück. Marco sah ihnen nach, als sie den Tisch verließen und beneidete Achim. Achim hatte mit Anne richtig Glück. Sie passte zu ihm – als Künstlerin und auch als Frau. Sie hatten durch ihre Berufe einen distanzierteren Lebensstil als die meisten Paare, was für die beiden genau das Richtige war. So. Und nun war es soweit, er musste das Beziehungsgespräch einleiten. Er wollte sich nicht drücken, aber es fiel ihm enorm schwer.

„Soll ich uns noch ein Glas Wein bestellen?"

„Ja, warum nicht? Er schmeckt ausgezeichnet", meinte Natalie.

Nachdem der Wein serviert war, gab sich Marco

einen Ruck. „Wir sollten darüber reden, wie es mit uns weitergeht."

„Oh!" Natalie war überrascht. „Falls noch was weitergehen kann. Wir haben uns auseinandergelebt, Marco."

„Ja, das haben wir. Und ich habe keine Ahnung, ob man wieder zusammenkommen kann, wenn schon ein Riss in der Beziehung ist. Ich bin momentan etwas durch den Wind. Ich dachte, ich ... ich würde mich neu verlieben, aber das hat nicht geklappt."

Natalie zog die Stirn in Falten. „Und jetzt überlegst du, ob du es mit mir nochmal versuchen willst? Weil nichts Besseres kam, willst du das Alte aufpolieren? Oder wie soll ich das verstehen?"

„Ich will nichts aufpolieren. Ich will herausfinden, wie wir zueinander stehen."

„Wie stehst du denn zu mir?"

Marco fühlte sich übertölpelt. Er war nicht in der Lage, die Frage zu beantworten und dachte an Achims Worte: er müsse Nähe herstellen, sagen, wie es ihm ginge."

„Ich mag dich immer noch. Aber ich befürchte, eine richtige Ehe bekommen wir nicht mehr hin. Wann haben wir das letzte Mal miteinander geschlafen? Können wir das überhaupt noch?" Marco sah Natalie tief in die Augen.

Sie zuckte mit den Achseln. „Das ist die Frage."

„Wir werden es nur wissen, wenn wir es probieren. Hier haben wir die Chance", gab Marco zu bedenken und nahm einen Schluck Wein.

„Aber was würde das schon heißen? Wenn es schön war, bleiben wir zusammen, wenn nicht, trennen wir uns?"

„Aber wie wollen wir sonst herausfinden, wie wir zueinander stehen, wenn wir uns nicht näherkommen?"

„Glaubst du wirklich, dass wir uns näherkommen,

wenn wir hier zusammen schlafen? Hier in den Bergen, in einem Hotel, wo uns alles serviert wird, wo wir unterhaltsame Ausflüge unternehmen und der Alltagsstress vergessen ist? Wir trinken ein paar Gläser Wein mehr als normalerweise und dann könnte es schon funktionieren. Falls wir miteinander schliefen, würden wir uns vorübergehend körperlich näher kommen, durchaus. Aber sonst? Ich bin und bleibe die, die ich bin und du bist und bleibst der, der du bist. Und es bist du, der sich schon lange vor mir zurückgezogen hat. Du weißt, was ich meine."

Natürlich wusste Marco, was sie meinte. Und sie hatte ja auch recht, dachte er sich. Eigentlich wäre es an der Zeit, ihr endlich zu erzählen, warum er sich so verhielt. Doch allein die Vorstellung, ihr zu sagen, ,ich hatte Kontakt zu einem Geist', war ein Ding des Unmöglichen. Das konnte nicht gutgehen. Sie würde ihn dazu zwingen, einen Psychiater aufzusuchen. Ich wäre der Problemfall, der Kranke, der nicht mehr alle Tassen im Schrank hat. Es geht nicht.

Und so saß er schweigend vor Natalie und suchte nach einer Erklärung, nach einer Ausrede, die sie akzeptieren würde.

„Es tut mir leid, Natalie. Ich mache einfach viel mit mir selber aus. Ich will nicht immer über alles reden. Da bin ich in der Tat anders als du. Mach dir keine Gedanken um mich. Es lohnt sich nicht."

„Ich mach mir keine Gedanken mehr."

„Das ist gut. Wir müssen unsere Beziehung nüchterner betrachten. Wir sind schon sechsundzwanzig Jahre verheiratet, da muss man sich nicht mehr jeden Schwachsinn erzählen."

„Nein, das muss man nicht", gab ihm Natalie recht.

„Und vielleicht sollte man auch den Sex nicht so verklären, ihn nicht so wichtig nehmen. Oder was denkst du?"

„Wer ist man? Wer verklärt den Sex? Ich jedenfalls nicht."

„Ich auch nicht. Aber insgesamt in der Gesellschaft, in den Medien, in den Filmen, in Romanen – überall scheint Sex das Allerwichtigste zu sein."

„Willst du mir jetzt damit sagen, dass für dich Sex nichtmehr wichtig sei? Das glaube ich dir nicht." Natalie sah sich um, ob eventuell jemand ihr Gespräch mithören könnte. Das war aber nicht der Fall. Die meisten Gäste waren ohnehin schon gegangen.

„Das wollte ich damit nicht ausdrücken. Aber man wird von der Gesellschaft beeinflusst. Woher will man denn wissen, ob und wie viel Sex man möchte und mit wem und wie und so weiter, wenn man in eine Kultur hineingeboren ist, die einem sagt, was richtig und was falsch ist und was man zu tun oder zu lassen hat, wann man ein Loser ist oder ein toller Typ. Wir leben alle fremdbestimmt. So ist das."

„Da gebe ich dir schon recht. Wobei wir, und da meine ich vor allem die Frauen, es in unserer Kultur noch ziemlich gut haben. Aber das ist nicht unser Thema?"

„Doch, es ist auch unser Thema – nüchtern betrachtet."

„Du bist heute in der Tat sehr nüchtern", fand Natalie.

„Das mag schon sein. Aber romantisch bist du auch nicht gerade."

Natalie musste schmunzeln. „Also ob du eine romantische Frau aushalten würdest."

„Woher soll ich das wissen? Ich kenne doch nur dich. Die paar Beziehungen von früher, mein Gott, das war ein Ausprobieren."

„Du bist oft genug fremdgegangen. Da müsstest du doch gemerkt haben, zu welchem Frauentyp es dich hinzieht. Und ich meine jetzt nicht das Äußere. Dass ich dir zu dick bin, das ist mir hinlänglich bekannt. Aber selbst wenn ich abnehmen würde, wäre zwischen uns doch nichts anders. Im Übrigen: Du bist alt geworden, falls dir das selbst nicht auffällt. Ich sehe im Vergleich zu dir um einiges jünger aus."

„Was soll jetzt das Gerede über unsere Äußerlichkeiten?" Marco verdrehte die Augen. „Darum geht es doch gar nicht, vielmehr darum, wie es mit uns weitergeht, ob wir die Wohnung aufgeben, verkaufen, vermieten, oder ob einer von uns auszieht, ob wir uns scheiden lassen und wie wir die Finanzen klären. Oder ..."

„... ob wir wieder miteinander schlafen", unterbrach ihn Natalie, „und versuchen, das normale Leben weiterzuleben. Bis dass der Tod uns scheidet."

„Sicher nicht."

„Nein, ganz sicher nicht. Und ich würde heutzutage auch nicht mehr heiraten", sagte Natalie voller Überzeugung.

„Ich auch nicht", sagte Marco mit gleichem Nachdruck.

Dann schwiegen sie. Es schien, als sei alles gesagt.

Nach einiger Zeit nahm Marco das Gespräch wieder auf. „Und was machen wir jetzt – hier mit diesem Urlaub?", fragte er nachdenklich.

„Ich gehe davon aus, dass dies unser letzter gemeinsamer Urlaub ist. Wir genießen ihn, so gut es geht. Und ob wir nochmal miteinander schlafen, das werden wir sehen. Unabhängig davon, will ich mich erholen und ich würde mir wünschen, dass wir wieder eine einigermaßen gute Gesprächsbasis finden. Die werden wir in absehbarer Zeit nötig haben. Und warum wolltest du diesen Urlaub – mit mir?"

„Aus dem gleichen Grund. Wir müssen uns wieder näher kommen."

„Prost Marco", sagte Natalie und hob ihr Glas. „Ich denke, damit lassen wir es für heute gut sein. Ich möchte bald schlafen." Sie schmunzelte. „Ohne Sex. Ich bin saumüde."

Natalie trank ihr Glas leer und ging aufs Zimmer. Marco ging ins Freie und betrachtete den Sternenhimmel.

Am Frühstücksbuffet nahm Marco Achim beiseite.

„Ich habe gestern mit Natalie geredet. Über uns."

„Oh! Und wie lief es?"

„Gut. Mal sehen, wie es weitergeht, hier und überhaupt. Wir waren ehrlich … also … bis auf die eine Sache. Davon habe ich ihr natürlich nichts gesagt."

Marco stellte sich etwas abseits des Buffets.

„Hör zu", flüsterte er, „ich habe heute Morgen das Medium erreicht. Heute Abend um einundzwanzig Uhr dreißig ist die Séance."

„So spät?"

„Tagsüber macht er nichts."

„Schon klar", grinste Achim. „Für die Toten braucht es Dunkelheit, sonst sieht man die Tricks. Aber was sagen wir den Frauen? Oder nehmen wir sie mit?"

„Auf keinen Fall!", entrüstete sich Marco. „Natalie würde denken, ich wäre völlig plemplem. Sie ist doch eh schon so misstrauisch. Das geht überhaupt nicht."

„Stimmt. Das geht nicht. Ich habe eine Idee. Wir trinken abends doch immer Wein. Du trinkst heute Abend nichts. Ich sage, ich müsste mir noch einen Raum für einen Auftritt anschauen, zufälligerweise nicht allzu weit weg von hier. Und du müsstest mich fahren, weil ich ja schon zu viel Alk intus hätte."

„Das glaubt kein Mensch."

„Anne schon."

„Natalie niemals."

„Ja und? Was tut das zur Sache? Stellt sie dich zur Rede? Macht sie Druck?"

„Nein, das ist vorbei. Sie würde wahrscheinlich annehmen, wir gingen in einen Nachtclub mit Striptease oder dergleichen."

Der Tag verlief entspannt. Fahrt zum Königssee mit dem üblichen Programm: Bootsfahrt, Besichtigung von Berchtesgaden und Rundwanderweg Malerwinkel. Beim Abendessen schlug Natalie vor, bei der vom Hotel angebotenen Nachtwanderung mitzumachen.

Anne hatte keine besondere Lust dazu. „Ach, ich weiß nicht. Mir reicht es für heute. Was meinst du, Achim?"

„Ich kann sowieso nicht. Mir fällt nämlich ein, dass ich in Bad Reichenhall einen Saal besichtigen und mit dem Auftraggeber noch ein paar Dinge klären muss. Das habe ich ganz vergessen euch zu sagen. Da ich schon mal in der Gegend bin ..."

„Schon gut", unterbrach ihn Anne. Ich werde heute Abend lesen. Ich habe einen spannenden Roman dabei."

Natalie warf Marco einen auffordernden Blick zu, sich zu ihrem Vorschlag zu äußern. Noch bevor er da tun konnte, bat Achim Marco, wie abgesprochen, ihn zu fahren. „Das wäre echt lieb von dir. Ich habe schon zwei Gläser Wein getrunken."

„Klar, fahre ich dich."

„Somit ist mein Vorschlag ja wohl vom Tisch", beschwerte sich Natalie. „Dann geh ich alleine mit."

„Ja, mach das", sagte Marco ermutigend.

„Das mache ich auch. Ich freue mich darauf."

Somit war das Thema abgehakt und die beiden Männer konnten sich auf den Weg machen.

Auf der Hinfahrt klärte Marco Achim über das Medium auf.

„Das ist kein Hippie, Guru, Eso-Typ, sondern ein fünfundsiebzigjähriger Mann, der in einem sogenannten Austragshäusl lebt. Nachdem seine Frau gestorben war, nahm er mit ihr Kontakt im Jenseits auf – und nicht nur mit ihr, sondern auch mit seiner verstorbenen Schwester und seinem schon lange verstorbenen

Bruder. Er erzählte davon einigen Leuten und es sprach sich in der Gegend herum. Man glaubte ihm anfangs natürlich nicht, aber dann kamen irgendwann interessierte Bekannte, die auch einen geliebten Menschen verloren hatten und baten ihn, diese Verstorbenen *anzurufen* und zwischen den Beteiligten eine Verbindung herzustellen. Angeblich klappte dies. Wie, das steht natürlich nirgends. Er macht kein großes Geschäft damit, sondern betreibt das Gewerbe mehr als Seelentröster. So steht es jedenfalls im Internet."

„Was verlangt er denn für den Hokuspokus?", wollte Achim wissen.

„Dreißig Euro pro Nase."

„Der spinnt doch. Das ist viel zu viel."

„Du kannst gerne noch handeln. Das ist dein Metier."

„Ich verlange zumindest eine Erfolgsgarantie. Sonst zahle ich gar nichts."

„Achim!", mahnte ihn Marco. „Das ist doch nur Spaß."

„Eben. Aber du hast recht. Wir werden die Sache schon auskosten. Nach der Show kann dein Geist höchstwahrscheinlich einpacken."

„Der hat schon eingepackt."

„Mit wem willst du denn in Kontakt treten?"

„Ach so. Ich weiß nicht."

„Nimm doch Mila", schlug Achim vor. „Sie passt doch perfekt."

„Das mache ich. Vielleicht erfahre ich dann, warum sie sich umgebracht hat. Und du? Wen nimmst du?"

„Meinen Vater. Wen sonst?"

„Echt? Deinen Vater. Er ist doch schon sehr lange tot."

„Fünfzehn Jahre."

Obwohl sie beide nicht an eine Kontaktaufnahme

mit Toten glaubten, war ihnen trotzdem ein wenig mulmig zu mute.

Sie klopften an die Haustür, eine Klingel gab es nicht. Ein kleiner, grauhaariger Mann – unauffällig, leger, aber ordentlich angezogen – öffnete die Tür. Seine wachen Augen musterten die beiden Fremden.

„Grüß Gott. Bitte?"

„Wir haben telefoniert", sagte Marco. „Ich bin Herr Steinerbach. Ich habe noch jemand mitgebracht. Ich hoffe, das ist kein Problem.

„Nein, passt schon. Es sind noch zwei Frauen da."

Er deutete mit der Hand, dass sie reinkommen sollten.

„Sie sind nicht von hier, das sehe ich. Wo kommen Sie her?", fragte er, während er sie durch den schmalen Gang in seine Stube führte.

„Aus München", sagte Marco.

„Aha. Und Sie wollen Kontakt zum Jenseits?"

„Ja."

„Na gut."

In dem Zimmer saßen an einem runden Tisch zwei Frauen. Die eine durfte etwa sechzig, die andere bestimmt schon um die achtzig Jahre alt sein. Sie sagten „Grüß Gott", mehr nicht.

„Setzen Sie sich", forderte das Medium die Männer auf. „Ich bin der Sepp Brandl", an Achim und Marco gewandt.

Herr Brandl zündete mehrere Kerzen an, die er an verschiedenen Stellen im Raum aufgestellt hatte und machte die elektrische Beleuchtung aus. Das Zimmer war ein gewöhnliches Wohnzimmer älterer Leute: ein großer Schrank, eine schwere Sitzgarnitur, eine Kommode, auf der ein Fernseher stand. Und es gab den runden Tisch, an dem sie saßen, mit sechs Stühlen. Herr Brandl stellte den sechsten Stuhl beiseite und nahm Platz.

„Ich muss mich sehr stark konzentrieren. Das ist

nicht einfach. Der Kontakt muss von den Jenseitigen muss von ihnen auch gewollt sein. Das ist nicht immer der Fall. Es gibt also keine Garantie, dass sie heute eine Antwort auf ihre Fragen bekommen. Ich sage Ihnen nun die Regeln. Wenn Sie einverstanden sind, geben Sie mir das Geld. Wenn nicht, können Sie wieder gehen. Also: Wir sitzen an diesem Tisch, Sie sagen Ihren Vornamen, den Vornamen des Toten und in welcher Beziehung Sie zu dem oder der Toten standen und wann die Person gestorben ist. Dann schreiben Sie auf den Zettel" – er schob jedem einen Zettel und Bleistift hin – „ihre Frage. Nur eine Frage. Die Frage wird nicht vorgelesen. Dann mache ich ein Ritual und sie konzentrieren sich. Sie müssen sich die Person sehr gut vorstellen, nur dann werden Sie die Antwort empfangen – nicht unbedingt als Sprache. Oft ist es ein Zeichen. Aber sie werden es verstehen und richtig deuten, wenn es auf Sie zutrifft. Die ganze Sitzung dauert ungefähr vierzig Minuten. Währenddessen geht niemand. Aus Respekt bleiben alle sitzen, auch wenn man keine Antwort erhalten hat oder man sich langweilen sollte. Verstanden? Will jemand gehen?"

Keiner wollte gehen. Alle legten ihre dreißig Euro auf den Tisch, die Herr Brandl einsammelte und in seine Kommode legte.

„Es geht los. Lehnen Sie sich an und sitzen Sie entspannt. Legen Sie ihre Hände flach auf den Tisch. Kommen Sie," – er deutete auf Achim – „ja Sie, etwas näher an den Tisch. Gut. Nun sagen Sie – es geht im Uhrzeigersinn – Ihren und den Vornamen des Toten, in welchem Verhältnis Sie zueinander standen und den ungefähren Todeszeitpunkt. Bitte." Er deutete nach links. Dort saß die ältere Dame.

„Ich heiße Rita. Ich möchte Kontakt zu Bernhard. Er war mein Sohn und ist vor zwei Jahren gestorben."

„Die nächste", sagte Herr Brandl.

„Ich bin Annita. Mein Mann ist gestorben. Er heißt

Johann."

„Und wann?", fragte Herr Brandl nach.

„Vor acht Wochen". Sie war den Tränen nahe.

Dann war Marco an der Reihe.

„Ich heiße Marco. Ich hätte gerne Kontakt zu Mila. Sie war eine Freundin und ist vor ein paar Wochen gestorben."

„Mein Name ist Achim. Ich möchte Kontakt zu meinem Vater, Heiko. Er starb vor fünfzehn Jahren."

„Gut. Nun schreiben Sie Ihre Frage auf und dann falten Sie den Zettel mehrfach."

Nach einigen Sekunden sammelte er die Zettel ein und legte sie in die Tasse, die neben ihm auf dem Tisch stand. Er ging damit zum Fenster, öffnete es und stellte die Tasse mit den Zetteln nach draußen auf das Fensterbrett. Dann schloss er das Fenster und nahm wieder Platz.

„Bitte schauen Sie alle auf den weißen Punkt in der Mitte des Tisches und denken Sie intensiv an die verstorbene Person."

Brandl schloss die Augen und forderte auch die anderen auf, die Augen zu schließen. Er faltete die Hände wie zum Gebet und summte ein Lied. Erst leise, dann immer lauter. Dann streckte er die Hände nach oben, fuchtelte wild in alle Richtungen und gab alle möglichen Töne von sich. Anschließend stellte er sich hinter die ältere Dame, legte ihr seine Hände auf den Kopf, auf die Schulter, strich an ihren Armen entlang bis zu ihren Händen, die er dann einige Sekunden berührte. Das machte er bei allen. Dann setzte er sich wieder und summte vor sich hin.

„Bitte lassen Sie die Augen geschlossen", sagte er mit tiefer Stimme, „und empfangen Sie die Antwort auf Ihre Frage."

Es war still in diesem Häuschen. Man hörte quasi nichts, außer hin und wieder ein Auto, das vorne an der Straße vorbeifuhr. Anscheinend schlich eine Katze ums Haus, denn das Miau war erst deutlich und dann immer leiser zu hören. Zu spüren war nichts – kein Wackeln des Tisches. Und es gab nicht mal einen leichten Luftzug.

Alle saßen bewegungslos am Tisch. Mindestens fünf Minuten, dann endlich durften sie die Augen wieder öffnen und sich bewegen. War das jetzt alles?, fragten sich Marco und Achim.

Das war es nicht. Brandl holte die Tasse mit den Zetteln. Dann nahm er einen ohne ihn aufzufalten, umklammerte ihn mit den Fingern und sagte nach einer Weile: „Ich glaube, Sie können Frieden schließen." Er reichte den Zettel Annita. Sie nahm ihn und überprüfte, ob es ihr Zettel war. Er war es.

Dann kam Marco dran. „Sie hat die Antwort verweigert. Tut mir leid für Sie. Hier ist Ihre Frage." Marco nahm den Zettel und auch er überprüfte, ob es seiner war. Es war seiner.

Brandl griff nach dem nächsten Zettel – Ritas Zettel. „Sie brauchen sich wohl keine Sorgen mehr zu machen. Stimmt's?"

Rita lächelte und bejahte die Frage mit einem Nicken.

Als Letzter war noch Achim dran. „Es kam keine Verbindung zustande – nicht zu ihrem Vater, aber zu einer Frau, die auch mit Ihrem Freund in Beziehung stand. Es ist alles gut. Ich hoffe, das hilft Ihnen weiter."

Brandl machte wieder Licht, löschte die Kerzen und sammelte die Fragezettel ein.

„Dürfen wir sie nicht behalten?", fragte Marco.

„Nein. Die bleiben hier. Ich werde sie später verbrennen."

„Warum?"

„Sie sind mit jenseitigen Kräften behaftet, die sonst draußen herumschwirren würden. Das wäre nicht gut."

Brandl ging zur Tür. Ein eindeutiges Zeichen, dass die Sitzung zu Ende war. Er verabschiedete sich und wünschte allen alles Gute und viel Glück.

„Das war's", sagte Marco, als sie im Auto Platz genommen hatten. „Nun ja, da habe ich mir mehr erwartet. Nicht mal der Tisch hat sich bewegt. Keine Lichteffekte, keine schwebenden Gegenstände. Schade."

„Es war trotzdem ganz spannend", fand Achim. „Ich habe so etwas noch nie mitgemacht. Was hast du eigentlich für eine Frage gestellt?"

„Eine ganz einfache: ‚Hast du deinen Mann ermordet?' Das wäre doch mit einem simplen ‚ja' oder ‚nein' zu beantworten gewesen. Wie lautete deine Frage?"

„Ich habe auf den Zettel geschrieben: ‚Bist du noch unter uns?', aber ich habe meinen Vater nicht visualisieren können. Ich hatte das Bild von Mila vor mir, ganz deutlich, wie damals im Supermarkt. Nur ohne Weinglas."

„Verrückt. Und was hat sie geantwortet?"

„Nichts. Sie lächelt nur. Ich meine, die Frage habe ich ja auch nicht an sie gerichtet gehabt."

„Immerhin lächelte sie. Mich, beziehungsweise meine Frage, hat sie ja ignoriert."

„Woher hat der alte Brandl gewusst, dass mir eine Frau erschien, die auch mit dir zu tun hatte?"

„Das hat er erraten. Man denkt doch immer an bestimmte Leute. Und außerdem bist du ein Frauentyp."

Achim war sich nicht so sicher, ob die Erklärung so einfach war, aber sie kam ihm sehr gelegen. Diese Séance war nur Spaß, sonst nichts, sagte er sich. „Okay, nun zu den offiziellen Fakten: Die Besichtigung war interessant, leider kam kein Vertrag zustande. Die Konditionen waren einfach zu schlecht."

„Ach so, natürlich." Marco klopfte Achim auf die Schulter. „Und der Saal sah schrecklich aus; und der

Backstage-Bereich war absolut unerträglich; und die zu erwartenden Gäste uralt. Trinken wir noch ein Weißbier im Hotel?"

„Na, das will ich wohl meinen. Jetzt weiß ich auch, warum du keine Verbindung ins Jenseits herstellen konntest. Das Weißbier hat gefehlt."

„Genau. Zu einer gescheiten Séance gehört ein gescheites Weißbier. Das sollte man dem Brandl mal sagen."

Franz Hintermeier hatte einen absoluten Geheimtipp für Naturliebhaber. Ein kleiner, versteckter Naturbadesee. Er war nicht leicht zu finden. Man musste an einem Wirtschaftsweg parken und dann eine halbe Stunde auf einem kleinen Waldweg, teilweise zwischen Gestrüpp, durch den Wald laufen.

Doch es hatte sich gelohnt. Plötzlich lag ein herrlich romantischer See mit einem kleinen Liegebereich vor ihnen. Wunderschön. Ein Traum. Den Traum genoss auch noch ein anderes Pärchen, das sich nackt sonnte. Als sie bemerkten, dass jemand kam, bedeckten sie sich reflexartig mit ihren Handtüchern.

Achim machte mit den Fingern ein Okay-Zeichen und rief ihnen zu. „Wir sind auch FKKler."

„Gott sei Dank. Hier kann man sich einfach in keine Badehose quetschen", rief der Mann zurück.

„Lasst uns ein wenig abseits des Pärchens einen Platz finden", schlug Achim vor.

Auf einem schönen Stück Wiese breiteten sie sich aus. Sie waren gut ausgerüstet mit Badedecken, Handtüchern, Lektüre, aufblasbaren Kopfkissen und sogar mit einer Kühltasche, die sie vom Hotel ausleihen konnten.

„Ich habe Wein dabei, feinen Wein", sang Marco. Dann holte er eine Plastikflasche aus der Kühltasche und wedelte damit in der Luft herum.

„In einer Plastikflasche", mokierte sich Anne.

„Ich bin ja nicht blöd und schleppe eine schwere Glasflasche", entschuldigte sich Achim. „Plastikgläser gibt es auch. Wer will?"

„Jetzt schon?", fragte Marco zweifelnd und runzelte die Stirn. „Es ist gerade mal elf Uhr!"

„Ja und? Wir haben Urlaub."

„Ich will einen Schluck", sagte Anne.

Dann wollten alle – mehr als einen Schluck –, und die Flasche war bald leer.

Natürlich stieg ihnen der Alkohol in den Kopf, was aber das Naturerlebnis abrundete. Sie cremten sich dick ein und lagen dann leicht benebelt, aber glückselig in der Sonne. Sonst passierte nichts. Nur Genuss, Sonne, Wärme – die Temperatur absolut im Wohlfühlbereich – und hin und wieder ein kurzes Eintauchen in den nicht allzu kalten See.

Anne und Achim schmusten gelegentlich miteinander. Auch Natalie und Marco näherten sich körperlich an. Sie streichelten sich, küssten sich, und beide verspürten beinahe so etwas wie Lust.

Irgendwann dösten alle. Sie bewegten sich nur noch, wenn es notwendig war, zum Beispiel, um Insekten zu verscheuchen. Hin und wieder gab es einen Griff zur Wasserflasche oder zur Sonnencreme.

Etwas dusselig vom Wein, von der Sonne und vom Herumliegen bemerkte Achim irgendwann, dass das andere Pärchen nicht mehr da war. Er stupste Marco an, warf ihm einen verschmitzten Blick zu und zog die Brauen hoch. Das sollte heißen: „Jetzt könnten wir hier gut vögeln." Marco warf einen Blick auf Natalie, schob seine Mundwinkel nach unten und zuckte kaum merklich mit den Achseln. Achim verstand die Botschaft. „Keine Chance. Das würde sie nie machen." Sie legten sich wieder auf den Rücken und schlossen die Augen. Es blieb bei dem Gedanken.

Zum Abschluss des Badetages, der allen absolut gut gefallen hatte, sprangen sie noch mal in den See und schwammen so lange, bis sie ausgekühlt waren. Gemütlich packten sie ihre Sachen zusammen und machten sich auf den Heimweg.

Es war ein absolut entspannter und harmonischer Ausflug. Sie hatten wenig miteinander geredet, sondern sich nur entspannt im Nichtstun. Im Hotel angekommen trennten sich die Paare.

Marco und Natalie duschten nacheinander. Dann legten sie sich aufs Bett – nackt, es war warm im Zimmer. Sie kuschelten, sie umarmten sich, küssten und streichelten sich überall und pressten ihre Körper aneinander. Es war ein perfektes Vorspiel – hätte man meinen können. Und doch war es genau das Gegenteil. Es war ein rein fleischlicher Kontakt, eine inszenierte Leidenschaft – die sogar funktionierte. Marco drang in Natalie ein. Doch ihre Vereinigung war ohne wirkliches Begehren. Sie taten es, weil es den Tag abrundete, zum Urlaub dazugehörte – so wie sie es früher auch schon immer gehandhabt hatten. Und es war ein Test, ob ihre Liebe noch reichte für … ja, für was eigentlich?

Natalie wurde dies alles plötzlich sehr bewusst und hatte keine Lust mehr auf diese Art von Sex. Sie drückte Marco weg von sich. Marco wollte jedoch in ihr verbleiben und zum Höhepunkt kommen – und ignorierte Natalies Abwehr. Er hielt sie fest und machte weiter.

„Hör auf", schrie Natalie. „So läuft das nicht. Lass mich los!"

Marco ließ von ihr ab. Er rollte auf die Seite. „Was ist los?"

„Es macht mir keinen Spaß."

„Warum? Es hat doch gut angefangen und es wäre auch noch gut weitergegangen."

„Lüg dir doch nichts in die Tasche!", pfiff Natalie.

„Ich lüge nicht. Ich will Sex."

„Ich auch, aber nicht so."

„Warum fängst du dann mit mir zu schmusen an, tust so als ob du Lust hättest?"

„Genau wie du."

„Was soll denn das jetzt heißen?"

„Du hast doch in Wirklichkeit auch keine Lust mehr auf mich."

„Jetzt hatte ich aber Lust auf dich."

Natalie warf ihm einen fragenden Blick zu, den Marco jedoch nicht sah, denn er starrte an die Decke.

„Das habe ich aber nicht gespürt", sagte Natalie. „Heute nicht und schon lange nicht mehr. Wenn wir uns anfassen, dann ist das zwar okay, aber da ist nichts Erotisches mehr, kein sexueller Reiz. Sex ist zwischen uns zu einer Art Pflichterfüllung geworden. Wir brauchen uns nichts mehr vorzumachen, Marco. Es ist vorbei mit uns. Und ich kann und will mir auch nicht mehr einreden, dass ich für dich eine tolle Frau bin. Das habe ich nicht mehr nötig."

„Gott! Immer die gleiche Leier. Immer begehre ich dich zu wenig. Und wenn ich es tu, ist es auch nicht recht."

„Rede keinen Unsinn. Du weißt genau, was ich meine."

„Kannst du nicht einfach mit mir schlafen, ohne dass es schwierig wird?"

„Nein, weil zwischen uns genau das fehlt, was es einfach machen würde. Aber, ehrlich gesagt, mich interessiert das nicht mehr. Ich habe einen anderen Mann kennengelernt."

„Was hast du?"

„Einen anderen Mann."

„Das sagst du doch nur, um dich wichtig zu machen. Das glaube ich nicht."

„Ich weiß schon, dass du das nicht glaubst. Aber ich habe einen sehr interessanten Mann kennengelernt, der übrigens acht Jahre jünger ist als du."

Marco konnte in der Tat nicht glauben, was er hörte. Die dicke Natalie hat einen anderen Mann? Das kann doch gar nicht sein. Und ich habe nichts davon mitgekriegt?

„Was heißt kennengelernt? Bist du mit dem Typ richtig zusammen?"

„Ja. Wir haben Sex miteinander. Und es ist schön und ich gefalle ihm und er mir."

„Wie lange geht das schon?"

„Drei Monate."

Marco war schockiert. Er fühlte sich gedemütigt. Es war, als hätte man ihm einen Eimer Wasser ins Gesicht geschüttet und gesagt, dass er immer schon ein Verlierer war und das für alle Zeiten bleiben würde. Seine Ehe war eine einzige Lüge. Und diese Frau neben ihm, Natalie, kam ihm vor wie ein Monster, das ihn mit seinen schleimigen Fäden festgehalten hatte und ihm weismachen wollte, dass er Monster liebte. Er liebte aber keine Monster, er hasste sie. Er hasste Natalie. Er hasste alles an ihr. Er hasst sie in diesem Moment so sehr, dass er ihr am liebsten das Kissen aufs Gesicht gedrückt hätte.

Er wälzte sich aus dem Bett, ohne Natalie anzusehen. Er musste Abstand halten. Er war sich nicht sicher, wenn er sie ansehen würde, ob er ihr was antun könnte. Vielleicht erwürgen. Ja, er würde sie erwürgen. Zugleich realisierte er, dass dieser Hass völlig überzogen war. Doch er war da und er hatte keinen Hebel, ihn herunterzufahren, geschweige denn abzustellen.

Er zog sich an. Natalie sagte nichts, sondern beobachtete ihn stumm. Er steckte seine Geldbörse und den Autoschlüssel ein und wollte das Zimmer verlassen.

„Wo willst du hin?" fragte Natalie.

„Weg."

„Lass den Autoschlüssel hier", schrie sie ihm nach. Aber Marco schloss die Zimmertür hinter sich.

Ihr Hotelzimmer lag im zweiten Stock. Er rannte die Treppe hinab, da kam ihm Achim entgegen.

„Ich wollte gerade zu euch, um zu fragen ...", Achim stockte, als er Marco mit seinem wütenden Gesichtsausdruck sah. „Was ist denn mit dir los?"

„Lass mich vorbei", zischte Marco.

Achim hielt ihn fest.

„Lass mich los, verdammt."

„Spinnst du? Ich will wissen, was los ist. Habt ihr gestritten?"

„Ja, nein, irgendwie", fauchte Marco und wollte sich von Achim losreißen, schaffte es aber nicht. „Mach den Weg frei, sonst ...", drohte Marco und starrte wütend in Achims Gesicht, „sonst stoße ich dich auf die Seite. Kann sein, dass du fällst".

„So. Schluss jetzt." Achim wurde autoritär, wie selten. „Wir gehen jetzt hier gemeinsam runter und dann setzten wir uns irgendwo hin, wo uns niemand hören kann. Und dann erzählst du mir, was vorgefallen ist. Ich lasse dich jetzt ganz sicher nicht alleine. Auch wenn dir das nicht passt. Das diskutiere ich nicht." Achim hatte mehr Kraft als Marco. Er packte ihn mit einer Hand fest am Arm und stolperte mit Marco nach unten.

„Lass mich endlich los. Ich lauf schon nicht weg", sagte Marco, immer noch erregt.

„Hast du den Autoschlüssel dabei? Gib ihn mir."

„Warum?"

„Weil wir ein Stück fahren und dann gehen wir in den Wald. Dort haben wir unsere Ruhe. Ich fahre, damit das klar ist. Du bist nicht fahrfähig."

Widerwillig setzte sich Marco auf die Beifahrerseite.

Achim gab Anne kurz Bescheid, dass er mit Marco eine dringende Sache klären müsse.

Schweigend fuhren sie bis zu einer Einfahrt eines Wirtschaftsweges. Achim hielt an.

„Komm, steig aus. Wir gehen ein Stück.

„Ich habe keinen Bock. Ich bleibe hier sitzen."

„Na gut, dann bleiben wir im Auto. Also, sprich. Was ist los?"

„Natalie ...", Marco schüttelte heftig den Kopf, „... du glaubst es nicht. Sie hat einen anderen!"

„Ja und? Was regst du dich da so auf? Du hattest auch andere Frauen."

„Das sagt sie mir so einfach ins Gesicht nachdem wir endlich mal wieder gevögelt haben, das heißt, sie hatte mittendrin keine Lust mehr. Und dann schleudert sie mir diese Nachricht entgegen. Sie, die A-Sexuelle. Die verlogene dicke Kuh!"

Achim hätte ihm gerne gesagt, dass er sich zusammenreißen solle, aber er wusste, das machte jetzt keinen Sinn. Marco musste sich auskotzen.

„Und weiter?"

„Nichts weiter. Reicht das nicht?"

„Warum nimmt dich das so mit? Ich kann das nicht nachvollziehen."

„Das kann man nicht nachvollziehen, wenn man nicht gedemütigt wurde, wenn man nicht erlebt hat, dass sich plötzlich die Welt, an die man glaubte, umdreht. Ich habe immer geglaubt, dass ich mir ihr sicher sein kann, dass sie zu mir steht, auch wenn sie mich nicht mehr liebt. Deswegen bin ich doch bei ihr geblieben, weil alle anderen Frauen mich doch sowieso verlassen hätten. Ich bin es nicht wert, geliebt zu werden, nicht von Frauen, die ich toll finde. Ich musste so eine nehmen wie Natalie – wegen meiner Mutter."

„Wegen deine Mutter? Was hat deine Mutter damit zu tun?"

„Sie hat mich nie akzeptiert."

„Ich dachte, ihr versteht euch ganz gut."

„Tun wir auch. Einigermaßen. Aber früher ..." Marco schlug mit den Händen auf das Armaturenbrett. „Ich habe immer getan, was von mir erwartet wurde.

Scheiße, scheiße, scheiße!"

Er schlug noch fester und riss dann die Tür auf, als könnte dadurch seine Wut hinausziehen. Sie blieb aber in ihm stecken. Und dann fiel ihm eine Szene mit seiner Mutter ein, die er schon seit sehr langer Zeit vergessen hatte.

„Ich war fünfzehn oder sechzehn – ein ganz normaler Jugendlicher, der anfing, sich für Mädchen zu interessieren, der sich ausprobieren wollte und unsicher war. Irgendwann hatte ich ein Mädchen mit nach Hause gebracht. Wir saßen bei mir im Zimmer auf dem Bett – ganz brav. Angezogen. Ich hatte noch so gut wie keine sexuellen Erfahrungen. Aber dieses Mädchen gefiel mir extrem gut – ich war verliebt, und sie war mir wichtig. Und sie war auch sehr nett zu mir. Ich wollte sie küssen, legte den Arm um sie. Wir sahen uns in die Augen und unsere Lippen berührten sich sanft. Genau in diesem Moment kam meine Mutter ins Zimmer. Sie starrte uns an mit einem bösen Blick. Sofort setzten wir uns aufrecht hin. Und dann starrte sie nur noch mich an mit einem hämischen Grinsen und sagte: ‚Lass das Mädchen in Ruhe. Was willst du mit so einer? Die läuft dir doch schneller davon, als du denken kannst. So ein hübsches, schlankes Mädchen bleibt nicht bei dir. Schau dich doch an: Du bist keine Schönheit. Mit der kannst du nicht mithalten. Du brauchst eine, die zu dir passt.' So ähnlich hatte sie es formuliert. Dann verließ sie mein Zimmer – mit ihren dicken Beinen und ihrem kugelrunden Hintern. Da wusste ich, ich musste mir eine suchen, die so ähnlich aussah wie meine Mutter. Und sie setzte in mein Herz die Überzeugung: alle anderen werden mich niemals lieben, denn ich bin sie nicht wert."

Marco hatte Tränen in den Augen. „Natürlich verließ mich das Mädchen. Also hatte meine Mutter recht."

Er stieg aus dem Auto aus und ging ein paar

Schritte. „Diese gemeine Frau. Diese Boshaftigkeit. Wie kann man nur so sein? Als Mutter zu seinem eigenen Sohn? Verstehst du das?"

Achim stieg auch aus. Sie setzten sich auf die Motorhaube.

„Nein, das verstehe ich nicht. Sie muss wohl ziemliche Probleme gehabt haben."

„Mag sein, aber das interessierte mich als Jugendlicher doch nicht. Ich hätte Unterstützung gebraucht, stattdessen hat sie mich fertig gemacht. Sie gab mir immer wieder das Gefühl, dass ich minderwertig sei und nörgelte an mir herum. Mein Bartwuchs wäre zu wenig, meine Muskeln zu schwach, mein Blick, wie der eines rumänischen Straßenhundes – hat sie wirklich gesagt. Später, als Erwachsener, habe ich dann noch mal eine Freundin meinen Eltern vorgestellt – sie war auch hübsch und schlank –, da hat meine Mutter zwar nichts mehr gesagt, das traute sie sich wohl nicht mehr, aber ihr Blick war eindeutig: Ich tat ihr leid, weil ich eine Frau hatte, die mich verlassen wird. Kannst du dir das vorstellen?"

„Hm." Achim wusste nicht, was er sagen sollte. Vor allem wollte er keine Klugscheißer-Sprüche bringen, denn Marcos Erlebnisse waren in der Tat kein Zuckerschlecken.

„Auch sie hat mich verlassen. Ich war damals ziemlich am Boden zerstört. Als ich dann Natalie kennenlernte, und sie meiner Mutter vorstellte, kam plötzlich eine ganz andere Reaktion. Sie beglückwünschte mich, sagte, wie nett sie Natalie fände und wie gut wir zusammenpassen würden. Mit Natalie schien alles perfekt, was mir guttat – scheinbar. Dann ging alles seinen Gang. Natalie war unkompliziert, tolerant und intelligent. Wir haben geheiratet, weil man das halt so machte."

„Hast du Natalie denn jemals geliebt?"

„Ich habe sie gemocht, aber so richtig geliebt?

Wahrscheinlich nicht. Scheiße, ich weiß es nicht."

„Du wolltest von deiner Mutter geliebt werden, indem du eine Frau nimmst, die sie für dich angemessen fand."

„Ja, genau. Eine schlanke Frau hätte meine Mutter als Verrat empfunden. Das ist doch krank!"

„Und dein Vater? Wie hat der sich geäußert?"

„Ach, mein Vater. Der hat sich doch nicht für meine Freundinnen interessiert. Er fand jede sympathisch. Er war mir keine Hilfe, weder was Mädchen noch was meine männliche Entwicklung betraf. Für meinen Vater zählte nur die Kanzlei. Und ich war brav und habe Jura studiert. Und ich war brav, und habe Natalie geheiratet. Und ich war brav und bin bei ihr geblieben."

Marco hackte mit den Fersen in den Boden, so dass die kleinen Steine wegsprangen. „Soll sie mir jetzt leidtun, weil ich sie nicht geliebt habe? Ich bin schließlich geblieben, die ganzen Jahre. Bin irgendwie zu ihr gestanden. Und jetzt? Jetzt hat sie einen anderen. Das ist nicht fair."

Marco nahm einen Stein und warf ihn mit aller Kraft auf den Weg, so dass er einige Meter hüpfte. Er hob noch mehrere auf und warf sie kreuz und quer in der Gegend herum. Als er den nächsten Stein aufheben wollte, sagte Achim: „Lass das. Ich will nicht getroffen werden. Ich finde es übrigens schon okay, wenn Natalie einen anderen Mann hat. Im Grunde bist du doch nur neidisch, weil es mit deinen Bekanntschaften nichts geworden ist und weil es bei deiner Supertraumfrau nicht gefunkt hat."

„Meine Traumfrau! Schöner Reinfall! Sie übte keinen Reiz mehr auf mich aus, als ich vor ihr saß. Sie kam mir plötzlich total uninteressant vor."

„Vielleicht war sie das auch. Vermutlich wolltest du dir nur beweisen, dass du sehr wohl eine tolle Frau bekommen kannst und damit dein Selbstbewusstsein aufmöbeln ...“

„... das mir meine Mutter zerstört hat!“, schrie Marco. „Diese blöde Kuh. Ich hasse sie.“

„Marco, beruhige dich.“

„Wie soll man sich beruhigen, mit so einer Mutter? Ich fange gerade erst an, mich aufzuregen ... und jetzt kam sie angewackelt, um mir zu sagen, dass ich die Ferienwohnung bekäme. Diese bescheuerte Wohnung in diesem bescheuerten Kaff. Es war sicher ihre Idee, die Wohnung vor mir geheim zu halten.“

„Mir reicht's jetzt langsam mit deiner Mutter. Komm, lass uns zurückfahren.“

„Okay, wie du meinst. Fahren wir zurück.“ Marco kickte noch mal mehrere Steine weg. „Und was mache ich mit Natalie?“

„Nichts. Verhalte dich normal, einfach ganz stinknormal. Wir verbringen den Urlaub gemeinsam zu Ende. Und dann regelt ihr eure Trennung. Steig ein.“

Achim konnte Marco gut und lange mit seinen kleinen und großen Schwierigkeiten ertragen, aber das Problem Natalie wuchs ihm gerade über den Kopf. Er hatte Angst, dass Marco komplett ausrasten und Natalie im Affekt etwas antun könnte. Marco war in keiner guten Verfassung.

Als sie am Parkplatz des Hotels parkten, schlug Achim vor, gemeinsam Abend zu essen. Die Frauen würden sicher schon warten.

Marco zog die Schultern hoch und atmete angestrengt ein. „Ich weiß nicht.“

„Aber ich weiß es. Wir gehen ins Lokal und essen entweder zu viert oder, falls die Frauen schon gegessen haben, nur wir beide.“

„Letzteres wäre mir lieber“, sagte Marco verkniffen.

Die Frauen waren bereits bei der Nachspeise angelangt, als die Männer auf sie zukamen. Vier fragende weibliche Augen erwarteten eine Erklärung.

„Das hat aber lange gedauert", mokierte sich Anne. „Was habt ihr denn klären müssen?"

„Ach, ein Männerthema", antwortete Achim und versuchte, dabei möglichst locker zu wirken.

Sie setzten sich. Marco sagte nichts und warf Natalie einen abweisenden Blick zu. Er hätte sie zwar gerne neutral angesehen, aber er schaffte es nicht. Er schaffte es auch nicht, friedlich und freundlich am Tisch zu sitzen. Einerseits schämte er sich für sein uncooles Verhalten, andererseits war sein Ärger und seine Enttäuschung gegenüber Natalie – und gegenüber seinem Schicksal – einfach zu groß, um sich normal benehmen zu können.

„Es tut mir leid", sagte er, „aber ich halte das hier gerade nicht aus. Ich setze mich an einen anderen Tisch."

„Bitte Marco ..." Achim hielt ihn am Arm fest, aber Marco entwand sich des Griffs.

„Lass ihn", meinte Natalie. „Wenn er nicht mit uns essen will, dann soll er alleine essen. Ich weiß schon, warum. Er hat ein Problem."

„Anscheinend ist hier irgendwas am Gange", meldete sich Anne zu Wort, „von dem nur ich nichts weiß. Würdet ihr mich bitte aufklären?"

„Das tu ich", sagte Natalie entschlossen. „Wir haben vorhin versucht miteinander zu schlafen, aber es hat nicht funktioniert. Außerdem habe ich einen anderen Mann kennengelernt. Ich möchte mich scheiden lassen. Ich fahre noch heute nach Hause."

Dann war Stille am Tisch.

Natalies unmissverständliche Zustandsbeschreibung stießen Anne – und auch Achim, obwohl er die Fakten kannte – vor den Kopf. Kommentarlos widmeten sie sich ihren Speisen.

Natalie fühlte sich auch nicht mehr wohl. Der Abend war gelaufen. Sie schob den Dessertteller von sich und sagte: „Ich hole jetzt gleich meine Sachen und dann bin ich weg. Ich wünsche euch noch einen schönen Urlaub."

Nachdem Natalie gegangen war, nahm Marko seinen Teller und kehrte zurück zu Achim und Anne.

„Sie fährt nach Hause", sagte Anne zu Marco in einem leicht vorwurfsvollen Ton. „Jetzt."

„Das war klar. Ansonsten wäre ich abgereist. Es ist gerade etwas schwierig, tut mir leid."

„Ihr lasst Euch scheiden?", fragte Anne verständnislos, denn für sie war es durchaus eine Überraschung, als Natalie diese Absicht äußerte.

„Hat sie das gesagt?"

„Ja."

"Dann wird es wohl so sein. Ich wäre froh, wenn es schon vorbei wäre."

Anne und Achim wussten nicht, was sie sagen sollten. Marco war sichtlich mitgenommen, schlang sein Essen hinunter und bestellte ein zweites Bier.

„Ich hoffe, wir können den restlichen Urlaub noch gemeinsam verbringen, auch ohne Natalie", sagte Marco.

„Na klar", meinten Achim und Anne.

„Kann ich mir heute Abend noch dein Auto ausleihen?", fragte Marco Achim.

„Nein, das kannst du nicht", antwortete Achim ziemlich harsch.

Anne sah Achim mit zusammengekniffenen Augen an. „Warum nicht? Du kannst ihm doch das Auto geben. Wir bleiben doch ohnehin im Hotel."

„Das mache ich aber nicht. Ich gebe mein Auto keinem, der schon zwei Bier getrunken hat. Auch dir nicht."

„Vom zweiten Bier habe ich noch fast nichts getrunken. Dann lasse ich es eben stehen."

„Wo willst du überhaupt hin?"

„Ach, zu einem alten Bekannten. Sepp Brandl heißt er. Er ist nicht mehr der Jüngste."

Achim blieb kurz der Mund offen. „Aha. Und was willst du von dem – heute noch?"

„Reden, was sonst."

Anne hatte keine Lust mehr, am Tisch zu sitzen. „Ich gehe zum Entspannungskurs. Gehst du mit?", fragte sie Achim.

„Nein. Geh du nur alleine."

Als Anne weg war, platzte Achim beinahe der Kragen: „Bist du wahnsinnig? Ich glaube, du hast sie nicht mehr alle. Was willst du denn von dem Brandl?"

„Ihn fragen, was ich nun machen soll."

„Das ist kein psychologischer Berater, sondern ein Medium, wenn ich dich daran erinnern darf."

„Ja und? Vielleicht kann er noch mehr."

„Das ist ein alter Mann, der ein bisschen Hokuspokus macht und vielleicht eine ganz gute Menschenkenntnis hat, aber was soll der dir raten?"

„Was ich jetzt tun soll?"

„Das kann ich auch. Zahle dreißig Euro und lege deine Hände auf den Tisch, dann sage ich dir, was du zu tun hast. Da ich aber in deiner Schuld stehe, sage ich es dir auch kostenlos: Wir trinken jetzt in aller Ruhe unser Bier zu Ende und dann gehen wir schlafen."

„Und morgen?"

„... gehen wir auf irgendeinen Berg. Was sonst."

„Meine Beziehung zu Natalie war eine einzige Lüge. Sorry, dass ich noch mal damit anfange, aber ich verstehe echt nichts mehr. Warum bin ich so lange bei ihr geblieben? Um meine Mutter nicht zu enttäuschen? Weil ich zu feige war, meinen eigenen Vorstellungen zu folgen? Kann sein. Aber warum ist Natalie bei mir geblieben? Sie hat doch gemerkt, dass ich sie nicht so geliebt habe, wie sie das vermutlich gebraucht hätte."

„Das ist ihr Ding. Bei jedem Menschen läuft doch irgendwas schräg, aus welchen Gründen auch immer."

„Ich habe das Gefühl, als hätte sie mir einen Großteil meines Lebens gestohlen. Sie war immer die Falsche, von Anfang an bis zum Schluss. Sie kann zwar nichts dafür, aber ich habe trotzdem eine Stinkwut auf sie."

„Du drehst dich im Kreis. Merkst du das nicht? Können wir, zumindest für heute, das Kapitel Natalie abschließen?"

Marco atmete tief durch und nahm den letzten Schluck seines Bieres. „Okay."

„Und noch was. Wenn du wieder zu Hause bist: Lass Natalie in Ruhe."

„Was soll das jetzt heißen? Das klingt ja gerade so, als ob du annimmst, dass ich ihr was antun könnte."

„Bist du dir denn sicher, dass du es nicht tust?"

„Das bin ich." Und nach ein paar Sekunden sagte er nachdenklich und leise: „Ich glaube aber, dass jeder zum Mörder werden kann – wenn er in die Enge getrieben wird, wenn es darum geht: der andere oder ich. Dann sticht jeder zu. Auch du."

„Natürlich. Jeder kämpft um sein Leben. Aber mit Natalie musst du nicht um dein Leben kämpfen. Sie hat dich wahrscheinlich sogar immer geliebt, was jetzt aber nicht mehr wichtig ist. Morgen gehen wir entspannt wandern. Ja?"

„Ja. Danke Achim."

„Gerne. Macht fünfzig Euro."

2

Der Schuhschrank war weg. Seine Schuhe lagen aufgereiht im Flur. Das Regal im Bad war leer – ohne Tuben, Dosen, Pinsel und Nagellacke. In Natalies Zimmer fehlte das Bettzeug, ihr Kopfkissen, PC, Drucker und die Stehlampe. Auch ihr Kleiderschrank war quasi ausgeräumt sowie das Bücherregal mit den Aktenordnern. Natalie war ausgezogen, zumindest hatte sie das Wichtigste mitgenommen.

Marco ging durch die Wohnung und fühlte sich befreit. Sie war nicht mehr da. Einfach verschwunden. Ich muss keine Rücksicht mehr nehmen, stellte er fest. Ich kann nun tun und lassen, was ich will.

Allerdings wusste er auch, dass die Trennung noch nicht vollzogen war, dass noch einiges auf ihn zukommen könnte. Aber das war alles regelbar. Er war froh, dass Natalie diesen ersten, wichtigen Schritt gemacht hatte. Damit hatte er nicht gerechnet.

Er packte aus, wusch die Wäsche und überlegte, was morgen im Büro anstand. Dann checkte er seine E-Mails und ließ den Abend mit dem „Tatort" ausklingen. Er konnte sich entspannen – endlich. Was ihm jedoch im Magen lag, war der Notartermin. Dort würde er seiner Mutter begegnen. Und er müsste ihr dankbar sein, wozu er absolut keine Lust hatte. Wie sollte er ihr gegenübertreten? In seiner Vorstellung war sie nicht mehr eine Mutter, die ihrem Sohn etwas Gutes tun wollte, sondern eine boshafte Frau, die so nur tat, als wäre sie lieb und nett. Er nahm sich vor, sachlich zu bleiben. Denn warum sollte er einen Streit provozieren, für etwas, das Jahrzehnte zurücklag? Er musste nach vorne schauen, das hatte ihm Achim im Urlaub unentwegt eingebläut – und außerdem wollte er die Ferienwohnung. Er würde sie verkaufen und damit könnte er Natalie seinen Anteil an ihrer gemeinsamen Wohnung im Schlachthofviertel ausbezahlen.

Der Notartermin war an einem Vormittag. Seine Eltern begrüßten ihn freundlich, jedoch nicht überschwänglich. Marco grüßte sie auch freundlich, ganz normal, so wie immer. Man setzte sich und der Notar las den Vertrag vor. Währenddessen beobachtete Marco seine Mutter. Er fragte sich, ob dieser Frau bewusst war, was ihre abwertenden Bemerkungen bei ihm angerichtet hatten. Oder war sie wirklich so verquer in ihren Gedanken, dass sie dachte, ihren Sohn vor schönen Frauen schützen zu müssen, um ihn vor möglichen Enttäuschungen zu bewahren? Oder war sie einfach nur eifersüchtig auf die attraktiven Mädchen, die bei den Jungs Chancen hatten – Chancen, die sie wahrscheinlich nie hatte. Vermutlich hatte sie meinen Vater – dieser arbeitssüchtige Mann, der sie ganz sicher mit seiner Sekretärin betrogen hatte – geheiratet, weil sie keinen anderen bekommen konnte? Hatte sie ihn geliebt? Hatte er sie geliebt? Ist er bei ihr geblieben, weil er sich ihrer sicher sein konnte und das für ihn praktisch war? Bin ich das Kind einer Zweckgemeinschaft? Kein Wunder, dass aus mir einer geworden ist, der eine Zweckgemeinschaft lange Zeit als normal empfand und der keine Möglichkeit hatte, sich daraus zu befreien.

Als der Notar fragte, ob man alles verstanden oder noch Fragen hätte, wurde Marco aus seinen Gedanken gerissen. Es gab keine Fragen. Marco hatte den Vertrag vorab gelesen. Dann wurde unterschrieben und die Sache war erledigt.

Marco fragte seine Eltern – er fühlte sich dazu verpflichtet –, ob sie noch Lust auf ein gemeinsames Mittagessen hätten, obwohl er eigentlich ins Büro hätte fahren müssen.

„Wir könnten zu dem Italiener dort drüben gehen",

schlug Marco vor.

„Das ist lieb von dir, aber ich habe gerade Probleme mit meinem Magen", entschuldigte sich sein Vater.

„Wir fahren lieber gleich wieder nach Hause, und du musst bestimmt arbeiten. Besser, wir gehen ein anderes Mal zum Essen. Ach so, ja!", Marcos Mutter klopfte sich an die Stirn. „Hier sind die Schlüssel. Das hätten wir jetzt beinahe vergessen. Viel Freude mit der Wohnung. Wenn sie dir nicht gefällt, dann kannst du sie ja verkaufen."

Marcos Eltern ließen liebe Grüße an Natalie ausrichten. Dass sie sich gerade getrennt hatten, sagte er nicht. Das hatte Zeit. Man verabschiedete sich freundlich und alles war gut. War es das? Als Marco in der S-Bahn saß und seine Eltern vor seinem geistigen Auge sah, die mittlerweile ältlich wirkten – beide waren um die achtzig Jahre alt –, wurde ihm klar, dass sie, aber besonders seine Mutter, letztendlich auch nur Opfer waren, Opfer ihrer nicht erfüllten Wünsche – genau wie er es war. Ein Familienproblem. Gut, dass ich keine Kinder habe, dachte er sich – und: Was kann das doch für ein Drama sein oder zu einem Drama werden, wenn Attraktivität als zu wichtig erachtet wird.

Auf den Freitagabend bei Anesis freuten sich beide. Sie setzten sich in die hinterste linke Ecke und Anesis brachte zwei Weißbiere.

„Wollt ihr was essen?", fragt Anesis. „Heute haben wir ein hervorragendes Lamm."

„Okay", sagte Achim. „Dann will ich das doch mal probieren. Marco? Du auch?"

Marco nickte.

Das Lamm war spitze. Und ein weiteres Weißbier wäre auch spitze gewesen, aber nicht vernünftig. Marco wollte vernünftig sein, motivierte dazu auch Achim und so gab es nur noch Wasser.

Marco erzählte dann von der Begegnung mit seiner Mutter beim Notar und dass er sich in der Wohnung ohne Natalie sehr wohl fühlte.

„Siehst du", meinte Achim, „schön langsam klärt sich alles und du kannst endlich ausgeglichener durchs Leben gehen. Ich gratuliere dir zur Wohnung. Reiche Eltern sollte man haben! Aber ich freue mich für dich."

„Ach Achim, irgendein Problem hat doch jeder", stöhnte Marco. „Was mir fehlt, ist eine neue Frau."

„Die kommt schon noch, wenn du dahin gehst, wo du eine kennenlernen kannst, zum Beispiel bei einem Yoga-Kurs. Da tummeln sich die Frauen und freuen sich, wenn ein Mann kommt. Glaub mir, da bist du gleich der Hahn im Korb."

„Yoga? Um Gottes Willen. Da blamiere ich mich, so steif wie ich bin."

„Dann wäre es ja sowieso nötig, dass du für deine Beweglichkeit was machst. Ich frage mal Svenja, ob sie einen Kurs hätte, wo du reinpassen würdest."

„Fragen kannst du ja mal. Aber ..."

„Kein Aber. Du probierst das aus. Das ist ein freundschaftlicher Befehl. Gibt es sonst noch was Neues?"

„Nichts." Marco überlegte. Es gab weiter tatsächlich nichts Besonderes zu erzählen. „Bei mir ist gerade alles ziemlich normal. Und was ist bei dir los?"

„Anne ist in Berlin. Sie spielt nun eine Kommissarin in einem Thriller. Und ..." Achim stockte. Er war sich unsicher, ob er Marco davon erzählen sollte.

„Und was?"

„Ich treffe mich wieder häufiger mit Svenja."

„Das habe ich mir schon gedacht. Ich bin nicht eifersüchtig oder neidisch oder sonst was."

„Das ist gut. Ich bin gerne mit ihr zusammen, obwohl ich Anne liebe. Ich mag einfach beide."

274

„Lebe dein Leben. Ich lebe meines – mir bleibt ja gar nichts anderes übrig – ohne Frauen und ...“, Marco grinste vor sich hin, „nun auch ohne Geist.“

Anesis brachte den obligatorischen Ouzo.

„Prost“, sagte Achim, „auf das geisterfreie Leben. Bei mir ist übrigens auch nichts mehr los. Keine Eingebungen mehr. Nichts.“

„Prost.“

Sie tranken den Ouzo in einem Satz.

„Anesis' Ouzo schmeckt einfach phantastisch“, sagte Marco. „Ich frage mich übrigens, jetzt, mit dem nötigen Abstand: Was war das für ein Geist? Was soll das überhaupt sein? – ein Geist. Aus was für einer Materie besteht er? Ich habe nachgedacht und bin zu einem Schluss gekommen, den du ziemlich sicher als völlig daneben bezeichnen wirst.“

„Sag schon“, drängelte Achim.

„Ich denke, es handelte sich um Außerirdische.“

„Was? Außerirdische?“ Achim prustete los und konnte sich kaum noch einkriegen, so lustig fand er diese Erklärung. „Du bist echt ein Witzbold. Außerirdische ist gut, sehr gut.“

„Denk doch mal nach“, sagte Marco – und es war ihm durchaus ernst –, „das ist die einzig vernünftige Erklärung. Ich habe etwas gesehen, was mich an einen Menschen erinnerte. Vielleicht sah das Ding jedoch ganz anders aus, aber ich hatte – oder habe vielleicht immer noch – Sensoren, über die ich es überhaupt wahrnehmen konnte. Da man Außerirdische nur als irgendwelche monsterähnliche Figuren aus Science Fiction-Filmen kennt, denkt man natürlich nicht, dass es sich um Außerirdische handeln könnte, wenn man etwas Graues, Unbekanntes sieht. Und so interpretiert man das, was man sieht, als das, wovon man ein Bild hat. Und das Bild eines Geistes ist naheliegend. Vielleicht waren diese Außerirdischen ständig um uns herum, aber wir konnten sie nur nicht sehen. Sie haben eine andere Materie, die unsere menschlichen Augen im Allgemeinen nicht sehen können beziehungsweise unser Gehirn nicht verarbeiten kann. Mit dem Gehör ist es ähnlich. Wir hören sowieso nur sehr wenig. In deinem Falle war es so, dass sie mit dir über deine kreativen Fähigkeiten in Kontakt getreten sind. Du hast das Potential, feine Botschaften wahrzunehmen; dein Gehirn kann sie erfassen. Und diese Bianca ... sie stand ganz bestimmt in engerem Kontakt mit den Geistern. Vielleicht wusste sie, dass es sich um Außerirdische handelt. Gesagt hat sie dazu nichts. Nach einer gewissen Zeit, ist es den Außerirdischen zu langweilig geworden, weil der Kontakt, jedenfalls zu mir, nicht wirklich funktioniert hat und dann sind sie wieder von Dannen gezogen. So ähnlich könnte es doch gewesen sein. Ich bin mir ziemlich sicher, dass wir Kontakt mit Außerirdischen hatten."

Achim hörte aufmerksam zu, schmunzelte, fand aber Marcos Interpretation gar nicht so abwegig. „Könnte sein", sagte er. „Nur, dass ein Außerirdischer deutsch spricht, ist doch recht seltsam."

„Ach was. Der hat ja kaum was gesagt. Die paar Sätze kann jeder in ein paar Minuten lernen. Möglicherweise waren es sehr intelligente Wesen. Und mit guten Absichten, nehme ich an. Jedenfalls ist nichts Negatives passiert."

„Bis auf die Sache mit Mila."

„Die wäre auch positiv gewesen, wenn du sie richtig verstanden hättest."

„Stimmt." Achim dachte über das Gehörte nach. „Weißt du, was schade ist?"

„Nein, was denn?"

„Wir hätten aus der Sache mehr machen sollen."

„Verstehe ich nicht. Wie meinst du das?"

„Wenn du nicht so ängstlich gewesen und mehr auf den Geist zugegangen wärst, wäre er vielleicht dein Freund geworden, wenigstens dein Partner. Wir hätten mit ihm eine Show veranstalten können. Er hätte dir geheime Infos über die Zuschauer zukommen lassen, die du dann gut inszeniert zum Besten gegeben hättest. Das wäre eine super Show geworden. Wenn ich dann auch noch was beigesteuert hätte, vielleicht in Richtung Hellsehen, Vorhersagen oder so ... wir hätten richtig Kohle machen können."

„Oh Mann, oh Mann. Du willst doch aus allem irgendwas rausschlagen."

„Muss ich. Damit verdiene ich mein Geld."

„Schon, aber ... ob da die Außerirdischen mitgespielt hätten?"

„Bestimmt. Es waren doch gute Außerirdische, hast du selbst gesagt. Sie wollten uns nichts Böses. Dir wollten sie sogar deine ach so sehnsüchtig herbeigewünschte Traumfrau vermitteln. Und mir haben sie immerhin ein paar gut bezahlte Jobs eingeflüstert. Schade eigentlich, dass dies nun vorbei ist."

„Du glaubst also auch, dass es sich um Außerirdische gehandelt haben musste."

„Weiß nicht. Vielleicht. Ist doch sowieso egal, der Spuk ist vorbei." Achim winkte Anesis. „Willst du auch noch einen Ouzo?"

„Nein, ich möchte morgen fit sein. Ich will mal wieder Rad fahren."

Also zeigte Achim nur *ein* „O" mit dem ersten Finger und Daumen – das Zeichen für Ouzo.

„Aber", sagte Marco, „da fällt mir was ein. Wir sollten noch mal mit dem Brandl, dem Medium, sprechen. Vielleicht ist er auch ein Betroffener. Das ist nicht auszuschließen."

„Stimmt. Das wäre möglich. Die Sitzung bei ihm war ja ganz gut. Rufst du ihn an?"

„Okay. Der wird sich wundern, dass wir uns noch mal melden", meinte Marco.

„Sei dir da mal nicht so sicher. Vielleicht erwartet er uns bereits."

„Vielleicht ist der Spuk doch noch nicht zu Ende", ergänzte Marco.

Sepp Brandl war kurz angebunden, als ihn Achim nach einem weiteren Termin bat. Er wunderte sich scheinbar nicht, aber er verlangte mehr Geld – sechzig Euro pro Person. Schließlich machte es wenig Unterschied, ob er mit einer Person oder mit zwei oder vier Leuten arbeiten würde, sagte er.

Samstagabend. Marco fuhr. In seinem kleinen Audi war es angenehmer zu sitzen als in Achims Bus. Die A8 war dicht befahren und es gab immer wieder Baustellen. Nach fast zwei Stunden parkten sie endlich vor Brandls Haus.

Am Telefon hatten Marco nicht erwähnt, dass sie ihn eigentlich über Kontakte zu Geistern ganz allgemein befragen wollten und dass es ihnen weniger darum ging, mit den Seelen bestimmter Verstorbener in Verbindung zu treten. Sie wussten, da war Fingerspitzengefühl gefragt, aber auch ehrliche Konfrontation, denn sie wollten schließlich wissen, ob Brandl ähnliche Erfahrungen gemacht hatte wie sie.

„Grüß Gott. Kommen Sie rein. Lange Fahrt gehabt?" Sepp Brandl führte sie wieder in das schon bekannte Zimmer. Es sah genauso aus wie beim letzten Besuch. Sie setzten sich an den Tisch.

„Auf der Autobahn war es ziemlich voll", antwortete Marco.

„Wollen Sie einen Kräutertee? Ich habe gerade eine Kanne aufgegossen."

„Gerne", sagte Achim.

Auch Marco bat darum, obwohl er nicht so sehr auf Tee stand. Ein alkoholfreies Bier wäre ihm lieber gewesen.

„Sie können auch was anderes haben", sagte Brandl.

„Wenn es nicht unverschämt ist? Hätten Sie viel-

278

leicht ein alkoholfreies Bier?"

Brandl lachte. „Nein, so was trinken wir hier nicht. Entweder mit oder gar nicht. Ein *Schönramer Hell* hätte ich hier. Mögen Sie eines?"

„Nein danke, lieber nicht. Ich nehme dann auch Tee." Marco hätte zwar interessiert, wie das Bier schmeckt, aber er wollte unbedingt einen klaren Kopf behalten.

Nachdem Brandl den Tee ausgeschenkt hatte und alle einige Schlucke zu sich genommen hatten, sollte es auch gleich losgehen.

„Bitte erst die sechzig Euro", sagte Brandl und hob beide Hände den Männern entgegen. Das Geld steckte er in die Hosentasche. „Wir machen das heute ein bisschen anders. Bevor wir ..."

Achim unterbrach Brandl. „Wir hätten da noch eine Frage, bevor wir mit dem Jenseits Kontakt aufnehmen."

Brandl wirkte erstaunt und legte die Stirn in Falten. „Aha. Was für eine Frage?"

„Es ist so: Wir haben ungewöhnliche Erfahrungen gemacht", sagte Achim. Marco war froh, dass Achim die Gesprächsführung übernahm. Er hatte einfach mehr Charme als er.

„Es ist schwer zu erklären. Aber wenn es jemand versteht, dann einer wie Sie. Schließlich muss man sich schon überlegen, wen man was erzählt."

„So, so. Ungewöhnliche Erfahrungen haben Sie gemacht. Sie beide?"

„Ja, wir beide."

„Zur gleichen Zeit?"

„Nein. Jeder von uns hat was anderes erlebt. Ich habe manchmal so Eingebungen gehabt. Ich habe mich zum Beispiel an einen Bekannten erinnert, der mir dann einen Job zukommen ließ. Oder ich wusste, ich musste zu einem bestimmten Ort gehen, um jemanden zu treffen, der für mich wichtig ist. Solche

Sachen."

„Was heißt, Sie *wussten* das?" Brandls Gesichtsausdruck wirkte ziemlich misstrauisch.

„Meisten passierte es beim Aufwachen. Oder auch einfach so, beim Autofahren oder auf dem Klo – immer wenn ich relativ entspannt war."

„Aha. Und Sie?", Brandl deutete mit dem Kinn auf Marco. „Was haben Sie erlebt?"

„Bei mir war es anders. Ich ... bitte glauben Sie mir, das war wirklich so. Ich habe einen Geist gesehen. Mehrmals. Er hat auch gesprochen, nicht viel und nicht sehr verständlich, aber immerhin."

Brandl atmete etwas genervt ein und mit einem leisen Röcheln wieder aus. Dann hustete er und trank von seinem Tee.

„Und was wollen Sie jetzt von mir wissen?"

Achim ergriff wieder das Wort. „Wir wollen einfach nur wissen, da Sie ja über besondere Fähigkeiten verfügen, ob Sie derartige Dinge auch schon mal erlebt haben. Oder ob Sie uns irgendwie helfen können, so etwas zu verstehen."

„Ach Herrje. Man kann vieles nicht verstehen, nicht vom Kopf her. Kann ich auch nicht. Außerdem reden viele Leute über Geister, dass ihnen welche erschienen wären. Mag ja sein. Aber was soll ich dazu sagen?"

„Ist Ihnen denn auch schon einmal einer erschienen?", fragte nun Marco. Er wollte es unbedingt wissen.

„Ja, ja. Nachdem meine Frau gestorben war. Da war er da, ganz oft. Er war die Seele meiner Frau. Das wusste ich."

„Hat er mit Ihnen gesprochen?"

„Ja, ein wenig. Er ... äh ... sie, also die Seele meiner Frau war da und es war gut, dass sie noch irgendwie bei mir war. So ging das los. Ist ihre Frau auch gestorben?"

„Nein, nein. Sie lebt."

„Wie erklären Sie sich solche Erscheinungen?", fragte Achim.

„Erklären? Guter Mann. Da gibt es nichts zu erklären. Und ich erkläre Ihnen sowieso nicht, wie ich den Kontakt zu Verstorbenen herstelle. Bin ja nicht blöd. Wenn Sie das von mir erfahren wollen, haben Sie Pech gehabt. Dann können Sie gleich wieder gehen", murrte Brandl. „Also wirklich. Ihr seid mir vielleicht zwei so komische Kasperl." Er zog die sechzig Euro aus seiner Hosentasche.

„Das haben Sie komplett falsch verstanden", sagte Achim. „Behalten Sie das Geld. Wir wollen nicht wissen, wie Sie das machen. Das geht uns nichts an."

„Was wollt ihr dann wissen?

„Wir wollen wissen, was Sie von Geisterscheinungen und Vorahnungen halten, wie Sie das einschätzen. Ihre Meinung wäre uns schon sehr wichtig. Wir kennen sonst niemanden, mit dem man darüber reden könnte. Da wir schon den langen Weg in Kauf genommen, möchten wir auch nicht ganz unverrichteter Dinge wieder abfahren", sagte Achim. Er legte seine Hand vorsichtig auf Brandls Unterarm und blickte ihm fast flehentlich in die Augen.

„Dass man plötzlich was weiß, das kommt gar nicht so selten vor. Ich wusste mal, dass ein Nachbarskind hingefallen war. Die Kleine lag oben im Wald, hatte sich den Fuß gebrochen und konnte nicht mehr heimgehen. Ihre Eltern hatten sie gesucht und dann auch mich gefragt, ob ich sie gesehen hätte. Und dann *sah* ich sie. Ich wusste ganz genau wo sie lag. Wir sind hingegangen und haben Sie gefunden. Alle waren überglücklich."

„Das glaube ich", sagte Achim.

„Ich weiß immer wieder mal, was gerade wo passiert. Aber ehrlich gesagt, manchmal war dieses Wissen auch nicht so ganz richtig, zwar nicht ganz falsch, aber ... man muss schon aufpassen. Gerade, wenn andere Menschen betroffen sind, dass man die nicht auf eine falsche Fährte lockt. Das ist schlecht. Passen Sie bloß auf", mahnt Brandl Achim und riss seine Augen auf.

„Bis jetzt ging es mehr um mich selbst, um berufliche Angelegenheiten."

„Ach so. Dann wissen Sie ja, was Sie zu tun haben. Oder? Aber handeln Sie nie gegen andere Leute. Das fällt auf Sie zurück."

„Tu ich nicht."

„Dann ist es ja gut. Und Sie?" Brandl deutete auf Marco. „Was ist mit Ihnen? Wollen Sie mich auch was fragen?"

„Ja schon", antwortete Marco. „Mein Geist ist unregelmäßig erschienen, meistens hat er mich irgendwohin geschickt, unter anderem auch, um mich mit einer bestimmten Frau zu treffen. Das hat aber nur so halb geklappt. Jetzt ist er schon ein paar Monate nicht mehr erschienen. Ich glaube, er kommt nicht mehr."

„Ist, bevor er zum ersten Mal aufgetaucht ist, eine Ihnen nahestehende Person gestorben?"

„Nein, eben nicht."

„Oder sonst jemand, den Sie kannten?"

„Nun ja. Irgendjemand stirbt ja immer. Ich glaube nicht, dass dieser Geist in Verbindung mit einem Toten steht."

„Echte Geister stehen immer in Verbindung mit Toten", korrigierte Brandl Marco. „Wo sollten denn die Geister herkommen? Außer man ist plemplem im Kopf und sieht alle möglichen Gespenster – aber das ist was anderes. Die Gehirnkranken sehen keine Geister. Bei denen stimmt im Kopf was nicht. Aber ansonsten gibt es Geister ja nur, weil eine Seele noch nicht ihre Ruhe gefunden hat oder weil sie noch eine Botschaft übermitteln will oder jemanden trösten – oder irgendwas anderes. Sie müssen halt mal forschen, um wen es sich bei Ihrem Geist handeln könnte", meinte Brandl. „Hinfühlen, das Herz aufmachen. Verstehen Sie?"

Marco verstand, was Brandl meinte, aber er glaubte trotzdem nicht, dass es sich bei seinem Geist um die Seele eines Toten handeln könnte. Vielleicht deshalb nicht, weil ihm diese Vorstellung viel zu viel Angst machte. Er wollte nichts mit Toten zu tun haben, lieber mit Außerirdischen.

„Ich werde mal nachforschen", sagte Marco. „Was ich aber noch fragen wollte: Könnte es sein, dass es auch außerirdische Geister gibt, also welche, die von einem anderen Planeten kommen. Haben Sie schon mal mit Außerirdischen Kontakt gehabt?"

„Guter Mann, ich glaube nicht an Außerirdische. Der ganze Ufo-Quatsch – oder was es da angeblich alles so gibt, das ist doch Unsinn. Dass es Außerirdische gäbe, sagen manche Spinner nur, weil sie mit dem, was auf unserer Erde passiert, nicht zurechtkommen. Oder weil sie sich wichtigmachen wollen. Aber wenn Sie glauben, dass Sie es mit Außerirdischen tun haben, dann glauben Sie das von mir aus gerne. Ich tu es nicht."

„Okay. Es war ja nur eine Frage."

„Und ich habe meine Meinung gesagt. Wollen Sie jetzt noch eine Sitzung? Sie müssten natürlich schon wissen, mit wem Sie in Verbindung treten wollen."

„Ich würde gerne noch mal mit meinem Vater in Verbindung treten", sagte Achim.

Marco wunderte sich. Was sollte das jetzt? Er starrte Achim an. „Willst du das wirklich?"

„Ja. Das letzte Mal hat es ja nicht geklappt."

„Also ich möchte nicht mehr mitmachen", sagte Marco.

„Gut", sagte Brandl. „Nehmen Sie Ihren Stuhl und setzen Sie sich ins Eck. Oder gehen Sie raus."

Marco setzte sich ins Eck. Er wollte der Séance

gerne beiwohnen. Es wunderte ihn, dass Brandl dies zuließ.

Brandl setzte sich neben Achim.

Achim sollte sich zu konzentrieren, dann die Frage aufschreiben, den Zettel zusammenfalten, ihn in die Mitte des Tisches legen und die Augen schließen. Brandl nahm den Zettel, legte ihn in eine Tasse und stellte sie nach draußen auf das Fensterbrett. Er setzte sich wieder neben Achim. Dann summte er ganz leise vor sich hin. Sonst machte er nichts.

Achim saß bewegungslos mit einem leicht ange-spannten Gesicht am Tisch. Seine Hände lagen auf der Tischplatte. Nach etwa fünf Minuten stand Brandl auf, fuchtelte mit den Armen kreuz und quer und hopste von einem Bein auf das andere. Seine Bewegungen erinnerten Marco an einen Hip-Hop-Tänzer. Er konnte sich ein Schmunzeln nicht verkneifen. Brandl tänzelte hinter Achim und summte lauter. Nach einiger Zeit wurde er langsam leiser. Schließlich verstummte er und setzte sich wieder neben Achim.

Achim Gesichtsausdruck veränderte sich ein we-nig. Er zog die Lippen in die Breite und zuckte mit den Augen. Ansonsten waren äußerlich keine Verän-derungen an ihm festzustellen. Nach weiterer fünf Minuten sagte Brandl (für Marco kaum hörbar, aber er verstand es doch): „Herr Hausner, legen Sie nun Ihre Hände auf Ihre Oberschenkel und atmen sie einmal kräftig ein und aus und dann öffnen Sie die Augen."

Sogleich wandte er sich an Marco: „Bitte bleiben Sie noch eine Weile dort sitzen."

Achim blinzelte und kreiste mit den Schultern. Dann senkte er ein paar Mal den Kopf, als würde er ja sagen. Nach einer Weile blickte er um sich und warf Marco ein Lächeln zu.

Brandl holte die Tasse mit Achims Fragezettel her-ein und stellte sie beiseite. Diesmal gab er keinen Kommentar ab. Einige Minuten war Stille im Raum.

Alle drei saßen einfach nur da. Schließlich sagte Brandl: „So, das war's. Mehr kann ich heute für Sie nicht mehr tun."

Brandl bewegte sich Richtung Tür – und Marco und Achim folgten ihm.

„Ich hoffe, Sie sind zufrieden", sagte Brandl zu Achim.

Achim nickte. „Ja, vielen Dank."

Brandl gab seinen Besuchern kurz die Hand, verabschiedete sich mit einem kurzen „Wiederschauen" und schloss zügig die Tür.

Marco ließ Achim kaum aus den Augen, als Sie zum Auto gingen, um seine Befindlichkeit abzulesen. „Jetzt sag schon. Wie war es?"

„Gut."

„Gut? Was soll das denn heißen? Ich will wissen, ob dir dein Vater erschienen ist oder ob er zu dir gesprochen hat. Irgendwas muss doch passiert sein. Oder ist nichts passiert und du hast bei dem Theater bloß mitgespielt?"

„Frag nicht so viel", antwortete Achim. „Und schau mich nicht die ganze Zeit an."

„Was ist denn *jetzt* los?", beschwerte sich Marco. „Willst du nicht darüber reden, dann sag es?"

„Doch. Aber merkst du gar nicht, wie du mich bedrängst? Gib mir wenigstens eine Minute Zeit."

„Ach so. Tut mir leid – meine Neugierde ist mit mir durchgegangen."

„Ist schon okay."

Als sie im Auto saßen, war Achim bereit zu berichten. „Lass den Motor noch aus. Ich erzähle dir jetzt, was ich erlebt habe."

„Aber nur, wenn du wirklich willst."

„Ich will. Ich will es sogar unbedingt." Er holte tief Luft und warf Marco einen flüchtigen Blick zu und starrte durch die Frontscheibe in die Dunkelheit. „Es ist unglaublich, aber ich habe das Gefühl gehabt, als wäre mein Vater vor mir gestanden, genauer gesagt, vor dem Tisch. Ich habe ihn nicht wirklich gesehen – wie soll ich das beschreiben? –, sondern ihn mir vorgestellt, so wie ich ihn im Gedächtnis habe, als er noch fit und gesund war. Ich hatte ein ganz klares Bild von ihm – weder verschwommen noch in ein seltsames Licht getaucht. Ich sah auch seine Kleidung: Graugrünkariertes Hemd, graue Hose. Er stand einfach nur so da. Auf den Zettel hatte ich geschrieben: ‚Bist du noch bei uns?'. Ich meinte bei mir und bei meiner Mutter. Ich hörte das Summen von Brandl – was ich übrigens sehr angenehm empfand – und als es weg war, hörte ich die Stimme meines Vaters. Er sagte, er wäre oft bei uns, was sehr schön wäre und ...“ Achim wurde von tiefen Gefühlen überwältigt. Tränen liefen ihm die Wangen herunter, die er sich mit dem Handrücken wegwischte. „Sorry, mich nimmt das ziemlich mit.“

„Das kann ich gut verstehen“, sagte Marco und wartete, ob Achim weiterreden wollte.

Achim hatte sich schnell wieder gefangen. „... Und mein Vater sagte, es ginge ihm gut und er wäre stolz auf mich, dass ich mein Leben so gut meistere.“

Nun war auch Marco gerührt. „Das ist wunderbar. Was für eine schöne Botschaft. Freust du dich?“

„Ja, ich freue mich. Ich freue mich sogar sehr.“ Er wischte sich noch eine weitere Träne aus dem Gesicht. „Und dann, dann ging mein Vater langsam wieder weg. Zumindest hatte ich es so empfunden. Das Bild löste sich auf. “

„Hm“. Marco war sprachlos. Jeder Kommentar, nahm er an, würde Achims Erlebnis herabsetzten, in die Banalität drängen – und das wollte er nicht, also schwieg er. Achim saß nachdenklich neben ihm. Mehr hatte er nicht zu berichten.

„Sollen wir fahren?“, frage Marco nach einer Weile.

„Ja. Lass uns fahren."

Marco ließ den Wagen an, und Achim lehnte sich an die Kopfstützen und schloss die Augen. Nach einigen Minuten schlief er ein, wachte aber nach einer knappen halben Stunde wieder auf.

„Wo sind wir?", fragte Achim und versuchte sich zu orientieren, was ihm aber nicht gelang, denn es gab keine Hinweisschilder oder Besonderheiten zu sehen.

„Wir sind erst einige Kilometer hinter Piding."

„Gut."

„Wie geht es dir? Ist alles klar?"

„Ja, ja. Es ist alles okay. Die Sitzung hat mich aber doch etwas geschlaucht. Hm. Ich kann gar nicht glauben, dass ..." Achim stockte mitten im Satz und schüttelte den Kopf. „... dass mein Vater mit mir gesprochen hat. Das kann man doch nicht glauben, oder?"

„Du fragst *mich*? Was soll ich dazu sagen, ausgerechnet ich?"

„Wen soll ich sonst fragen?"

„Ich kann dazu aber nichts sagen."

Marco fuhr relativ gemächlich, und Achim registrierte die entgegenkommenden Fahrzeuge auf der anderen Seite der Autobahn, die vorbeifliegenden Bäume, Häuser und Ansiedlungen oder auch nur die Leitplanken. Manchmal blieb sein Blick, ohne dass es dafür einen Grund gegeben hätte, an irgendetwas hängen, an einem beleuchteten Kirchturm oder an einem Busch, gerade so lange, bis das Objekt wieder aus seinem Gesichtsfeld entschwand.

„Ich bin mir nicht sicher", sagte Achim schließlich sehr ernst, „ob ich mir das alles nicht bloß eingebildet habe, weil ich es mir gewünscht habe. Durch das Summen von Brandl bin ich in eine Art Hypnose gefallen und in meinem Gehirn entstand das Bild und die Stimme meines Vaters."

Marco war anderer Meinung. Er war davon überzeugt, dass Achim Kontakt zu seinem Vater hatte –

vielmehr zum Geist seines Vaters. Und dann wurde Marco plötzlich bewusst, dass es durchaus möglich wäre, dass sein Geist auch die Inkarnation eines Verstorbenen gewesen hätte sein können. Aber von wem? Ihm fiel niemand ein. In seinem Umfeld war niemand gestorben, der ihm nahe war, höchstens ein Onkel und seine Großeltern, zu denen er aber keinen engen Kontakt hatte.

„Was denkst du?", frage Achim, nachdem Marco in seine Gedanken versunken war.

„Ich glaube, es gibt vieles, was man nicht erklären kann. Aber deshalb heißt das noch lange nicht, dass es nur Einbildungen oder Wunschvorstellungen sind. Man muss sich selbst nicht für verrückt erklären, nur weil man Erfahrungen macht, die außergewöhnlich sind. Vermutlich sind solche Erfahrungen gar nicht außergewöhnlich, nur haben die meisten Menschen Angst davor, weil sie damit nicht umgehen können. Oh Gott, Achim! Ich rede wie ein Esoterik-Freak! Und du hörst mir auch noch zu, obwohl du vor Kurzem gesagt hast, dass du von dem ganzen okkultem Zeug nichts mehr wissen willst."

„Stimmt. Das habe ich gesagt."

„Jetzt hängst du aber irgendwie mitten drin."

„Nun ja, wie man es nimmt. Das Erlebnis vorhin war etwas Besonderes – anders, ganz anders als meine Eingebungen."

„Deine Vatererscheinung hatte etwas mit dem Jenseits zu tun. Aber deine Eingebungen und mein Geist – das waren die Außerirdischen."

Achim musste schmunzeln. „Ja, ja, die Außerirdischen."

„Da sind wir kein Stück weiter gekommen. Der Brandl war diesbezüglich ein Reinfall. Vielleicht hätten wir mit den beiden älteren Damen, die bei der Gruppenséance dabei waren, reden sollen."

„Nein, hätten wir nicht. Ihnen ging es vermutlich

genauso wie mir heute: Sie waren ausschließlich mit ihren Verstorbenen in Verbindung. Und etwas anderes hätte sie auch nicht interessiert, da bin ich mir sicher. Sie hätten uns nichts, aber auch gar nichts sagen können im Hinblick auf Außerirdische. Außerdem: Es ist doch jetzt alles gut, so wie es ist. Lassen wir es dabei. Schließen wir das Kapitel ab", schlug Achim vor.

„Welches Kapitel meinst du?"

„Das Kapitel Geister, Eingebungen, Séancen, Kontakt zu Toten und Außerirdischen, Bilder, Stimmen, Erscheinungen und all diese Sachen."

„Ich weiß nicht, ob wir das können. Ich habe das Gefühl", wandte Marco ein, „dass es noch nicht vorbei ist."

„Was soll denn da noch kommen? Die Invasion der Außerirdischen mit übernatürlichen Kräften, mit denen sie uns untertan machen?"

„Ich weiß es nicht. Es ist nur so ein Gefühl, eine Ahnung, dass da noch irgendwas auf uns zukommt."

Sechstes Kapitel

1

Ein Ford Transit stand mit geöffneten Hecktüren vor dem Hauseingang. Ein Mann in Arbeitskleidung schleppte einen Umzugskarton zum Auto.

Marco kam, früher als sonst, gerade von der Arbeit nach Hause und ihm war sofort klar, was hier los war: Natalie zog endgültig aus. Er warf einen Blick ins Innere des Wagens und erkannte die Vitrine, die sie zusammen bei Ikea gekauft hatten. Soll sie sie ruhig mitnehmen, dachte er, so besonders gut hat sie mir ohnehin nicht gefallen.

Marco wusste nicht, dass Natalie heute ausziehen würde. Wenn er es gewusst hätte, wäre er erst nach Beendigung des Umzugs nach Hause gekommen. Zu spät. Nun sollte er wahrscheinlich auch noch mithelfen, wozu er überhaupt keine Lust hatte. Als er in der Wohnungstür stand, schob Natalie gerade ihren Bürodrehstuhl aus dem Arbeitszimmer.

„Hallo Natalie."

Natalie hatte Marko nicht gesehen, da sie den Drehstuhl mit gebückter Haltung vor sich herschob. Sie erschrak, als sie Marcos Stimme hörte.

„Hallo. Wieso bist du schon da?"

„Weil es halt so ist. Du holst deine restlichen Sachen, wie ich sehe. Gut. Aber ehrlich gesagt, ich finde es nicht so toll, mich mit deinem Auszug einfach so zu überfallen. Du hättest mir vorab wenigsten Bescheid sagen können."

„Ich wollte die Aktion kurz und schmerzlos hinter

mich bringen und vor allem ohne dich, weil ich mit dir nicht darüber diskutieren will, wer welche Gegenstände bekommt beziehungsweise was ich mitnehmen darf – deiner Meinung nach. Damit das klar ist: Ich gehe, also entscheide ich, was ich mitnehme. Darüber wird nicht verhandelt. Außerdem ist eh schon fast alles im Auto. Also misch dich nicht ein und lass uns in Ruhe die Sache erledigen."

Ein zweiter Mann in legerer Freizeitkleidung betrat die Wohnung. „Hast du noch etwas im Keller, das wir holen ..." – er stockte, als er Marco erblickte – „sollen. Hallo."

„Komm rein", sagte Natalie zu dem Mann. „Darf ich vorstellen, das ist Marco" – sie deutete auf Marco – „und das ist Jürgen." Sie legte ihre Hand an Jürgens Oberarm.

„Aha, sagte Marco. Sie sind also mein Nachfolger, nehme ich an." Marco genügten die paar Sekunden, um festzustellen: Ein Unsympath. Ein Angeber. Ein Ich-bin-ja-so-nett-Grinser. Ein kompletter Arsch.

„Ich weiß nicht, ob man das so nennen soll. Natalie zieht jetzt erst einmal bei mir ein, dann sehen wir weiter. Heiraten können wir ja ohnehin noch nicht. Bleiben Sie hier in der Wohnung?"

Was geht diesen Komplett-Arsch das an, ob ich in der Wohnung bleibe? Er hasste ihn. Er hasste ihn auch, das wusste er, weil dieser Jürgen ein Frauentyp war. Da konnte er nicht mithalten. Perfekter Körper, tiefer Blick, markantes Kinn. Marco reichte, was er gesehen und gehört hatte. Er spürte ein seltsames Kribbeln in den Fingern der rechten Hand. Er ballte sie zur Faust. Und dann schnellte sie nach vorne. Gerade im allerletzten Moment siegte der Vernunftreflex, und seine Faust stoppte vor Jürgens Magen.

„Hey", schrie Natalie. „Was soll das?"

Jürgen blieb der Mund offen, während er einen

Schritt zurücksetzte.

„Nichts. Ich wollte nur sehen, ob dein neuer Freund schnell reagieren kann, um dich zu beschützen."

„Du hast sie echt nicht mehr alle." Natalie winkte mit der Hand vor ihrer Stirn und boxte ihm auf die Brust.

„Komm", sagte Jürgen, „lass uns die letzten Sachen holen und dann fahren wir." Und an Marco gewandt: „Fordere meine Reaktionen nicht heraus, das sage ich dir." Er grinste überheblich. „Ich mache Taekwondo."

„Und ich Kung Fu", konterte Marco und grinste mindestens genauso überheblich wie Jürgen.

Jürgen nahm die Schachtel, die ihm Natalie in den Arm drückte und verließ die Wohnung.

„Wie lange braucht ihr noch?", fragte Marco und klopfte mit den Fingern nervös an die Wand.

„Fünfzehn Minuten. Dann sind wir weg. Ich lasse dir alle Schlüssel hier, denn ich will mit dieser Wohnung nichts mehr zu tun haben. Das Finanzielle regeln wir, wenn du mal wieder normal bist."

„Ich bin normal. Ich finde es allerdingt total unnormal, dass du ohne Vorankündigung mit deinem neuen Lover hier aufkreuzt."

„Du bist hier auch mit einer Frau aufgekreuzt und ich musste es mit ansehen. Nein, Marco. Du bist nicht mehr normal. Du hast dich nicht mehr im Griff. Ich kann mich gut erinnern, wie das anfing. Eines Tages hast du ein Shirt von mir weggeworfen, in einen dreckigen Mülleimer gestopft, nur weil ich ein paar alte Zeitschriften von dir weggeworfen habe. Seit dem bist du immer unerträglicher geworden. Ich hoffe wirklich, dass du die Kurve kriegst. Wäre es möglich, dass du in dein Zimmer gehst, bis wir fertig sind?"

Marco ging kommentarlos in sein Zimmer und

warf die Tür zu. Er legte sich aufs Bett, starrte an die Decke, hörte die Schritte der anderen, einige Fragen und Antworten: „... das auch noch?“, „Nein, das bleibt hier, aber diese Leuchte kommt noch mit ...“. Und so weiter. Tatsächlich, nach etwa fünfzehn Minuten, war plötzlich Ruhe eingekehrt und kurz darauf klopfte Natalie an seiner Tür.

„Ich will dir die Schlüssel geben.“

Marco erhob sich, öffnete die Tür und blickte in Natalies Hand, in der mehrere Schlüssel lagen.

„Hier“, sagte sie.

Nun war es also endgültig: Mit Natalie war es vorbei – wahrscheinlich für immer. Auch wenn er erleichtert war, so ganz kalt ließ ihn die Situation doch nicht.

„Danke.“

„Also dann ...“, Natalie schaute in Marcos Augen.

„Dann werden wir uns wohl so schnell nicht mehr sehen.“

„Zumindest bis sich die Emotionen beruhigt haben.“

„Du meinst meine Emotionen.“

„Nicht nur. Mich regt unsere Trennung schon auch auf – der Umzug, der Neuanfang und das Ungewisse. Wer weiß, wie das alles ausgeht. Ich wünsche dir jedenfalls alles Gute.“

„Ich wünsche dir auch alles Gute. Seltsam. Obwohl ich froh bin, dass du nun endgültig ausgezogen bist, ist es auch irgendwie traurig. Ein unwiederbringlicher Verlust.“

„Verlust? Ich habe den Eindruck, dass unsere Trennung eine Befreiung ist. Für uns beide. Klar ist es traurig. Aber zusammenzubleiben, obwohl die Beziehung nicht mehr funktioniert, ist noch trauriger.“

Marco nahm die Schlüssel und dann umarmten sie sich noch einmal. Sie fühlten sich gut dabei, aber sie fühlten sich mindestens genauso gut, als sie sich wieder losließen. Die Trennung, der Auszug – das war schon richtig so. Traurig war nur, sinnierte Marco, dass es nicht schon vor zwei Jahrzehnten geschah. Aber wer weiß schon, was stattdessen passiert wäre?

Natalie zog die Wohnungstür zu und Marco öffnete sich ein Weißbier. Er setzte sich in die fast ausgeräumte Küche und wunderte sich: Hatte dieser Jürgen keine Küchenausstattung? Egal. Er genoss die Leere. Mit dem Bierglas in der Hand schritt er die *neue* Wohnung ab. Er erinnerte sich, als er sie, zusammen mit Natalie, vor etwa achtzehn Jahren besichtigt hatte. Sie gefiel ihnen auf Anhieb. Und sie gefiel ihm immer noch. Mehr denn je. Er überlegte, wie er sie streichen sollte. Wieder nur in weiß oder mal bunt? Farbige Wände? Das hatte er noch nie. Eine Renovierung war jedenfalls angesagt. Und er brauchte eine neue Couch, ein Bücherregal und einen kleinen Schuhschrank.

Nun war es also seine Wohnung. Nur seine. Zu gerne hätte er hier mit Larissa noch mal geschlafen. Aber das war nicht mehr möglich. Larissa, seine sportliche Kollegin, die unbedingt ein Kind wollte. Warum traf er immer nur die falschen Frauen? Sei's drum. Er musste nach vorne schauen. Und das bedeutete, er musste sich auch um die Wohnung in Dietramszell kümmern. Am Wochenende würde er sie begutachten, genauer gesagt erst am Sonntag, denn am Samstag hatte er bei Svenja den „Einführungskurs Yoga intensiv" gebucht – auf Befehl von Achim.

Pünktlich um zehn Uhr stand Marco auf seiner Yogamatte, die er, wie auch seine lockere Jogginghose, extra für den Kurs gekauft hatte. Die Teilnehmer saßen sich gegenüber. Es gab eine Reihe links und eine Reihe rechts. Neun Frauen, drei Männer, inklusive Marco. Auf den ersten Blick gefiel ihm eine Frau in einem roten T-Shirt recht gut. Auf den zweiten Blick gefiel ihm noch eine weitere Frau, die einen weißen Pulli trug.

Svenja begrüßte ihre Schüler und schilderte kurz, welche Yoga-Stile es gäbe und dass sie Hatha-Yoga unterrichten würde. In diesem Einführungskurs ginge es darum, Yoga kennenzulernen, man würde verschiedene Asanas, also Körperstellungen, üben. Marco war mit allem einverstanden, denn er hatte nicht die geringste Ahnung, was die einzelnen Yoga-Stile praktisch bedeuteten und ob er für Asanas geeignet sei – und im Grunde war es ihm auch egal. Nicht egal war ihm, dass die zwei hübschen Frauen nicht in seiner Nähe saßen, sondern beide ganz außen, die eine links, die andere rechts. Er war in der Mitte. Aber jetzt noch den Platz zu wechseln war nicht möglich. Svenja begann bereits mit den Übungen.

Marco machte mit, strengte sich an, spürte zu viele nicht benutzte Muskeln, Sehnen und Bänder und war nach der ersten Einheit von fünfundvierzig Minuten schon etwas erschöpft. Svenja erklärte noch einige grundsätzliche Regeln, ging auch auf das Thema Ernährung ein, und dann war – endlich! – Pause.

Es gab einen kleinen Aufenthaltsraum, wo man an drei kleinen Tischen sitzen und Kräutertee trinken konnte. Marco mochte keinen Tee und Kräutertee trank er nur, wenn es unbedingt sein musste. Zum Glück hatte er sich eine Flasche Wasser mitgenommen. Fast alle, auch die zwei hübschen Frauen, standen beim Wasserkocher, um sich Tee aufzugießen. Marco beobachtete beide und konnte jetzt auch besser ihre Gesichter betrachten als im Übungsraum. Die mit dem weißen Pulli gefiel ihm besser. Sie wirkte frischer und freundlicher als die andere – ein eher strenger Typ.

Die „Weiße" ging zu einem Tisch, an dem noch

ein Platz frei war und setzte sich. Marco nahm all seinen Mut zusammen, stand von seinem Platz auf, griff sich einen Stuhl und drängelte sich – etwas auffällig, aber anders war es nicht möglich – direkt neben sie.

„Entschuldige. Machst du schon länger Yoga? Bei dir schaut es sehr gut aus."

Etwas verwundert drehte sie sich zu Marco. „Ich mache in der Tat schon länger Yoga."

„Wahrscheinlich braucht man als Mann ziemlich lange, bis man einigermaßen reinkommt." Oh Gott, was rede ich für einen Unsinn, dachte Marco und versuchte es gleich noch mal mit einem besseren Kommentar: „Ich habe noch nie Yoga gemacht, aber ich möchte beweglicher werden."

Die Frau lächelte. Immerhin. Marco lächelte auch.

„Am Anfang ist es hart. Du musst einen Wochenkurs besuchen und auch daheim üben. Sonst kommst du nicht voran."

„Machst du bei Svenja einen Wochenkurs?"

„Ich komme zweimal in der Woche hier her."

Aha, dachte sich Marco. Das ist doch schon mal eine brauchbare Auskunft.

„Gibt es da noch einen Platz?"

Die Frau lachte. „Es gäbe schon noch einen Platz, aber nicht für dich."

„Warum?"

„Weil du ein Anfänger bist. Ich mache bei den Fortgeschrittenen mit. Ich bin heute nur deshalb hier in diesem Einführungskurs, weil ich Svenjas Assistentin bin. Ich werde euch nach der Pause korrigieren. Das wird Svenja noch erklären."

„Ich lasse mich sehr gerne von dir korrigieren."

„Warte mal ab."

„Bist du eine strenge Lehrerin?"

„Natürlich."

„Ich bin ein guter Schüler und nicht zimperlich."

Sie drehte sich um, da sie von einer anderen Frau angesprochen wurde. Das passte Marco gar nicht. Was sollte er tun? Er musste warten. Leider hatten sich die beiden Frauen wohl mehr zu sagen, als nur ein paar Worte auszutauschen, denn seine Gesprächspartnerin stand auf und ging mit der anderen Frau in eine Ecke, um ungestört reden zu können. Sie ließ ihn einfach sitzen – nicht gerade höflich.

Dann dauerte es auch nicht mehr lange, und die Pause war vorüber.

In der zweiten Stunde spürte Marco bereits ein paar Bereiche seines Körpers, die anfingen zu schmerzen: Seine Waden, seine Oberschenkel und das linke Knie. Bei manchen Stellungen zitterte er wie ein erfrierender Bettler. Er fühlte sich alles andere als wohl und hätte am liebsten den Kurs abgebrochen. Aber dann kam die schöne Frau im weißen Pulli zu ihm, fasste ihn an – sanft, aber doch deutlich. Er genoss es, auch wenn es ihm körperlich schwer fiel, ihren Anweisungen zu folgen. Sie drückte die rechte Hüfte nach außen, das Gesäß nach hinten, die Schultern nach unten und so weiter. Sogar die Füße brachte sie in eine andere Position, bis seine Haltung der richtigen Stellung entsprach. Die Namen der Asanas konnte er sich nicht merken, bis auf den *herabschauenden Hund*, den *Krieger* und den *Baum*. Auf einem Bein zu stehen, wie beim Baum, war eine wackelige Angelegenheit. Das war also Yoga. Anstrengend und ermüdend. Und peinlich. Er machte keine gute Figur, im wahrsten Sinne des Wortes. Damit konnte er *sie* nicht beeindrucken.

Mittagspause. Zweieinhalb Stunden – ziemlich lang, aber notwendig. Alle schwirrten recht zügig von Dannen, vermutlich um einzukaufen oder nach Hause zu fahren. Auch die Schöne mit dem weißen Pulli war gerade im Begriff zu gehen, bemerkte jedoch Marco, der sich gerade die Schuhe zuband. Sie fragte ihn, ob er zum zweiten Teil des Kurses wieder käme. Ihrer Erfahrung nach würden nämlich fast immer zwanzig Prozent der Schüler am Nachmittag schwänzen. Sie lächelte, warf ihren Rucksack um die Schulter und zischte ab.

Marco fuhr nach Hause. Er aß ein schnelles Müsli – es war sonst nichts „Leichtes", was Svenja für heute als Mittagessen empfohlen hatte, vorhanden – und legte sich dann aufs Bett, um sich auszuruhen. Unfassbar, er war total müde. Der Wecker rasselte pünktlich.

Als er wieder den Übungsraum betrat, kam Svenja mit einem Grinsen im Gesicht auf ihn zu.

„Sie heißt Michaela und sie ist Single. Du gefällst ihr. Also streng dich an."

„Tu ich. Aber ich bin nicht besonders begabt. Glaubst du, sie steht trotzdem auf mich?"

„Ich denke schon. Aber du musst sie nach dem Kurs ansprechen, denn sie macht das ganz bestimmt nicht, so wagemutig ist sie nicht. Da musst schon du aktiv werden. Verstanden?"

„Jawohl Madame, mache ich. Und: Danke Svenja."

„Sehr gerne."

Sie ging zu ihrem Platz und stellte fest, dass zwei Frauen und ein Mann fehlten – fünfundzwanzig Prozent, in etwa so viele wie Michaela vorhergesagt hatte. Dann fing Svenja mit leichten Übungen an. Michaela schenkte ihm einen freundlichen Blick.

Der Nachmittag verlief ähnlich wie der Vormittag, mit Wiederholungen und mehr einfacheren Stellungen. Am Schluss gab es eine lange Entspannungseinheit im Liegen. Marco schlief ein. Ein sanfter Gong weckte ihn.

Der Kurs war zu Ende. Nun musste es sein: Marco passte Michaela am Ausgang ab.

„Hast du Lust, dass wir noch was machen? Kaffeetrinken oder so?"

„Zu ‚oder so' hätte ich schon Lust, aber nach Kaffeetrinken ist mir momentan nicht. Ich will jetzt erst mal nach Hause."

„Wie wäre es mit einem Spaziergang heute Abend? Oder wir gehen zum Essen?"

„Okay, Spaziergang ist gut."

Sie verabredeten sich für neunzehn Uhr dreißig im Englischen Garten.

Beide waren pünktlich. Sie unterhielten sich, wie konnte es anders sein, über Yoga. Allerdings konnte Marco fachlich nichts beitragen, aber er schilderte seine Gefühle und das, was er im Kurs körperlich gespürt hatte. Er war selbstkritisch und aufgeschlossen, was Michaela imponierte. Sie sagte, dass sie sich auch zur Yogalehrerin ausbilden lassen wolle und in Firmen arbeiten möchte, um die Gesundheit und Zufriedenheit der Mitarbeiter zu stärken. Das wiederum imponierte Marco. In seiner Firma wurde kein Yoga angeboten, aber das musste ja nicht so bleiben. Wenn Michaela ihr Konzept vorstellen würde, hätte sie gute Chancen, denn sie konnte, stellte Marco fest, sehr charmant und überzeugend ihre Gedanken formulieren.

Der Spaziergang lief perfekt. Sie kamen sich näher. Sie flirteten, sie lachten, umarmten und küssten sich. Marco konnte kaum fassen, wie gut es ihm ging mit dieser Michaela – eine fremde Frau, die ihm aber bereits sehr nah war, zumindest körperlich. Sie übte eine große Anziehung auf ihn aus.

Nach einer guten Stunde hatten sie beide keine Lust mehr herumzulaufen. Der Yoga-Kurs war anstrengend. Marco war kurz davor, sie zu fragen, ob sie noch mit zu ihm kommen möchte, hielt sich aber zurück. Das war zu früh. Diese Frage würde sie womöglich in die Flucht treiben.

Doch da hatte er sich getäuscht. Michaela war um einiges forscher, als Svenja vermutete. Sie war es, die Marco fragte, ob er bei ihr noch ein Glas Wein trinken möchte. Seine Überraschung auf dieses Angebot konnte er nicht verbergen.

„Ist das dein Ernst?", fragte er mit einem erstaunten Blick. „Ich soll mit zu dir kommen? Bist du dir da sicher? Du kennst mich ja überhaupt nicht."

„Ich kenne dich ... fast nicht. Ich hätte dich auch nicht gefragt, wenn ich nicht von Svenja erfahren hätte, dass du – wie soll ich sagen – okay bist."

„Öha. Ihr habt über mich gesprochen?"

„Ja, haben wir. Ehrlich gesagt, es war Svenjas Idee, dass ich den Kurs assistierte. Kurz gesagt: sie wollte uns verkuppeln."

„Diese Svenja!" Marco schüttelte den Kopf.

„Findest du das jetzt blöd?", fragte Michaela.

„Nein, das nicht. Svenja ist schon ein verrücktes Huhn. Manchmal hat sie ..." – Marko suchte nach dem passenden Begriff – „außergewöhnliche Ideen. Jedenfalls würde ich das so bezeichnen."

„Magst du nun noch mit zu mir kommen oder nicht?", fragte Michaela. Sie war mittlerweile ein wenig verunsichert. „Also, ich gehe davon aus, dass du mich nicht vergewaltigst. Svenja meinte, dass du nicht so ein Typ wärst, vor dem man sich als Frau fürchten müsste."

Marco blieb stehen und nahm ihre Hände in die seinen. „Ich weiß ja nicht, was Svenja sonst noch so alles über mich erzählt hat, aber ich hoffe, ich bin nicht allzu schlecht weggekommen. Bin ich dir denn überhaupt sympathisch, jetzt, wo du mich real erlebst – ich meine nicht nur als Yoga-Schüler?"

„Ja natürlich. Ich würde dich jedenfalls gerne besser kennenlernen."

„Ich dich auch."

Michaela wohnte in der Adalbertstraße am alten Nordfriedhof in einer geräumigen Zwei-Zimmer-Wohnung. Sie führte Marco in ihr Wohn- und Arbeitszimmer, das sehr gemütlich eingerichtet war mit einer kleinen Sitzecke, Fernseher, einem PC-Arbeitsplatz – das übliche. Es gab keinen esoterischen Schnickschnack, keine Buddha-Figuren, lediglich ein indisches Gemälde, das ihm sehr gut gefiel.

„Bitte setzt dich doch. Ich hole den Wein."

Er nahm auf der Couch Platz und sah sich im Zimmer um. Sein Blick blieb beim Bücherregal hängen. Er konnte aber nicht mehr erforschen, was Michaela las, denn sie kam bereits mit dem Wein und zwei Gläsern zurück. Sie schenkte ein.

„Ich hoffe, du magst Rotwein."

„Ich mag Rotwein", sagte Marco. Er sagte nicht, dass ihm ein Bier lieber wäre. Aber das war jetzt egal.

Sie ließen die Gläser klirren und tranken einige Schlucke.

„Schmeckt dir der Wein?", fragte Michaela.

„Ja, er schmeckt mir. Er ist sehr gut." Marco log nicht, er schmeckte ihm wirklich.

Sie saßen nebeneinander auf der Couch und sahen sich wortlos an. Plötzlich waren sie nicht mehr so locker, der Gesprächsfluss stockte, Unsicherheit kam auf. Eine höchst erotische Unsicherheit. Was nun? Marco lächelte, Michaela lächelte zurück. Sie hatte einen sehr schönen, sinnlichen Mund, tiefblaue Augen und schwarzbraune, glänzende Haare, die ihr bis zu den Schultern reichten. Marco betrachtete ihr Gesicht – ein hübsches, ebenmäßiges Gesicht, fast makellos, nicht so glatt wie Milas – Michaela war bestimmt schon Ende vierzig –, aber harmonisch und ausdrucksstark, trotz oder gerade wegen der paar Falten um ihre Augen.

Marco war wie elektrisiert von Michaela Aussehen. Natürlich hatte sie auch eine gute Figur und wohlgeformte, lange Beine. Obwohl er dachte, dass es besser wäre, sie nicht sofort zu küssen, zu berühren, zu begrapschen, mit ihr zu schlafen, hatte er doch das Verlangen, es zu tun. Und wie! Es war mehr als ein Verlangen, es war ein MUSS. Er musste es tun. Wollte sie es auch? Wenn sie es nicht wollte, würde er gehen. Auf der Stelle.

Er war geil auf sie. Er kam sich vor wie ein sexuell Ausgehungerter, der auf einer einsamen Insel lebte und nach zwanzig Jahren zum erstem Mal wieder eine Frau sah, noch dazu eine so hübsche. Es war durchaus möglich, das realisierte er in einem momentan eher verborgenen Bereich seines Empfindens, dass sie vielleicht gar nichts Besonderes war, aber jetzt, wo er neben ihr saß, gab es nur eines, was er wollte: Sex.

Er nahm ihre Hand. Als würde Strom aus dieser Hand in die seine fließen, spürte er im ganzen Körper ein Kribbeln. Er umarmte sie und bekam kaum noch Luft, als ihre Brüste seine Brust berührten. Es versank in einer Welt des Vororgasmus'.

Michaela entging Marcos Verlangen nicht. Und auch sie hatte Lust auf ihn. Es war sie, die ihre Lippen auf die seinen legte – der Beginn eines langen und berauschenden Kusses. Dann fingen sie an, sich auszuziehen. Und wieder küssten sie sich bis ihre Lippen anzuschwellen drohten. Nachdem die letzten Kleidungsstücke auf dem Boden lagen, und sie auf der Couch ihre Körper aneinander geschmiegt und gepresst hatten, nahm Michaela Marcos Hand und zog ihn ins Schlafzimmer.

Sie schliefen miteinander. Michaela bestand auf ein Kondom, was Marco in seinem rauschhaften Zustand beinahe vergessen hätte, obwohl auch er kein gesundheitliches Risiko eingehen wollte.

Als die Ekstase vorbei war, sie glückselig erschöpft nebeneinander lagen, kam sich Marco nach einer kurzen Phase der Abkühlung wie wegestoßen vor – verlassen, ungeliebt, als hätte Michaela etwas sehr Verletzliches gesagt oder getan. Das hatte sie aber nicht. Sie lag neben ihm. Ihr Kopf ruhte auf seiner Schulter. Er schmiegte sich an sie, umarmte sie und umklammerte mit einem Bein ihren Körper, sog ihren Geruch ein und küsste ihre Wangen, ihren Hals und ihr Dekolleté tausendmal. Sogleich fühlte er sich wieder besser. Er wollte sie nicht mehr loslassen, nie mehr. Er wäre gern noch einmal in sie eingedrungen, aber er konnte nicht mehr. Er küsste sie am ganzen Körper, kuschelte sich an sie, massierte ihre Brustwarzen, küsste sie erneut innig, schmiegte sich immer wieder an sie oder drückte sie ganz fest, streichelte über ihre Haare, ihren Rücken und ergriff ihren Po.

Michaela hatte zwar nichts gegen kuscheliges Schmusen, aber das, was Marco hier an den Tag legte, wurde ihr zu viel. Sie drückte ihn sanft von sich weg. Marco nahm nicht wahr, wie es Michaela ging, sondern schmiegte sich sofort wieder an sie, umarmte sie und küsste ihre Schulter. Michaela entwand sich der Umarmung nun etwas vehementer.

„Bist du immer so verschmust?", fragte sie und setzte sich auf.

„Wieso? Magst du das nicht? Komm, lege dich wieder zu mir."

„Tut mir leid, das wird mir zu viel. Ich hole den Wein."

„Ach, bleib doch hier."

„Ich bin ja gleich wieder da."

„Noch ein Kuss", winselte Marco.

Michaela gab ihm ein kleines Küsschen und entschwand ins Bad. Dann holte sie den Wein.

„Hier, nimm dein Glas", sagte sie und blieb neben dem Bett stehen.

Marco lag ausgestreckt auf dem Bett, rutschte hoch, stützte sich mit einem Ellenbogen ab, griff nach dem Glas und gleichzeitig nach Michaelas Hand. Sie zog diese schnell zurück, so dass das Glas beinahe auf den Boden gefallen wäre. Dann schenkte sie ein. Marco küsste währenddessen ihre Beine.

„Du bist nun wirklich nicht mein erster Mann", sagte Michala und nahm, immer noch stehend, einen großen Schluck Wein, „aber einer, der so ein starkes Bedürfnis nach Nähe hat wie du, ist mir noch nicht begegnet."

„Ist das schlimm?" Marco fühlte sich zurückgewiesen.

„Nein, nicht schlimm." Sie setzte sich auf die Bettkante und schaute Marco aus den Augenwinkeln an. „Auch das Schöne ist nicht mehr schön, wenn es zu viel wird."

„Du musst einfach nur genießen, dich hingeben, dann .... dann geht es dir gut ... und ... " Marco war von irgendwas irritiert. Es war keine Störung von außen, es kam von einem undefinierbaren inneren Empfinden, als würde seine lustvolle Energie langsam implodieren. „Was wollte ich sagen? Ach ja: du musst dich fallenlassen."

Plötzlich war ihm auch noch kalt, obwohl es in Wirklichkeit sehr warm war. Er stellte das Weinglas beiseite und schlüpfte unter die Decke.

„Ich konnte mich durchaus fallenlassen. Es war schön mit dir."

„Das freut mich", sagte Marco, aber er sagte es nur so dahin. Ihm war leicht übel. Er legte, fast reflexhaft, eine Hand auf Michaelas Oberschenkel und streichelte ihre weiche Haut, aber er empfand nichts mehr. Er berührte das schöne Bein einer schönen Frau – es hätte auch ein Stück poliertes Holz sein können.

Schlagartig erhob er sich. Er stand vor Michaela, die immer noch auf der Bettkante saß, und starrte sie an. Ihm wurde bewusst, dass er gerade noch mit dieser blauäugigen Frau geschlafen hatte, dass er mit ihr verschmolzen war und auf Wolke sieben schwebte. Nun sah er sie an und sie kam ihm fremd vor. War er in diese Frau verliebt? Verliebt gewesen? Jetzt immer noch oder nicht mehr? Was war nur mit seinem Gefühlsleben los? Er war durcheinander, ziemlich konfus. Ihm wurde schwindelig. Er setzte sich neben Michaela aufs Bett, jedoch mit einem gewissen Sicherheitsabstand. Er hatte kein Verlangen mehr, ihr sehr nahe zu sein, zumal sie gesagt hatte, dass ihr sein Bedürfnis nach Nähe zu viel geworden war. Keinesfalls wollte er sie erdrücken. Und jetzt sowieso nicht mehr.

Michaela entging natürlich nicht, dass Marco plötzlich völlig verändert war. „Was ist los mit dir? Verträgst du keinen Wein?"

„Doch, doch. Mir ist irgendwie komisch. Und kalt."

„Kalt?"

„Nicht richtig kalt, nur ... ich weiß es nicht. Ich zieh mich jetzt an."

„Ja, tu das. Weißt du, es kann natürlich schon sein, dass das intensive Yoga bei dir einiges ausgelöst hat. Das darf man nicht unterschätzen. Und dann noch Sex. Du hast dich vermutlich übernommen."

„Vermutlich", murmelte Marco.

Sie zogen sich beide an und setzten sich wieder auf die Couch im Wohnzimmer. Michaela brachte Marco ein Glas Wasser. Das tat ihm gut.

„Ich fühle mich total schlapp und ausgepowert. Ich könnte auf der Stelle umfallen und schlafen. Keine Angst, ich will nicht bei dir übernachten, ich fahre gleich nach Hause."

„Soll ich dir ein Taxi rufen?"

„Ja, aber vorher muss ich dich noch was fragen."

„Bitte."

„Ich weiß von Achim ... Kennst du Achim?"

„Achim? Wer ist das?"

„Unwichtig. Ein guter Freund von mir, der auch Svenja kennt. Jedenfalls hat er mir gesagt, dass Svenja eine besondere Massage kann, die bewirkt, dass man besser drauf ist, vor allem mental – und zwar nicht nur unmittelbar danach, sondern tage- oder sogar wochenlang. Kannst du das auch?"

„Es gibt verschiedenste Massagen, und es mag durchaus sein, dass Svenja eine besondere Art von Massage anwendet, aber ich kann das nicht. Ich kann überhaupt nicht massieren, jedenfalls nicht professionell. Wenn du mental besser drauf sein willst, dann praktiziere Yoga. Es wirkt. Ich weiß das."

„Mal sehen. Langsam geht es mir wieder besser. Würdest du mir trotzdem ein Taxi bestellen?"

„Na klar. Sehen wir uns denn wieder?"

„Von mir aus gerne." Marco sagte das, obwohl er in seinem ausgepowerten Zustand gar nicht beurteilen konnte, ob er Michaela wirklich wiedersehen mochte, geschweige denn gerne. Er wollte nur noch nach Hause. So schnell als möglich.

Als er nach einer Dusche auf dem Balkon saß und in den Sternenhimmel guckte, fragte er sich, wie es sein konnte, dass er so sehr auf diese Michaela abgefahren war und sich in einem Sex- und Schmuserausch befand, der dann schlagartig ohne irgendeinen Grund zu Ende war. Er fragte sich, ob mit seinem Hormonhaushalt etwas nicht in Ordnung gewesen war. Hatte er erst zu viel Oxytocin – das sogenannte Kuschelhormon – produziert und dann plötzlich zu wenig? Oder war sein Hormonhaushalt insgesamt durcheinandergeraten? Er erinnerte sich an die Situation mit der Beck-Frau. Auch sie ließ ihn plötzlich kalt, mit dem Unterschied, dass er bei ihr, als er endlich vor ihr saß, von vornherein kein sexuelles Verlangen mehr hatte. Mit Michaela war es doch sehr anders.

Achim rief an. Natürlich. Er war neugierig.

„Wie war dein Yoga-Kurs?"

„Frage doch lieber gleich, was du wirklich wissen willst: ob mit dieser Michaela was lief. Ich weiß, dass Svenja da was eingefädelt hat. Das ist sicher auf deinem Mist gewachsen."

„Richtig. Ich musste jetzt mal was für dich tun. Und? Bist du ihr näher gekommen?"

„Das kann man so sagen. Wir waren im Liebesrausch – oder vielmehr ich, eine gewisse Zeit", antwortete Marco emotionslos.

„Du klingst jetzt aber gar nicht so rauschhaft glücklich."

„Bin ich auch nicht."

„Was ist denn nun schon wieder schief gelaufen?"

„Schief gelaufen ist gar nichts. Es war die perfekte Anbahnung und eine schnelle und noch perfektere Umsetzung, doch dann gab es eine nüchterne Rückkehr."

„Rede doch nicht so geschwollen daher. Was war los?"

„Wenn ich das wüsste. Ich war von ihr dermaßen angezogen, dass ich sie gar nicht mehr loslassen wollte. Ich war absolut hingerissen. Eine sehr nette Frau, diese Michaela. Kennst du sie?"

„Nein. Svenja meinte, sie würde eine Singlefrau kennen, die gut zu dir passen könnte. Und wie ging es weiter?"

„Wir hatten schönen Sex. Wahrscheinlich war ich viel zu anhänglich, so kenne ich mich eigentlich gar

nicht. Ich fühlte mich wie überschwemmt von Liebes-
gefühlen – ihr wurde es dann zu viel – und plötzlich,
innerhalb von ein paar Minuten, waren diese Gefühle
wie weggeblasen, als hätte etwas in mir einen Schalter
umgelegt. Jetzt sitze ich hier auf dem Balkon und
komme langsam zu der Überzeugung, dass ich, was
meine Sexualität betrifft, ein Problem habe."

„Das glaube ich auch."

„Ich meine kein normales Problem. Irgendwie haben doch viele Menschen auf diesem Gebiet Schwierigkeiten. Du nicht, du bist eine glückliche Ausnahme.
Mein Problem ist ernsthafter Natur. Ich verstehe meine eigenen Gefühle nicht mehr! Ich kann mich nicht
mehr steuern und fühle mich ausgeliefert."

„Wenn du jetzt hören willst, dass ich das anders
sehe", sagte Achim scharf", dann muss ich dich enttäuschen. Beim besten Willen – ich kann dich nicht
mehr aufbauen. Ich weiß nicht, was ich zu deinem
Frauensuch-Stressprogramm noch sagen soll. Ich kann
nicht beurteilen, inwieweit du dich reinsteigerst in
dein Selbstmitleid, ob du übertreibst, ob es mir an
deiner Stelle ähnlich ginge oder ob du nicht einfach
nur hysterisch bist und jedes ungute Gefühl als drama-
tischen Angriff auf dein Seelenheil interpretierst. Ich
befürchte, unsere Freundschaft gerät an eine Grenze."

Marco spürte einen tiefen, scharfen Stich in sein
Herz. Wendete sich Achim von ihm ab? Konnte er ihn
nicht mehr ertragen? Stand die Freundschaft auf dem
Spiel? Alles durfte sein, alles, aber das nicht.

„Was heißt das?", fragte er mit kleinlauter Stimme.

„Das heißt, dass ich nicht weiß, wie ich dir noch
helfen kann. Vielleicht solltest du einen Psychotherapeuten aufsuchen."

„Du weißt, dass ich davon nichts halte."

„Ja, das weiß ich. Ich habe auch meine Vorbehalte,
konnte aber durch meinen Kontakt zu Professor Hader

erleben, dass manchen Leuten wirklich geholfen wird."

„Mag sein. Aber ich befürchte, dass auch mit meinem Hormonhaushalt etwas nicht stimmt."

„Dann lass dich untersuchen."

„Das werde ich."

„Ich denke, dein Hauptproblem ist, dass du dein Leben nicht akzeptieren kannst. Aber warum nur? Dir geht es doch gut. Du bist nur viel zu sehr auf das Frauenthema fixiert. Ansonsten passt doch alles."

„Von wegen. Es ging doch schon damit los, dass ich den falschen Beruf ergriffen habe. Ich wäre gerne Journalist geworden. Aber mein Vater hätte das nicht akzeptiert und mir den Geldhahn zugedreht. Also studierte ich Jura, weil er es so wollte. Dann hatte ich die falsche Frau, um die Liebe meiner Mutter nicht zu verlieren. Ich war immer brav und habe getan, was von mir erwartet wurde. Okay, das ist lange her. Der Psychotherapeut würde mir wahrscheinlich auch nur sagen, dass ich mich mit meiner Vergangenheit versöhnen muss. Will ich ja auch. Ich bin doch dabei, mein Leben zu ändern und schaue vorwärts. Aber wenn du jetzt unsere Freundschaft in Frage stellst, dann muss ich mich insgesamt in Frage stellen. Dann..." Marco schwoll der Hals zu und konnte nicht mehr weiterreden.

„Ich stelle unsere Freundschaft nicht in Frage. Das ist doch Blödsinn."

Marco hatte Angst, dass Achim sich von ihm abwenden könnte. Noch nie hatte er diese Angst, aber jetzt war sie da. Groß, mächtig – ein Gesteinsbrocken, der ihn zu zerquetschen drohte. Ohne Achim würde er wie ein Häuflein aus Haut und Knochen darniederliegen, einsam, ohne einen echten Freund, allein für immer. Achim war nicht ersetzbar.

„Was hast du morgen vor?", fragte Achim und

wechselte bewusst das Thema, denn dieses Gespräch führte aus seiner Sicht zu nichts, sondern verstörte Marco nur noch mehr.

„Ich besichtige die Wohnung in Dietramszell."

„Schön. Soll ich mitkommen?"

„Danke für das Angebot. Ich überlege es mir."

2

Marco holte Achim ab. Natürlich war Marco froh, dass er eine Begleitung hatte – und dass es Achim war. Auf der Fahrt nach Dietramszell sprachen sie kein Wort über Frauen, sondern diskutierten über die Bebauungspläne auf dem Viehhof-Gelände und wie sich das Viertel verändern wird.

Die Wohnung befand sich in einem freistehenden Haus am Ortsrand. Sie lag, so wie Marcos Mutter sie geschildert hatte, in einer sehr ruhigen Gegend. Die Sonne schien auf das Haus. Sie befand sich im Erdgeschoß mit einer großen Terrasse und einem Garten, der etwas verwildert war. Es gab noch ein Geschoss über der Wohnung. Dort lebte eine alleinstehende Frau, etwa Anfang siebzig, die nicht sehr kommunikativ war, sagte jedenfalls seine Mutter.

Marco sperrte die Haustür auf, doch für die Wohnungstür passte der Schlüssel nicht. Seine Mutter hatte ihm noch zwei weitere Schlüssel ausgehändigt, aber kein einziger passte. Sehr ärgerlich.

„Wofür sollte denn der dritte Schlüssel sein?", fragte Achim.

„Für den Keller."

„Lass mich mal ran." Achim und fummelte mit den Schlüsseln am Türschloss.

In dem Moment kam die Dame vom oberen Geschoss heruntergetapst und wunderte sich über die Männer, die sich Einlass verschaffen wollten.

„Was machen Sie hier?" fragte sie äußerst forsch.

„Wir wollen aufsperren", sagte Achim.

„Das sehe ich. Wer sind Sie? Was wollen Sie hier?"

„Beruhigen Sie sich", sagte Marco. „Wir sind keine Einbrecher. Ich bin der neue Eigentümer."

„Ach ja?" Ihre Augen wanderten von Marco zu Achim und wieder zurück. „Na dann. Grüß Gott zusammen. Ziehen Sie beide hier ein?"

„Nein. Keiner von uns. Vielleicht bin ich vorübergehend mal hier. Das wird sich zeigen."

„Ihr Vorgänger war auch nicht immer hier. Jedenfalls nicht alleine. Manchmal war das schon etwas unangenehm."

„Wie meinen Sie das?"

„Ach ja. Die junge Frau hüpfte im Sommer schon mal ganz nackt im Garten herum. Er gelegentlich auch. Wir sind zwar hier am Ortsrand, aber das musste doch nicht sein."

Marco und Achim wechselten einen erstaunten Blick.

„Der Mann war mit einer jüngeren Frau hier?", fragte Marco.

„Ja. Sie war um einige Jahre jünger, recht hübsch. Ich verstehe nicht, was sie von so einem alten Dackel wollte. Rein optisch nicht nachvollziehbar. Nun ja", sie lächelte, „sie beide sind ja im selben Alter, auch wenn ich nicht weiß, ob in Ihren Kreisen das von Bedeutung ist."

„Äh, also ... in unseren Kreisen?", stammelte Achim. „Wir sind nicht schwul."

„Nicht? Oh! Ich hätte wetten können. Tut mir leid. Jetzt verdächtige ich Sie schon zu zweiten Mal. Sie denken sich sicher, die Alte reimt sich schnell was zusammen."

„Nein, das denken wir nicht. Aber sagen Sie mal: Diese junge Frau ... war das immer dieselbe? Oder war er mit unterschiedlichen Damen hier?" Marco wollte das unbedingt wissen.

„Natürlich war er auch oft mit seiner Frau hier,

meistens am Wochenende. Aber unter der Woche immer mit der Kleinen. Das ist ja nun schon lange her. In der letzten Jahren stand die Wohnung quasi leer. Warum fragen Sie? Haben Sie vor, auch mit verschiedenen Damen hier zu verweilen?"

„Nein, ganz gewiss nicht."

„Also mir ist das egal, solange sie keinen Krach machen und niemand nackt herumläuft. Nicht dass Sie denken, ich mache Ihnen Schwierigkeiten. Ich möchte schon eine gute Nachbarschaft. Also herzlich willkommen. Meine Name ist Schulze."

Sie reichte Marco die Hand.

„Vielen Dank. Marco Steinerbach."

Nun wurde Frau Schulze ein wenig bleich. „Oh Gott. Sind Sie ... sind sie der Sohn von Günther Steinerbach? Das ist mir jetzt aber peinlich. Ich wollte nicht schlecht über Ihren Vater reden. Es tut mir leid."

„Schon gut, Frau Schulze. Sie haben nur gesagt, was sie gesehen haben. Wie lange ging das eigentlich mit dieser jüngeren Frau?"

„Länger. Mir ist das jetzt echt unangenehm."

„Das muss es nicht. Wirklich nicht. Ich würde es einfach nur gerne wissen."

„Wir, also ihr Vater, ich und mein Mann – er ist leider vor drei Jahren gestorben – sind vor etwa zwanzig Jahren ziemlich zur gleichen Zeit eingezogen. Das Haus war gerade fertiggestellt worden. Wir hätten auch gerne die Erdgeschoss-Wohnung genommen, aber Ihr Vater war schneller. Die junge Frau, sie hatte hellblonde Locken, kam von Anfang an mit hierher. Bis vor etwa acht Jahren, dann war plötzlich Schluss."

„Danke Frau Schulze, für die Auskünfte. Aber jetzt müssen wir sehen, wie wir in die Wohnung kommen. Der Schlüssel passt nicht."

„Sie dürfen ihn nicht ganz reinstecken, sondern müssen einen Millimeter Spielraum lassen. Ich habe einen Schlüssel zum Lüften gehabt, darum weiß ich das. Einen schönen Tag noch."

Frau Schulze ging wieder nach oben. Die Tür ließ sich mit diesem kleinen Trick tatsächlich ohne weiteres öffnen.

Es war dunkel. Sie tasteten sich zu den Fenstern und zogen die Rollos nach oben. Marco war erstaunt. Er hätte nicht gedacht, dass die Wohnung so modern und geschmackvoll eingerichtet war. Skandinavischer Stil – viel Weiß, helles Holz, klare Formen. Keine Billigmöbel, das war auf den ersten Blick ersichtlich.

Marco ging, mit Achim im Schlepptau, in jeden Raum, sah sich um und öffnete die eine oder andere Schublade oder Schranktür. Alles war leergeräumt. Dann öffneten sie die Terrassentür und warfen einen Blick auf den Garten, der nicht gepflegt war, jedoch auf eine sympathische Art verwildert.

Im Wohnzimmer setzten sie sich in die Sessel.

„Nicht schlecht", meinte Achim. „Wirklich sehr schön."

„Ja. Sehr schön." Marcos Augen wanderten noch einmal rundherum. „Ich hätte gedacht, ich würde hier eher in die Jahre gekommenes Inventar vorfinden. Diese Möbel hier sind noch relativ neu, maximal zehn Jahre."

„Hm." Achim zuckte nur mit Achseln, denn er konnte das Alter der Möbel nicht einschätzen.

Sie saßen einige Minuten schweigend im Wohnzimmer. Marco dachte an das, was Frau Schulze erzählte. Es war ungeheuerlich. Sein Vater betrog seine Mutter. Jahrelang.

„Wenn mein Vater vor zwanzig Jahren hier mit seiner Geliebten auftauchte und die Affäre vor acht Jahren geendet haben sollte, betrog er meine Mutter mindestens zwölf Jahre lang. Vermutlich länger. Gewiss hatte er mit dieser Frau – es war seine blonde

Sekretärin, da bin ich mir ziemlich sicher – schon eine Affäre, bevor er die Wohnung gekauft hatte."

„Das ist anzunehmen", meinte auch Achim.

„Was habe ich nur für einen Vater? Was habe ich nur für Eltern? Ich frage mich, ob meine Mutter das wusste. Jedenfalls hatte mein Vater alles sehr gut organisiert. Die Kanzlei war in Grünwald. Von dort ist man in zwanzig Minuten in Dietramszell. Also fuhr er einfach nach der Arbeit mit seiner kleinen Geliebten raus in sein Liebesdomizil, sonnte sich mit ihr, nackt – und spielte zu Hause den hart arbeitenden Mann. Das ist schon ganz schön dreist. Findest du nicht?"

„Weiß nicht."

„Sollte meine Mutter das mitbekommen haben … das hat sie sicher mitbekommen – irgendwann vergisst die Geliebte einen Slip oder Ring … Konnte es sein, dass meine Mutter das toleriert hat oder gab es Ehekriege? Was denkst du?"

„Woher soll ich das wissen?"

„Ich weiß es auch nicht. Ich weiß nicht mal, ob ich meinen Vater hassen oder bewundern soll. Ich hasse ihn, weil er ein Betrüger war. Ich bewundere ihn, weil er sich ausgelebt hat. Seltsam. Oder?"

Marco warf Achim einen prüfenden Blick zu, nachdem er sich nicht geäußert hatte.

„Du bist so kurz angebunden. Kannst du meine Familiengeschichte nicht mehr hören? Soll ich den Mund halten. Sag es ruhig."

„Nein, nein. Ganz und gar nicht. Wenn ich so etwas erfahren würde, ginge mir das sicher auch im Kopf um. Mir tut es übrigens leid, dass ich dich gestern so hart kritisiert habe, weil du immer so viel jammerst. Aber ich musste einfach mal Klartext reden. Und das Thema wechseln. Du steigerst dich in diese Frauengeschichten zu sehr rein; das tut dir nicht gut.

„Dass ich zu viel jammere, das ist mir durchaus

bewusst. Du musst schon einiges mit mir aushalten."

„In der Tat. Aber du bist mein Freund. Freunde dürfen jammern."

Marco freute sich über Achims Worte. Er war fast ein wenig gerührt.

„Ich werde die Wohnung verkaufen, wie du weißt. Wenn du willst, nutze sie bis dahin. Ich überlasse sie dir – und Svenja!"

Achim lachte. „Witzbold. Du meinst, ganz im Sinne der Tradition soll ich hier mit der Geliebten heiße Stunden verbringen?"

„Warum nicht? Wenn das die Bestimmung dieser Wohnung ist, dann soll es so sein."

3

Marco hatte sich im Möbelhaus XXXLutz für die Münchener Wohnung eine naturweiße Dreisitzer-Couch, ein großes Bücherregal aus Wildeiche und einen Schuhschrank aus massiver Kernbuche gekauft, liefern und aufbauen lassen. Er war zufrieden. Alles passte und er freute sich über seine gelungene Auswahl. Das Bücherregal war zwar etwas wuchtig – Natalie hätte es nie genehmigt – aber es gefiel ihm trotzdem.

Als er die letzten Bücher eingeräumt hatte und auf der neuen Couch saß, hatte er Lust auf Eis. Er hatte vorgesorgt und sich zwei Familienpackungen gekauft: Schokolade und Haselnuss. Mit insgesamt vier Kugeln auf einem Kuchenteller stand er in seinem neuen, eigenen Wohnzimmer und schaute sich um. Es war schon fast perfekt. Nur noch ein paar Bilder fehlten. Im Internet würde er sicher etwas Passendes finden.

Er setzte sich mit dem Eis an seinen Esstisch und hatte den Eindruck, dass sich sein Leben langsam ordnete. Durch den Verkauf der Dietramszeller Wohnung würde er die Ablöse an Natalie zahlen können und hätte immer noch ein gutes Polster für spätere Zeiten. Er überlegte sogar, nur noch Teilzeit zu arbeiten. Einen Tag in der Woche frei, das wäre ein echter Gewinn an Lebensqualität. Frauen würden ihn vorerst nicht mehr interessieren. Er war zuversichtlich, dass sich auch dieses schwierige Kapitel irgendwann klären wird.

Ganz in Gedanken und ein wenig verträumt schob er den letzten Löffel Eis in den Mund und hätte durchaus noch zwei weitere Kugeln essen können. In

Anbetracht seiner nicht mehr ganz so straffen Figur entschied er sich dagegen.

Er wollte den Teller in die Küche tragen und ein Glas Wasser holen, aber dazu kam er nicht mehr. Als er sich vom Stuhl erhob, hörte er ein ungewohntes Geräusch, als würde jemand im Wald auf Äste treten, und dann ... dann sah er ihn. Er war zurück, grau und groß wie eh und je, direkt vor ihm, in der Wohnung, vor der neuen Couch – der Geist!

Marco blieb fast das Herz stehen, so sehr hatte er sich erschrocken. Der Geist war in seine Wohnung eingedrungen, in seinen geschützten Raum. Das durfte doch nicht wahr sein! Am liebsten hätte er laut geschrien und den Teller nach ihm geworfen, aber er wusste, dass dies nichts nützte. Was sollte er tun? Gab es irgendeine Möglichkeit, so zu reagieren, dass der Geist einfach wieder verschwand, und zwar möglichst sofort? Er wollte mit dem Geist nichts mehr zu tun haben. Allerdings hatte er sich keine Strategie zurechtgelegt, wie er im Falle des Falles, der nun unweigerlich eingetreten war, mit der Situation umgehen sollte. Er schloss die Augen, wie früher, und hoffte, wenn er sie wieder öffnete, dass dann der Spuk vorüber war. Er wartete einigen Minuten, dann riss er die Augen auf. Natürlich – *er* stand immer noch vor ihm und wackelte ein wenig auf und ab und nach rechts und links.

„Was willst du?", schrie Marco den Geist an. „Du hast mir kein Glück gebracht, lass mich endlich in Ruhe!" Er legte sich auf die Couch und schloss erneut die Augen. Er musste sich beruhigen. Die einzige Möglichkeit, die er momentan sah, war, so zu tun, als ob der Geist nicht da wäre. Das konnte er aber nur, wenn er ruhig und gelassen blieb. Sobald er wieder ruhig atmen konnte, wollte er ins Arbeitszimmer gehen, sich an den Computer setzen und sich über

Mountainbikes und Drucker und Schreibtischleuchten und Regenjacken und ... und ... und informieren. Das konnte Stunden dauern. Irgendwann würde es dem Geist sicher langweilig werden. Und wenn dieses graue Wesen sprechen sollte, würde er einfach nicht hinhören, so tun, als wäre es nicht da. So dachte er sich das.

Marco lag noch immer auf der Couch als der Geist zu sprechen anfing. Und Marco hörte natürlich doch hin. Von wegen ausblenden! Er war dazu ganz und gar nicht in der Lage, zu sehr hatte ihn der Geist durcheinander gebracht und seine Nerven und seinen Verstand in Aufregung versetzt.

„Krz ... krr ... du wirst erfahren ... erkl ...ären ...Treffen ... und ...". Die Sprachqualität war dermaßen schlecht, dass Marco nicht verstehen konnte, was ihm der Geist mitteilen wollte.

Er stand auf und starrte den Geist an, der scheinbar auf seiner Couch stand. „Wen soll ich treffen? Verschone mich bloß mit einer weiteren Traumfrau, ich habe keinen Bedarf und ..."

Der Geist unterbrach ihn oder versuchte, seine Mitteilung erneut auszudrücken. „... wichtig, damit du verstehst ..."

Dann hörte Marco keine Worte mehr, nur noch dumpfes Gekreische. Der Geist hüpfte ein wenig auf und ab. Erst nach einer Weile kam seine Sprache zurück: „Weil ... wichtig .... keine Traumfrau ... kein Problem."

„Kannst du nicht besser sprechen, damit ich dich richtig verstehen kann?"

„Ich versuche es. Moment ... warte."

„Hey, du antwortest mir! Immerhin. Also sag mir, was so wichtig ist."

„Das sag ich dir ... dann. Nicht hier. Die Verständigung funktioniert nicht gut. Komm zum Japanischen

Seehaus Kanshoan im Englischen Garten. Gegenüber, Seite Englischer Garten, ist eine Parkbank am Bach."

„Okay. Hoffentlich finde ich sie. Wann?"

„Um achtzehn Uhr ... zzz". Wieder gab der Geist kreischende Töne von sich.

„Heute?

„Krzzz zzz."

„Hallo?"

„Zzz."

Das hatte hier wirklich keinen Sinn. Marco fragte noch mal laut und deutlich: „Wann? Heute?" – und hörte ein „Ja" zwischen dem Gekreische. Dann war es plötzlich still – der Geist gab keinen Ton mehr von sich. Marco hörte noch ein kurzes, feines, leises Zischen und – der Geist war weg. Verschwunden, ohne irgendwas zu hinterlassen, keinen Geruch, keinen Staub, keinen Abdruck auf der Couch, nichts. Es war, als wäre er gar nicht da gewesen.

Marco stand noch eine Weile reglos im Zimmer und fragte sich allen Ernstes, ob er sich die Wiederkehr des Geistes nicht nur eingebildet hatte. Konnte es wirklich sein, dass sein Heim, jetzt, wo Natalie weg war und er es sich gemütlich machen wollte, vom Geist verseucht wird? Wie sollte er sich hier jemals entspannen können, wenn *er* jeden Augenblick auftauchen konnte?

Es war 16.20 Uhr. Um 18 Uhr müsste er bei der Parkbank sein. Sollte er hingehen? Ja, er musste hingehen. Er hatte das Gefühl, dass er sonst von diesem verdammten Geist keine Ruhe haben würde. Was immer ihn dort auch erwarten mochte, auf irgendwelche Liebesspielchen würde er sich nicht mehr einlassen. Auf keinen Fall.

Siebtes Kapitel

1

Das müsste die Parkbank sein, überlegte Marco. Sonst gibt es hier keine. Verdammt, da sitzt schon jemand! Eine Frau. Das ist jetzt sehr ungünstig. Es war 17.45 Uhr. Um 18 Uhr sollte der Geist erscheinen. Hoffentlich war sie bis dahin gegangen.

Er stellte sich etwa fünf Meter neben der Bank hinter einen kleinen Busch, so dass er die Bank und die nähere Umgebung noch gut beobachten konnte. Die Frau warf ihm mehrmals einen Blick zu. Er hoffte, dass sie nicht annahm, er wäre ein Spanner, Exhibitionist oder etwas in der Art, und dass sie nicht zu schimpfen anfing und am Schluss den Geist vertrieb.

Er wollte alleine sein und nicht beobachtet werden. Da dies nicht der Fall war und er sich hinter dem Busch in der halb versteckten Stellung äußerst unwohl fühlte, steuerte er direkt auf die Bank zu und setzte sich neben die Frau. Schließlich war die Bank für alle da! Aus Nervosität checkte er sein Handy. Sie beachtete ihn kaum, saß seelenruhig neben ihm und machte nicht den Anschein, als ob sie in Kürze aufbrechen würde.

Es war 17.47 Uhr. Sollte der Geist pünktlich sein, müsste er in drei Minuten erscheinen. Marco stand auf, entfernte sich einige Meter von der Bank, sah auf die Uhr und in beide Richtungen des Weges. Er versuchte, den Eindruck zu erwecken, als hätte er hier eine Verabredung, was auch irgendwie stimmte.

Wieder schaute er – möglichst beiläufig – zu der

Frau, die ihn nun anlächelte.

„Warten Sie auf jemanden?", fragte sie freundlich.

„Ja, das kann man so sagen", antwortete Marco nicht ganz so freundlich. „Und Sie? Warten Sie auch auf jemanden?"

„Nein, aber ich weiß, auf wen Sie warten."

„Wohl kaum." Marco schmunzelte nervös.

„Oh doch! Sie warten auf ihren Geist?"

Marcos Kinn klappte so weit nach unten, wie es nur ging, als säße er auf einem Zahnarztstuhl, während in einem Backenzahn gebohrt wird. Er starrte die Frau an und konnte nichts sagen, seine Stimme hatte sich in seinem Hals festgeklemmt. Langsam schloss er den Mund. Er schluckte und schnappte nach Luft. Dann erst konnte er wieder reden.

„Wer sind Sie?"

„Eine, die weiß, warum Sie hier sind."

„Das können sie nicht wissen."

„Doch, ich weiß es."

„Von wem? Wieso? Ich verstehe das nicht. Ich habe niemandem erzählt, dass ich hier ..."

„Sprechen Sie es ruhig aus: dass Sie hier ein Date mit einem Unsichtbaren, einem Geist oder wie immer sie *es* nennen wollen, haben. Kommen Sie, setzen Sie sich wieder zu mir."

„Wer sind Sie? Was haben Sie mit der Sache zu tun?"

Marco setzte sich und betrachtete die Frau genauer. Sie wirkte entspannt, war ganz hübsch, etwa Ende dreißig. Er war sich sicher: er hatte sie noch nie gesehen. Sie hatte ein Muttermal in der Nähe ihres Mundes wie Marylin Monroe. Das hätte er sich gemerkt.

„Ich habe einiges mit ‚dieser Sache' zu tun. Ich wollte Sie nun persönlich kennenlernen."

„Sind Sie ... sind *Sie* der Geist? Haben Sie Ihre äußere Erscheinung verändert mit ... mit einer Art Tarnkappe?"

„Nein, nein. Ich bin nicht Ihr Geist. Und Tarnkappen gibt es vermutlich nur in Märchen. Da ist nichts außerhalb Ihres Körpers, kein Wesen, auch kein Geist. Sie haben sich auch nichts eingebildet im Sinne einer Krankheit, Sie sind ganz gesund ..."

Sie hielt inne, legte ihre Hand mit einem leichten Druck auf Marcos Unterarm und fixierte seine Augen.

„Was ich Ihnen jetzt sage klingt unwahrscheinlich, aber so ist es." Sie ließ Marcos Arm wieder los.

Leise aber deutlich sagte sie: „Wir haben Ihr Gehirn gehackt."

Marco wandte seinen Blick ab, schüttelte den Kopf und hatte den Eindruck, komplett verarscht zu werden. „Reden Sie doch keinen solchen Unsinn."

„Ich rede keinen Unsinn. Es ist, wie ich sagte: wir haben Ihr Gehirn gehackt."

„Ja, ja, gehackt. Ihr wisst, was ich denke, was ich sehe, was ich höre. Ist schon recht. " Er verdrehte die Augen. „Was soll die Scheiße? Wie soll das gehen? Da müsste zumindest irgendwas, ein Chip oder sonst was in meinem Kopf oder wo anders in meinem Körper implantiert worden sein. Das müsste ich doch mitbekommen haben. Ich hatte aber keine OP, nirgends, nicht mal ein neue Zahnfüllung, keine Verletzungen mit Wunden und Narben – nichts. Ich habe auch weder eine Neurocam noch ein Emotiv Headset benutzt. Wie also soll da in meinem Kopf etwas angezapft worden sein?" Er klopfte mit seinen Fingern auf seinen Schädel. Er wurde langsam nervös.

„Mit solchen Methoden arbeiten wir nicht."

„Wir? Wer ist ‚wir'?"

„Wir sind eine Gruppe von Wissenschaftlern, die im Bereich neuronale Experimente, hormonelle Steuerung und Gehirn-Computer-Schnittstellen arbeiten."

„Und weiter?"

„Hören Sie, ich kann mir gut vorstellen, dass Sie etwas aufgeregt sind und mir nicht glauben. Trotzdem wäre es schön, wenn Sie auf den aggressiven Unterton verzichten könnten. Sollten wir uns nicht duzen? Schließlich kennen wir uns ja irgendwie. Ich heiße Laura."

„Ich finde zwar nicht, dass wir uns kennen, aber okay, von mir aus können wir uns duzen, wenn das zur Klärung der Umstände beiträgt – bitte. Ich bin Marco."

Laura lächelte. „Ich weiß, wer du bist."

Marco lächelte auch; es war ein verlegenes, misstrauisches Lächeln.

„Natürlich. Du kennst ja mein Gehirn! Ich komme mir gerade vor wie in einem Albtraum oder wie ein Statist in einem Science Fiction-Film, von dem ich die Handlung nicht kenne. Weißt du, was ich glaube? Ihr treibt schlichtweg einen ganz bösen Streich mit mir. Wenn das der Fall sein sollte, dann habt ihr das wirklich gut gemacht. Ziemlich gut. Ich habe wirklich geglaubt, ich kann Geister sehen. Habe sogar in einer parapsychologischen Beratungsstelle angerufen. Bin wohl voll drauf reingefallen. Ich nehme an, du arbeitest für *Verstehen Sie Spaß?* Finde ich eigentlich lustig, wenn es einen nicht selbst betrifft. Ich könnte gerade wieder aggressiv werden."

„Bitte nicht", sagte Laura und fasste Marco wieder am Arm. „Es ist alles ganz anders."

Marco löste sich von Lauras Berührung. „Und wie ist es dann?"

Laura setzt sich gerade hin. „Das ist etwas schwierig zu erklären. Ich muss ein wenig ausholen. Also: Wir haben wirklich dein Gehirn gehackt. Klingt nicht nachvollziehbar, ich weiß, ist aber sprachlich unser Jargon. Unser Ziel ist, über kontrolliert erzeugte Resonanzfelder auf hormonelle Aktivitäten Einfluss zu nehmen. Genauer gesagt: das sexuelle Lustzentrum des Mannes lahmzulegen."

Marco musste lachen. „Seid ihr männerfeindliche Aktivistinnen, Asexuelle oder so was in der Art?"

„Nein, ganz sicher nicht. Eigentlich dürfte ich dir das gar nicht sagen, aber ich habe meine Gründe, es dennoch zu tun. Und selbst wenn du es weitererzählst, es glaubt dir sowieso niemand. Also: Das Ziel ist eine wirkungsvolle Maßnahme zur Eindämmung der Überbevölkerung. Jeden Tag bringen 20.000 Mädchen unter achtzehn ein Kind zur Welt. In den weniger entwickelten Ländern bekommt jede Frau 4,3 Kinder. Weltweit werden 157 Kinder pro Minute geboren, Stand 2017. Wenn weiterhin so viele Kinder geboren werden, dann, das ist ja hinlänglich bekannt, wird es zu einer Katastrophe kommen. Trotzdem geschieht nichts. Die Politik in fast allen Ländern ist blind, hilflos und vor allem machtorientiert. Kinder sind per se das Glück – das wird rauf- und runtergepredigt. Welcher Politiker will seinem Volk denn vorschreiben, wie viele Kinder ein Mann beziehungsweise eine Frau bekommen darf? Gut, die Chinesen haben es getan mit ihrer Ein-Kind-Politik. Aber glaubst du, dass das in Afrika funktionieren würde, selbst wenn die Afrikaner ihre vielen Kinder, vor allem in und südlich der Sahel-Zone nicht mehr ernähren können? Sicher nicht. Deshalb wurde ein geheimes Projekt gegründet – wir nennen es ‚Stopp Overpopulation with Brainmanipulation', kurz: SOB – bei dem ich mitarbeite. Wenn man bei Männern eine sexuelle Appetenzstörung – also Lustlosigkeit – kontrolliert von außen gesteuert auslösen kann, dann wäre das eine Geburtenregelung, die schmerzlos und unauffällig abliefe. Kein Aufschrei, keine Proteste. Wenn Männer nicht mehr können, verschweigen sie das sowieso ziemlich lange, weil es ihr Selbstwertgefühl angreift."

„Interessante Theorie. Und selbst wenn dieses Projekt tatsächlich existiert, um die Überbevölkerung zu stoppen, frage ich mich: Was hat das alles mit mir zu tun? Ich habe kein Kind gezeugt, kein einziges und habe es auch nicht vor, dafür bin ich mittlerweile zu alt."

„Du warst eine Versuchsperson."

„Eine Versuchsperson? Für was?"

„Das Eindringen in ein Gehirn ist eine extrem schwierige Angelegenheit. Wir arbeiten schon seit über zehn Jahren daran. Anfangs kamen wir nur sehr langsam voran, aber mittlerweile haben wir die besten Leute, das nötige Know-how – und man kann sagen: wir haben den Durchbruch geschafft. Wenn die Methode ganz ausgereift ist – das wird es nicht mehr lange dauern, und wir können auch nicht mehr lange warten – setzen wir den Eingriff bei den Männern in entsprechenden Gebieten großflächig um. Großflächig heißt nicht, alle in einem Gebiet. Das wäre zu viel des Guten und zu auffällig. Wir setzen das Verfahren punktuell ein."

„Punktuell. Aha. Wie große sollen diese *Punkte* denn sein? Ein paar Quadratmeter in einer Stadt oder ganze Landstriche? Und wer soll das Gebiet auswählen?"

„Hm." Laura zog die Stirn in Falten und lächelte. „Wer wird das wohl sein? Wir, ein geheimes Konsortium, Staatsmächte ... suche es dir aus."

„Ich tippe auf Amerika. Oder sind es die Chinesen?"

Laura antwortete nicht, was Marco auch nicht erwartet hatte.

„Okay. Keine Antwort. Aber unabhängig davon, jetzt mal ganz langsam zum Mitschreiben: Ihr habt mich als Versuchskaninchen benutzt? Wenn ich das richtig verstehe: Ihr habt versucht, bei mir eine sexuelle Lustlosigkeit auszulösen?" Marco runzelte die Stirn. „Soll das heißen, ihr habt versucht, mich irgendwie zu beeinflussen, Hormone zu aktivieren oder was weiß ich, damit ich keinen mehr hochkriege?"

„Nein. Das ist nicht möglich. Die Beeinflussung zielt darauf ab, dass du auf Sex keine Lust mehr hast, dass dich Frauen nicht mehr anmachen."

„Aha. Das hat ja wohl nicht so richtig funktioniert. Ganz ehrlich, ich kann das alles nicht glauben."

„Ich weiß, für dich klingt das nach Science Fiction. Ist es aber nicht."

„Wie soll denn das funktionieren? – ins Gehirn eindringen. Mit Strahlen oder mit Atomenergie? Oder über die Haut oder wie? Das ist doch Quatsch. Außerdem hatte ich in letzter Zeit sehr wohl Lust auf Frauen und hatte Sex. Und warum habe ich einen Geist gesehen? Habt ihr damit was zu tun? Er hat mit mir gesprochen. Er hat gesagt, wo ich hingehen soll und ..."

„Ich weiß", unterbrach ihn Laura. „Natürlich hat das Brainhacking anfangs noch nicht perfekt funktioniert. Was glaubst du, was das für eine Leistung ist, mit einem menschlichen Gehirn ohne physische Hilfsmittel Kontakt aufzunehmen? Das ist vergleichbar mit der ersten Mondlandung. Wir konnten dein Seh- und Hörzentrum erreichen, später dein Sprachzentrum und deinen Gyrus rectus im linken Stirnlappen und andere Bereiche. Dass du einen Geist oder vielmehr einen grauen Schatten gesehen hast, war nicht geplant, war aber für unsere Forschungsergebnisse nicht wichtig. Eigentlich hätte sich der Schatten verflüchtigen müssen, aber dein Gehirn hat sich an ihn gewöhnt und deshalb hast du ihn immer dann gesehen, wenn wir auf dich zugriffen. Wir wollten grundsätzlich nur akustisch kommunizieren, die Sprache verstehen und antworten können. Das ist im Forschungsstadium zur Überprüfung der Ergebnisse zwingend notwendig. Visuelle Erscheinungen sollten nicht erzeugt werden. Da dies nur bei dir der Fall war, haben wir für die Beseitigung dieses Nebenprodukts keine weiteren Kapazitäten aufgewendet."

„Nebenprodukt nennst du das? Ich wäre beinahe verrückt geworden mit diesem *Nebenprodukt*. Das ist doch nicht zu fassen!"

Marco kam sich vor wie im falschen Film. Mit wem und über was redete er hier? Sollte er einfach nach Hause gehen und diese Erklärungen gar nicht mehr anhören? Aber er blieb und Laura sprach weiter.

„Anfangs hat die Kommunikation gar nicht funktioniert, bei keinem unserer Versuchspersonen. Wir hörten, dass gesprochen wurde, aber es war nicht verständlich, so dass wir auch keine Antwort geben konnten. Doch wir haben den Fehler gefunden und wir konnten die Versuchspersonen, auch dich, wie vorhin in deiner Wohnung, recht gut verstehen, auch wenn du unsere Sprache noch nicht perfekt empfangen konntest. In Gebäuden ist es das um einiges schwieriger als im Freien. Aber es muss zwingend in Häusern aus Beton und Stein möglich sein. Die meisten Menschen befinden sich schließlich in irgendwelchen Gebäuden. Dass dies nun funktioniert – darüber bin ich sehr glücklich."

„Ich nicht. Heißt das, ihr könnt alles mithören, was gesprochen wird, wenn ihr euch in ein Gehirn hackt?"

„Nicht wir persönlich, sondern eine KI, die die Signale in Sprache übersetzt. Für SOB war es aber zuerst einmal wichtig, dass das Gehirn des Probanden Befehle annimmt, das heißt, dass der Proband die Befehle auch ausführt."

„Moment mal. Ihr habt mir Befehle gegeben? Habe ich etwas getan, was ich in Wirklichkeit gar nicht tun wollte? Und ich habe das nicht bemerkt?", fragte Marco mit sorgenvoller Miene.

Ihm schauderte. Dieses Gehirnhacking wurde ihm langsam unheimlich. Konnte es sein, dass man nicht nur sein Lustzentrum sondern seinen freien Willen angreifen wollte oder schon angegriffen hatte?

Laura bemerkte Marcos Unbehagen. Es war offensichtlich. Er fuhr sich mit den Fingern durch die Haare und atmete heftig. Sie lächelte besänftigend.

„Die Befehle", fuhr sie fort, „sind die Vorstufe von allem. Wenn die Befehle nicht funktionieren, funktioniert gar nichts. Du brauchst dich nicht aufzuregen, das war alles harmlos."

„Was war das? Harmlos? Das sehe ich aber total anders. Das ist doch Wahnsinn, wenn man fremdgesteuerte handelt. Ich will wissen, was ich getan habe, das ich gar nicht tun wollte. Sag es mir! Und behaupte bloß nicht, dass du es mir nicht sagen darfst."

„Du bist nach Berchtesgaden in dieses Wellnesshotel gefahren. Und zu Ikea."

„Scheiße. Das kann nicht sein. Ich habe doch selbst und bei vollem Bewusstsein entschieden, dass ich nach Berchtesgaden fahren will. In ein Wellness-Hotel, um Frauen kennenzulernen. Und *ich* wollte zu Ikea, weil ich sehen wollte, was es dort Neues gab."

„Ja. Aber der Impuls kam von uns."

„Das ist unglaublich. Ich habe nichts, rein gar nichts bemerkt."

„Natürlich nicht. Und auch den sprachlichen Befehlen, also in deinem Fall den Anweisungen des Geistes, bist du bereitwillig gefolgt. Einmal jedoch, da hast du dich einem Befehl widersetzt, als wir dich ein zweites Mal zum Flauchersteg schicken wollten. Da bist du einfach nicht hingegangen. Wir vermuten, wenn eine besonders stark ausgeprägte Ablehnung da ist, unterdrückt diese unseren Befehl."

„Ich kann dir schon sagen, warum ich nicht mehr hingegangen bin. Weil ich, nachdem ich auf Anweisung des Geistes – also von euch – dort war, noch ein weiteres Mal hingegangen bin, um nach etwas Ausschau zu halten, das ich vielleicht übersehen hatte. Da dem aber nicht so war, hatte ich absolut keine Lust, dort ein drittes Mal meine Zeit zu verschwenden. Ich habe dem Geist auch gesagt, dass ich bereits ein zweites Mal dort war."

„Das haben wir leider nicht hören können. Aber interessant zu wissen. Du bist also unabhängig vom Befehl nachträglich zum Flauchersteg gegangen, um die Situation vor Ort zu checken?"

„Ja. Aber warum sollte ich überhaupt zum Flauchersteg? Was soll da Besonderes gewesen sein? Was hätte ich dort tun sollen?"

„Nichts. Das war nur ein Test, um zu sehen, ob der Befehl bei dir ankommt und du ihn ausführst."

„Und wahrscheinlich habt ihr dort eure ausgelagerte Kommandozentrale, zum Beispiel in dem Hochhaus? Euer Hauptsitz ist doch bestimmt in Silicon Vallay? Oder in Shenzhen?"

Laura lachte. „Wir sind überall." Sie stand auf und reichte Marco die Hand, als müsste sie ihn von der Bank wegziehen. „Lass uns spazieren gehen. Wir können auch in Bewegung reden. Ich sitze zu viel."

Marco reichte ihr automatisch die Hand und fragte sich gleichzeitig, ob diese Geste womöglich auch von ihr gesteuert wird, ob er ihr die Hand wirklich reichen will – diesem digitalen Monster?

„Wie viele Versuchspersonen habt ihr getestet? Oder sollte ich eher fragen: Wie vielen Männern – ich nehme an, es waren nur Männer – habt ihr den Verstand vernebelt?"

„Das sage ich dir nicht. Nur so viel: Es waren einige. Und es waren natürlich nur Männer. Bei Frauen würde es wenig Sinn machen."

„Warum habt ihr mich ausgewählt?"

„Ach Marco. Das fragst du? Du warst dauerhaft stark sexuell fixiert. Das war eine wichtige Voraussetzung, um feststellen zu können, ob unser Eingriff wirkt."

„Ich war doch nicht andauernd sexuell fixiert?", empörte sich Marco.

„Nicht andauernd, aber dauerhaft. Du warst auf der Suche nach einer Traumfrau. Das war nicht nur ein kurzfristiger Impuls."

„Woher wusstet ihr das?"

„Sei doch nicht so naiv. Du bist viel online, wir wissen alles über dich. Das ist doch ein alter Hut."

Marco schwieg. Sie hatte recht.

„Außerdem hat dein Wohnort gepasst. Und du bist sensibel und intelligent. Nur dein Alter – eigentlich gehörtest du nicht unbedingt zu unserer favorisierten Zielgruppe, aber nun ja. Du wurdest trotzdem ausgewählt."

„Von einer KI?"

Laura lachte und pflückte ein Blümchen am Wegesrand.

„Weißt du, ich pflücke eine Blume, weil sie mir ins Auge sticht, weil sie mir gefällt. Dann betrachte ich sie eine Weile und werfe sie wieder weg. Sie hat ihre Schuldigkeit getan. Ihre Bedeutung ist belanglos. Du warst ein Versuchskaninchen und nun ist es vorbei. Für uns bist du unbedeutend. Wir brauchen dich nicht mehr."

„Das will ich hoffen. Du meine Güte ...". Marco wusste nicht, ob er erleichtert oder empört sein sollte. Das alles überstieg sein Vorstellungsvermögen. „Und wie geht es mit dem Projekt jetzt weiter? Wie heißt es gleich wieder?"

„SOB. Dies ist nur ein interner Arbeitsbegriff. Den wahren Namen sage ich dir natürlich nicht."

„Was habt ihr nun konkret vor? Wie lange soll diese Manipulation in welchen Gebieten dauern?"

„Wenn wir in größerem Stil Gehirne hacken können, dann geht es los. Wir werden weltweit keineswegs alle Männer ins Visier nehmen – da kann ich dich beruhigen. Das wäre auch nicht möglich. Wir konzentrieren uns auf diejenigen Länder, in denen die Geburtenrate am höchsten ist oder die Überbevölkerung ein großes Problem darstellt. Wenn sich Erfolge zeigen, dann fahren wir die Aktion wieder zurück"

„Wer ist wir? Ich weiß, ich habe dich das bereits gefragt und keine Antwort bekommen. Ich möchte es aber wissen. Wer steckt dahinter?"

„Das sage ich dir nicht. Hör zu: Das alles wird sehr leise ablaufen. Wahrscheinlich werden viele Frauen froh sein, wenn sie nicht ständig für ihre geilen Männer da sein müssen, vor allem beschnittene Frauen werden froh sein. Eine Gefahr besteht jedoch, nämlich, dass die Männer aggressiv werden könnten. Sollte es deshalb zu Problemen kommen, dann müssen wir die Aktion natürlich abbrechen. Hier fehlen uns noch Erfahrungswerte. Es gab nur sehr vereinzelt aggressive Verlagerungen. Auch bei dir."

„Was? Ich war nie aggressiv."

„Doch, doch, wenn auch nicht besonders stark ausgeprägt. Als du in Harlaching zu spät zu dem Zahnarzt gekommen warst und deine Traumfrau verfehlt hattest, haben sich deine Aggressionen gegen einen Blumentopf gerichtet. Das ging über einen normalen Ärger hinaus."

„Stimmt. Ich war stinksauer. Und du nimmst an, das kommt von euren Manipulationen meines Gehirns, meiner Gefühlswelt oder was oder wie?"

„Das nehme ich schwer an."

„Na super." Marco spürte sehr deutlich, dass er gerade eine neue und sehr reale Aggression bekam – Aggression gegen Laura und dieses SOB-Projekt.

„Hey Scheiße. Falls die Männer in Afrika aggressiv werden und ihre Frauen umbringen ... ist doch furchtbar. Und ihr seid schuld!"

„Ja, durchaus."

„Durchaus", wiederholte Marco aufgebracht. „Was soll das heißen?"

„Dann brechen wir die Aktion ab. Habe ich doch gesagt."

„Das glaube ich dir nicht. Du denkst wahrscheinlich, wenn weniger Frauen leben, können auch weniger Kinder geboren werden. Und die Mörder werden zusätzlich weggesperrt. Das Ziel wird schon irgendwie erreicht. Das ganze Projekt ist menschenverachtend. Außerdem glaube ich nicht, falls, ja falls das alles stimmt, was du mir erzählst, dass das geheim bleiben wird. So etwas kann unmöglich geheim bleiben. Nie und nimmer. Ihr seid vermutlich ein riesengroßes Team, da sickert immer was durch oder jemand springt ab und macht die Sache öffentlich, so wie Snowden."

„Ja. Damit muss man rechnen. Aber es gibt nur eine ganz kleine Gruppe von Leuten auf der Welt, die das Knowhow haben, diese Art von Gehirn-Hacking zu verstehen und anzuwenden. Wir arbeiten alle zusammen."

„Wer finanziert euch?"

„Blöde Frage. Keine Antwort. Nächste Frage."

„Warum erzählst du mir das alles? Bist du eine Verräterin?"

„Nein. Von SOB hätte ich dir nichts erzählen dürfen. Aber, wie schon gesagt, ich habe meine Gründe, die ich aber für mich behalte. Nur so viel: Du bist mir sympathisch und du tust mir auch ein wenig leid, weil dich die Geistererscheinungen doch sehr verunsichert haben. Ich wollte dir die Gewissheit geben, dass du nicht verrückt bist. Unabhängig davon, nehmen wir mit ausgewählten Probanden Kontakt auf, von denen wir nicht genau wissen, wie es ihnen geht, ob sie in ihrem Empfinden oder Denken etwas Ungewöhnliches festgestellt haben oder ob Nebenwirkungen aufgetreten sind, die uns nicht bekannt sind. Das Feedback ist sehr wichtig für unsere Forschungen. Bei dir dürfte es keine Probleme gegeben haben. Oder liege ich falsch?"

„Ich weiß nicht. Welche Probleme meinst du?"

„Kopfschmerzen, Lähmungen, Zittern ... Hattest du derartige Beschwerden während unserer Kontaktaufnahme oder zu einem anderen Zeitpunkt? Schlafstörungen? Übelkeit mit Erbrechen?"

„Nein, nichts dergleichen."

„Dann ist es ja gut", sagte Laura bestimmend.

Für Marco war gar nichts gut. Er stellte fest, dass seine Verwirrung enorm war. War er dabei, Laura zu glauben? Oder glaubte er immer noch an eine riesengroße Verarschung, und dass jeden Augenblick ein Fernsehteam mit Kameras aus dem Gebüsch springen würde? Er lief neben ihr her und wünschte sich schließlich, dass diese Begegnung nur ein hartnäckiger Albtraum war, der bald zu Ende sein würde. Doch er wachte nicht auf, und auch kein Fernsehteam kam zum Vorschein. Stattdessen wuchs sein Unbehagen – so sehr, dass er für einen Moment daran zweifelte, ob diese Frau neben ihm real war und dieses Gespräch nur in seinem Kopf stattfand. Aber sie musste real sein, denn entgegenkommende Passanten wichen ihr auf dem schmalen Weg aus. Ein Mann entschuldigte sich sogar bei ihr, weil er sie angerempelt hatte. Sie war keine Halluzination. Er hätte es sich fast gewünscht.

Sie gingen in mittelmäßig schnellem Tempo eine Runde im Englischen Garten. Ohne sich abzusprechen wählten sie dieselben Wege, als würden sie ein gemeinsames Ziel ansteuern.

„Was habt ihr mit Achim gemacht?"

„Nichts. Er ist dein Freund, das wissen wir. Er war aber keine Versuchsperson."

„Habt ihr sein Gehirn nicht gehackt?"

„Nein, haben wir nicht."

„Wirklich?", fragte Marco ungläubig, runzelte die Stirn und warf Laura einen kritischen Blick zu. „Er hatte ungewöhnliche Visionen, Eingebungen, Ahnungen."

Laura zuckte nur beiläufig mit der Schulter.

„Du kannst dazu nichts sagen? Oder willst du nicht? Ist er eine Versuchsperson eures nächsten geheimen Projekts?"

„Du irrst dich. Wir hatten und haben mit Achim nichts zu tun."

Marco blieb nichts übrig, als ihre Antwort zur Kenntnis zu nehmen, zweifelte aber, dass es zwischen Achim und diesen Leuten keine Verbindung gab.

„Und wer war oder ist die Beck-Frau? Wohl eine von euch? Ein Köder sozusagen?"

„Richtig. Wir wussten ja, auf welchen Frauentyp du stehst. Eine Kollegin entspricht optisch ziemlich genau deinen Vorstellungen. Wir haben sie geschminkt, gestylt und ihren Gang korrigiert. Und es hat funktioniert." Laura lachte. „Sogar mehr als erwartet: du hast sie begehrt und in ihr deine Traumfrau gesehen."

Marco sagte dazu nichts, dachte sich aber, wie blöd man doch sein kann. Diese Sexmörder-Bande hat mich voll verarscht.

„Nachdem du auf meine Kollegin, oder wie du immer sagtest: Beck-Frau, so stark abgefahren bist, war es soweit. Der Eingriff konnte durchgeführt werden. Das heißt: Wir haben wir dich unmittelbar vor dem geplanten zweiten Treffen mit ihr *neutral gesetzt.*

So ist die Bezeichnung, wenn das Lustzentrum neutralisiert, also heruntergefahren, wird. Leider war der ganze Aufwand umsonst. Du hast die Anweisung, beim Zahnarzt zu erscheinen, nicht befolgt."

„Ich war dort, nur zu spät", rechtfertigte sich Marco.

„Ja, zu spät. Das war äußerst ärgerlich. Also musste der Versuch wiederholt werden, und meine Kollegin musste noch mal ran. Das Treffen bei Wörner am Sendlinger Tor war aufwendig. Wir haben unsere Zeit nicht gestohlen." Laura zeigte ihre Verärgerung deutlich. Sie blickte zu Marco mit zusammengepressten Lippen sowie verengten Augenbrauen, sodass sich zwischen ihren Augen tiefe Falten bildeten.

„Das war nicht zu schaffen. Unmöglich, in der kurzen Zeit bis nach Harlaching ..."

„Ach was", unterbrach ihn Laura. „Mit dem Fahrrad hättest du sechzehn Minuten gebraucht, mit dem MVV circa dreißig Minuten."

„Wenn die U-Bahn pünktlich kommt. Und das Fahrrad war im Hof. Ich war doch schon bei der Implerstraße ..."

„Lassen wir das", sagte Laura autoritär. „Ich diskutiere hier nicht irgendwelche Fahrzeiten."

Sie liefen einige Meter schweigend nebeneinander, während Marco die Bezeichnung *neutral gesetzt* durch den Kopf ging. Was für eine Verharmlosung für einen so schwerwiegenden Eingriff.

„Ihr habt mich neutral gesetzt", sagte er schließlich nachdenklich. „So nennt ihr das also. Wie lange war ich denn außer Gefecht? Oder asexuell – so würde ich das nennen."

„Wir haben dich anschließend, nach deiner Blumentopfattacke, wieder aktiv gesetzt. Später mussten wir dann noch ein weiteres Mal auf dich zugreifen."

„Oh Gott! Wann denn noch? Das kann ja nur bei

Michaela gewesen sein. Ich habe sie aber begehrt und zwar heftig und wir haben miteinander geschlafen. Erst danach hat sie mich nicht mehr interessiert. Da hat euer Timing wohl nicht so ganz funktioniert."

„Bei diesem Test ging es um etwas anderes. Wir wollten wissen, was passiert, wenn wir einen Probanden aktiv setzen, obwohl das bereits gemacht wurde. Nun ja, die Auswirkungen waren eindeutig kontraproduktiv. Alle Probanden, nicht nur du, reagierten nach der zweiten Aktivierung äußerst lustbetont und anhänglich. Sie befanden sich in einer Art Liebesrausch. Im Testbereich war dies kein Problem, zumal die Wirkung auch bald wieder nachließ – von selbst; wir mussten nicht mehr eingreifen. Aber im Ernstfall darf dies natürlich nicht passieren. Insofern waren auch diese Tests sehr wichtig. Übrigens: Eine doppelte Inaktivierung bewirkt gar nichts, es kommt zu keinen ablehnenden oder gar Hassgefühlen auf Frauen, was für unser gestecktes Ziel natürlich sehr gut ist ..."

"... falls ihr mal nicht alle erwischt bei eurem Massenhacking", fiel ihr Marco ins Wort. „Dann geht ihr einfach noch mal an alle ran oder wie?"

„Wenn du dir das so vorstellen magst ... Du warst übrigens der letzte unserer Probanden. Die Testphase ist nun abgeschlossen. Wir haben unser Ziel erreicht. Wir sind nachweislich in der Lage, auf Gehirne gezielt Einfluss nehmen und das Lustzentrum lahmzulegen."

„Bist du dir da sicher? Obwohl ihr mich neutral gesetzt habt, war mein Bedürfnis, deine Kollegin zu sehen, unverändert stark, sowohl vor dem Zahnarztbesuch als auch vor dem Date beim Café Woerner's. Warum? Das Verlangen hätte doch dann, deiner Logik entsprechend, verschwunden sein müssen. Oder nicht?"

„Auch wenn du inaktiv gesetzt bist, ist das Bedürfnis, eine bestimmte Frau zu treffen, nicht weg. Du musst dir das so vorstellen: Du hast Lust auf ein bestimmtes Essen, sagen wir, auf eine schöne, fette Currywurst. Und wenn du die Wurst dann vor dir siehst und einen Bissen genommen hast, ekelt es dich. Du hast also nur geglaubt – ein rein gedanklicher Akt –, dass du Lust hast. Deine Sinne sagen dir dann aber etwas anderes."

„Und wenn ich die Frau dann haben könnte, macht sie mich nicht mehr an", übersetzte Marco den Gedanken.

„Genau. Du hast es erfasst. Die Frau übt keinen Reiz mehr auf dich aus. Die Frau an sich ist dann kein Objekt deiner Begierde mehr."

„Wie bei einem Homosexuellen, den auch eine supertolle Frau kalt lässt. Sollen sich die betroffenen Männer dann auf Männer stürzen? Oder worauf sollen oder können sie sich dann noch freuen? Was habt ihr dafür vorgesehen?"

„Nichts. Das ist nicht unser Thema."

„Kein Wunder, wenn wir dann aggressiv werden. Ist doch logisch."

„Nein. Unsere Auswertungen zeigen, dass dies nicht logischerweise der Fall ist, sondern nur gelegentlich in mäßiger Ausprägung vorkommt."

„Es ist also bislang alles gut gegangen. In der Versuchsphase. Mit ausgewählten Männern. Toll! Aber ihr wisst nicht, ob das alles aus dem Ruder laufen könnte. Vielleicht stimuliert ihr in den Männerköpfen noch ganz andere Areale. Vielleicht treiben es die Männer dann mit Tieren oder entwickeln neue Energien, werden hyperaktiv oder depressiv. Und was ist mit den Frauen? Könnt ihr bei eurer Massenmanipulation überhaupt zwischen den Geschlechtern unterscheiden? Gut, das werdet ihr hinbekommen. Aber was ist, wenn die Frauen wieder Sex und Kinder wollen? Und dann gibt es keine Männer mehr, die noch

338

Lust haben. Super Projekt, super Sache!"

„Reg' dich ab. Wir lassen den Frauen noch genügend Männer, mit denen sie Sex haben können, falls sie wollen. Was ich aber bezweifle. Für die meisten dürfte es eine Befreiung sein, nicht ständig schwanger sein zu müssen. Außerdem werden wir die Inaktivierung geplant und gezielt dosiert durchführen. Keine Angst. Das wird alles sehr kontrolliert ablaufen. Natürlich wird man sich nach einer gewissen Zeit fragen, warum die Geburtenrate plötzlich sinkt, aber man wird es nicht erklären können. Einen Aufstand wird es ganz sicher nicht geben. Gegen was denn? Wer hätte denn ein Interesse daran? Die Betroffenen? Die wundern sich vielleicht und schweigen."

„Das denkst du", wandte Marco ein.

„Nicht nur ich. Wenn die Lust irgendwann wieder zurückkommt, ist doch alles gut. Die Einsatzpläne – also die Einsatzzeiten und -gebiete – müssen, was du sicher nachvollziehen kannst, nach sehr klugen Kriterien berechnet werden."

„Und irgendjemand gibt dann das Go. Wer das auch immer ist."

„Genau", sagte Laura ein wenig genervt. „Das haben wir schon besprochen."

„Ich habe trotzdem die Befürchtung, dass die Sache aus dem Ruder laufen könnte."

„Nein Marco", widersprach Laura. „Im Gegenteil: Wenn wir das Projekt nicht durchführen, läuft die ganze Welt aus dem Ruder. Die Bevölkerungsexplosion ist besorgniserregend, insbesondere in Afrika. Nach Schätzungen der Vereinten Nationen wird Afrika bis 2050 auf 2,5 Milliarden, und bis 2100 auf 4,4 Milliarden Menschen ansteigen. Wie sollen diese vielen Menschen ernährt werden? Es wird zur Massenmigration nach Europa kommen. Will man das nicht, muss man Europa verteidigen oder die Selbsthilfefähigkeit Afrikas unterstützen. Doch an einem Hebel geht kein Weg vorbei: Die Geburtenrate muss sinken. Und zwar schnell. Sonst werden viele Menschen elend zugrunde gehen."

Marco schwieg. In diesem Punkt hatte Laura wohl recht. Aber wird dieses SOB-Projekt wirklich zur Lösung des Problems beitragen? Und wofür kann oder soll es sonst noch eingesetzt werden?

Laura blieb stehen, drehte sich frontal zu Marco und lächelte ihn an. „Ich muss dann los."

„Ach ja? Und das war's jetzt oder wie?" Marco empfand das Ende des Gesprächs ziemlich abrupt. Er hätte noch viele Fragen gehabt.

„Ich denke, das war's", bestätigte Laura. „Schade eigentlich. Du bist mir irgendwie ans Herz gewachsen. Du bist ein netter Typ."

„Meine Güte, ist das alles pervers", sagte Marco und wendete seinen Blick weg von Laura hoch in den Himmel.

„Nein, nicht pervers. Das ist der Lauf der Zeit. Es geht um was Größeres, um die Zukunft der Menschheit."

„Es geht aber auch um mein Leben", empörte sich Marco. „Und wenn du jetzt gehst, woher weiß ich dann, dass du nicht doch noch in meinem Gehirn bist oder dich jederzeit wieder einklinken kannst? Woher weiß ich, dass du nicht wieder mittels eines Geistes mit mir reden willst? Woher weiß ich, dass ich meine Entscheidungen frei wähle? Ich bin euch ausgeliefert. Wie will ich mich denn wehren? Wehren gegen etwas, das ich nicht sehe, nicht spüre, das mich aber steuert?"

„Du kannst dich nicht wehren. Jeder Versuch wäre sinnlos. Es würde dir nicht gelingen. Aber ich versichere dir, wir lassen dir dein selbstbestimmtes Leben. Du wirst auch keinen Geist mehr sehen. Ich wünsche dir alles Gute, Marco. Ach ja, noch ein Rat: Am besten du vergisst das alles."

Sie standen am Parkende in der Nähe vom Haus der Kunst. „Tschüss", sagte Laura, lächelte und verließ den Englischen Garten Richtung Von-der-Tann-Straße.

Marco brauchte mehr als nur ein paar Sekunden, bis er kapierte, dass diese Frau nun einfach verschwinden wollte. Abtauchen. Dass er alleine zurückbleiben würde mit diesen ungeheuerlichen Informationen. Nein, das durfte nicht sein.

Sie war schon etwa zwanzig Meter weit weg, da rannte er ihr nach und holte sie fast ein. Er hielt einen Sicherheitsabstand von einigen Metern. Er musste sie verfolgen, musste wissen, wo sie hinging. Er fotografierte sie, was natürlich nur von hinten möglich und letztlich völlig sinnlos war. An der Fußgängerampel blieb sie stehen, da rot war. Sie blickte sich um und entdeckte ihn, denn der Mann, hinter den er sich versteckt hatte, bot zu wenig Sichtschutz. Sie drehte sich um und ging auf ihn zu.

„Lass das, Marco. Es ist sinnlos. Fahr nach Hause."

Marco stellte sich neben sie und griff sie mit seiner rechten Hand am linken Handgelenk. „Du glaubst doch nicht im Ernst, dass du jetzt einfach so abzischen kannst. Wer bist du?"

„Lass mich los!", sagte Laura leise mit einem stechenden Blick. „Du weißt genug."

Marco ließ sie nicht los. Die Ampel wurde grün und Laura überquerte die Straße zusammen mit Marco, der ihr Handgelenk fest umklammerte. Auf der anderen Straßenseite versuchte sie sich loszureißen, aber Marcos Griff war zu stark.

„Wenn du mich nicht augenblicklich loslässt, dann schreie ich."

Er ließ sie nicht los, im Gegenteil. In Windeseile

griff er mit seiner freien Hand nach ihrem anderen Handgelenk, zog sie zu sich und blickte ihr frontal ins Gesicht. „Schrei doch, dann schreie ich auch!"

Sie ließ einen lauten, durchdringenden Schrei los und Marco stimmte sofort mit ein und schrie noch ein wenig lauter.

Die wenigen Passanten, die unterwegs waren, blieben ruckartig stehen und starrten auf das seltsame Pärchen. Einen Moment lang hätte man den Eindruck haben können, die beiden probten eine Szene für ein Schauspiel. Die Passanten schüttelten verständnislos den Kopf und gingen weiter. Doch dann versuchte Laura, sich unter Einsatz ihrer ganzen Körperkraft zu befreien und fing zu schluchzen an. „Hey, du tust mir weh."

Ein junger, kräftiger Mann kam auf die beiden zu. „Was geht hier ab?"

„Der Typ hält mich fest", winselte Laura.

„Ja, weil ich ihr was sagen will und sie einfach nicht zuhört", versuchte Marco die Situation zu retten.

„Jetzt lassen Sie sie doch mal los", befahl der junge Mann, während er sein Kinn hob und sich breitbeinig aufstellte.

Die Aufforderung war klar. Marco stachen die muskulösen Oberarme des Mannes ins Auge. Es blieb ihm nichts anderes übrig, als Lauras Hände loszulassen.

Blitzartig – so schnell konnte keiner der beiden Männer schauen – rannte Laura wie eine Sprintläuferin los, zurück auf die andere Straßenseite, obwohl rot war. Die Männer wechselten noch kurz einen erstaunten Blick, dann zischte auch Marco los. Der junge Mann schüttelte den Kopf. Er hatte keine Lust, sich hier weiter einzumischen und schon gar nicht, den beiden hinterherzulaufen.

Marco war nicht so schnell wie Laura, die in die

Königinstraße abgebogen war. Er vermutete, vielmehr hoffte, dass sie zur U-Bahn Universität wollte. Das konnte seine Chance sein, falls noch kein Zug am Bahnsteig war, wenn sie dort ankam. Sie bog in die Schönfeldstraße ab, dann in die Kaulbachstraße. Die Richtung stimmte. Als er in die Kaulbachstraße einbog, verlor er sie aus den Augen. Wohnte sie hier irgendwo? Versteckte sie sich? Er sah sich um und wusste, falls dies der Fall war, hätte sie ihn abgehängt. Also blieb er lieber bei seiner Idee, dass sie zur U-Bahn lief.

Da Marco nicht so besonders fit war, fiel es ihm schwer, die restliche Strecke schnell zu laufen. Keuchend stolperte er die Rolltreppe nach unten zur U-Bahn – und sah Laura. Seine Vermutung war also richtig. Sie stand vorne am Bahnsteig, während sich gerade die Türen des Zuges öffneten und sie einstieg.

Marco schaffte es gerade noch, im mittleren Teil des Zuges einzusteigen und fluchte auf diese uralten Züge mit den vielen Wagons, sodass man im Zug nicht durchgehen konnte. An der nächsten Station stieg er aus, behielt die aussteigenden Menschen des ersten Wagons im Auge und wechselte zum nächstvorderen Wagon. Das Spiel wiederholte er noch einmal, dann war er im vordersten Wagon, in dem Laura immer noch sein musste. Dachte er. Aber sie war nicht da. Keine Laura, nicht mal eine, die ihr ähnlich sah. Verdammt. Sie war ihm entwischt.

2

Marco war nach dem Treffen mit Laura nicht nach Hause gefahren – dazu war er nicht in der Lage –, sondern lief planlos umher. Er beobachtete die Menschen, ihre Blicke, ihre Mimik, ihre Bewegungen ... und fragte sich permanent, ob einer von diesen Menschen, die an diesem schönen, milden Abend unterwegs waren, auch Opfer von einem wie auch immer gearteten Gehirnhacking geworden waren? Er fragte sich, ob die jungen Männer mit ihren Freundinnen im Arm, noch Lust auf Sex haben würden? Und er fragte sich vor allem eines, und das alle paar Minuten: kann das sein – Gehirnhacking? Kann das wirklich sein?

Er bekam Durst. Sein Mund war staubtrocken. Seit Stunden hatte er nichts mehr getrunken und sein Kreislauf machte langsam schlapp. Er musste nun doch nach Hause, Wasser trinken, sich hinlegen, fernsehen – abschalten.

Es gelang ihm nicht. Er war aufgedreht und nervös. Er duschte kalt und versuchte sogar, sich mit ein paar Yogaübungen, die er sich von dem Einführungskurs gemerkt hatte, zu entspannen. Doch nichts half. Er rief Achim an.

„Wenn ich dich nicht hätte, würde ich jetzt wahrscheinlich verrückt werden."

„Das bist du sowieso, also kannst du es nicht mehr erst werden." Achim spuckte die Traubenkerne aus. „Hast du schon mal auf Traubenkerne gebissen? Ich mag eigentlich keine Trauben mit Kernen. Man beißt doch immer wieder mal auf diese harten Dinger, sie schmecken scheußlich und dann muss man sie entweder ausspucken oder sinnentleert hinunterwürgen. Und wenn du sie hinunterwürgst, ist der ganze Traubengenuss beim Teufel."

„Okay Achim, genug jetzt. Zum Thema Teufel: Ich bin das Opfer eines Teufels geworden. Ich habe ihn heute um achtzehn Uhr kennengelernt."

„Vom Geist zum Teufel – ist ja kein so großer Unterschied."

„Können wir uns treffen?"

„Immer doch!"

„Ich meine: jetzt."

„Oh! Jetzt noch? Weißt du wie spät es ist? Kurz nach elf Uhr! Musst du morgen nicht arbeiten?"

„Doch, aber es ist etwas Ernstes. Nichts, worüber ich am Telefon reden will. Magst du bitte zu mir kommen?"

„Na klar, ich bin in zehn Minuten da."

Marco räumte oberflächlich die Wohnung auf und stellte zwei Weißbiergläser ins Wohnzimmer.

Achim brachte eine Tafel Schokolade mit. „Zum Trost. Für was auch immer."

„Komm rein. Setz dich schon mal ins Wohnzimmer; ich hole das Bier. Nein, wir machen das anders. Wir setzen uns in die Küche. Ich hol die Gläser aus dem Wohnzimmer. Danke für die Schokolade."

„Oh, oh. Was ist mit dir?", fragte Achim und merkte, dass Marco ziemlich durch den Wind war.

Bevor Marco reden konnte, musste er erst das Bier einschenken und einen großen Schluck nehmen. Er war noch zu hundert Prozent nüchtern, denn nach dem Erlebnis im Park wollte er seinen Geist auf keinen Fall benebeln. Jetzt allerdings war der *klare Kopf*, dessen Gedanken ihn von innen aushöhlten, nicht mehr nötig, denn Achim war hier. Er war nicht allein, und das war wichtig. Sehr wichtig.

Achim wartete geduldig, bis Marco so weit war und endlich sagen konnte, warum er ihn noch zu so später Stunde brauchte.

„Was ich dir jetzt erzähle", begann Marco mit bedeutungsvoller Stimme und drehte das Bierglas in seinen Händen, „ist so unglaublich, dass man es gar nicht fassen kann. Da kommt noch was auf uns alle zu. Ich hatte schon immer das Gefühl, dass da noch was kommt. Aber *das* hätte ich nicht gedacht. Unsere Außerirdischen sind schon längst unter uns, nur dass sie gar nicht von außen kommen. Sie kommen von innen."

Achim blickte ratlos und wartete, was Marco noch zu sagen hatte.

Marco nahm einen großen Schluck Bier, dann sprach er weiter: „Es gibt keinen Geist. Ich wurde das Opfer einer Bande – sie nennen sich Wissenschaftler. Sie betreiben Gehirnhacking." Er starrte Achim in die Augen. „Sie hacken Gehirne."

„Gehirnhacking? Was bedeutet das?", fragte Achim und öffnete die Packung Schokolade.

„Sie greifen deinen Willen an, deine Gefühle, sodass du dich veränderst und etwas tust oder nicht tust, ohne zu merken, dass du ferngesteuert wirst." Dann erzählte Marco, unter welchen Umständen er Laura getroffen und was sie ihm offenbart hatte. Er sprach ruhig, ausführlich und sachlich – eine Selbstschutzmaßnahme, um nicht durchzudrehen.

Achim hörte hochkonzentriert zu, unterbrach Marco kein einziges Mal und stopfte sich nebenbei fast die ganze Schokolade in den Mund. Marco nahm keinen einzigen Bissen.

„Als sie ging, sagte sie, ich solle das alles am besten vergessen. Vergessen? Ein Witz! Wie kann man das vergessen?"

„Glaubst du, dass das stimmt, was sie gesagt hat? Das ist doch zu abgespaced."

„Ja, ich glaube es. Ich glaube es aus einem einzi-

346

gen Grund: Sie hat gewusst, dass ich mich mit dem Geist treffen wollte. Es hat niemand gewusst, nicht mal du."

„Wenn das wirklich stimmen sollte, dann ist das Wahnsinn." Achim bemerkte, dass er zur letzten Reihe der Schokolade griff. „Oh, tut mir leid. Die Tafel wäre eigentlich für dich gewesen."

„Nimm nur. Ich habe keinen Appetit."

„Danke. Mein Gott, Marco. Wenn es möglich wäre, dass man in fremde Gehirne eindringen kann, ohne Chip, ohne Operation und so weiter, dann ... dann könnte es sein, dass wir alle ferngesteuert sind, zumindest viele von uns. Dass diese Gruppe mit ihrem Gehirnhacking die Überbevölkerung stoppen will, kann man nachzuvollziehen. Aber glaubst du denn, dass das alles ist? Dass sie nicht noch andere Ziele verfolgen?"

„Das ist anzunehmen", antwortete Marco während er aufstand und zwei weitere Biere aus dem Kühlschrank holte.

„Und was machen wir jetzt?", fragte Achim.

„Das wollte ich eigentlich dich fragen."

Achim zuckte mit den Schultern. Er war schockiert und auch er fragte sich: Kann das sein?

Sie hatten keine Idee, ob und was sie unternehmen sollten. Laura hatte vermutlich recht: Sollte Marco mit dieser Geschichte an wen auch immer herantreten, zum Beispiel an Journalisten oder Politiker, man würde ihm nicht glauben, er würde als Spinner mit Verfolgungswahn belächelt werden. Bestenfalls. Oder man würde ihn gleich in die Psychiatrie stecken. Nach langem Nachdenken, ohne Ideen und ohne Ergebnis, fasste Marco schließlich die Angelegenheit zusammen:

„Seit ich heute Abend zu Hause bin, beobachte ich jede Regung von mir. Kann ich dieser Laura glauben, dass sie mich nun in Ruhe lässt? Oder sitzt sie – oder wer oder was – immer noch in meinem Kopf und hat was mit mir vor? Wenn ich darüber nachdenke, dann werde ich verrückt. Also muss ich das tun, was sie mir geraten hat: Ich muss das alles vergessen."

„Tja. Was soll ich sagen? Vielleicht ist das wirklich die einzige Chance, die du hast: So tun als ob, als ob alles normal ist, so wie es ist. Hoffentlich gelingt es dir."

Es gelang ihm nicht. Noch Tage danach, kam ihm die ganze Geist-Gehirnhacking-Geschichte wie ein einziger Albtraum vor. Er fasste sich ständig an den Kopf, als ob er durch ein eventuelles Pulsieren oder über Schmerzpunkte oder Hitzeareale spüren könnte, ob *sie* eindringen oder bereits eingedrungen sind.

Solange er im Büro war, konzentrierte er sich besonders intensiv auf die Arbeit und konnte dadurch einigermaßen abschalten. Aber sobald er seine Wohnung betrat, fühlte er sich beobachtet. Er war ständig in einer Habachtstellung, dass irgendetwas, was er nicht unter Kontrolle hatte, geschehen könnte: neue, andere Sehstörungen, Stimmen, Geister, Wünsche und Bedürfnisse, die nicht seine eigenen waren ... so konnte es nicht weitergehen. Er musste hier ausziehen. Seit die Potenzmörder-Bande in Form eines Geistes in sein intimes Reich, seine Wohnung, eingedrungen waren, war es ihm nicht mehr möglich, sich hier zu entspannen. Natürlich wusste Marco, dass sie ihn auch in jeder anderen Wohnung finden und manipulieren konnten, aber ein Umzug wäre ein Neubeginn, zumindest in seiner Vorstellung.

Er beschloss, vorübergehend nach Dietramszell zu ziehen bis Gras über die Sache gewachsen war. Jetzt erwies sich das Ausweichquartier als Glücksfall. Er informierte Achim, dass er sich mit Svenja für ihre

Liebesspiele wieder woanders treffen müsse.

Es kam sogar noch ein zweiter Glücksfall auf ihn zu, mit dem er ganz und gar nicht gerechnet hatte. Natalie meldete sich – nicht wegen der Scheidung, sondern weil sie wieder in die Zenettistraße zurückziehen möchte. Marco staunte nicht schlecht, als er das am Telefon hörte. Sie verabredeten sich, um die Details zu besprechen.

Natalie klingelte, Marco bat sie in die Küche und bot ihr ein Glas Wein an – Wein, den sie beim Auszug vergessen hatte mitzunehmen. Daran konnte sie sich jedoch nicht mehr erinnern. Schon komisch, dachte Marco, die eigene Frau in der eigenen Wohnung wie eine Fremde zu begrüßen. Aber es war gut so. Man begegnete sich mit mehr Respekt.

„Es ist so, dass Jürgen sehr viel zu Hause ist", begann Natalie ihre Situation zu erklären, „denn er arbeitet auch von zu Hause aus, oft abends. Er ist quasi immer da, viel mehr als du es warst. Ich liebe Jürgen nach wie vor, aber ich brauche auch mal Raum und Zeit nur für mich. Wir haben bereits darüber gesprochen, dass es besser wäre, wenn ich mich woanders einmieten würde. Über Svenja habe ich erfahren, dass du nach Dietramszell ziehen willst. Stimmt das?"

„Ja, das stimmt."

„Warum jetzt doch?"

„Ach, ich will neu anfangen."

„Insofern wäre mein Einzug hier doch eine gute Lösung für alle Beteiligten. Wann willst du denn ausziehen?"

„Sehr bald. Am besten morgen. Hör mal, Natalie. Ich muss dir was sagen. Es ist etwas passiert. Etwas Unglaubliches."

„Aha."

„Du hattest doch lange Zeit gedacht, dass ich dir etwas verheimliche. Du hattest vermutet, ich wäre spielsüchtig oder sogar homosexuell. Du erinnerst dich?"

„Natürlich."

„Alle deine Vermutungen waren falsch, ich habe dich nicht angelogen. Aber ich hatte dir tatsächlich etwas verheimlicht. Ich konnte es dir nicht sagen, denn du hättest mir nicht geglaubt. Aber ich möchte es dir jetzt sagen, weil ich jetzt weiß, wie alles zusammenhängt."

„Aha. Das klingt ja sehr geheimnisvoll."

„Das war es auch. Und schwierig." Er war sich zwar keineswegs sicher, ob es sinnvoll war, ihr die Wahrheit zuzumuten, aber es musste sein. Er wollte mit Natalie klar Schiff machen und von ihr nicht länger als Lügner wahrgenommen werden.

„Hör zu. Ich ... ich hatte Kontakt mit einem Geist."

Natalie lachte.

„Du lachst. Ich kann das verstehen. Es klingt einfach zu blöd. Aber ich kann dir, wie gesagt, die Zusammenhänge erklären. Und es war auch kein Einzelfall. Er ist mir insgesamt neunmal erschienen."

Natalie schüttelte den Kopf und grinste. Marco war eigentlich kein guter Geschichtenerzähler, dachte sie, aber diese Geschichte bringt er ziemlich lustig rüber.

„Anfangs dachte ich, ich hätte ein Augenproblem. Das hatte ich dir auch gesagt. Ich sah zweimal einen grauen Schatten, der sich bald veränderte und die Form eines Geistes annahm. Es dauerte nicht lange und der sprach mit mir, gab mir Anweisungen, wo ich hingehen soll und so weiter. Die Einzelheiten erspare ich dir. Vor einigen Tagen habe ich eine Frau getroffen, die mich aufgeklärt hat. Der Geist war letztlich eine Sinnestäuschung – so ähnlich könnte man das wohl bezeichnen –, die dadurch zustande kam, dass man mein Gehirn manipuliert hat, genauer gesagt: mein Gehirn wurde gehackt."

Nun wusste sie Bescheid. Marko hatte jedoch plötzlich die Befürchtung, dass Natalie mit diesen Informationen überfordert war.

Seine Befürchtung war richtig. Natalie war Marcos Erklärung äußerst suspekt. Sie konnte auch nicht mehr lachen. Dies war keine lustige Geschichte. „Wie bitte? Dein Gehirn soll gehackt worden sein? Das ganze klingt nach Science Fiction."

„Klingt so, ist es aber nicht. Ich habe von dem Vorgang an sich nichts bemerkt."

„Das verstehe ich nicht. Wenn man auf dein Gehirn zugegriffen haben sollte, müsste dir ein Chip eingesetzt worden sein oder man hätte dich an irgendwelche Geräte anschließen müssen. Das hättest du doch merken müssen. Warst du mal ohnmächtig? Hatte man dich entführt? Hast du Narben?"

„Nein, die machen das anders."

„Wie denn?"

„Ich weiß es nicht. Vielleicht über Strahlen – keine Ahnung.

„Wer soll denn so etwas machen und warum?"

„Irgendwelche Wissenschaftler wollen bei Männern die Libido ausschalten."

Natalie musste noch mal lachen, aber es war keine Lachen aus Spaß an der Unterhaltung, sondern ein besorgtes Lachen. Was redete Marco da nur für einen Schwachsinn! „Marco bitte. Welche Wissenschaftler? Und bei welchen Männern sollte was ausgeschaltet werden? Die Libido?"

„Zu den Wissenschaftlern kann ich dir nichts sagen. Die Frau hat sich dazu nicht geäußert. Alles streng geheim. Aber dass die Libido, vielmehr die sexuelle Lust nach Frauen, für eine gewisse Zeit ausgeschaltet werden soll, scheint das Ziel zu sein. Man will damit die Überbevölkerung eindämmen."

Natalie schüttelte wieder den Kopf, diesmal um einiges heftiger. „Und deshalb wurde *dein* Gehirn manipuliert?"

„Nicht nur meines. Ich war nur eine Testperson. Geplant ist ein Großeinsatz in Afrika und in anderen Ländern mit einer hohen Geburtenrate."

„Und was hat das mit dem Geist zu tun, den du gesehen hast?, fragte Natalie und verzog dabei ihr Gesicht zu einer äußerst kritischen Miene.

„Nichts. Das war von den Wissenschaftlern nicht geplant. Es war eine Nebenerscheinung im Rahmen des Settings."

„Aha, des Settings." Natalie glaubte ihm kein Wort. Sie glaubte vielmehr, dass Marco unter Wahnvorstellungen litt und sich Verschwörungstheorien ausdachte.

„Aber das ist jetzt vorbei. Ich bin wieder frei, hoffe ich. Und deshalb möchte ich von hier ausziehen, denn hier war der Geist auch. Ich muss neu anfangen, in einer neuen Umgebung ..."

„Der Geist war also hier in der Wohnung? Dann kommt er wohl auch zu mir?" Natalie schmunzelte verkrampft.

„Nein, keine Sorge. Du bist eine Frau, dich betrifft das alles nicht."

„So, so."

„Du glaubst mir nicht, oder?", fragte Marco und wusste in dem Moment, dass er Natalie lieber nicht hätte einweihen sollen. Warum sollte sie ihm glauben, wo er das alles selbst kaum glauben konnte?

„Eher nicht", antwortete sie. In Wirklichkeit dachte sie, dass er endgültig verrückt geworden war. Er tat ihr leid. Sie hoffte, dass er seinen Beruf und seinen Alltag noch auf die Reihe bekam, denn sonst hätte sie als seine Noch-Ehefrau womöglich bald ein größeres Problem.

„Gut", Marco kam wieder auf das ursprüngliche

Thema zurück, „dann machen wir es so: Ich ziehe nach Dietramszell, du ziehst hier ein. Okay?".

„Okay. Es freut mich, dass wir uns einig sind. Gib mir Bescheid, wenn ich einziehen kann."

„Mache ich. Ich hoffe, schon bald."

3

Marco nahm eine Woche Urlaub, besorgte Umzugs-
kartons, mietete sich einen Transporter und befand
sich im Zustand des Organisationsrausches. Er schuf-
tete wie ein Besessener und hatte es geschafft, innerhalb der Urlaubswoche sowohl die Wohnung im
Schlachthofviertel aus- als auch die Wohnung in Dietramszell umzuräumen. Einige seiner Möbel konnte er
Natalie hinterlassen. Er brauchte nicht alles, denn
seine neue Unterkunft war komplett eingerichtet.
Doch Marco gefielen manche Möbel nicht, die seine
Eltern seinerzeit ausgewählt hatten, sodass einige im
Keller landeten. Sein geliebter Esstisch passte zwar
vom Stil nicht so ganz in das neue Wohnzimmer, aber
auf ihn wollte er auf keinen Fall verzichten. Seine
Eltern hatten einen grazilen, runden Tisch als Esstisch
verwendet. Marco brauchte einen großen, handfesten
Tisch, auf dem Platz für Zeitungen war, denn er las
immer beim Essen. Er freute sich über sein neues
Heim. Alles war ziemlich perfekt, es fehlte nur noch
der DSL-Anschluss.

Frau Schulze, seine neue Nachbarin, die über ihm
wohnte, brachte ihm zum Einzug eine Flasche Rotwein und eine Packung Ferrero Küsschen und bot ihm
an, ihren PC zu nutzen, falls er mal dringend was erledigen müsste. Er freute sich aber über das Angebot,
das er jedoch nicht wahrnehmen würde.

Als er am Samstagnachmittag das letzte Bild auf-
gehängt hatte und körperlich ziemlich erschöpft war,
setzte er sich auf die Terrasse. Er streckte die Beine
aus, verschränkte die Arme hinter dem Kopf und
streckte sein Gesicht der Sonne entgegen. Es war ru-

hig, Vögel zwitscherten. Und da lauerte er – der Gedanke an Laura und an dieses unsägliche SOB-Projekt. Bis jetzt konnte er diesen Gedanken ganz gut verdrängen, indem er sich quasi pausenlos beschäftigte. Es war das erste Mal seit der Begegnung mit Laura, dass es nichts zu tun gab, dass er einfach nur dasitzen und die Ruhe hätte genießen können. Konnte er aber nicht.

Er spürte einen Stich im Magen, ein kalter Schauer überkam ihn und er fühlte sich der Ohnmacht nahe. Blitzartig sprang er hoch, massierte sein Gesicht, rannte zum Ende des Grundstücks und wieder zurück. Er hielt seinen Kopf mit beiden Händen fest und spürte, wie sich ein bohrender Schmerz langsam vom Nacken über den Hinterkopf hoch bis in seine Stirn zog.

Er ging zurück ins Haus und trank einen Schluck Wasser. Sein Kopf fühlte sich an, als wären Steine darin, die gegen die Schädeldecke drückten. Er sah sich um und befürchtete, dass diese Wohnung verwanzt sein könnte. Was heißt verwanzt! Es waren sicher keine normalen Wanzen, sondern unsichtbare Energien, nicht wahrnehmbare Strahlen, atomare Felder – gab es so etwas? Greifen sie mich wieder an?, fragte er sich. Sehen sie mit meinen Augen? Wissen sie, wie es mir geht? Lassen sie doch nicht von mir ab? Was bilde ich mir ein? Was ist real? Oder ist es schlichtweg die Angst, die mich zum Opfer macht?

Er legte sich auf die Couch und schloss die Augen, um sich zu entspannen. Aber die Bewegungslosigkeit verstärkte seine innere Panik nur, sodass er aufstand und sich auf einem Stuhl gerade hinsetzte. Er wusste, er musste einen Weg finden, wieder normal zu leben. Wie sollt das funktionieren, mit all dem, was er erlebt hatte? Er hatte keine Antwort. Und – das war für ihn das Schlimmste – er bezweifelte, dass er in absehbarer Zeit eine Antwort finden würde, wenn überhaupt.

Denn solange er glaubte, dass *sie* in seinem Gehirn sein könnten, solange würde es auch keinen Sinn machen, sich zum Beispiel Strategien zu überlegen, mehr über dieses SOB-Projekt herauszufinden. Sie würden gegensteuern – und er würde irrational handeln, ohne es zu merken.

Er hatte nur eine Chance: Nur wenn er absolut überzeugt wäre, dass sein Gehirn frei sein würde von Hackern und deren Manipulationen, dass dies alles nur eine irgendwie geartete Episode war, und er zweifelsfrei fühlen könnte, dass er selbstbestimmt lebte, dann er hätte er gewonnen.

So war es aber nicht. Nicht ansatzweise. Jetzt nicht. Vielleicht auch morgen und übermorgen noch nicht, aber vielleicht in Monaten oder Jahren. Das hoffte Marco. Mehr fiel ihm nicht ein, um diese irrsinnige Situation irgendwie zu ertragen. Er klammerte sich an diese Hoffnung, auch, um nicht durchzudrehen.

Seine Kopfschmerzen ließen nach. Seine Panik auch. Aber eine diffuse Angst blieb. Nein, er fühlte sich nicht frei, keineswegs. Er beschloss, sich bis auf Weiteres abzulenken – die momentan beste Überlebensstrategie.

Was konnte er also tun, jetzt sofort? Er hatte die Idee, Dietramszell und die nähere Umgebung zu erkunden. Dazu war er noch gar nicht gekommen. Gerade als er aufbrechen wollte, klingelte sein Handy.

Eine unbekannte Nummer. Marco war sich nicht sicher, ob er jetzt mit einer vermutlich fremden Person sprechen wollte. Eher nicht. Er hatte ein ungutes Gefühl. Wissen sie, dass ich spazieren gehen will, um auf andere Gedanken zu kommen? Wollen sie mich daran hindern?, fragte sich Marco unwillkürlich. Und im selben Moment wurde ihm klar: Wenn ich solche

Überlegungen zulasse, dann endet das in einem Verfolgungswahn.

Das Telefon klingelte weiter. Er ging ran und meldete sich mit strengem Tonfall: „Steinerbach."

„Ich wollte gerade auflegen."

„Achim?"

„Ja. Wer sonst", murrte Achim.

„Was ist das für eine Nummer?"

„Annes. Mein Handy ist defekt. Wie geht es dir?"

„Geht so."

„Verstehe. Also schlecht. Soll ich dich besuchen?"

„Ja. Gerne."

„Bin schon unterwegs."

Als Achim die Wohnung betrat war er positiv überrascht. Marco war es gelungen, sie sehr gemütlich umzugestalten.

„Gefällt mir. Nicht mehr gar so stylisch. Sehr schön. Würde Svenja auch gefallen."

„Habt ihr ein neues Liebesnest gefunden?"

„Brauchen wir nicht. Wir waren sowieso nur ein paar Mal hier. Danke noch mal."

„Setz dich doch", sagte Marco und deutete auf die Terrasse. „Solange es schön ist, können wir draußen sitzen. Was willst du trinken? Kaffee?"

„Gerne. Kuchen habe ich leider nicht mitgebracht."

„Nicht nötig. Ich habe welchen hier, allerdings nur abgepackten Schokokuchen."

Marco erzählte, dass er im Garten, vorwiegend an den Rändern des Grundstücks, Büsche einpflanzen will. Büsche bräuchte man auch nicht besonders zu pflegen. Vielleicht wären Johannis- oder Himbeeren gut, dann könnte man auch noch etwas Leckeres ernten. Und ein paar Blumen müssten auch noch sein.

Achim beäugte Marco kritisch und wunderte sich, über Marcos Überlegungen. „Willst du zum Gärtner umsatteln?"

„Nein. Im Grunde ist mir der Garten egal. Aber ich muss etwas tun, mich beschäftigen, sonst drehe ich durch."

„Du bist also noch nicht ins normale Leben zurückgekehrt", stellte Achim nachdenklich fest. „Es verfolgt dich. Du kannst es nicht vergessen."

„Bis jetzt ging es. Ich habe in der Firma viel gearbeitet und dann meine Zeit mit dem Umzug vollgestopft, um den ganzen Wahnsinn auszublenden. Funktioniert aber nicht wirklich." Marco schilderte Achim seine Ängste und war froh, dass Achim da war – momentan der einzige Mensch, mit dem er reden konnte.

„Der Umzug war wohl keine so gute Idee. Du bist hier ganz alleine", stellte Achim besorgt fest und hatte den Eindruck, dass er sich um Marco kümmern müsste, ihn irgendwie ablenken, psychisch aufbauen. „Wir können nicht mehr spontan auf ein Bier um die Ecke gehen. Ich denke, das würde dir aber momentan guttun – einfach was ganz Normales machen."

„Ich kann nicht mehr zurück in die Zenettistraße. Natalie ist bereits eingezogen. Ich möchte auch gar nicht. Ich habe mich dort verfolgt gefühlt. Letztlich ist es doch egal, wo ich bin. Meine Ängste gehen immer mit mir mit. Vielleicht gehen auch Laura und ihre Leute immer mit mir mit. Da ..." – er tippte sich mit den Fingern auf seinen Kopf –, „da drinnen könnten sie sein, auch jetzt!"

„Sie hat doch gesagt, sie lassen dich in Ruhe."

Marco zuckte mit den Schultern. Dann schnitt er weitere zwei Stück Kuchen ab, legte ein Stück auf seinen Teller, lehnte sich zurück und sagte nachdenklich: „Ich weiß jetzt, was Freiheit bedeutet. Und ich frage mich: Sind der freie Wille und das freie Denken in unserer schönen, digitalen Welt nur noch als historisch-philosophische Dimension zu verstehen? Sind wir schon so weit? Oder sind wir längst mittendrin? Und wer bestimmt, was wer denkt?"

Nun zuckte Achim mit den Schultern. Er nahm das zweite Stück Kuchen.

„Weißt du", sagte Marco nach einigen Schweigeminuten, „ich habe mich die letzten Tage irgendwann gefragt: Wer oder was denkt mich? Und: Wer bin eigentlich noch ich?"

DANKSAGUNG

Ein Dankeschön an Dr. Walther Ziegler, Thomas Niebler und Lydia Rieger.